LE SORTILÈGE
DE BABYLONE

DU MÊME AUTEUR
CHEZ POCKET

LE LIEN MALÉFIQUE

L'HEURE DES SORCIÈRES

TALTOS

LA VOIX DES ANGES

LES INFORTUNES DE LA BELLE AU BOIS DORMANT

1. *L'Initiation*
2. *La Punition*
3. *La Libération*

COLLECTION TERREUR
collection dirigée par Patrice Duvic et David Camus

ANNE RICE

LE SORTILÈGE
DE BABYLONE

ROBERT LAFFONT

Titre original :
SERVANT OF THE BONES

Traduit de l'américain par
Marianne VÉRON

Si vous souhaitez recevoir régulièrement
notre zine « **Rendez-vous ailleurs** », écrivez-nous à :

« Rendez-vous ailleurs »
Service promo Pocket
12, avenue d'Italie
75627 PARIS Cedex 13

Le Code de la propriété intellectuelle n'autorisant, aux termes de l'article L. 122-5 (2° et 3° a), d'une part, que les « copies ou reproductions strictement réservées à l'usage privé du copiste et non destinées à une utilisation collective » et, d'autre part, que les analyses et les courtes citations dans un but d'exemple et d'illustration, « toute représentation ou reproduction intégrale ou partielle faite sans le consentement de l'auteur ou de ses ayants droit ou ayants cause est illicite » (art. L. 122-4).
Cette représentation ou reproduction, par quelque procédé que ce soit, constituerait donc une contrefaçon sanctionnée par les articles L. 335-2 et suivants du Code de la propriété intellectuelle.

© Anne O'Brien Rice, 1996
Traduction française : Éditions Robert Laffont, S.A., Paris, 1998
ISBN 2-266-09866-7

Ce livre est dédié à Dieu

Psaume 137

Nous sommes tenus auprès des fleuves de Babylonie, et nous y avons même pleuré, nous souvenant de Sion.

Nous avons suspendu nos harpes aux saules du voisinage.

Quand ceux qui nous avaient emmenés prisonniers nous ont demandé de chanter des cantiques, de les réjouir avec nos harpes, et qu'ils nous ont dit : Chantez-nous un extrait des cantiques de Sion, nous avons répondu :

Comment chanterions-nous les cantiques de l'Éternel dans une terre étrangère ?

Si je t'oublie, Jérusalem, que ma droite s'oublie elle-même.

Que ma langue soit attachée à mon palais, si je ne me souviens de toi, si je ne fais de Jérusalem le principal sujet de ma joie.

Ô Éternel ! souviens-toi des enfants d'Édom, lesquels, dans la journée de Jérusalem, disaient : Découvrez, découvrez jusqu'à ses fondements.

Fille de Babylone, qui vas être détruite, heureux celui qui te rendra la pareille de ce que tu nous as fait !

Heureux celui qui saisira tes petits enfants et les écrasera contre les pierres !

PROLOGUE

Assassinée. Elle avait les cheveux noirs. Les yeux aussi.

C'est arrivé sur la Cinquième Avenue, dans une élégante boutique de vêtements, en pleine confusion, dans la bousculade. L'hystérie quand elle est tombée... peut-être.

Je l'ai vue à la télévision, sans le son. Je la connaissais. Oui, elle avait été dans ma classe. Esther Belkin. Riche et ravissante.

Son père dirigeait un « temple mondial ». Platitudes et T-shirts ésotériques. Les Belkin avaient tout l'argent dont on peut rêver, et maintenant cette jeune fille en fleur qui posait toujours ses questions si timidement, Esther, était morte.

Au journal télévisé, en direct, il me semble bien que je l'ai vue mourir. Je lisais un livre, sans faire bien attention. Les nouvelles défilaient en silence, mêlant guerres et stars de cinéma. L'écran projetait de lents reflets électriques sur les murs. Les soubresauts et les éclats d'une télévision que personne ne regarde. Après sa mort en direct, j'ai poursuivi ma lecture.

Dans les jours qui ont suivi, il m'est arrivé plusieurs fois de penser à elle. Sa mort a été suivie d'horreurs sur son père et son Église électronique. Le sang a encore coulé.

Le père, je ne l'ai jamais connu. Ses disciples étaient un ramassis de minables.

Mais je me rappelais assez bien Esther. Elle voulait tout savoir, elle était de ces êtres bons, humbles, toujours à l'écoute et si gentille. Oh oui, je m'en souvenais. Bien sûr.

Quelle ironie, le meurtre de cette biche, puis les tragiques illusions du père.

Je n'ai jamais cherché à comprendre toute l'histoire.

Je l'ai oubliée. Oublié qu'elle avait été assassinée. Oublié le père. Oublié jusqu'à son existence.

Les informations s'enchaînaient les unes après les autres.

Puis vint le moment d'interrompre quelque temps l'enseignement.

Je suis parti pour écrire mon livre. Dans les montagnes. Dans la neige. Je n'avais pas offert une seule prière à la mémoire d'Esther Belkin, mais je suis un historien et non un homme qui prie.

C'est à la montagne que j'ai tout appris. Sa mort m'a suivi, prenant tout son sens à travers les mots d'un autre.

PREMIÈRE PARTIE

Les os du malheur

D'or sont les os du malheur.
Leur éclat n'a nulle part où aller.
Il plonge en lui-même,
Transperce la neige.

Les pères éplorés que nous buvons
Et le lait maternel et l'ultime puanteur
Nous pouvons y rêver mais pas y penser.
Des os dorés incrustent l'abîme.

D'or d'argent de cuivre de soie.
Le malheur est l'eau troublée par le lait.
Crise cardiaque, assassin, cancer.
Qui croirait ces os si bons danseurs ?

D'or sont les os du malheur.
Le squelette tient le squelette.
Les paroles de fantômes doivent rester inconnues.
L'ignorance est ce que nous apprenons.

Stan Rice, L'Agneau, 1975

1

Voici l'histoire d'Azriel telle qu'il me l'a contée, quand il m'a supplié d'enregistrer ses paroles et de témoigner.

Appelez-moi Jonathan, comme lui. C'est le nom qu'il m'a choisi le soir où il est apparu sur le seuil de ma maison et m'a sauvé la vie.

Car s'il n'était pas venu, en quête d'un scribe, je serais certainement mort avant l'aube.

Laissez-moi d'abord vous expliquer que j'ai une certaine notoriété dans les domaines de l'histoire, de l'archéologie, de l'érudition sumérienne. Mais si Jonathan est bien l'un des noms qui m'ont été donnés à ma naissance, vous ne le trouverez pas sur les jaquettes de mes livres, que les étudiants lisent par obligation, ou parce qu'ils aiment, comme moi, les mystères des sciences anciennes.

Azriel savait cela — l'érudit, le professeur que j'étais — lorsqu'il est venu à moi.

Jonathan était un nom intime, sur lequel nous nous étions accordés. Il l'avait choisi parmi les trois noms inscrits sur les pages de copyright de mes livres. Et j'y avais répondu. Tel fut désormais mon nom pour lui, au cours de ces heures pendant lesquelles il me conta son histoire — une histoire que jamais je ne pourrais publier sous mon nom habituel de professeur, car, nous le savions l'un et l'autre, jamais elle ne serait considérée comme faisant partie de mes livres d'érudition.

Je suis donc Jonathan, le scribe ; je rapporte l'histoire telle que me l'a contée Azriel. Peu lui importe le nom que je lui donne ; seul lui importe qu'une personne ait noté ce qu'il avait à dire. Le livre d'Azriel fut dicté à Jonathan.

Il savait qui j'étais ; il connaissait toutes mes œuvres, qu'il avait pris la peine de lire avant de venir. Il connaissait ma réputation universitaire. Et quelque chose lui avait plu, dans mon style et ma manière... Peut-être approuvait-il que, parvenu à l'âge vénérable de soixante-cinq ans, je continue à écrire et à travailler nuit et jour comme un homme encore jeune, sans la moindre intention de prendre ma retraite, même si je devais de temps à autre cesser d'enseigner.

Ce n'est donc pas un choix aveugle qui l'amena à gravir les rudes pentes boisées des montagnes, dans la neige, à pied, ne portant à la main qu'un magazine roulé. Sa haute silhouette coiffée d'une épaisse masse de boucles noires retombant sur ses épaules — véritable mantille protectrice pour une tête et une nuque d'homme — était emmitouflée d'un de ces amples manteaux d'hiver à bavolets que seuls les romantiques de haute stature peuvent porter avec l'aplomb ou la charmante indifférence requis.

À la lueur du feu, il m'apparut comme un gentil jeune homme aux grands yeux noirs surmontés d'épais sourcils, au nez épais et court, avec une grande bouche de chérubin, et des cheveux mouchetés de neige. Le vent s'engouffra dans la maison, faisant tourbillonner en tous sens mes précieux papiers et virevolter son manteau autour de lui.

Par moments, ce manteau devenait trop ample pour lui. Son aspect changeait entièrement et il ressemblait à l'homme qui figurait en couverture de la revue qu'il avait apportée.

C'est ce miracle que je perçus dès le début, avant de savoir qui il était, ou même que j'allais survivre, que la fièvre était tombée.

Comprenez que je ne suis ni fou ni même excentrique et que je n'ai jamais été autodestructeur. Je n'étais pas parti à la montagne pour mourir. Aller chercher la solitude absolue dans ma maison du Nord, sans être relié au monde par le téléphone, le fax, la télévision, ou l'électricité m'avait paru une bonne idée. Je devais finir un livre qui m'avait déjà pris près de dix ans, et c'était dans cet exil imposé par moi-même que je comptais le terminer.

La maison m'appartient. Elle était alors, comme elle l'est toujours, amplement approvisionnée en bouteilles d'eau potable, en essence et en kérosène pour les lampes, en bougies, par caisses entières, et en piles électriques pour le petit magnétophone et les ordinateurs portables sur lesquels je travaille. Le grand hangar était rempli de bûches de chêne et de charbon bien secs pour le feu qui allait me chauffer pendant mon séjour.

J'étais pourvu en médicaments de base et en aliments simples que j'aime et qui peuvent cuire au feu : paquets de riz et de semoule, boîtes innombrables de potage au poulet sans sel, cageots de pommes qui devaient me durer tout l'hiver, un sac ou deux d'ignames que je pouvais envelopper de feuilles d'aluminium pour les faire rôtir sous la braise.

J'aimais la couleur orange vif des ignames. Croyez bien que je ne tirais aucune fierté de ce régime, n'avais nulle intention d'en faire un article pour un magazine. Je suis simplement fatigué des nourritures riches, las des restaurants new-yorkais à la mode, toujours bondés, des somptueux buffets des cocktails, et même des repas souvent magnifiques que m'offraient régulièrement mes collègues. Je cherche à expliquer, rien de plus. Je voulais ravitailler mon corps et mon esprit.

J'avais apporté ce dont j'avais besoin pour écrire en paix. Il n'y avait rien d'étrange à cela.

La maison était tapissée de livres : ses murs en bois d'ancienne grange, parfaitement isolés, étaient entièrement couverts de rayonnages. Tous les textes qui pouvaient m'être utiles s'y trouvaient, ainsi que les livres de poésie lus et relus pour mon plus grand bonheur.

Mes ordinateurs de rechange, petits et d'une puissance dépassant largement ma compréhension des disques durs, bytes et mégabytes, avaient été livrés récemment, avec une ample provision de disquettes pour sauvegarder mon travail.

À vrai dire, j'écrivais surtout à la main, sur des blocs-notes jaunes traditionnels. J'avais des cartons entiers de stylos noirs à pointe très fine.

Tout était parfait.

Sans doute devrais-je ajouter que j'avais quitté un monde juste un peu plus fou que d'habitude.

Les journaux télévisés n'évoquaient qu'un seul sujet : un sordide procès pour meurtre sur la côte Ouest. Un athlète célèbre était accusé d'avoir égorgé sa femme — divertissement par excellence, si l'on en juge d'après les programmes d'information et des débats télévisés.

À Oklahoma City, un immeuble de bureaux du FBI avait explosé. L'attentat n'était pas l'œuvre de terroristes étrangers, mais d'Américains bien de chez nous, membres de milices privées, qui avaient décrété, comme les hippies des décennies précédentes, que notre gouvernement était un ennemi dangereux. Mais alors que les hippies et les opposants à la guerre du Vietnam s'étaient contentés de se coucher sur les voies ferrées et de chanter en chœur, ces nouveaux militants au crâne rasé fantasmant sur une fin du monde imminente tuaient nos propres concitoyens. Par centaines.

Il y avait ensuite les guerres étrangères, devenues une sorte de cirque régulier. Il ne se passait pas un jour sans que soient évoquées les atrocités commises par les Bosniaques ou les Serbes dans cette région des Balkans en proie à des luttes intestines depuis des siècles. Je ne parvenais plus à distinguer les musulmans des chrétiens, les alliés, russes ou autres, des ennemis. Le nom de Sarajevo était devenu familier aux téléspectateurs américains depuis plusieurs années. Dans les rues de la ville, des êtres humains mouraient chaque jour, y compris ces hommes qui constituaient les forces de la paix des Nations unies.

Dans les pays d'Afrique, femmes, enfants, vieillards étaient victimes des guerres civiles et de la famine. À la télévision, les publicités pour la bière étaient un spectacle aussi courant que celui des bébés africains aux ventres gonflés et aux visages couverts de mouches.

Juifs et Arabes se battaient dans les rues de Jérusalem. Des bombes explosaient, des protestataires étaient abattus par des armées et des terroristes massacraient des innocents pour renforcer leurs exigences.

En Tchétchénie, les restes d'une Union soviétique déchue faisaient la guerre à des peuples montagnards qui n'avaient jamais cédé devant une puissance étrangère. Les gens mouraient dans le froid et la neige pour des raisons inexplicables.

En somme, dans des douzaines d'endroits embrasés de souffrances, l'on pouvait combattre, mourir, filmer, tandis que les Parlements du monde tentaient en vain de trouver des solutions non violentes. Cette décennie était un festival de guerres.

Puis Esther Belkin était morte et le scandale du Temple de l'Esprit avait éclaté. Des caches d'armes d'assaut avaient été découvertes dans les repaires du Temple, du New Jersey jusqu'à la Libye. Des stocks d'explosifs et de gaz empoisonnés étaient entreposés dans des hôpitaux. Le grand gourou de cette Église populaire internationale — Gregory Belkin — était fou.

Avant Gregory Belkin, il y avait eu d'autres fous, avec de grands rêves, peut-être, mais des ressources plus modestes. Jim Jones et son Temple du Peuple, dont les membres se suicidèrent au cœur de la forêt guyanaise, David Koresh, qui se prenait pour le Christ, tué par les balles et le feu à Waco, Texas.

Le chef d'une secte japonaise venait d'être accusé d'avoir assassiné des personnes innocentes dans le métro de son pays.

Une secte au nom séduisant de Temple solaire avait, peu de temps auparavant, organisé un suicide collectif en trois endroits différents, en Suisse et au Canada.

Une émission de télévision très populaire donnait à son public des instructions sur la façon d'assassiner les présidents des États-Unis.

Tout récemment, un virus mortel s'était propagé avec une fureur stupéfiante dans un pays d'Afrique, puis il s'était éteint, laissant aux gens avides de réflexion un intérêt renouvelé pour cette obsession de tous les temps : l'approche peut-être imminente de la fin du monde. Apparemment, il existait de nombreuses formes de ce virus, tout aussi mortelles, tapies dans les forêts tropicales.

Cent autres histoires surréalistes constituaient les informations et alimentaient les inévitables conversations quotidiennes.

C'était donc cela que je fuyais. Je courais chercher la solitude, la blancheur de la neige, la brutale indifférence des grands arbres et des minuscules étoiles hivernales.

Ma propre Jeep m'avait amené dans « les bois en bas de

cuir », comme on dit encore parfois en mémoire de James Fenimore Cooper. La voiture était équipée d'un téléphone qui, avec une bonne dose de persévérance, me permettait de joindre le monde extérieur en cas d'urgence. J'étais tenté de l'arracher, mais je ne suis pas très doué de mes dix doigts et je n'aurais guère pu le démonter sans endommager ma voiture.

Vous avez donc compris que je ne suis pas un idiot, juste un savant. J'avais un plan. J'étais préparé aux grandes chutes de neige à venir, et au vent qui sifflerait dans l'unique cheminée métallique surplombant l'âtre central circulaire. L'odeur de mes livres, le feu de bois de chêne, la neige elle-même, tournoyant parfois en minuscules flocons qui tombaient dans les flammes... me sont chers et, de temps en temps, nécessaires. Pendant bien des hivers cette maison m'avait donné exactement ce que je lui demandais.

La soirée commença comme tant d'autres. La fièvre me prit par surprise, et je me souviens d'avoir érigé par précaution une haute pyramide de bûches dans l'âtre. Quand ai-je bu toute l'eau qui se trouvait près de mon lit, je l'ignore. Je ne devais pas avoir toute ma connaissance. Je sais que je suis allé à la porte. Je l'ai ouverte et je n'arrivais plus à la refermer ; je m'en souviens. Sans doute avais-je essayé d'atteindre la Jeep.

Je restai longtemps couché dans la neige, sur le perron, avant de ramper à l'abri, fuyant la gueule de l'hiver.

Je me rappelle avoir perçu que j'étais en danger. Regagner le lit et la chaleur du feu m'épuisa. Sous les couvertures en laine et les édredons, je me protégeais de la tempête qui envahissait ma maison. Je savais que si je ne me ressaisissais pas, l'hiver entrerait bientôt pour éteindre le feu et m'emporter.

Couché sur le dos, les couvertures remontées jusqu'au menton, je tremblais et je transpirais. Je regardais les flocons de neige voleter sous les poutres du toit. Je regardais flamber les bûches. Je sentis la marmite brûler quand la soupe fut évaporée. Je vis la neige recouvrir mon bureau.

Je décidai de me lever, puis m'endormis. J'eu des songes agités et stupides provoqués par la fièvre, puis je m'éveillai en sursaut, m'assis, retombai, et rêvai de nouveau. Les bougies s'étaient éteintes, mais le feu brûlait toujours. La neige emplissait la chambre, recouvrant ma table de travail, mon siège, peut-être le lit. Je léchai même un peu de neige sur mes lèvres, je m'en souviens, c'était bon ; je lapai de temps à autre la neige fondue que je parvenais à recueillir au creux de mes mains. Une grande soif me tourmentait. Mieux valait rêver que sentir la soif.

Il devait être minuit quand Azriel entra.

Avait-il choisi son heure dans une intention théâtrale ? Bien au contraire. De loin, marchant dans la neige et le vent, il avait aperçu le feu, là-haut sur la montagne, des étincelles qui jaillissaient de la cheminée et une lumière qui brillait par la porte ouverte. Il s'était hâté vers ce havre.

Ma maison était la seule des environs, il le savait. Il l'avait appris par ceux qui lui avaient répliqué, poliment et fermement, que j'étais injoignable pour les mois à venir, que je m'étais retiré du monde.

Je le vis à l'instant même où il parut sur le seuil. Je vis le lustre de ses cheveux noirs et l'éclat du feu dans ses yeux. Je vis la force et la vivacité avec lesquelles il referma et verrouilla la porte. Puis il vint droit vers moi.

Je crois même que je lui annonçai :

— Je vais mourir.

— Non, Jonathan.

Il apporta aussitôt la bouteille d'eau et me souleva la tête. Je bus, et bus encore. Ma fièvre but également, et je bénis cet inconnu.

— Ce n'est qu'un geste amical, Jonathan, protesta-t-il avec simplicité.

Je somnolais tandis qu'il alimentait le feu. Je garde un souvenir très clair, surprenant, de lui, qui rassemblait mes papiers épars avec soin, s'agenouillait ensuite devant le feu et les étalait pour les faire sécher afin que mes écrits soient en partie préservés.

— C'est votre œuvre, dit-il en voyant que je l'observais. Votre précieuse œuvre.

Il avait ôté son grand manteau à bavolets. Il était en manches de chemise, ce qui signifiait que nous étions en sécurité. Je sentis l'odeur du bouillon de poulet qui cuisait. Il m'en servit dans un bol de grès — le genre d'objets rustiques que j'avais choisis pour le chalet — et me dit :

— Buvez cette soupe.

J'obéis.

C'est avec de l'eau et du bouillon qu'il me ramena lentement à la vie. Pas une seule fois je n'eus la présence d'esprit de mentionner les quelques médicaments de la trousse de secours.

Il me rafraîchit le visage avec de l'eau froide. Il me lava tout entier, avec patience, me retournant doucement et glissant sous mon corps des draps frais et propres.

— Le bouillon, disait-il. Le bouillon. Allons, il le faut. Et l'eau. L'eau qu'il me donnait perpétuellement.

Y en avait-il suffisamment pour lui ? m'avait-il demandé. J'avais presque ri.

— Bien sûr, mon ami, au nom du ciel, prenez tout ce que vous voulez.

Il but l'eau à longues gorgées assoiffées, disant que c'était tout ce dont il avait besoin pour le moment, qu'une fois de plus l'Échelle menant au Ciel avait disparu, le laissant seul et déçu.

— Je m'appelle Azriel, déclara-t-il en s'asseyant près du lit. On m'appelait le Serviteur des Ossements, ajouta-t-il, mais je suis devenu un fantôme rebelle, un génie aigri et impudent.

Il déroula le magazine pour me le montrer. J'avais les idées claires, à présent. Je me redressai, soutenu par le merveilleux luxe d'oreillers propres. Musclé, débordant de vie, avec des poils noirs au dos des mains et sur les bras qui le faisaient paraître encore plus solide et plein de vitalité, il ressemblait aussi peu que possible à un fantôme.

En couverture du célèbre magazine *Time*, Gregory Belkin avait le regard perçant. Gregory Belkin, père d'Esther, fondateur du Temple de l'Esprit. L'homme qui avait fait du mal à des millions de gens.

— J'ai tué cet homme, dit-il.

Je me retournai pour le dévisager ; c'est alors que je vis le miracle pour la première fois.

Il voulait que je le voie. Il le faisait pour moi.

Il avait perdu un peu de sa taille, et sa crinière de boucles noires désordonnées faisait place à une coupe courte d'homme d'affaires moderne ; jusqu'à son ample chemise, qui s'était muée en un complet noir d'excellente coupe. Il avait adopté... là, sous mes yeux..., les traits de Gregory Belkin.

— Oui, dit-il. Voilà comment j'étais le jour où j'ai décidé de renoncer pour toujours à mes pouvoirs, de devenir un être de chair et de souffrance. J'avais exactement le physique de Gregory Belkin quand je l'ai abattu.

Avant que j'aie pu réagir, il changea à nouveau : la tête grossit, les traits s'élargirent, le front prit de l'ampleur et du caractère, la bouche d'ange remplaça les lèvres minces de Belkin. Son regard farouche s'accentua sous les épais sourcils qui se fronçaient lorsqu'il souriait, donnant à ce sourire et à l'immensité de ces yeux un air séduisant et mystérieux.

Ce n'était pas un sourire heureux. On n'y décelait ni humour ni douceur.

— Je croyais que je garderais cette tête-là à jamais, reprit-il en levant le magazine pour bien me le montrer. Je croyais que je mourrais sous cette forme-là. Il soupira. Le Temple de l'Esprit est en ruine. Les gens ne mourront pas. Les femmes et les enfants ne tomberont pas dans la rue en respirant le gaz empoisonné. Mais je ne suis pas mort. Je suis redevenu Azriel.

Je lui pris la main.

— Vous êtes un homme vivant, qui respirez. Je ne sais pas comment vous avez fait pour prendre les traits de Gregory Belkin.

— Non, pas un homme — juste un fantôme. Un fantôme si fort qu'il peut s'envelopper dans la forme qu'il avait lorsqu'il était en vie ; et maintenant, il ne peut plus s'en débarrasser. Pourquoi Dieu m'a-t-il infligé cela ? Je ne suis pas un être innocent ; j'ai péché. Mais pourquoi ne puis-je pas mourir ?

Soudain, un sourire illumina son visage, le rajeunissant, avec ces boucles sombres qui lui encadraient le bas du visage et cette bouche magnifique.

— Peut-être Dieu m'a-t-il laissé vivre pour vous sauver, Jonathan. Il m'a rendu mon ancienne chair pour que je puisse gravir cette montagne et vous raconter ces choses. Vous seriez mort si je n'étais pas venu.

— Peut-être, Azriel.

— Reposez-vous, à présent. Vous avez le front plus frais. J'attendrai en vous surveillant, et si vous me voyez, de temps en temps, reprendre la forme de cet homme, c'est seulement que j'essaie, chaque fois, de mesurer la difficulté que cela représente. Il ne m'a jamais été difficile de changer d'aspect pour le magicien qui me faisait surgir des ossements. Il ne m'a jamais été difficile de produire une illusion pour tromper les ennemis de mon maître, ou ceux qu'il voulait voler ou duper. Mais il m'est difficile à présent d'être autre chose que le jeune homme du début. Lorsque je croyais à leurs mensonges. Lorsque je suis devenu un fantôme, et non le martyr qu'ils m'avaient promis. Restez tranquille, Jonathan, et dormez à présent. Vos yeux sont limpides et vos joues colorées.

— Donnez-moi encore du bouillon, demandai-je.

Il me tendit le bol.

— Azriel, je serais mort sans vous.

— Oui, voilà une vérité. Mais, cette fois, quand j'ai fait ce choix, j'avais le pied sur l'Échelle qui monte aux Cieux. Je croyais que lorsque tout serait terminé et le Temple détruit, l'Échelle redescendrait pour moi. Les hassidim sont purs, innocents. Ils sont bons. Les batailles, ils doivent les laisser à des monstres comme moi.

— Dieu éternel, balbutiai-je. Gregory Belkin. Un projet délirant. Je me rappelle des fragments... Il y avait une fille ravissante...

Il posa la tasse de bouillon et m'essuya le visage et les mains.

— Elle s'appelait Esther.

— Oui.

Il ouvrit le magazine roulé et mouillé, qui avait pris toutes sortes de faux plis en séchant dans la pièce bien chaude. Je vis la photo d'Esther Belkin, sur la Cinquième Avenue. Je la vis étendue sur la civière avant qu'on ne la mette dans l'ambulance, juste avant sa mort.

Seulement, cette fois, je me concentrai sur une silhouette que je n'avais pas remarquée aux informations télévisées, ni sur les couvertures de magazines. Une silhouette à laquelle je n'avais, jusqu'à présent, prêté aucune attention : celle d'un jeune homme près de la civière d'Esther, les mains devant la figure comme s'il pleurait. Un jeune homme aussi flou et indistinct que les autres dans cette foule, n'étaient ses épais sourcils magnifiquement dessinés et sa crinière de boucles noires.

— C'est vous, dis-je. Azriel, c'est vous, sur cette photo.

Il était distrait et ne répondit pas. Il posa le doigt sur la silhouette d'Esther.

— C'est là qu'elle est morte. Esther, sa fille.

Je lui expliquai que je l'avais connue. Le Temple était nouveau et très controversé, à l'époque, avant de devenir solide, immense et prosélyte. Esther, elle, avait été bonne élève, sérieuse, modeste, vive.

Il me regarda longuement.

— C'était une fille douce et gentille, n'est-ce pas ?
— Oui, tout à fait. Le contraire de son beau-père.

Il me montra sa propre silhouette sur la photo.

— Oui, c'est bien le fantôme, le Serviteur des Ossements. J'étais visible, alors, dans mon chagrin. Je ne saurai jamais qui m'a appelé. Peut-être était-ce seulement sa mort, l'horrible beauté de sa mort. Je ne le saurai jamais. Mais comme vous le voyez, comme vous le sentez, j'ai la solidité de cette forme qui n'était auparavant qu'une ombre. Dieu m'a enveloppé de mon ancienne chair, à cause de Lui, il m'est de plus en plus difficile de disparaître et de reparaître, de m'évanouir dans l'air et le néant pour me rassembler ensuite. Que va-t-il advenir de moi, Jonathan ? À mesure que je deviens plus vigoureux dans cette enveloppe d'apparence humaine, je redoute de ne pas pouvoir mourir. Jamais.

— Azriel, il faut tout me raconter.
— Tout ? Mais je n'aspire qu'à cela, Jonathan. Je le veux.

Au bout d'une heure, je pouvais aller et venir dans la maison sans éprouver de vertige, emmitouflé dans l'épaisse robe de chambre que m'avait trouvée Azriel, et chaussé de mes pantoufles en cuir. Quelques heures plus tard, j'avais faim.

Ce devait être le matin quand je m'endormis. Dans l'après-midi, je m'éveillai lucide, les idées claires. Non seulement la maison était bien chauffée par le feu, mais Azriel avait disposé ici et là quelques grosses bougies éclairant les angles d'une lueur douce et tamisée.

— Ça va mieux ? me demanda-t-il gentiment.

Je lui suggérai d'en ajouter quelques-unes et d'allumer la

lampe à kérosène sur mon bureau. Il le fit sans difficulté. Ni les allumettes ni le briquet ne lui posaient de problème. Il rehaussa la mèche de la lampe et posa deux bougies supplémentaires sur le plateau en pierre de la table de chevet.

Avec ses fenêtres en bois aussi hermétiquement closes que la porte, la pièce était uniformément éclairée. Le vent hurlait dans la cheminée. Des rafales de flocons se dissolvaient dans la chaleur. La tempête s'était atténuée, mais il neigeait toujours. L'hiver nous encerclait.

Nul ne viendrait nous déranger. Je le contemplais avec un intérêt bienveillant. J'étais heureux. Étrangement heureux.

Je lui appris à faire du café de cow-boy, en jetant simplement les grains dans la casserole, et j'en bus beaucoup, enchanté par l'odeur.

Il voulait le faire lui-même, mais je mélangeai les flocons d'avoine en lui expliquant qu'il suffisait d'y ajouter de l'eau bouillante pour obtenir un porridge épais et délicieux.

Il me regarda le manger sans y toucher lui-même.

— Pourquoi n'y goûtez-vous pas ? demandai-je, presque suppliant.

— Parce que mon corps ne l'acceptera pas. Il n'est pas humain, je vous l'ai dit.

Il se leva et se dirigea lentement vers la porte. Croyant qu'il allait peut-être l'ouvrir dans la tempête, je me recroquevillai, prêt à affronter la bourrasque. Je n'envisageais même pas de lui demander de la maintenir fermée. Après ce qu'il avait fait, s'il voulait voir la neige, je n'avais pas à le lui refuser.

Il leva les bras. Sans que la porte s'ouvre, une rafale de vent s'engouffra. Sa silhouette pâlit, virevolta un instant, mêlant couleurs et textures, puis il disparut.

Fasciné, je me levai de ma place auprès du feu, en serrant le bol contre ma poitrine dans un geste de désespoir enfantin.

Le vent tomba. Azriel n'était pas en vue. Le vent se remit à souffler, mais chaud, comme au sortir d'une fournaise.

Debout devant le feu, Azriel me regardait. Même chemise blanche, même pantalon noir. Mêmes poils noirs sur sa poitrine, drus, dans l'ouverture du col de sa chemise.

— Ne serai-je donc jamais *nefesh* ? soupira-t-il. C'est-à-dire corps et âme réunis.

Je connaissais le mot hébreu.

Je le fis asseoir. Il me précisa qu'il pouvait boire de l'eau, comme tous les fantômes et les esprits. Ils buvaient également les parfums des sacrifices, ce qui expliquait les vieilles histoires de libations et d'encens, d'offrandes brûlées et de fumée s'élevant des autels. Il but l'eau, et se détendit.

Il se rassit dans l'un de mes vieux fauteuils au cuir craquelé, sans prêter attention à ses déchirures. Il posa les pieds sur le foyer en pierre, et je vis que ses chaussures étaient encore mouillées.

Je terminai mon porridge, rangeai les ustensiles, et revins avec la photo d'Esther. Autour de l'âtre rond, six personnes auraient pu s'asseoir. Nous étions près l'un de l'autre ; lui, dos au bureau et à la porte, moi, dos à l'angle le plus chaud et le plus petit de la pièce, dans mon fauteuil favori aux ressorts cassés, aux accoudoirs ronds et moelleux tachés de vin et de café.

Je regardai la photo d'Esther. Elle occupait une demi-page, dans ce récit de sa mort repris uniquement à cause de la chute de Gregory.

— Il l'a tuée, n'est-ce pas ? C'était le premier assassinat.

— Oui, répondit Azriel.

Je m'émerveillais de ce que ses sourcils puissent être aussi fournis, aussi beaux, et sa bouche aussi douce quand il souriait. Esther, elle, n'avait pas de double pour mourir à sa place. L'homme du magazine auquel Azriel ressemblait tant avait tué sa propre belle-fille.

— C'est à ce moment-là que je me suis incarné, poursuivit-il. Je suis sorti des ténèbres comme sur ordre du maître magicien, sauf que personne ne m'avait appelé. Je suis apparu entièrement formé et hâtant le pas dans la rue, à New York, simplement pour assister à sa mort si cruelle, et pour tuer ceux qui l'avaient assassinée.

— Les trois hommes ? Ceux qui ont poignardé Esther Belkin ?

Il ne répondit pas. Ces hommes avaient été frappés avec leurs propres pics à glace, près du lieu du crime. La foule était si dense ce jour-là sur la Cinquième Avenue que personne n'avait établi le moindre rapprochement entre la mort de ces trois voyous et l'assassinat de cette jeune fille ravissante dans l'élégant magasin de Henri Bendel. Le lendemain, les pics à glace avaient cependant raconté l'histoire du sang ; son sang à elle sur les trois armes, leur sang à eux sur le pic dont une main anonyme s'était emparée pour les tuer.

— Sur le moment, j'ai cru qu'il avait organisé cet assassinat, dis-je. Il prétendait que sa fille avait été tuée par des terroristes, et, en supprimant ses hommes de main, il pouvait grossir le mensonge à sa guise.

— Non, ses hommes de main devaient s'en tirer, afin d'alimenter le mensonge des terroristes. Mais je suis venu, et je les ai tués. Il me regarda. Avant de mourir, elle m'a vu par la vitre de l'ambulance et elle a prononcé mon nom, « Azriel ».

— Alors c'est elle qui vous avait appelé.

— Non, elle n'était pas magicienne ; elle ne connaissait pas les paroles. Elle n'avait pas les ossements. J'étais le Serviteur des Ossements.

Il s'enfonça dans son fauteuil. Silencieux, regardant le feu de ses yeux farouches qu'épaississaient des cils recourbés, les os de son front aussi puissants que ceux de sa mâchoire.

Au bout d'un long moment, il m'adressa le plus lumineux, le plus innocent des sourires.

— Vous voilà rétabli, à présent, Jonathan. Guéri de votre fièvre.

Il rit.

— Oui.

Étendu, je me régalais de la chaleur sèche de la pièce, de l'odeur du chêne qui flambait. Je bus mon café jusqu'à ce que des grains me crissent sous les dents, puis posai ma tasse sur la pierre ronde de l'âtre.

— Me permettez-vous d'enregistrer ce que vous dites ? demandai-je.

La lumière l'illumina à nouveau. Avec un enthousiasme d'adolescent, il se pencha en avant et posa ses puissantes mains sur ses genoux.

— Vous voulez bien ? Vous voulez bien transcrire ce que je vous révélerai ?

— J'ai un appareil qui enregistrera pour nous chacune de vos paroles.

— Oh oui, je sais. Il sourit d'un air satisfait. Il ne faut pas me prendre pour un écervelé, Jonathan. C'est un défaut qui n'a jamais caractérisé le Serviteur des Ossements. J'ai été conçu comme un esprit fort, ce que les Chaldéens auraient appelé un génie. Quand je surgis, je sais tout de l'époque, de la langue, des manières du monde, proche et lointain — tout ce dont j'ai besoin pour servir mon maître.

Je le suppliai d'attendre.

— Laissez-moi brancher mon magnétophone.

Que c'était bon de se lever, de ne pas avoir la tête qui tourne, de ne pas ressentir de douleur dans la poitrine, de sentir que les vapeurs floues de la fièvre avaient été chassées.

J'installai deux petits appareils — précaution que prennent tous ceux à qui il est arrivé de perdre un texte enregistré. Je vérifiai les piles, m'assurai que la pierre n'était pas trop chaude pour les y poser, et insérai une cassette dans chacun.

— Racontez. J'appuyai sur les touches, afin que chaque petit micro oreille soit à l'affût. D'abord, laissez-moi préciser, commençai-je en direction des magnétophones, que vous m'apparaissez comme un jeune homme d'à peine vingt ans. Vous avez le torse velu et des poils noirs et drus sur les bras. Votre teint est olivâtre, et vos cheveux brillants doivent inspirer aux femmes bien de la jalousie.

— Elles aiment les toucher, dit-il gentiment, avec un sourire irrésistible.

— J'ai confiance en vous, repris-je, pour que ce soit bien enregistré. Vous m'avez sauvé la vie et j'ai confiance en vous. Pourtant, je ne vois pas pourquoi. Je vous ai moi-même vu vous métamorphoser en un autre homme. Plus tard, je croirai l'avoir rêvé. Je vous ai vu disparaître et reparaître. Plus tard, je ne le croirai plus. Je veux que notre rencontre et ce qui s'ensuivra soient également enregistrés par le scribe Jonathan. Maintenant, nous pouvons commencer votre histoire, Azriel.

« Oubliez cette pièce, oubliez cette époque. Pour moi, commencez au commencement, voulez-vous ? Dites-moi ce que sait un fantôme, racontez-moi ses débuts, ce qu'il se rappelle des vivants, mais pas... Je m'interrompis, laissant la cassette tourner. J'ai déjà commis ma plus grave erreur.

— Quelle est-elle, Jonathan ?

— Votre histoire vous appartient, et c'est à vous de la raconter.

Il acquiesça.

— Gentil maître, rapprochons-nous un peu. Rapprochons nos sièges. Je ne vois pas d'inconvénient à commencer comme vous le souhaitez. C'est ainsi que je veux commencer. Je veux que tout soit dit, au moins entre nous deux.

Nous procédâmes à la petite manœuvre qu'il souhaitait. Les bras de nos fauteuils se touchaient. Je fis un geste pour lui prendre la main, il ne l'esquiva pas ; sa paume était ferme et chaude. Lorsqu'il sourit à nouveau, le petit mouvement de ses sourcils lui donna l'air presque joueur. Mais il ne s'agissait que de la configuration de son visage : ses sourcils s'incurvant au milieu pour se froncer, puis se relevant délicatement en s'éloignant du nez lui donnaient l'air d'observer le monde d'un lieu secret, privilégié, et accentuaient l'éclat radieux de son sourire.

Il but une longue gorgée d'eau.

— Le feu vous fait-il du bien ? m'enquis-je.

Il acquiesça d'un mouvement de tête.

— Mais il me plaît surtout de le regarder. Puis il me fixa. Parfois je m'oublierai. Je vous parlerai en araméen, en hébreu, en persan, peut-être en grec ou en latin. Mais ramenez-moi à l'anglais, ramenez-moi vite à votre langue.

— Je le ferai, promis-je. Mais jamais je n'ai autant regretté mon manque de connaissances linguistiques. L'hébreu, je pourrais le comprendre, le latin aussi, mais le persan, jamais.

— Ne le regrettez pas. Peut-être avez-vous consacré ce temps-là à contempler les étoiles ou la neige, ou à faire l'amour. Ma langue devrait être celle d'un fantôme — celle que vous et votre peuple parlez. Un génie parle la langue de son maître et de ceux parmi lesquels il va et vient pour le servir. Ici, je suis le maître. Je le sais. Pour nous, j'ai choisi votre langue. Cela suffit.

Nous étions prêts. Si cette maison avait déjà été plus chaude et plus accueillante, si j'avais apprécié davantage la compagnie de quelqu'un, je n'en avais nul souvenir. Je n'avais qu'un désir : être avec lui et lui parler. J'éprouvais un pincement au cœur à l'idée que, lorsqu'il aurait terminé son récit, notre intimité prendrait fin ; rien alors ne serait plus jamais pareil pour moi.

Et rien ne fut plus jamais pareil.

Il commença.

2

— Je n'avais aucun souvenir de Jérusalem. Je n'y étais pas né. Enfant, ma mère avait été emmenée par Nabuchodonosor, avec toute notre famille et notre tribu. Je suis né hébreu à Babylone, dans une maison riche, pleine de tantes, d'oncles et de cousins — des marchands prospères, des scribes, parfois des prophètes, des danseurs, des chanteurs et des pages de la Cour.

Bien sûr — il sourit —, chaque jour de ma vie, je pleurais sur Jérusalem — nouveau sourire. Je chantais le cantique : « Si je t'oublie, Jérusalem, que ma main droite s'oublie elle-même. » Dans nos prières du matin et du soir nous suppliions l'Éternel de nous ramener dans notre pays.

Mais Babylone était toute ma vie. À vingt ans, quand mon existence a été bouleversée par une première — disons — grande tragédie, je connaissais les chants et les dieux de Babylone aussi bien que ceux des Hébreux. Les psaumes de David, que je copiais quotidiennement, n'avaient pas de secret pour moi, pas plus que le Livre de Samuel ou les autres textes que nous étudiions en famille.

C'était une vie magnifique. Mais avant d'entrer plus avant dans ma propre histoire, laissez-moi vous parler de Babylone. Laissez-moi chanter l'hymne de Babylone en terre étrangère. Je ne suis pas agréable aux yeux de l'Éternel, sans quoi je ne serais pas ici, alors je peux me permettre de chanter les hymnes de mon choix, n'est-ce pas ?

— Je veux l'entendre, répondis-je gravement. Modulez-le comme vous le voulez. Laissez couler les mots. À quoi bon vous restreindre dans votre propre langue ? Vous adressez-vous maintenant à l'Éternel ou bien racontez-vous simplement votre histoire ?

— Bonne question. Je vous parle afin que vous puissiez conter l'histoire pour moi, dans mes propres termes. Oui. Je crierai, je hurlerai et je blasphémerai quand bon me semblera. Je laisserai mes paroles couler en torrent. Je n'ai jamais été avare de mots, vous savez. Dans ma famille, faire taire Azriel a toujours été une obsession.

Je le voyais rire de bon cœur pour la première fois. Son rire était léger, spontané, aussi naturel que de respirer. Rien d'étouffé ni de contraint.

Il m'observa.

— Mon rire vous surprend, Jonathan ? Je crois que le rire est l'un des traits communs aux fantômes et aux esprits, même aux esprits puissants comme moi. Avez-vous étudié les récits les concernant ? Les fantômes sont célèbres pour leur rire. Les saints rient. Les anges rient. Le rire doit être le son du Paradis. Enfin, je le suppose.

— Peut-être le rire nous rapproche-t-il du Paradis, suggérai-je.

— Peut-être.

Sa grande bouche de chérubin était belle ; petite, elle lui aurait donné un visage poupin. Avec ses épais sourcils noirs et ses grands yeux vifs, il était splendide.

Une fois de plus il parut me jauger, comme s'il lisait mes pensées.

— Mon cher érudit, dit-il, j'ai dévoré tous vos livres. Vos étudiants vous adorent, n'est-ce pas ? Mais les vieux hassidim sont sans doute choqués par vos études bibliques.

— Ils m'ignorent. Je n'existe pas pour eux. Pourtant, ma mère était une hassid. Aussi pourrai-je peut-être comprendre certaines choses qui devraient nous aider.

Je l'aimais bien, finalement, ce jeune homme de vingt ans, quoi qu'il ait pu faire ; je l'appréciais pour lui-même. Malgré la fièvre et les perturbations causées par son apparition ou ses tours, je m'habituais à lui.

Il attendit quelques minutes, puis se mit à parler.

— Babylone. Babylone ! Citez-moi le nom d'une seule ville qui résonne aussi fort et aussi longtemps que Babylone. Pas même Rome, je vous le dis. D'ailleurs, en ce temps-là, Rome n'existait pas. Babylone était le centre du monde. Babylone avait été érigée par les dieux pour être la porte de leur univers. Babylone avait été la capitale de Hammourabi. Les vaisseaux d'Égypte, les peuples de la mer, les peuples de Dilmoun convergeaient vers le port de Babylone. J'étais un enfant heureux de Babylone.

J'ai contemplé ce qu'il en reste aujourd'hui, en Irak. J'y suis allé, pour voir les murailles restaurées par ce tyran de Saddam Hussein. J'ai vu, dans le désert, les monticules de sable qui recouvrent d'anciennes villes assyriennes, babyloniennes, judéennes.

Je suis entré dans le musée, à Berlin, pour pleurer devant la reconstitution de la porte d'Ishtar et de la voie des Processions par votre grand archéologue, Koldewey.

Ah, mon ami, quelle merveille, de marcher dans cette rue, de contempler ces éblouissantes murailles de briques bleues vernissées! Quel enchantement de passer devant les dragons dorés de Mardouk!

Même en parcourant l'antique voie des Processions, vous n'auriez eu qu'un humble avant-goût de l'antique Babylone. Nos rues étaient droites, et souvent pavées de pierre blanche et de marbre rouge. Nous avions l'impression de déambuler parmi des pierres semi-précieuses. Imaginez une ville entière émaillée et vernissée des plus belles couleurs, imaginez des jardins à chaque carrefour!

Le dieu Mardouk a construit Babylone de ses propres mains, nous enseignait-on. Et nous le croyions. Très tôt je suis tombé sous le charme des mœurs babyloniennes. Tout le monde avait un dieu, un dieu personnel que l'on priait et implorait pour ceci ou cela. Moi, j'ai choisi Mardouk! Mardouk était mon dieu personnel.

Vous pouvez imaginer le tohu-bohu quand je suis rentré chez moi avec une statuette en or de Mardouk et que je me suis mis à lui parler, comme un véritable Babylonien! Heureusement, mon père, lui, s'est contenté d'en rire — typique. Mon père était tellement beau, tellement innocent. Il a rejeté la tête en arrière et s'est mis à chanter de sa voix magnifique : « Yahvé est ton Dieu, le Dieu de ton père, du père de ton père, le Dieu d'Abraham, d'Isaac et de Jacob. » L'un de mes oncles austères a riposté aussitôt :

— Que fait cette idole dans ses mains?

— C'est un jouet, a répliqué mon père. Laissez-le jouer.

Quand tu seras lassé de ces superstitions babyloniennes, Azriel, brise la statue. Ou vends-la. Tu ne peux pas briser notre Dieu. Notre Dieu n'est pas en or, ni en aucun métal précieux. Il n'a pas de temple. Il est au-dessus de ces contingences.

J'ai hoché la tête et suis allé m'étendre dans ma chambre, une grande pièce pleine de coussins et de tentures en soie. C'est alors que j'ai prié Mardouk d'être mon gardien. Les Américains font de même avec les anges gardiens. Je ne sais pas combien de Babyloniens prenaient le dieu personnel au sérieux. Vous connaissez le vieux dicton : « Que Dieu vous accompagne dans tous vos projets. » En pratique, qu'est-ce que cela signifie ?

— Les Babyloniens étaient un peuple plus pragmatique que superstitieux, non ?

— Ils étaient comme les Américains d'aujourd'hui. Je n'ai jamais connu un peuple plus proche des anciens Sumériens et Babyloniens que les Américains. Le commerce était ce qui importait, pourtant tous consultaient des astrologues, parlaient de magie, cherchaient à chasser les mauvais esprits. Les gens avaient une famille, mangeaient, buvaient, couraient inlassablement après le succès, tout en invoquant sans cesse la chance. Les Américains ne parlent pas de démons, mais de « pensées négatives », d'« idées autodestructrices » et de « mauvaise image de soi ».

J'ai trouvé en Amérique la qualité prédominante à Babylone : nous n'étions pas les esclaves de nos dieux ! Ni les esclaves les uns des autres.

Que disais-je ? Ah oui, Mardouk, mon dieu personnel. Je le priais sans cesse. Je lui faisais des offrandes à l'abri des regards : j'émiettais de l'encens, je versais un peu de miel et de vin dans le sanctuaire aménagé pour lui dans l'épaisseur des briques de ma chambre. Personne n'y prêtait attention.

Puis Mardouk a commencé à me répondre. Je ne saurais pas préciser quand, je crois que j'étais encore très jeune. Je lui racontais ce qui me passait par la tête : « Regarde, mes petits frères s'amusent, mon père rit comme s'il était l'un d'eux, et c'est moi qui dois tout faire ici ! » Mardouk riait. Comme je vous l'expliquais, les esprits rient. Ensuite, il me réconfortait : « Tu connais ton père. Il fera ce que tu lui demanderas, grand frère. » Il avait une voix mélodieuse, virile. Il n'a vraiment commencé à me chuchoter des questions à l'oreille que l'année de mes neuf ans — des petites plaisanteries, des taquineries sur Yahvé...

Il ne se lassait jamais de me taquiner à propos de Yahvé, le dieu « qui préférait vivre sous une tente et qui mettait plus de quarante ans à sortir son peuple d'un malheureux petit désert ». Il me faisait rire. J'avais beau essayer d'être très respectueux, je devenais de plus en plus intime avec lui, voire un peu insolent et mal élevé.

— Pourquoi ne pas dire toutes ces bêtises à Yahvé Lui-même, puisque tu es un dieu ? lui demandais-je. Invite-Le dans ton temple fabuleux, plein d'or et de bois de cèdre du Liban.

Mardouk répondait :

— Quoi ? Parler à ton dieu ? Personne ne peut regarder ton dieu en face sans mourir ! Que cherches-tu à me faire subir ? S'il se transforme en colonne de feu, comme lorsqu'il vous a sortis d'Égypte... ho, ho, ho... s'il détruit mon temple et que je me retrouve transporté dans une tente !

À onze ans, j'ai découvert, d'une part, que tout le monde n'avait pas nécessairement de réponse de son dieu personnel, et que, d'autre part, je n'avais pas besoin de parler à Mardouk le premier. Il pouvait fort bien initier la conversation, parfois même à des moments terriblement gênants. Il avait des idées lumineuses plein la tête. « Allons dans le quartier des potiers », « Allons au marché » ; et nous y allions.

— Azriel, dis-je. Permettez-moi de vous interrompre. Parliez-vous à la statuette du sanctuaire de votre chambre ou l'emportiez-vous avec vous ?

— Nos dieux personnels nous accompagnaient partout, figurez-vous. L'idole à la maison se voyait offrir de l'encens, sans doute pourrait-on dire que le dieu descendait alors en elle pour le respirer. Autrement, Mardouk était là, c'est tout.

Stupidement, j'imitais parfois les autres Babyloniens et le menaçais : « Écoute, quelle sorte de dieu es-tu si tu ne peux pas m'aider à retrouver le collier de ma sœur ! Tu n'auras plus d'encens ! » C'était l'habitude des Babyloniens d'invectiver leur dieu. Ils lui hurlaient : « Qui d'autre te vénère comme je le fais ? Pourquoi n'exauces-tu pas mes souhaits ? Qui d'autre verserait ces libations pour toi ? »

Azriel se remit à rire. Moi aussi.

— Les temps n'ont pas tellement changé, finalement, dis-je. Les catholiques peuvent se mettre très en colère contre leurs saints quand leurs prières sont sans effet. Il me semble même qu'une fois, à Naples, comme un saint local refusait d'opérer son miracle annuel, les gens se sont levés dans l'église en hurlant : « Cochon de saint ! » Mais dans quelle mesure ces convictions sont-elles vraiment enracinées ?

— Il s'agit d'une alliance, vous savez. À plusieurs niveaux. Ou, plutôt, l'alliance est une tresse constituée de plusieurs brins. Voici la vérité : les dieux ont besoin de nous ! Mardouk avait besoin...

Il se tut, l'air soudain désespéré.

— Il avait besoin de vous ?

— Il souhaitait ma compagnie, corrigea Azriel. Je ne peux pas affirmer qu'il avait besoin de moi. Babylone tout entière lui appartenait. Mais ces sentiments sont d'une telle complexité... Il me regarda. Où sont les ossements de votre père ?

— Là où les nazis les ont enterrés, en Pologne. Ou dans l'air et le vent, s'ils ont été brûlés.

Il parut touché au cœur par ces paroles.

— Vous comprenez que je parle de la Seconde Guerre mondiale, de l'Holocauste et de la persécution des Juifs, n'est-ce pas ?

— Oui, oui, je suis au courant. Et d'entendre que votre père et votre mère y ont disparu me blesse le cœur, ôte tout intérêt à mes questions. Je souhaitais seulement vous faire observer que vous avez probablement des superstitions concernant vos parents. Vous ne voudriez pas troubler leurs ossements.

— J'ai de ces superstitions en ce qui concerne les photos de mes parents, admis-je. Je fais tout pour que rien ne leur arrive, et si jamais j'en perds une, j'ai le sentiment d'avoir commis un terrible péché, comme si j'avais insulté mes ancêtres et ma tribu.

— Ah, s'exclama Azriel. Voilà précisément ce dont je parle. Je veux vous montrer quelque chose. Où est mon manteau ? Il se leva, trouva son manteau à bavolets, et tira un petit paquet en plastique de la poche intérieure. Le plastique, figurez-vous que j'adore ça.

— Je pense que le monde entier aime le plastique. Mais vous, pourquoi vous plaît-il tant ? demandai-je en le regardant revenir près du feu, s'affaler dans son fauteuil et ouvrir le sachet.

— Parce qu'il garde les choses propres et pures.

Il me tendit une photo qui semblait représenter Gregory Belkin. Pourtant, ce n'était pas lui. L'homme avait la longue barbe, les papillotes et le chapeau de soie noire des hassidim. J'étais stupéfait.

— J'ai été fait pour détruire, dit-il. Vous vous rappelez, n'est-ce pas, cette belle parole : « Ne détruis pas ! », qui précède tant d'anciens psaumes ? Nous devons la chanter suivant une certaine mélodie...

Je dus réfléchir.

— Allons, Jonathan, vous le savez.

— *Altashhteth* ! Ne détruis pas !

Il sourit et ses yeux s'emplirent de larmes. Il rangea la photo d'une main tremblante et posa l'enveloppe en plastique sur le petit tabouret, entre nos deux fauteuils, assez loin du feu pour qu'il ne l'endommage pas. Il contempla à nouveau les flammes.

Une émotion violente me submergea. Je ne pouvais pas parler. Ce n'était pas seulement le souvenir de mon père et de ma mère, tués en Pologne par les nazis, ni le rappel du projet fou de Gregory Belkin qui avait été dangereusement près de réussir ; ce n'était pas seulement sa beauté, ni le fait que nous soyons ensemble, ou que je parle avec un esprit. C'était autre chose, mais quoi, je l'ignorais.

Je pensai à Ivan, dans *Les Frères Karamazov*, et je songeai : Est-ce là mon rêve ? Je meurs, en vérité. La pièce s'emplit de neige et je meurs, m'imaginant parler à ce beau jeune homme si semblable aux bas-reliefs mésopotamiens du British Museum, à ces rois solennels qui ne possèdent pas la moindre félinité, contrairement aux pharaons, mais arborent sur le visage une pilosité presque sexuelle, brune, drue comme celle autour des organes génitaux.

Je regardai Azriel. Il se tourna lentement et, l'espace d'un instant, je connus la peur. Pour la première fois. C'était sa façon de tourner la tête. Il pivota vers moi, à l'écoute de mes pensées, lisant mon émotion, ou touchant mon cœur. Je me rendis compte qu'il m'avait joué un tour.

Il était vêtu différemment, d'une tunique souple en velours rouge, légèrement resserrée à la taille, par-dessus un ample pantalon de même étoffe, avec de fines chaussures assorties.

— Non, vous ne rêvez pas, Jonathan Ben Isaac. Je suis là.

Le feu projeta un nuage d'étincelles, comme si l'on y avait jeté quelque chose.

Azriel arborait à présent une épaisse moustache et une barbe semblable à celles des rois et des soldats représentés sur ces antiques tablettes. Je compris pourquoi Dieu lui avait donné cette grande bouche de chérubin : elle se détachait parmi l'abondance des poils et vivait son existence propre lorsqu'il parlait.

Il sursauta, leva la main pour tâter les pilosités de son visage, et grommela :

— Cette partie-là n'entrait pas dans mes intentions. Mais je crois que je vais devoir céder.

— L'Éternel veut-Il que vous soyez barbu ? demandai-je.

— Je ne pense pas. Je ne sais pas !

— Comment avez-vous fait pour transformer vos vêtements ? Comment faites-vous pour disparaître ?

— C'est un jeu d'enfant qu'un jour la science maîtrisera. Je me suis contenté de rejeter les particules plus petites que les atomes. Je les avais attirées à moi, par une force magnétique, en quelque sorte, pour produire mes anciens vêtements. Ils n'étaient pas réels, mais simplement fabriqués par un fantôme. Pour les chasser, j'ai ordonné, comme un magicien : « Allez-vous-en jusqu'à ce que je vous rappelle. » Puis j'ai créé des vêtements nouveaux. J'ai récité dans mon cœur avec la conviction d'un magicien : « Par les vivants et par les morts, par la terre brute et par ce qui est fabriqué, raffiné, tissé et chéri, venez à moi, plus petits que les grains de sable, sans bruit, sans vous faire voir, sans blesser personne, avec toute la célérité dont vous êtes capables, franchissez les barrières qui m'entourent et vêtez-moi de velours rouge, de tissu souple couleur de rubis. Voyez ces vêtements dans mon esprit, et venez. » Il soupira. Ce fut ainsi.

Il garda le silence pendant un moment. J'étais tellement fasciné par ce nouveau costume rouge et par la façon dont, soudain empreint d'un air royal, Azriel en était métamorphosé, que je me taisais moi aussi. Je poussai une grosse bûche dans le feu, y jetai un peu de charbon, sans quitter le sanctuaire de mon vieux fauteuil délabré.

Les yeux perdus au loin, Azriel fredonnait, d'une voix si basse que je ne la distinguai du doux bruissement du feu qu'au prix d'un effort. Il chantait en hébreu, mais ce n'était pas l'hébreu que je connaissais. J'en savais assez, toutefois, pour deviner qu'il s'agissait du psaume « Auprès des fleuves de Babylone ». Lorsqu'il eut fini, j'étais bouleversé.

Je me demandais s'il neigeait en Pologne, si mes parents avaient été enterrés ou brûlés. Azriel était-il capable de rassembler les cendres de mes parents ? Cette pensée me parut horriblement blasphématoire.

— Nous avons tous des superstitions secrètes, commença-t-il. Lorsque j'ai eu la maladresse de vous interroger sur vos parents, je voulais dire que vous croyez à certaines choses sans y croire vraiment. Vous vivez dans un double système de pensée.

Je réfléchis. Il m'observait attentivement, le sourcil froncé, mais sa bouche d'ange souriait. Son expression était sincère, respectueuse.

— Je ne peux pas les ramener à la vie. Je ne peux pas ! ajouta-t-il.

Il contempla à nouveau les flammes.

— Les parents de Gregory Belkin ont péri dans l'Holocauste en Europe, poursuivit-il. Gregory a sombré dans la folie. Son frère est devenu un saint homme, un *zaddik*. Vous, vous êtes devenu un savant, un professeur, doué pour vous faire comprendre et aimer de vos élèves.

— Vous m'honorez, murmurai-je.

Mille questions sans importance bourdonnaient autour de moi comme des abeilles, mais je ne voulais pas, par ces vétilles, interrompre stupidement son récit.

— Continuez, Azriel, je vous en prie. Parlez. Dites-moi ce que vous voulez que je sache.

— Nous étions de riches exilés. Vous connaissez l'histoire. Nabuchodonosor est entré dans Jérusalem, il a massacré les soldats et jonché les rues de cadavres. Puis il a mis en place un gouverneur babylonien qui surveillait les paysans travaillant dans nos domaines et nos vignobles, et expédiait les récoltes à la Cour de son pays.

Cependant, les gens riches, les commerçants, les scribes, comme ceux de ma famille, n'ont pas été massacrés. Nabuchodonosor n'a pas aiguisé son épée sur nos cous. Nous avons été emmenés à Babylone avec tout ce que nous pouvions transporter — des chariots chargés des beaux meubles rescapés du pillage de notre temple —, et nous avons reçu de belles maisons où vivre. Nous avons ouvert des boutiques afin de servir le marché de Babylone, le temple et la Cour. L'histoire s'est répétée mille fois, en ces siècles. Les cruels Assyriens eux-mêmes passaient les soldats au fil de l'épée, mais ils emmenaient avec eux l'homme qui savait écrire en trois langues et le garçon qui sculptait parfaitement l'ivoire. C'est ce qui nous est arrivé. Les Babyloniens n'étaient pas plus mauvais que d'autres. Imaginez être ramenés de force en Égypte ! Imaginez ! L'Égypte, où les gens ne vivaient que pour mourir, où ils répétaient nuit et jour des chants de mort, où il n'y avait qu'une interminable succession de villages et de champs à perte de vue.

Nous ne nous en sortions pas trop mal.

À l'âge de onze ans, j'étais déjà allé au temple en qualité de page, comme beaucoup de jeunes Hébreux fortunés. J'avais vu la grande statue de Mardouk, dans son immense sanctuaire, au sommet de la ziggourat d'Etemenanki. J'étais entré dans le saint des saints avec les prêtres, et les pensées les plus étranges m'étaient venues ! La grande statue me ressemblait plus encore que la petite.

Quand je levais les yeux vers elle, lorsqu'on la sortait pour la Procession du nouvel an, l'effigie d'or au sein de laquelle vivait et régnait le puissant Mardouk souriait.

J'étais trop malin pour en parler aux prêtres. Un jour, nous apprêtions le saint des saints pour la femme qui allait venir passer la nuit avec le dieu, lorsque l'un d'eux me demanda : « Que dis-tu ? » Je n'avais pas prononcé un mot, bien sûr ; c'était Mardouk qui l'avait dit : « Eh bien, Azriel, que penses-tu de ma maison ? Je suis si souvent venu dans la tienne. »

Dès lors, les prêtres furent à l'affût. Pourtant, mon destin aurait pu évoluer différemment. J'aurais pu avoir une longue vie humaine, suivre un autre chemin. Avoir des fils, des filles...

Sur le moment, j'ai beaucoup aimé cette petite blague de Mardouk. Nous avons continué à préparer la chambre, somptueuse, avec ses murs couverts d'or, et la couche de soie où s'allongerait la femme, cette nuit-là, pour être prise par le dieu. Puis nous sommes partis, et l'un des prêtres m'a murmuré : « Le dieu t'a souri ! »

J'étais pétrifié de peur, et je n'avais aucune envie de répondre.

Les riches hébreux étaient bien traités, comme je vous l'expliquais. Cependant je ne parlais pas vraiment aux prêtres avec autant de confiance qu'aux Hébreux. Vous comprenez. Ils étaient les prêtres des dieux qu'il nous était interdit d'adorer. En outre, je me méfiais d'eux. Ils étaient trop nombreux ; certains étaient sots, d'autres malins et sournois. Je répondis simplement que j'avais également vu le sourire et que je l'avais pris pour la lumière du soleil.

Le prêtre tremblait.

Je n'avais plus pensé à cet incident depuis des années. Je ne sais pas pourquoi je m'en souviens maintenant, sinon parce que c'est sans doute à cet instant que mon destin fut fixé.

Mardouk commença alors à me parler à tout moment. Par exemple, lorsque, dans la maison des tablettes, je travaillais très sérieusement à copier et à apprendre par cœur les textes en sumérien, alors que déjà plus personne ne le parlait à l'époque. Il faut que je vous raconte quelque chose d'amusant que j'ai appris ici, dans ce monde du XXe siècle. Je l'ai entendu à New York, quelques jours après cette affaire avec Gregory Belkin. Je me promenais en essayant de faire prendre à mon corps des formes d'autres personnes, sans succès. J'ai entendu cette chose drôle...

— Quoi ? demandai-je aussitôt.
— Que personne ne sait d'où venaient les Sumériens ! Qu'ils semblaient surgis de nulle part, avec leur langue différente de toutes les autres, eux, les bâtisseurs des premières villes de nos vallées magnifiques ! Personne ne sait rien sur eux, même à l'heure actuelle.

— C'est vrai. Mais le saviez-vous à l'époque ?

— Non. Nous savions ce qui était écrit sur les tablettes : que Mardouk avait fait des figurines de glaise et qu'il leur avait insufflé la vie. C'est tout. Mais découvrir deux mille ans plus tard que vous ne possédez pas de solides archives archéologiques ou historiques sur l'origine des Sumériens — sur l'évolution de leur langue, sur leur émigration dans la vallée, par exemple — c'est étrange, pour moi.

— Eh bien, avez-vous remarqué que nous ignorons tout autant d'où venaient les Juifs ? Ou bien allez-vous me soutenir que vous saviez avec certitude, en ce temps-là, lorsque vous étiez enfant à Babylone, que Dieu avait fait partir Abraham de la ville d'Ur et que Jacob avait combattu l'ange ?

Il rit et haussa les épaules.

— Il existait tant de versions de cette histoire ! Si vous saviez ! Les combats entre les hommes et les anges étaient fréquents... et indiscutables ! Que contiennent aujourd'hui vos Livres sacrés ? Des restes ! L'histoire entière de Yahvé écrasant le Léviathan ? Disparue ! Disparue ! Et moi qui la copiais sans cesse ! Mais j'anticipe. Je veux décrire les choses dans un certain ordre. Non, je ne suis pas surpris d'entendre que nul ne connaît la provenance du peuple juif. Déjà, à l'époque, les histoires abondaient.

Permettez que je vous parle d'abord de ma maison. Elle se trouvait dans le quartier des Hébreux riches. Je vous ai expliqué ce que signifiait l'exil. Nous devions être des citoyens de qualité dans une ville cosmopolite. Étant le butin, nous étions libres de nous multiplier et de produire des richesses. À mon époque, Nabuchodonosor était mort. Nous étions gouvernés par Nabonide, absent de la cité. Nous le haïssions. Nous pensions qu'il était fou, ou obsédé. Son histoire est racontée dans le Livre de Daniel, mais avec une erreur sur son nom. C'est vrai, les prophètes s'acharnaient à le désorienter, avec leurs prédictions, pour l'obliger à nous laisser rentrer chez nous. Mais ils n'ont abouti à rien.

Nabonide avait des idées secrètes bien à lui. C'était un savant. Il creusait des montagnes, et il était déterminé à maintenir la gloire de Babylone. Mais il aimait d'amour fou le dieu Sin, or Babylone était la ville de Mardouk. Et lorsque ce roi, amoureux fou d'un autre dieu, a disparu pendant dix ans, dix ans ! dans le désert, laissant Balthazar à la tête des affaires, la haine contre lui n'a fait que croître. Pendant son absence, il était impossible de célébrer la Procession du nouvel an, la plus grande fête de Babylone, durant laquelle Mardouk prenait le roi par la main pour marcher avec lui dans les rues. À l'époque où j'ai commencé à travailler sérieusement au temple et au palais, les prêtres de Mardouk méprisaient Nabonide. Et ils n'étaient pas les seuls.

Je n'ai jamais connu entièrement le secret de Nabonide. Si nous pouvions le faire surgir maintenant, comme la pythonisse d'Endor évoqua l'ombre du prophète Samuel, l'arrachant au sommeil, souvenez-vous, pour que le roi Saül puisse lui parler... si nous pouvions faire revenir Nabonide, il nous raconterait peut-être des choses extraordinaires. Mais ma mission en ce moment n'est pas de devenir nécromancien ou magicien ; ma mission consiste à retrouver l'Échelle qui monte au Ciel. J'en ai assez des brumes où errent les âmes perdues, suppliantes, dans l'attente que quelqu'un appelle un nom.

Il se peut que Nabonide soit entré dans la lumière. Peut-être a-t-il gravi l'Échelle. Il n'a pas vécu sa vie dans la cruauté et la débauche, mais dans la dévotion à un dieu qui n'était pas celui de sa cité, voilà tout.

Je ne l'ai vu qu'une fois, dans les derniers jours de ma vie. Il était totalement impliqué dans l'intrigue. Il m'a fait l'effet d'un homme déjà mort, d'un roi dont le temps aurait été écoulé, doté de la bénédiction d'une bienheureuse indifférence à la vie. Tout ce qu'il désirait en ce dernier jour, ou cette nuit, où nous nous sommes rencontrés, c'était que Babylone ne soit pas saccagée. C'est ce qu'ils voulaient tous. Voilà comment j'ai perdu mon âme.

Mais j'en viendrai bien assez tôt à cette horrible histoire. Alors, je me fichais bien de Nabonide. Nous vivions dans les belles maisons du quartier hébreu. Nous construisions en ce temps-là des murs épais de deux mètres, qui préservaient admirablement la fraîcheur. C'étaient de vastes bâtisses, avec quantité d'antichambres, de salles à manger et de pièces entourant une vaste cour centrale. La maison de mon père avait quatre étages, et les pièces du haut, en bois, abritaient des cousins et des vieilles tantes qui, souvent, ne descendaient pas jusque dans la cour, mais se contentaient de prendre l'air par les fenêtres ouvertes.

La cour était un paradis. On aurait dit une petite portion des jardins suspendus. Y poussaient un figuier, un saule, deux palmiers dattiers, et des fleurs de toutes sortes ; une vigne couvrait la tonnelle sous laquelle nous dînions, et des fontaines projetaient leurs rivières scintillantes dans des bassins où les poissons allaient et venaient comme des joyaux vivants.

Les céramiques vernissées, comportant de magnifiques couleurs, du bleu, du rouge, du jaune, représentant des scènes, des personnages, des fleurs dataient des Akkadiens, avant les Chaldéens.

Il y avait aussi de l'herbe dans cette cour, et s'y ouvrait une salle où étaient enterrés les ancêtres.

J'y ai grandi, jouant parmi les palmiers dattiers et les fleurs, et je l'ai aimée, jusqu'au jour... jusqu'au jour de ma mort. J'adorais m'allonger là, en fin d'après-midi, bercé par la musique des fontaines, sans écouter ceux qui me rappelaient que ma place était au scriptorium à copier des psaumes. Je n'étais pas vraiment paresseux, simplement je suivais mes envies. Je m'en tirais toujours. Je n'étais pas vraiment une mauvaise tête et j'étais de loin le plus savant de la famille. Bien souvent mes oncles, sans vouloir l'admettre, m'ont apporté trois versions d'un psaume du roi David pour savoir laquelle je trouvais la plus authentique, et ils s'en tenaient à mon avis.

Nous n'avions pas de lieu officiel de réunion pour la prière, puisque nous avions le grandiose projet de retourner chez nous et d'y reconstruire entièrement le Temple de Salomon ; alors à quoi bon bâtir à Babylone un temple de second ordre ? Après ma mort et ma malédiction, lorsque j'étais déjà Serviteur des Ossements, les Juifs sont en effet rentrés chez eux, et ils ont construit ce temple. Je le sais, parce que je l'ai vu, un jour... comme dans un brouillard, mais je l'ai vu.

À Babylone, nous nous réunissions dans des maisons privées pour prier, ou pour que les Anciens lisent les lettres des rebelles qui se cachaient encore sur le mont Sion et de nos prophètes d'Égypte. Jérémie, par exemple, y est resté longtemps prisonnier, mais je n'ai pas le souvenir que quiconque ait jamais lu une de ses lettres. En revanche, je me rappelle quantité de lettres délirantes d'Ézéchiel. Il n'écrivait pas lui-même. Il allait et venait en proférant des prophéties, et ses auditeurs les notaient.

C'était ainsi que, dans nos maisons, nous priions notre Yahvé invisible et tout-puissant — nous rappelant que, avant la promesse de David de construire un temple, Yahvé et l'Arche d'alliance avaient été logés sous une simple tente. Cela avait son sens et sa valeur : pour beaucoup d'Anciens, cette idée de temple était babylonienne, et ils réclamaient notre retour à une vie nomade.

Notre famille se composait depuis neuf générations de marchands prospères, des citadins qui vivaient à Ninive avant de s'installer à Jérusalem, je crois, et nous avions très peu de notions sur la vie nomade. L'histoire de Moïse ne signifiait pas grand-chose pour nous. Comment les Hébreux avaient-ils pu errer dans le désert pendant quarante ans ?

Une tente était pour moi une tenture de soie au-dessus de mon lit, la lueur rougeoyante dans laquelle je reposais, les mains sous la tête, pour raconter à Mardouk les assemblées de prières et pour écouter ses plaisanteries.

Lors de certaines de ces assemblées, nos prophètes hurlaient et déliraient. Leurs livres sont désormais perdus. On me désignait souvent comme celui qui avait reçu la faveur du regard de Yahvé, même si personne ne savait trop ce que cela signifiait.

Je pense qu'ils savaient tous que je voyais plus loin que les autres, que je voyais les âmes, que je voyais comme un zaddik, un saint. Mais je n'étais pas un saint, juste un jeune homme outrecuidant.

Il se tut. L'acuité du souvenir semblait l'arrêter et le retenir.

— Vous étiez heureux, dis-je. Par nature, vous étiez heureux ; vraiment heureux.

— Oui, et je le savais. Mes amis aussi. En fait, ils me taquinaient souvent car j'étais trop heureux. Rien ne paraissait difficile, voyez-vous. Rien ne paraissait sombre ! L'obscurité venait avec la mort. La pire obscurité, pour moi, vint juste avant, et peut-être... peut-être même maintenant. Mais l'obscurité... Affronter le monde de l'obscurité, c'est comme essayer de tracer la carte des étoiles.

Que disais-je ? Ah oui, tout m'était facile. Je prenais plaisir à tout. Par exemple, pour m'instruire je devais travailler dans la maison des tablettes. Je devais bénéficier d'une véritable instruction babylonienne. C'était la sagesse, pour l'avenir, pour le commerce, pour être un homme de savoir. Nos maîtres nous accablaient jusque bien après la tombée du jour si nous prenions du retard, ou si nous ne savions pas nos leçons, mais le plus souvent tout m'était facile.

J'adorais le sumérien ancien. J'adorais les histoires de Gilgamesh et « Au Commencement », j'adorais les transcrire pour que des copies soient envoyées dans les autres villes de Babylonie. Je savais presque parler le sumérien. Je pourrais encore vous raconter par écrit ma vie en sumérien. Il se tut. Non, je ne pourrais pas. Si j'avais pu écrire l'histoire de ma vie, je n'aurais pas gravi cette montagne enneigée pour vous en charger... Je ne peux pas... Je ne peux écrire en aucune langue. Parler fait sourdre la souffrance...

— Je comprends, et je suis ici pour écouter. Le fait est que vous savez le sumérien, que vous pouvez le lire et le traduire.

— Oui, oui, oui, et l'akkadien, la langue qui a été utilisée par la suite, et le persan qui nous envahissait tous à l'époque, et le grec — je le lisais très bien — et l'araméen, qui remplaçait l'hébreu dans notre vie quotidienne. Mais j'écrivais l'hébreu aussi.

J'apprenais mes leçons. J'écrivais vite. Ma façon de plonger mon stylet dans l'argile faisait rire tout le monde, mais j'écrivais bien. Vraiment. J'aimais aussi lire à voix haute. Chaque fois que le maître tombait malade, qu'il était appelé ailleurs, ou qu'il était soudain pris du désir d'avaler sa potion, également connue sous le nom de bière, je quittais ma place et je commençais à lire Gilgamesh aux autres étudiants, d'une voix exagérée, pour les faire rire.

Vous connaissez l'ancien mythe, bien sûr. Il est important pour notre histoire, tout stupide et absurde qu'il soit. Le roi Gilgamesh parcourt la cité comme un fou — sur certaines tablettes c'est un géant, sur d'autres un homme de taille normale. Il se conduit comme un taureau, et il fait battre le tambour sans relâche, ce qui déplaît à tous. On n'est pas censé battre le tambour, sauf dans certaines circonstances — pour effrayer les esprits ou annoncer la célébration d'un mariage.

Nous avons donc Gilgamesh qui dévaste la cité d'Ourouk. Que font les dieux — les dieux sumériens —, à peu près aussi astucieux qu'un troupeau de buffles d'eau ? Ils créent le pendant de Gilgamesh en la personne d'un sauvage nommé Enkidou, qui est couvert de poils, vit dans les bois, et aime boire avec les bêtes — oh, c'est si important, en ce monde, ceux avec qui l'on mange et l'on boit, et ainsi de suite ! Donc, ce sauvage Enkidou descend au bord du fleuve pour boire avec les animaux, et le voilà dompté après sept jours passés avec une prostituée du temple !

Absurde, non ? Dès lors qu'il a connu la prostituée, les bêtes n'ont plus voulu de lui. Pourquoi ? Étaient-elles jalouses de ne pas pouvoir coucher avec la prostituée ? Les bêtes ne copulent-elles pas avec les bêtes ? N'y a-t-il pas de prostituées parmi les bêtes ? En quoi le fait de copuler avec une femme rend-il l'homme moins animal ? Toute cette histoire de Gilgamesh n'a pas de sens, sinon une sorte de code bizarre. Tout est un code, n'est-ce pas ?

— Je pense que vous avez raison. C'est un code, mais un code pour quoi ? Continuez l'histoire de Gilgamesh. Racontez-moi comment se termine votre version. Vous savez que nous n'en avons plus que des fragments, et que l'ancienne transcription que vous possédiez n'existe plus.

— L'histoire se terminait comme dans vos versions modernes. Gilgamesh ne pouvait pas se résigner à la mort d'Enkidou. Enkidou mourait, mais je ne me rappelle plus bien pourquoi. Gilgamesh se comportait alors comme s'il n'avait jamais vu personne mourir. Il allait vers l'immortel qui avait survécu au grand déluge. Le grand déluge. Votre déluge. Le déluge de tout le monde. Pour nous, c'étaient Noé et ses fils. Pour eux, c'était un immortel qui vivait au pays de Dilmoun, dans la mer. Le grand survivant du déluge. Et voilà ce génie de Gilgamesh parti pour le voir afin d'obtenir l'immortalité. Et que dit cet Ancien — qui pour nous serait l'Hébreu Noé ? « Gilgamesh, si tu peux rester éveillé pendant sept jours et sept nuits, tu deviendras immortel. »

Et Gilgamesh s'endormit instantanément. Instantanément ! Il n'attendit pas un jour, pas une nuit. Il bascula ! Bang.

Endormi. Ce fut la fin de ce projet. Sauf que l'immortelle veuve de l'homme immortel qui avait survécu au déluge le prit en pitié. Ils expliquèrent à Gilgamesh que s'il se laissait couler au fond de la mer avec des pierres attachées aux pieds, il pourrait découvrir une plante qui donne la jeunesse éternelle. À mon avis, ils essayaient de noyer ce pauvre homme.

Notre version, comme la vôtre, suivait Gilgamesh dans cette expédition. Il descendit et trouva la plante. Puis il remonta. S'endormit. Une terrible habitude… Et un serpent vint lui dérober la plante. Ah, quelle déception pour Gilgamesh ! Le récit se termine par ce conseil : « Profitez de la vie, emplissez-vous la panse de vin et de nourriture, et acceptez la mort. Les dieux gardent l'immortalité, la mort est le lot de l'homme. » Vous savez, ces profondes révélations philosophiques !

Je ris.

— J'aime votre façon de raconter. Quand vous lisiez, dans la maison des tablettes, était-ce avec autant de ferveur ?

— Toujours ! Mais même à l'époque, qu'avions-nous ? Des réminiscences très anciennes. Ourouk avait été construite des milliers d'années auparavant. Peut-être ce roi avait-il vraiment existé. Peut-être.

Permettez-moi aujourd'hui d'exprimer l'opinion que j'ai pu me forger sur toute cette histoire. Chez les rois, la folie est chose courante, l'équilibre mental est rare. Gilgamesh est devenu fou. Nabonide était dément. Et, d'après moi, Pharaon l'était aussi, si j'en crois les histoires que j'ai entendues sur son compte.

Et je le comprends : j'ai observé le visage de Cyrus le Perse, et celui de Nabonide. Je sais que les rois sont seuls, absolument seuls. J'ai observé le visage de Gregory Belkin, un roi dans son genre. J'y ai reconnu cette même solitude et cette même faiblesse. Il n'y a ni père ni mère, pas de limite au pouvoir, et le désastre est la part des rois. J'ai observé encore les visages de bien d'autres rois, mais passons là-dessus, car ce que j'ai fait en tant que Serviteur des Ossements ne compte plus guère, si ce n'est que, chaque fois que je commettais un meurtre, je détruisais un univers, n'est-ce pas ?

— Peut-être, ou bien vous renvoyiez la mauvaise flamme se purifier dans le grand feu de Dieu.

— Ah, que c'est beau !

J'étais flatté. Mais le croyais-je vraiment ?

— Poursuivons le récit de ma vie, dit-il. J'ai travaillé à la Cour dès que j'ai pu quitter la maison des tablettes ; l'écriture et la lecture sont devenues de première importance pour moi. Je connaissais toutes les langues. Je lisais quantité de documents étranges et de vieilles lettres en sumérien et j'étais utile au régent Balthazar. Personne ne l'aimait, comme je l'ai raconté. Il ne pouvait pas organiser la Procession du nouvel an. Ou les prêtres ne voulaient pas de lui, ou Mardouk s'y opposait, qui sait ? En tout cas, il n'était guère destiné à être aimé.

Pourtant, je ne peux pas dire que l'atmosphère au palais était mauvaise. Au contraire, c'était assez sympathique. Bien entendu la correspondance était sans fin. Il arrivait d'innombrables lettres des territoires les plus éloignés — plaintes contre l'arrivée des Perses ou des Égyptiens, prédictions astrologiques en tout genre...

Au palais, je me suis lié avec les sages qui conseillaient le roi. J'aimais les écouter. Je me suis aperçu que, quand Mardouk me parlait, les sages pouvaient parfois l'entendre. Et je me suis rendu compte que l'histoire du sourire n'avait jamais été oubliée. Mardouk avait souri à Azriel.

Ah, que de secrets je connaissais.

Un jour, je rentrais chez moi à pied. J'avais dix-neuf ans. Il me restait très peu de temps à vivre, mais je l'ignorais. Je demandai à Mardouk : « Comment les sages peuvent-ils t'entendre, quand tu me parles ? » Il me répondit que ces hommes étaient des prophètes et des magiciens au même titre que certains de nos prophètes et nos sages hébreux, même si personne ne voulait vraiment l'admettre, et qu'ils avaient, comme moi, le pouvoir d'entendre un esprit.

Il soupira et me recommanda en sumérien d'être très vigilant. « Ces hommes connaissent tes pouvoirs. »

Je ne lui avais jamais entendu cette voix découragée. Nous avions depuis longtemps dépassé le stade où je lui demandais des faveurs ou de jouer des tours aux gens, et désormais nous parlions surtout de questions importantes. Il disait souvent qu'il voyait plus clairement par mes yeux. J'ignorais ce que cela signifiait, mais ce jour-là il me parut si découragé que je m'inquiétai.

— Mes pouvoirs ! m'exclamai-je d'une voix sarcastique. Quels pouvoirs ! Tu as souri. Tu es le dieu !

Seul le silence me répondit, mais je savais qu'il était là. Je le sentais, comme une chaleur, je l'entendais, comme une respiration. Vous savez, comme un aveugle a conscience d'une présence.

J'arrivais devant ma porte et je m'apprêtais à entrer, lorsque, en me retournant, je le vis pour la première fois. Je vis Mardouk. Pas la statuette en or de ma chambre. Ni les grandes statues du temple. Mardouk lui-même.

Adossé au mur, bras croisés, un genou replié, il me regardait. C'était Mardouk. Entièrement recouvert d'or comme dans le sanctuaire, mais vivant. Ses cheveux bouclés et sa barbe ne semblaient pas d'or massif comme sur la statue, mais d'or vivant. Ses yeux étaient plus bruns que les miens, c'est-à-dire plus pâles, avec plus de jaune dans l'iris. Il me sourit.

— Ah, Azriel, s'écria-t-il. Je savais que cela arriverait. Je le savais.

Puis il s'avança et m'embrassa sur les deux joues. Ses mains étaient très douces. Il était de ma taille, et, j'avais raison, il existait entre nous une grande ressemblance, même si ses sourcils étaient un peu plus hauts que les miens et son front plus lisse, ce qui le faisait paraître moins espiègle et moins féroce de nature que moi.

L'envie me prit de le serrer dans mes bras. Il n'attendit pas que je le dise.

— Fais-le, dit-il. Mais à cet instant-là d'autres pourront peut-être me voir aussi.

Je l'étreignis comme mon plus vieil ami, l'être le plus cher que j'eusse au monde hormis mon père. Ce soir-là j'ai commis l'erreur de confier à mon père que je parlais avec mon dieu. Je n'aurais jamais dû le lui révéler. Je me demande ce qui serait arrivé si j'avais gardé mon secret.

Je l'interrompis.

— Quelqu'un d'autre a vu Mardouk, à votre connaissance ?

— Oui. Le gardien de notre maison. Il a failli s'évanouir

devant cet homme recouvert d'or. Une de mes sœurs l'a vu aussi, d'en haut, à travers les jalousies ; ainsi que l'un de nos anciens Hébreux, qui l'a aperçu, et qui a accouru le soir même avec son bâton, pour clamer qu'il m'avait vu avec un démon, ou avec un ange, il ne savait pas.

C'est alors que mon père, si bon et que j'aimais tant, a déclaré : « C'était Mardouk, le dieu de Babylone. » Peut-être est-ce la raison pour laquelle nous sommes ici ensemble. Mon père n'a jamais eu l'intention de me faire du mal. Jamais de sa vie il n'a voulu infliger de cruauté à quiconque ! Il n'en a jamais eu l'intention ! Il était... il était mon petit frère.

Laissez-moi vous expliquer, car j'ai tout compris. J'étais l'aîné, né dans la jeunesse de mon père, car l'exil forcé avait été dur pour notre peuple, et l'on se mariait jeune pour avoir des fils.

Mon père était le bébé de sa famille, le petit Benjamin aimé de tous, et je ne saurais dire comment j'ai fini par être son grand frère, et le traiter comme tel. En tant que fils aîné, je le bousculais un peu. Ou, plutôt, nous étions devenus... deux amis intimes.

Mon père travaillait beaucoup. Mais nous étions proches. Nous allions ensemble dans les tavernes, et nous buvions ensemble. Nous partagions les mêmes femmes. Ce soir-là, ivre, je lui ai raconté comment Mardouk me parlait depuis des années, comment je venais de le voir et comment mon dieu personnel était le grand dieu de Babylone.

Quelle folie ! Il commença par rire, puis il s'inquiéta, enfin il se passionna. Oh, jamais je n'aurais dû le lui avouer ! Et Mardouk le savait. Il était dans la taverne, loin de moi, vaporeux, doré comme la lumière, et visible de moi seul. Il secoua la tête et me tourna le dos lorsque je me confiai à mon père. Mais j'aimais tellement mon père, voyez-vous, et j'étais tellement heureux ! Je voulais qu'il le sache. Je voulais qu'il sache comment j'avais serré le dieu dans mes bras ! Quelle stupidité !

Permettez-moi de me retirer à l'arrière-plan. Le premier plan devient trop chaud pour moi, il me blesse et me pique les yeux.

La famille. Je vous ai appris qui nous étions : de riches marchands, et les scribes de nos Livres sacrés. Toutes les tribus juives de Babylone étaient les scribes des Livres sacrés et s'astreignaient à en établir des copies pour leur propre descendance, mais nous, nous étions réputés pour l'exactitude et la rapidité de nos copistes. Nous possédions une immense bibliothèque de textes anciens. Nous possédions, je ne sais pas, peut-être vingt-cinq histoires différentes de Joseph, de l'Égypte, de Moïse, et décider quoi inclure ou ne pas inclure était un éternel sujet de discussions. Nous avions tant de récits concernant Joseph en Égypte que nous avions décidé de ne pas les croire tous. Peut-être avions-nous tort. Qui sait ? Je me demande ce que sont devenus toutes ces tablettes, tous ces rouleaux.

Revenons à la trame de ma vie. Chaque fois que je quittais la Cour, la maison des tablettes ou la place du marché, je rentrais directement chez moi pour passer la soirée à travailler sur les Saintes Écritures, avec mes sœurs, mes cousins et mes oncles, dans nos scriptoria, qui étaient de grandes salles.

Je le répète, je n'ai jamais été d'un tempérament calme, et je chantais les psaumes à pleine voix tout en les copiant, ce qui irritait l'un de mes oncles. Je ne sais pas pourquoi : il était sourd ! Et j'ai une voix agréable.

— Oh oui.

— Comment un oncle sourd pouvait-il s'offusquer autant ? Il sentait que je ne chantais pas les psaumes simplement comme je viens de vous chanter celui-ci, mais comme on chanterait avec des cymbales et en dansant, voyez-vous, avec un peu d'éclat supplémentaire, et cela le contrariait.

Il répétait : « Chaque chose en son temps, il y a un temps pour écrire et un temps pour chanter les hymnes de l'Éternel. » Je cédais avec un haussement d'épaules, mais j'étais du genre à m'énerver facilement. Cependant, ne vous y trompez pas, je n'étais pas vraiment mauvais...

— J'imagine bien quel genre d'homme vous deviez être...

— Oui, je pense que maintenant vous le savez, et peut-être que si vous me jugiez mauvais vous m'auriez jeté dehors dans la neige.

Il me dévisagea. Son regard n'avait rien de féroce. Les sourcils étaient épais et lourds, mais ses grands yeux lui donnaient un air charmant. Il me paraissait plus chaleureux et plus détendu, et je me sentais attiré vers lui, je voulais entendre tout ce qu'il avait à me raconter.

Mais je me demandais : Serais-je capable de le jeter dehors dans la neige ?

— J'ai supprimé bien des vies, dit-il, saisissant ma pensée. Mais je ne vous ferai jamais de mal, Jonathan Ben Isaac. Je ne ferais pas de mal à un homme comme vous. J'ai tué des assassins. Tout au moins quand je redevenais moi-même. C'était mon code d'honneur. Ce l'est encore aujourd'hui.

Dans les premiers temps où j'étais Serviteur des Ossements, comme je n'étais que le fantôme aigri et furieux du puissant magicien, je tuais les innocents parce que c'était la volonté de mon maître. Je me croyais obligé de le faire. Je croyais que celui qui m'appelait pouvait me contrôler, et j'accomplissais ses volontés, jusqu'au jour où je me suis brusquement rendu compte que je n'avais pas besoin d'être esclave, et que même si mon âme avait été enlevée à mon esprit, et mon esprit et mon âme enlevés à ma chair, je pouvais peut-être encore plaire à Dieu. Peut-être tous ces éléments pourraient-ils être à nouveau réunis un jour. Ah !

Il hocha la tête.

— Mais, Azriel, peut-être est-ce déjà fait !

— Oh, Dieu éternel, ne cherchez pas à me consoler, Jonathan. Je ne le supporte pas. Écoutez-moi seulement. Assurez-vous que vos magnétophones enregistrent mes paroles. Souvenez-vous de moi. Souvenez-vous de ce que je dis...

Son assurance se brisa soudain. Il contempla le feu.

— Ma famille, mon père, murmura-t-il. Mon père ! Comme il a souffert de ce qu'il avait fait, et comme il m'a regardé. Savez-vous ce qu'il m'a dit, après m'avoir fait tant de mal ? « Azriel, lequel de tous mes fils m'aime autant que tu m'aimes ? Personne d'autre ne pourrait me pardonner cela, hormis toi ! » Et il le croyait. Il le croyait vraiment, mon père, mon petit frère, en me regardant de ses yeux pleins de larmes, de sincérité, d'absolue conviction !

Excusez-moi, je vais trop vite. Je mourrai bien assez tôt. Cela ne prendra plus beaucoup de pages, je pense.

Il frémit de tout son corps. Puis les larmes lui montèrent à nouveau aux yeux.

— Pardonnez-moi, et rappelez-vous que pendant ces milliers d'années j'avais perdu la mémoire de tout cela. J'étais un fantôme aigri et amnésique. Et voilà que tout me revient. Et je vous confie mes souvenirs en pleurant.

— Continuez. Donnez-moi vos larmes, votre confiance, et votre souffrance. Je ne vous ferai pas défaut.

— Vous êtes un être rare, Jonathan Ben Isaac.

— Pas vraiment, non. Je suis professeur, et je suis un homme heureux. J'ai une femme et des enfants qui m'aiment. Je n'ai rien de particulier.

— Ah, mais vous êtes un homme bon, disposé à parler avec quelqu'un de mauvais ! Voilà ce qui est rare. Le *rebbe* des hassidim, lui, m'a tourné le dos ! Il rit soudain, d'un rire amer et profond. Il était trop bien pour parler au Serviteur des Ossements.

Je souris.

— Nous sommes tous juifs, mais il y a Juif et Juif.

— Oui. Les Israéliens, qui seraient les Maccabées. Et les hassidim.

— Et d'autres orthodoxes, et des « réformés », et ainsi de suite. Revenons à votre époque. Vous apparteniez à une grande famille heureuse.

— Oui. C'était normal — je vous l'ai expliqué — que les riches Hébreux travaillent au palais. Mon père y travaillait, ainsi que bon nombre de mes cousins. Nous étions des scribes, mais aussi des marchands, de pierreries, de soieries, d'argent et de livres. Le talent de mon père, dans le commerce, consistait à choisir les plus belles vaisselles pour la table du roi, pour la table des dieux dans le temple de Mardouk et pour Mardouk lui-même.

Sachez qu'à l'époque le temple était plein de chapelles, et que chaque jour on servait un repas à chaque divinité, y compris Mardouk. Ainsi le temple renfermait une immense collection de vaisselles d'or et d'argent. C'était mon père qui avait la responsabilité de trier les pièces qui ne convenaient pas.

Je l'accompagnais souvent au port pour accueillir les navires qui arrivaient, chargés des plus belles pièces de Grèce ou d'Égypte. Il m'apprenait à juger la ciselure d'une coupe, à reconnaître les alliages d'or les plus beaux et les plus lourds. J'ai appris à reconnaître un vrai rubis, un diamant, des perles — j'adorais les perles, et nous en vendions de toutes sortes, mais nous leur donnions un autre nom, nous les appelions les yeux de la mer. C'est ainsi que nous gagnions notre vie — au marché, au temple et au palais.

Ma famille avait des étals partout sur le marché ; nous y faisions le commerce des pierres précieuses, du miel, des étoffes teintes en bleu et en violet, des soieries et des toiles les plus riches. Nous vendions également de l'encens aux idolâtres qui le brûlaient pour Nabou et Ishtar, et bien sûr aussi pour Mardouk.

C'était l'assurance de notre survie, notre source de pouvoir, notre façon de rester ensemble et d'être forts, pour pouvoir un jour retourner chez nous. C'était aussi important que de copier les Livres sacrés.

— Cette histoire est vieille comme notre peuple, dis-je.

— Le commerce donnait à ma maison quelque chose de somptueux qu'elle n'aurait sans doute pas eu si nous avions été éleveurs de chameaux. Il faut que vous le compreniez, car l'opulence dans laquelle nous vivions colorait les valeurs de mon père tout autant que les miennes. Non seulement nous gagnions beaucoup d'argent, mais la maison était toujours pleine de marchandises en transit. Par exemple, il y aurait ici une magnifique statue en cèdre de la déesse Ishtar, à peine arrivée de Dilmoun, et mon oncle la garderait une semaine ou deux dans le salon, en attendant que la vente soit conclue. Il y avait partout de très beaux sièges, des meubles élégants expédiés d'Égypte, de magnifiques vases grecs rouge et noir... à peu près toute œuvre d'art ou ornementale susceptible de voyager.

— Vous avez grandi dans le beau, n'est-ce pas ?

— Oui. Et malgré mes insolences, mes excès et mon flirt avec Mardouk, j'ai grandi dans l'amour. L'amour de mon père. L'amour de mes frères. De mes sœurs. Et même de mes oncles. Même de mon oncle sourd. Le prophète Azarel m'a dit un jour : « Yahvé te regarde avec amour. » Et cette vieille sorcière d'Asenath aussi. Ah, que d'amour !

Il avait adopté une pause naturelle. Il resplendissait, revêtu de velours rouge, avec ses cheveux brillants et souples et sa peau de jeune homme si pure, douce comme celle d'une fille, je suppose. Je dois vieillir, car je trouve que les jeunes gens sont beaux comme des filles. Non que je les désire, seulement la vie elle-même est luxuriante.

Il était désemparé. Il souffrait. J'hésitais à le presser. Puis il ouvrit la bouche, sans émettre un son.

3

— Comment était-ce, de déambuler dans le temple ? Et dans le palais ? demandai-je. La belle maison, je peux me la représenter, mais le palais ? Était-il recouvert d'or ? Et le temple ?

Il ne répondit pas.

— Décrivez-moi les choses, Azriel. Prenez le temps de me les décrire. Le temple, par exemple, voulez-vous m'expliquer comment il était ?

— C'était une splendeur d'or et de pierreries. Un univers resplendissant de l'éclat des objets précieux, des senteurs de parfums exquis, de la musique des harpes et des flûtes ; un univers où glissaient des pieds nus sur des dalles lisses découpées en forme de fleurs. Il sourit. Mais, reprit-il, c'était bien plus amusant que vous ne pourriez l'imaginer. Pas solennel du tout. Les deux bâtiments étaient colossaux ; vous savez que Nabuchodonosor avait conçu le palais à la gloire du passé, tout au moins le croyait-il, et qu'il avait beaucoup agrandi les jardins privés. Quant au temple, c'était une immense bâtisse qu'on appelait Esagil ; derrière elle se dressait la grande ziggourat Etemenanki, avec son escalier montant vers le ciel et ses rampes menant au sommet du temple de mon dieu préféré.

Le temple et le palais étaient pleins de portes verrouillées et scellées. Certains de ces scellés n'avaient pas été brisés depuis cent ans. Comme vous le savez peut-être, nous avions des contrats établis de cette façon… un contrat était écrit sur une tablette d'argile, séché, puis enfermé dans une enveloppe d'argile avec les mêmes mots tracés dessus, qu'on faisait sécher à son tour. Personne ne pouvait accéder à la tablette originale placée à l'intérieur sans briser l'enveloppe. Si un individu corrompu modifiait le texte de l'enveloppe extérieure, la tablette scellée à l'intérieur révélerait la vérité.

À la Cour il arrivait fréquemment que des gens apportent des contrats, et qu'on découvre, en brisant l'enveloppe, qu'un individu sans scrupules en avait modifié le texte. Le roi, ses conseillers et ses sages rendaient alors la justice. Mais jamais je n'ai suivi de condamné pour assister à l'exécution. Comme vous le disiez, j'ai grandi dans le beau.

Dans les rues de Babylone, jamais je n'ai vu de gens affamés. Ni d'esclaves maltraités. Babylone était la ville où le monde entier rêvait de vivre ; à Babylone, tout le monde était heureux, sous la protection du roi.

Mais revenons à votre question. On pouvait aller et venir dans le temple. Je pouvais me glisser, en fines chaussures incrustées de pierreries, dans les chapelles des autres dieux — Nabou, Ishtar, ou tout autre dieu ou déesse apporté d'une autre cité pour être abrité dans un sanctuaire. En effet, Cyrus le Perse, presque constamment en guerre, prenait l'une après l'autre les cités grecques situées le long de la côte. De tous les territoires de Babylonie, les prêtres effrayés nous envoyaient leurs dieux pour que nous leur offrions protection à l'abri de notre grande porte. Nous avions installé ces divinités dans des chapelles étincelantes de lumières.

Cette peur pour le dieu, cette peur que l'ennemi ne le dérobe, était très réelle. Mardouk lui-même, volé et emporté, avait été prisonnier dans une autre cité pendant deux cents ans ; cela avait été un grand jour pour Babylone, longtemps avant ma naissance, lorsque Mardouk avait été repris et ramené chez lui.

— Vous en a-t-il jamais parlé ?

— Non. Mais je ne le lui ai pas demandé. Nous y viendrons...

Comme je le disais, j'aimais me promener dans le temple. Je portais des messages aux prêtres ; je servais à table quand Balthazar dînait, et je me faisais des amis des eunuques, des esclaves, des pages, et même de certaines prostituées du temple, des femmes très belles.

Mais le travail que j'accomplissais au temple et au palais obéissait à un objectif babylonien. Le gouvernement n'attendait pas que les riches otages comme nous, les riches exilés, se contentent de stimuler la culture. Nous étions soumis à une formation babylonienne ; ainsi, si nous retournions un jour dans notre propre cité ou dans quelque lointaine province, nous serions de bons Babyloniens, des serviteurs du roi loyaux et compétents.

Il y avait des quantités d'Hébreux à la Cour. Néanmoins, certains de mes oncles enrageaient de nous voir, mon père et moi, travailler au temple. Nous nous contentions de balayer leurs critiques d'un haussement d'épaules : « Nous n'adorons pas Mardouk ! Nous ne soupons pas avec les Babyloniens. Nous ne mangeons pas la nourriture qu'ont mangée les dieux. » Et une grande partie de la communauté juive pensait comme nous.

Permettez-moi une petite parenthèse concernant cette histoire de nourriture. C'est encore important pour les Hébreux, non ? Vous ne mangez pas avec les païens ? En tout cas, nous ne le faisions pas, en ce temps-là, et nous ne mangions jamais rien qui eût d'abord été déposé devant une idole. C'était une règle essentielle.

En bons Hébreux, nous ne rompions le pain qu'entre nous, et nous nous lavions toujours soigneusement les mains en disant les prières rituelles avant le repas ; tout, dans nos vies, était imprégné du désir de louer Yahvé, notre Dieu des Armées. Mais il fallait que nous survivions. Nous étions fermement décidés à retourner chez nous fortune faite. Il nous fallait être forts. Cela supposait toujours la même chose : nous devions être suffisamment puissants pour nous disperser sans nous laisser détruire.

Il y eut, là encore, une de ses inévitables pauses. Azriel se pencha et attisa le feu, comme s'il voulait réfléchir. Attiser le feu est un de ces gestes machinaux qui aident à penser ; moi, j'ai plutôt tendance à me cramponner à une tasse de café.

— À l'époque, vous aviez exactement le même aspect que maintenant, n'est-ce pas ? demandai-je — simple répétition d'une question antérieure.

C'était un petit message verbal : Dieu vous a pourvu en qualités de toutes sortes, jeune homme.

— Oui. J'aimerais bien être glabre, mais de toute évidence je n'ai pas cette chance. Je suis revenu sous mes propres traits, et j'ignore qui m'a appelé. Pourquoi mon corps a-t-il repris forme cette fois-ci ? Je n'en sais rien.

Autrefois, quand j'étais appelé par des magiciens, ils me donnaient l'aspect de leur choix ; ce pouvait être tout à fait horrible. Il était très rare qu'ils attendent en retenant leur souffle de voir sous quelle forme je m'incarnerais de ma propre initiative. J'étais en général appelé sous une forme spécifique : « Azriel, Serviteur des Ossements d'Or que je tiens dans ma main, surgis dans un embrasement de feu et consume mes ennemis. »

Quoi qu'il en soit, pour répondre à votre question, j'avais, à l'heure de ma mort, la même apparence que maintenant, à l'exception d'un trait caractéristique qui m'a été ajouté juste avant mon assassinat, et que je vous conterai plus tard.

— Et votre père ? En quoi était-ce une erreur de lui parler de Mardouk ? Pourquoi ? Que vous a-t-il fait, Azriel ?

Il hocha la tête.

— C'est la partie la plus difficile à rapporter, Jonathan Ben Isaac, et je ne l'ai jamais révélée. Dieu me pardonnera-t-Il donc jamais ? Me refusera-t-Il à jamais de monter au Ciel ?

— Azriel, permettez-moi de vous mettre en garde, en tant qu'être humain. Ne soyez pas si sûr du Ciel. Ne soyez pas plus sûr que ne l'était Mardouk du vrai visage de Dieu.

— Est-ce à dire que vous croyez en l'un et pas en l'autre ?

— Je veux atténuer la souffrance que crée en vous le récit des événements. Je veux atténuer votre sentiment de fatalité, et votre impression d'avoir été condamné par autrui à un sort terrible.

— Quelle sagesse, et quelle générosité d'esprit. Je suis encore naïf à bien des titres.

— Je vois, et je comprends. Mais retournons à Babylone, voulez-vous ? Expliquez-moi ce que votre père avait à voir dans tout cela.

— Ah, mon père et moi, comme nous étions amis ! J'étais son meilleur ami, mais mon meilleur ami était Mardouk.

J'étais l'organisateur de nos beuveries, et lui... lui seul pouvait me faire faire ce que... ce qui a fait de moi le Serviteur des Ossements.

C'est curieux, la façon dont tout se met en place. Sa voix

baissa jusqu'au murmure. Ils ont sélectionné des ingrédients et les ont mélangés ; à eux seuls, jamais les prêtres n'auraient pu amener mon père à pareille extrémité. Cyrus le Perse ? J'avais autant confiance en lui qu'en n'importe quel autre tyran. Et le vieux Nabonide, quel a été son conseil ? Il n'était là que grâce au bon vouloir de Cyrus, à une sorte de bonté doublée de ruse. Dans l'Empire perse, tout reposait sur la ruse. Peut-être en va-t-il de même pour tous les empires.

— Prenez votre temps... Reprenez votre souffle.

— Oui... Permettez-moi de vous présenter ma famille. Ma mère est morte quand j'étais enfant. Elle était très malade et se lamentait à l'idée qu'elle ne vivrait pas assez longtemps pour voir Yahvé tourner à nouveau Sa face vers nous et nous ramener à Sion. Sa famille était entièrement composée de scribes. Elle-même était scribe et elle avait été prophétesse en son temps, m'a-t-on dit, mais ce don s'était éteint à la naissance de ses fils.

Elle a manqué à mon père jusqu'au dernier jour. Il avait deux femmes non juives, que je partageais avec lui ; nous ne voulions pas avoir des enfants ou nous marier, juste nous divertir.

Chez nous, mon père travaillait beaucoup. Il notait les psaumes en s'efforçant de transcrire les paroles exactes de Jérémie telles qu'elles nous étaient parvenues, et nous en discutions jour et nuit. Mon père dirigeait rarement les prières. Mais il avait une très belle voix, et je l'entends encore chanter les louanges de l'Éternel.

Lui et moi considérions secrètement les idolâtres comme complètement fous, alors pourquoi ne pas travailler pour eux au temple et céder à leurs lubies ?

Comme je vous l'ai dit, nous préparions de temps en temps le repas de Mardouk, avec les prêtres. J'avais beaucoup d'amis parmi eux ; comme partout, certains avaient la foi, d'autres ne croyaient à rien. Nous tirions les tentures autour de la table du dieu, puis nous remportions la nourriture, que, bien entendu, le dieu Mardouk avait consommée et savourée à sa manière — par les odeurs et la vapeur — pour la proposer aux membres de la famille royale, aux otages royaux, aux prêtres et aux eunuques invités à manger le repas du dieu, ou à partager la table du roi.

Je le répète, nous autres, Hébreux, ne mangions pas cette nourriture-là. Non, jamais nous n'aurions fait cela. Nous respections les lois de Moïse autant que nous le pouvions. Il y a quelques jours, à New York, lorsque j'ai commencé à rechercher les assassins d'Esther Belkin, je me suis trouvé devant le grand-père de Gregory Belkin, le rebbe de Brooklyn. J'ai observé que beaucoup de ces Juifs, si stricts soient-ils, gagnent leur vie à New York dans le commerce, comme nous à Babylone, et si certains d'entre eux sont réellement dévoués et pratiquants, d'autres n'y attachent aucune importance.

Il se tut à nouveau, nullement pressé d'affronter la souffrance à venir.

— Mais revenons à Babylone. Cette nuit-là, je danse dans la taverne avec mon père. Là-bas, tous les hommes dansent ensemble. Pas de prostituées dans ce lieu, juste un rassemblement d'hommes. Et je lui dis :

— J'ai vu mon dieu de mes propres yeux. Je l'ai vu et je l'ai serré sur mon cœur. Père, je suis un idolâtre, mais je te jure que j'ai vu Mardouk et qu'il m'accompagne.

Là, dans le coin le plus reculé, Mardouk me tourne délibérément le dos et secoue la tête.

Des heures plus tard, mon père et moi discutons toujours.

— Tu es un sage, tu es un visionnaire, mais tu as mal utilisé tes pouvoirs, dit mon père. Tu aurais dû les employer pour nous.

— Je le ferai, père, je les emploierai pour nous, mais dis-moi, que veux-tu ? Mardouk ne me demande rien. Mais toi, que veux-tu de moi ?

Le lendemain, Mardouk m'apparut à quelques rues de chez moi, vaporeux, doré, visible. Il me mit en garde :

— Ne me touche pas, ou bien nous allons devoir faire face à un spectacle religieux.

— Dis-moi, es-tu fâché de ce que j'aie parlé de toi à mon père ? lui demandai-je aussitôt.

Nous marchions comme deux amis, et l'avoir près de moi m'était un grand réconfort.

— Non, je ne suis pas fâché contre toi, Azriel. Je me méfie juste des prêtres du temple. Beaucoup de vieux prêtres complotent, et tu ne peux jamais savoir ce qu'ils attendent de toi.

Écoute-moi. J'ai des choses à te révéler avant que nous ne nous engagions davantage, ou toi, tout au moins, car, pour ma part, je suis déjà profondément engagé. Allons dans le jardin public. J'aime te voir manger et boire.

Nous sommes allés dans son jardin préféré, situé sur l'Euphrate, loin des quais, des chantiers navals et du tintamarre. Il était à l'embranchement d'un des nombreux canaux, plutôt sur le canal que sur le fleuve, où régnait toujours une grande animation. Cet immense jardin était ombragé de grands saules pleureurs, exactement comme dans le psaume, voyez-vous, et quelques musiciens jouaient de la flûte et dansaient pour une obole.

Mardouk s'assit en face de moi et croisa les bras. Nous nous ressemblions tellement qu'on aurait pu nous prendre pour des frères. Je me rendis compte que je le connaissais mieux que mes frères. D'ailleurs, je ne détestais pas du tout mes frères comme les Hébreux détestent leurs frères dans certains récits bibliques. Je les adorais. Ils étaient un peu rabat-joie pour ce qui était de boire et de danser, et je m'amusais mieux avec mon père. Mais je les aimais beaucoup.

Il se tut. Apparemment par respect pour ses frères décédés. Il était d'une extraordinaire beauté, dans son costume de velours rouge ; ses pauses m'obligeaient à lever les yeux vers lui, et cette vision était très séduisante. Il se remit à parler.

— Mardouk m'entreprit immédiatement. « Écoute avec attention, je vais te dire la vérité. Je n'ai aucun souvenir de mes débuts. Je n'ai aucun souvenir d'avoir tué Tiamat le grand dragon ni d'avoir créé le monde avec ses entrailles et le ciel avec le reste de sa dépouille. Cependant, cela ne signifie pas que je ne l'aie pas fait. J'avance la plupart du temps dans un brouillard. Je vois les esprits des dieux et les esprits errants des morts. J'écoute les prières et je m'efforce d'y répondre. Mais c'est un endroit sinistre, là où je vis. Quand je me retire dans le temple pour le banquet, c'est avec grand plaisir, car le brouillard se dissipe. Sais-tu ce qui le dissipe ?

— Non, mais je peux le deviner... Les prêtres te voient, les puissants devins te voient.

— Exactement, Azriel. Je deviens solide et visible pour les magiciens, pour les devins, pour tous ceux qui ont des yeux pour voir. Je bois les libations d'eau, je les inhale, je hume le fumet des aliments, et cela me met en humeur de vie. Puis je réintègre la statue et je repose dans l'obscurité. Le temps ne signifie plus rien pour moi. J'écoute Babylone. Mais les mythes du commencement, je ne m'en souviens plus, comprends-tu ?

— Pas vraiment, avouai-je. Cherches-tu à me dire que tu n'es pas un dieu ?

— Si, je suis un dieu très puissant. Si j'usais de mon pouvoir, je pourrais disperser ce marché, ou ce jardin, à l'aide d'un vent très fort. Facilement. Mais les dieux ne savent pas tout. Et le récit des origines qui raconte comment Mardouk est devenu le chef des dieux, comment il a tué Tiamat, comment il a construit la tour jusqu'au ciel… Eh bien, je n'ai pas souvenir de ces faits. Je faiblis, je ne m'en souviens plus. Les dieux peuvent mourir. Ils peuvent disparaître. Comme des rois. Ils peuvent s'endormir, et il en faut alors beaucoup pour les réveiller. Quand je me réveille et que je me sens bien, j'aime Babylone et Babylone m'aime infiniment.

— Seigneur et maître, dis-je, tu es découragé parce que la Procession du nouvel an n'a pas eu lieu depuis dix ans, et que notre roi Nabonide te néglige, ainsi que tes prêtres. C'est tout. Si nous pouvions faire revenir ce vieil idiot pour que la Procession ait lieu, tu serais vivifié par tous ceux qui, dans Babylone, te verraient à nouveau sur la voie des Processions.

— C'est une bonne idée, Azriel, et qui ne manque pas de vérité. Mais la Procession du nouvel an n'a pas d'attrait pour moi. Je n'éprouve aucun plaisir à être confiné dans la statue et à tenir le roi par la main. Je suis toujours tenté de lui flanquer un coup de poing, de l'écarter de moi et l'envoyer dans le caniveau. Comprends-tu ? Ce n'est pas du tout ce qu'ils te racontent ! Pas du tout !

Il se tut, et me fit signe de réfléchir à ses paroles. Puis il déclara qu'il voulait tenter quelque chose. Les instants qui suivirent devaient exercer une cruciale influence sur mon propre destin, mais je l'ignorais.

— Azriel, dit-il, voici ce que je veux que tu fasses. Regarde-moi, et chasse cet or de ton esprit, pour me voir aussi rose et vivant que toi, la barbe noire et les yeux bruns. Tends les mains et touche-moi. Sors le dieu de cet or. Essayons.

Je tremblais.

— De quoi as-tu peur ? Personne ne verra rien d'autre en face de toi qu'un noble bien habillé.

— J'ai peur parce que cela pourrait réussir, maître et seigneur. Il m'est venu une pensée troublante. Tu veux t'évader, Mardouk. Si cela réussit, si mes yeux et mon contact peuvent te rendre visible, tu pourras t'évader, n'est-ce pas ?

— En quoi diable cela peut-il effrayer un Fils de Yahvé ! Il se ressaisit. Excuse-moi de m'être mis en colère. Je t'aime plus que tous mes fidèles et mes sujets. Je n'abandonnerai pas Babylone. Je resterai tant que Babylone aura besoin de moi. Je serai là quand les sables nous enseveliront. Alors, peut-être m'échapperai-je. Cela me libérerait. Cela m'enseignerait que je peux, en tant que dieu, prendre une forme humaine et me promener. Cela m'enseignerait quelque chose sur mes facultés. Vois-tu ? Je peux provoquer des tempêtes, je peux guérir, même si c'est très compliqué, je peux exaucer des souhaits, et je sais que les terribles démons ne sont que des morts sans repos.

— Vraiment ? m'exclamai-je.

Laissez-moi ouvrir une parenthèse pour vous dire qu'à Babylone chasser les démons était une grande affaire. Des gens s'enrichissaient en expulsant les démons des maisons, des malades, et ainsi de suite. Il y avait toutes sortes de rituels et de charmes et on allait trouver l'exorciste pour faire ce qu'il vous ordonnait. Je souhaitais donc savoir si les démons existaient. Mais Mardouk ne me répondit pas tout de suite.

Puis il déclara :

— Azriel, la *plupart* des démons sont les morts sans repos. Il existe des esprits puissants, des esprits aussi forts que les dieux. Certains d'entre eux sont emplis de haine, ils aiment faire mal. Mais en général ils ne prennent pas la peine de rendre malade une fille de ferme ou de maudire une petite maison. Ce ne sont là que des malfaisances de morts sans repos ! Les morts sans repos ont besoin d'agir pour que se dissipent le brouillard et la fumée dans lesquels ils errent.

Je n'en attendis pas davantage. J'étais bouleversé par sa générosité et sa patience à mon égard — il faut que vous imaginiez la splendeur de cette noble créature entièrement couverte et imprégnée d'or, assise là, en face de moi, et que j'aimais d'un cœur battant. Je l'aimais à rire et à pleurer.

Je tendis les mains. En le touchant, je priai pour qu'il soit délivré de l'or qui le recouvrait et que lui soit accordée la liberté d'un homme. Pouvez-vous deviner ce qui s'est produit ?

— Il est devenu aussi visible que s'il était réel, suggérai-je.

— Exactement. J'ai ainsi appris sur les esprits une chose que j'allais par la suite utiliser à mon propre avantage. Il est devenu visible, superbe gentilhomme en tenue d'apparat, attablé face à moi avec une coupe de vin devant lui sur la table en marbre. Il souriait. Il s'est fait un certain brouhaha autour de nous quand les gens l'ont remarqué. Je ne pense pas qu'ils l'aient vu se matérialiser, comme on dirait aujourd'hui. Ils l'ont simplement remarqué. Parce qu'il était beau.

— Était-ce clair qu'il était Mardouk ? demandai-je.

— Non. Débarrassé de l'or, il aurait pu être un roi, ou un ambassadeur. La statue était plus stylisée, voyez-vous. Mais tout le monde le remarquait. Les musiciens se sont interrompus, jusqu'à ce qu'il leur fasse signe de poursuivre. Ils l'ont vu ! Ils ont alors repris le morceau.

J'étais glacé d'appréhension. « Allons, mon ami, dit-il. Je vois plus clairement que jamais et, bien que ce corps soit léger, j'en aime la forme ; les regards qu'il attire me donnent autant de puissance que la Procession du nouvel an. Ils me voient ! Ils ne savent pas qui je suis, mais ils me voient. Allons, ami, marchons un peu. Je veux monter au sommet des murailles et parcourir le temple avec toi, je veux voir les choses clairement avec toi, maintenant. Tu n'as pas besoin de m'emmener chez toi. Tes oncles vont s'affoler. Malheureusement, j'entends avec mes oreilles de dieu qu'ils rassemblent déjà les sages de Judée pour parler de toi, et annoncer que tu vois et entends les dieux païens. Allons, viens, j'ai envie de marcher. »

Il se leva et m'entoura de son bras, puis nous sortîmes ainsi dans le jardin. Nous marchâmes tout l'après-midi. Je lui demandai :

— Que se passera-t-il si tu ne retournes pas au temple pour le banquet du matin ?

— Idiot ! dit-il en riant. Tu sais bien comment cela se passe. Je hume la nourriture, je ne la mange pas. Ils la déposeront devant la statue, puis la remporteront pour la distribuer au personnel du temple qui doit se nourrir à la table du dieu. Il ne se passera rien du tout !

Nous avons parcouru tous les quartiers de Babylone, longé les canaux et le fleuve, traversé les ponts, flâné au marché et dans les nombreux parcs et jardins. Il contemplait avidement les choses et, maintenant que je suis un esprit, je comprends ce qu'il éprouvait à voir toutes ces couleurs vives. Je comprends mieux ce qu'il a enduré.

Soudain, près de la porte d'Ishtar, il s'immobilisa. « Tu la vois ? » Je la voyais ; la déesse. Elle nous dévisageait furieusement. Elle était couverte d'or et de joyaux, elle était invisible. Je voyais à travers son visage en colère.

— Ha, mon évasion ne lui plaît pas du tout !

Il commença à s'inquiéter. Pour la première fois, son visage exprima la peur. Non, pas la peur. L'appréhension. Il devint méfiant. Et je vis pourquoi. De nombreux esprits nous encerclaient, le dévisageant, l'enviant, le défiant de leurs sourcils froncés. Des dieux nous entouraient. Ainsi, j'aperçus le dieu Nabou, puis le dieu Shamash. Tous étaient des dieux babyloniens, avec leurs propres temples et leurs prêtres. Je me rendais compte qu'ils étaient en colère contre nous.

— Pourquoi n'as-tu pas peur d'eux, Azriel ? me demanda Mardouk à voix basse.

— Pourquoi aurais-je peur, maître et seigneur ? D'abord je suis avec toi, ensuite je suis hébreu. Ce ne sont pas mes dieux.

Cela lui parut très drôle, et il se mit à rire. Je ne l'avais pas entendu rire depuis qu'il était devenu visible.

— C'est une parfaite réponse d'Hébreu, déclara-t-il.

— Oui, je le pense aussi. Dis-moi, maître et seigneur, les offenserais-je, en essayant de ne pas les voir ? Les offenserais-tu, en les bannissant ?

— Non. Ici, c'est moi le grand dieu.

Il fit un geste de colère, hardi et décidé ; les esprits pâlirent et se dissipèrent comme une fumée, même le dieu Shamash, puis ils disparurent. Mais il restait les morts sans repos, partout. Mardouk ouvrit les bras, leur parla en sumérien, et leur adressa des bénédictions.

— Retournez à votre sommeil, retournez dans le sein de la Terre Mère, retournez à la paix de vos tombes, et à la sérénité du souvenir qu'ont de vous les cœurs et les esprits de vos enfants.

Dieu merci, les morts s'en allèrent. Mardouk et moi, bien visibles, attirions une attention considérable — ce jeune homme noble qui faisait des gestes extravagants à l'adresse de personnes que nul ne pouvait voir, et ce riche Hébreu surchargé de bijoux, qui se tenait là comme un page ou un compagnon.

Les morts disparurent. Mon cœur se serra. Je me souvins du fantôme de Samuel, quand la pythonisse d'Endor l'avait appelé à paraître devant le roi Saül. Il avait dit : « Pourquoi troubles-tu mon repos ? » Ah, la désolation de ce repos ! Je ne voulais pas être mort. Je tendis la main et saisis celle de Mardouk. Il était plus fort, maintenant qu'il avait été vu si longuement et par tant de gens. Inutile de vous en expliquer trop, mais c'est simple : plus il s'incarnerait et plus il deviendrait fort.

J'avais cependant les idées embrouillées. Pourquoi n'exigeait-il pas des prêtres qu'ils le rendent à la vie et ne se promenait-il pas tel quel, tout en or, le dieu incarné, à travers la ville ? Je n'avais jamais entendu parler de dieux qui aient agi ainsi, mais après tout je n'avais pas rencontré de dieu, avant Mardouk. Il lut ces pensées pour moi. Il paraissait toujours plein d'appréhension.

— Azriel, les prêtres ne sont pas assez puissants pour me rendre visible et solide en or. Ils ne peuvent même pas déplacer la statue ! Ils n'ont pas, comme toi, le don de créer une image de moi en or et de la faire marcher. Ils n'en ont pas le pouvoir. Même s'ils l'avaient, que serait ma vie ? Une interminable Procession de nouvel an entouré de fidèles ? J'ai vu des dieux s'y laisser prendre ! Finalement ils n'ont rien, ils appartiennent à tout le monde. Les gens peuvent toucher leurs vêtements, leur peau, leurs cheveux, et ils finissent par s'enfuir dans le brouillard en hurlant comme les morts déroutés. Je ne ferais une telle chose que si Babylone en avait besoin, or, ce n'est pas le cas. Mais Babylone a besoin de quelque chose, très vite. Tu sais pourquoi.

— Cyrus le Perse. Il se rapproche chaque jour. Il pillera

Babylone. Ou bien il massacrera mon peuple avec tous les habitants, ou bien... peut-être nous épargnera-t-il.

Mardouk m'entoura de son bras et nous traversâmes bravement la foule amassée là pour nous contempler. Nous passâmes dans un autre grand jardin, l'un de mes préférés, où des musiciens jouaient de la harpe en permanence. Les Hébreux y jouaient leur musique et s'y réunissaient souvent pour danser. Je n'avais pas prévu d'aller directement vers mon peuple, mais finalement ce fut sans conséquence. Mardouk déclara hâtivement :

— Azriel, je crois que nous nous sommes trompés de direction.

— Bah, ils ne nous prêteront pas plus d'attention qu'à quiconque. Ils me voient avec un homme riche. Je suis un marchand. Je dirai que je t'ai vendu ta belle ceinture d'or et tes joyaux.

Il se mit à rire. Il me fit asseoir avec lui et nous recommençâmes à chuchoter.

— Que sais-tu des Perses ? me demanda-t-il. Que sais-tu des cités que conquiert Cyrus ! Que sais-tu ?

— Eh bien, je connais les mensonges que répandent les Perses... que Cyrus apporte paix et prospérité, et qu'il laisse les gens vivre tranquillement, mais je n'en crois rien. C'est un roi meurtrier. Il marche vers la conquête, comme Assurbanipal. Je ne crois pas que les Perses accepteront paisiblement la reddition de cette ville. Qui les croirait ? Toi ?

Je m'aperçus qu'il ne m'écoutait plus. Il tendit le doigt.

— Voilà ce que je voulais dire, en déclarant que nous nous étions trompés de direction... Mais ils nous auraient trouvés de toute façon. Reste calme. Tais-toi. Ne révèle rien.

Je vis ce qu'il voyait. Une grande masse de vieillards hébreux s'élançaient vers nous, fendant la foule et la renforçant de tous côtés. En tête avançait le prophète Énoch, furieux, ses cheveux blancs hérissés, foudroyant Mardouk du regard. Je compris qu'il voyait Mardouk, alors que, certains et soucieux de ne pas provoquer une émeute, les autres ne distinguaient qu'un homme noble avec ce fou d'Azriel, qu'ils connaissaient déjà pour un trouble-fête d'un genre à la fois doux, fort et docile.

Mardouk fixa le prophète droit dans les yeux. Et moi aussi.

Il s'arrêta non loin de nous. Il était à moitié nu, comme le sont souvent les prophètes, couvert de terre et de cendres, et il portait un bâton. Pour la première fois depuis que j'entendais parler de lui — il ne figurait guère parmi mes favoris — je compris qu'il était un vrai prophète, à sa façon de foudroyer Mardouk, flamboyant d'indignation et de foi violente.

— Toi tonna-t-il, brandissant son bâton en direction de Mardouk. La foule effrayée recula. Tout de même, ce personnage avait l'air d'un homme riche ! Alors, le prophète ouvrit grands les yeux, et proféra : Accumule sur toi-même ton butin, l'or que tes soldats ont pris dans notre temple à Jérusalem, et revêts-t'en, sotte et inutile idole ! Vas-y, tu n'es fait que pour être en métal !

Avant que j'aie pu réagir, l'or descendit sur Mardouk et l'emprisonna. Il résista, je tentai de l'aider. À nous deux, nous parvînmes à n'en laisser s'accumuler qu'une fine couche, dépourvue de la vitalité des visions que j'avais si longtemps eues. Toutefois, l'or recouvrait entièrement Mardouk, et les rues retentissaient de bruits de pas précipités. Je levai les yeux vers les maisons situées au pourtour du jardin ; les toits disparaissaient sous la foule des spectateurs.

Mon père se fraya un chemin jusqu'au premier rang et brandit le poing devant Énoch.

— C'est à nous que tu fais du mal, cria-t-il. Ne le vois-tu pas !

Puis à son tour il découvrit Mardouk, debout et poudré d'or ; Énoch frappa mon père de son bâton.

J'étais fou de rage, mais mes frères entourèrent le prophète, et Mardouk me prit le bras.

— Reste avec moi, implora-t-il d'un murmure. Suis-je tout en or ?

Je lui expliquai qu'il en était recouvert. L'or durcissait, et il n'était plus l'idole animée du début. Il se contenta de sourire, les yeux levés vers les gens agglutinés sur les toits. Il se tourna et se retourna. Les gens se mirent à crier.

— Silence ! cria Énoch en frappant les dalles de son bâton, la barbe frémissante. Vous auriez dû le voir, campé dans toute sa gloire. Je vous le dis, les prophètes sont des meurtriers. Toi, Mardouk, dieu de Babylone, tu n'es qu'un imposteur envoyé du temple ! rugit-il.

Mardouk rit tout bas.

— Eh bien, il nous offre une échappatoire, Azriel. Quel soulagement !

— Veux-tu qu'ils croient en toi, maître ? Il te suffit alors de disparaître et de reparaître. Je t'aiderai.

Il me lança un regard accablant.

— Je sais, dis-je. Je te déçois. Tu ne veux pas être le dieu.

— Qui diable le voudrait, Azriel ? Je ne devrais pas dire cela, mais plutôt : qui renoncerait à la vie pour cela ? Le temps manque. Ton prophète, là, devant nous, va rugir comme un taureau.

C'est précisément ce que fit Énoch. Il éleva sa puissante voix. Comment un tel tonnerre pouvait-il jaillir d'un torse aussi chétif ?

— Babylone, ton heure est venue. Tu seras rabaissée. Alors que nous parlons, le roi sacré approche, Cyrus le Perse, le fléau qu'a envoyé Yahvé pour te punir de ce que tu as fait à Son peuple et nous ramener dans notre pays !

Des acclamations s'élevèrent parmi les Hébreux, des prières, des chants et des prosternations sans fin pour le Dieu éternel des Armées, sous les regards stupéfaits et les rires des Babyloniens. Puis Énoch répéta sa prophétie :

— Yahvé envoie un sauveur en la personne de Cyrus pour préserver cette ville... Oui, même toi, Babylone, tu seras délivrée des mains du fou Nabonide et confiée aux mains d'un libérateur.

Il y eut un instant de silence. Juste un instant. Puis une clameur s'éleva — de tous, Hébreux, Babyloniens, Grecs, Perses. La foule entière cria de joie.

— Oui, oui, le roi béni, Cyrus le Perse, qu'il nous délivre d'un roi fou qui a déserté la ville.

Les hordes commencèrent à s'incliner devant Mardouk, à se prosterner à ses pieds, bras tendus, avant de reculer...

— Très bien, imposteur, savoure ton instant ! cria Énoch. Selon la volonté de Yahvé, ta cité sera vaincue sans que le sang soit versé. Mais tu n'es pas un vrai dieu. Tu es un imposteur, et dans les temples il n'y a que des statues. Toi et tes prêtres nous verrez partir triomphalement, et vous nous remercierez d'avoir sauvé Babylone pour vous !

J'étais sans voix, n'y comprenant rien ! Mardouk se

contenta d'acquiescer sans répondre aux insultes du prophète. Puis il se retourna et leva les bras.

— Je te quitte à présent. Prends garde, Azriel, et n'entreprends rien sans me demander conseil ! Méfie-toi de ceux que tu aimes. J'ai peur, non pour Babylone, car Babylone vaincra, mais pour toi. Voici venir mon moment de gloire.

Il se mit alors à étinceler d'une lumière d'or. Je vis à ses yeux fous que cela émanait de lui, comme le virent les Babyloniens et les Juifs. Il puisait en eux la force de devenir plus lumineux. Puis il déclara d'une voix puissante, plus puissante qu'une voix d'homme, qui fit trembler les frondaisons et se répercuta entre les maisons :

— Éloigne-toi de moi, Énoch, avec toute ta tribu. Je te pardonne tes dures paroles. Ton dieu est sans visage et sans pitié. J'en appelle maintenant au vent, pour qu'il vous disperse tous !

Le vent se leva au-dessus des toits, avec une grande férocité, soufflant du désert et chargé de sable. La silhouette d'or de Mardouk devint immense devant moi, mais je savais à présent qu'elle n'était qu'illusion, car il pâlissait et, tandis que je le contemplais, il explosa dans un jaillissement d'or. La foule s'affola. Tout le monde se mit à courir, pris de panique. Ce qu'ils avaient vu les faisait fuir. Ce qu'ils avaient entendu les faisait fuir, ou peut-être était-ce le violent vent de sable.

Moi, je restai là, seul, tandis que mes frères accouraient à mes côtés, avec le prophète Énoch, qui riait, les bras levés ! Puis il a fondu sur moi, écartant mon père avec son bâton, et m'a jeté le mauvais œil ! Il m'a regardé, et m'a dit :

— Tu vas payer pour avoir mangé la nourriture des faux dieux ! Tu vas payer ! Tu vas payer ! Il me cracha dessus, se pencha pour ramasser un peu de sable apporté par le vent, et le lança sur moi. Mes frères le supplièrent de cesser, mais il se contenta d'en rire, et de répéter : Tu vas le payer.

J'entrai alors dans une vive colère. Mon heureuse disposition me quitta. Je ressentis le premier des accès de rage qui allaient bientôt me devenir habituels, après ma mort. Je me penchai vers lui et déclarai :

— Dis à Yahvé d'arrêter cette tempête de sable, idiot !

Mes frères m'éloignèrent en me traînant. Une foule de vieillards dévoués s'élancèrent pour protéger Énoch, et ils l'emportèrent. Il se débattait comme un fou en hurlant et peu à peu, tandis que nous courions nous réfugier chez nous, le vent mourut.

4

J'étais presque malade lorsque nous arrivâmes à la maison. Mes frères me portaient. Et, devant la porte, qu'avons-nous vu ?

Deux autres prophètes, mais d'un naturel calme, qui se contentaient généralement de répéter les antiques paroles de Jérémie transmises d'Égypte. Les accompagnait une vieille femme redoutée et méprisée de tous. Elle s'appelait Asenath et appartenait à notre tribu. Elle était chiromancienne. Ces choses-là étaient interdites, que le grand roi Saül eût ou non convoqué Samuel par l'entremise de la pythonisse d'Endor, mais il arrivait à tous d'aller parfois solliciter son aide. Elle avait connu ma mère et mes grands-parents, elle n'était pas une ennemie, juste une femme de réputation douteuse, capable aussi bien de concocter des poisons que de fabriquer des philtres d'amour.

Elle avait des cheveux blancs et hérissés, et des yeux bleus que l'âge avait rendus plus vifs au lieu de les décolorer. Une expression de grand triomphe se lisait sur son long visage ridé. Elle était toute vêtue d'écarlate, un écarlate de défi, enveloppée de soieries comme une prostituée égyptienne. Elle tenait un bâton recourbé en forme de serpent, peu différent des bâtons des prophètes. Elle m'interpella.

— Azriel, viens avec moi. Ou laisse-moi entrer.

Toute la maisonnée était déjà dehors dans la cour pour lui crier à travers la grille de s'éloigner, vieille sorcière. Mes frères lui enjoignirent de partir, mais à ma surprise mon père lui dit :

— Entre, Asenath, entre.

Ensuite, je me souviens d'avoir écouté les gens parler, étendu sur mon lit. Mes frères voulaient savoir comment diable je m'étais fourré là-dedans, comment j'avais pu prendre pour Mardouk ce démon si visiblement démon, et pourquoi je ne leur avais pas parlé de mes entretiens avec d'autres dieux ! Mes sœurs répétaient sans cesse : « Laissez-le tranquille ! » L'espace d'un instant je crus voir le fantôme de ma mère, mais peut-être n'était-ce qu'un rêve.

Tous les oncles et les Anciens étaient rassemblés dans les salles des scriptoria qui longeaient la cour sur la moitié de sa longueur. J'ignorais où se trouvait mon père.

Finalement, il m'envoya chercher. Mon frère me redressa, me fit lever, et me conduisit à lui. Il nous fallut franchir une porte déplaisante pour pénétrer dans une petite antichambre s'ouvrant sur la salle des ancêtres où, autrefois, les Assyriens et les Akkadiens vivant dans cette même maison avaient enseveli leurs morts. Ils y célébraient leur culte païen, et nous n'avions jamais fait disparaître des murs les effigies de leurs prêtres, de leurs prêtresses et de leurs ancêtres. La superstition nous en empêchait car, tout païens qu'ils fussent, leurs ossements gisaient sous le dallage.

La pièce contenait trois sièges, de simples chaises en cuir avec des pieds croisés et peints, mais nos plus belles. Il y avait aussi trois lampes sur pied, où brûlaient des mèches trempées dans l'huile d'olive, donnant à cette salle un éclat splendide et effrayant.

La vieille Asenath était assise sur un des sièges, mon père sur un autre ; ils chuchotaient. À mon arrivée, ils se turent. Je pris place sur la dernière chaise et mes frères nous laissèrent. Nous étions seuls parmi les Assyriens en effigie, à la lumière frémissante de ces lampes, dans ce lieu étouffant. Je fermai les yeux, puis les rouvris, m'efforçant délibérément de voir les morts comme je les avais vus avec Mardouk. L'espace d'un instant je les aperçus, tels des spectres répandus dans toute la pièce, qui semblaient se traîner, murmurant et me montrant du doigt ; je secouai alors la tête en ordonnant : « Disparaissez. »

Asenath, d'une voix très jeune pour une aussi vieille mégère, se moqua de moi.

— Tu as appris ces manières impérieuses en compagnie du grand dieu Mardouk, n'est-ce pas ? Je gardai le silence. Elle poursuivit : Quoi ? Tu n'es pas loyal envers ton dieu en présence de ton père ? Cela ne m'étonne pas. Tu crois être le premier Hébreu à adorer les dieux babyloniens ? Autour de Jérusalem, les collines sont couvertes d'autels où les Hébreux célèbrent encore des cultes de dieux païens.

— Qu'est-ce que cela signifie, vieille femme ? répliquai-je, surpris de ma colère et de mon impatience. Viens-en au fait. Qu'as-tu à me dire ?

— À toi, rien. Tout ce que j'avais à dire, je l'ai confié à ton père. À toi de faire ton choix. Voici dix ans que la Procession n'a pas été célébrée, mais voilà bien plus longtemps que n'a pas été accompli le vrai miracle de la Procession. Les vieux prêtres savent comment s'y prendre ; mais ils ne savent pas tout. Pour se procurer ceci — elle tira un paquet de sous ses vêtements —, ils me donneraient n'importe quoi. Et ils me le donneront.

Elle brandissait une antique enveloppe d'argile sumérienne ; la tablette, à l'intérieur, n'avait donc jamais été touchée.

— Que m'importe le vrai miracle de la Procession ?

Mon père me fit signe de me taire.

Elle remit entre les mains de mon père l'enveloppe d'argile avec sa tablette secrète.

— Cache-la ici avec les ossements des Assyriens, ordonna-t-elle. Elle rit. Souviens-toi de ce que je t'ai dit : pour l'avoir, ils te donneront Jérusalem ! Obéis-moi. Ils m'ont déjà envoyé chercher. Sans moi, ils ne savent pas comment mélanger l'or. Je les aiderai, mais quand ils me réclameront la tablette, elle sera en sécurité chez toi.

— Qui t'a donné cette tablette si précieuse, Asenath ? demandai-je d'une voix sarcastique, irrité et impatienté par toute cette histoire.

Je n'avais jamais vu mon père aussi grave ; ce qui ne me plaisait pas du tout.

— Eh bien, regarde-la, scribe, érudit, petit malin ! dit-elle. À quand penses-tu qu'elle puisse remonter ?

— Mille rois ont régné depuis lors, répondis-je. Elle est aussi ancienne qu'Ourouk !

C'était aussi impressionnant que de vous dire aujourd'hui en anglais : cet objet a deux mille ans. Elle acquiesça.

— Elle m'a été donnée par le prêtre qu'ils ont mis à mort. Pour se venger.

— Je veux lire l'extérieur, réclamai-je.
— Non ! Non ! Elle se leva, prenant appui sur son bâton en serpent, et déclara à mon père : Souviens-toi, il y a deux moyens de procéder. Je te donne mon avis. S'il s'agissait de mon fils, je leur donnerais cette tablette. Je la remettrais entre les mains du plus ambitieux, du plus aigri, du plus désireux de partir d'ici : Remath, le jeune prêtre. Réfléchis bien. Tu tiens ton peuple entre tes mains.

Puis elle se retourna, brandit son bâton, et les portes s'ouvrirent, seules. Elle s'adressa à moi :

— Tu es le plus privilégié, car je renonce pour toi à ma seule chance de devenir immortelle. Si je gardais cette tablette et en suivais les instructions, je pourrais m'élever au-dessus du monde et des morts errants avec la force d'un grand esprit.

— Pourquoi ne le fais-tu pas ?
— Parce que tu peux sauver ton peuple. Tu peux nous sauver tous. Tu peux nous ramener à Jérusalem, et pour cela tu mérites quelque chose, oui... d'être un ange ou un dieu.

Je me levai d'un bond, essayant de la retenir pour en apprendre davantage, mais elle sortit d'un pas décidé, dispersant la famille de ses folles menaces. Elle traversa les antichambres, la porte s'ouvrit sous son bâton, et elle fut dehors, flamboyante de soie rouge.

Je regardai mon père. Toujours assis, il tenait à la main la tablette enveloppée et me contemplait de ses grands yeux emplis de larmes. Je n'avais jamais vu son visage aussi figé. Le chagrin, la souffrance et la peur lui étaient d'ordinaire si peu familiers que les muscles de son visage ne parvenaient pas à les retraduire.

— De quoi parle-t-elle, père ?

Il ne répondit pas. Il pressait l'enveloppe d'argile sur sa poitrine, réfléchissant. Par la porte béante, j'aperçus mes frères qui nous guettaient, puis ma sœur entra pour proposer :

— Père, frère, voulez-vous du vin ?
— Il n'y a pas au monde assez de vin pour m'enivrer, déclara-t-il. Ferme la porte.

Ma sœur obtempéra. Il se tourna brusquement vers moi, les lèvres sèches. Il déglutit avant de me demander :

— Était-ce réellement Mardouk, avec toi, ou bien un esprit qui prétendait être Mardouk ?

— C'est la vérité, père. Je converse avec lui depuis mon enfance. Dois-je être puni pour cela ? Que va-t-il arriver ? Quelle est cette histoire avec Remath, le prêtre ? Le connais-tu ? Pas moi.

— Tu le connais, répliqua-t-il. Tu ne t'en souviens simplement pas. Le jour où Mardouk t'a souri, quand tu étais enfant, Remath se tenait dans l'angle de la salle du banquet. Il est jeune, ambitieux, plein de haine envers Nabonide, et il déteste assez Babylone pour vouloir s'en aller.

— En quoi cela me concerne-t-il ?

— Je ne sais pas, mon fils, si beau et tant aimé. Tout ce que je sais, c'est qu'Israël te supplie d'accéder aux demandes des prêtres de Mardouk. Quant à cette tablette cachée, là ? Je n'en sais rien. Je n'en sais vraiment rien.

Il sanglota longuement. J'étais tenté de lui arracher la tablette secrète. Soudain, je le fis. Je lus en sumérien : « Pour créer le Serviteur des Ossements ».

— Qu'est-ce donc, père ?

Il se retourna, défiguré par les larmes, essuya sa barbe et ses lèvres mouillées, et reprit la tablette.

— Remets-t'en à mon jugement, déclara-t-il à voix basse, puis il se leva et longea le mur, à la recherche de pierres descellées ; il trouva ce qu'il cherchait, une cachette, où il dissimula la tablette.

— « Pour créer le Serviteur des Ossements », répétai-je.

— Nous devons monter au temple, mon fils. Au palais. Des rois nous y serviront. Des accords ont été passés. Des promesses échangées. Puis il m'étreignit et m'embrassa lentement sur tout le visage, me baisa la bouche, le front, les yeux. Lorsque Yahvé ordonna à Abraham d'amener Isaac pour le sacrifier, notre ancêtre Abraham a obtempéré, murmura-t-il.

— C'est ce que nous disent la tablette et les manuscrits, père, mais Yahvé t'a-t-il demandé de me sacrifier ? Yahvé t'a donc parlé, avec Énoch et Asenath et tous les autres ? Est-ce ce que tu veux me faire comprendre ? Père, tu portes mon deuil. Je suis déjà mort dans ton esprit. Que se passe-t-il ? Pourquoi dois-je mourir ? Ce qu'ils veulent, c'est que je renonce personnellement au dieu, que je dise au roi que le dieu lui est favorable ! Si c'est un acte héroïque qu'il leur faut, je l'accomplirai ! Mais, père, ne pleure pas sur moi comme si j'étais mort !

— C'est un acte héroïque, acquiesça-t-il. Mais il faut être très, très fort pour l'accomplir. Il faut de l'endurance, de la conviction, et un grand cœur empli d'amour. Pour notre peuple et notre tribu, pour notre Jérusalem perdue, et le temple qui y sera construit en l'honneur de l'Éternel. Si je pensais pouvoir aller jusqu'au bout de l'exploit, je le ferais. Tu peux te retourner contre nous, tu peux dire non, tu peux fuir. Mais les prêtres de Mardouk te veulent, mon fils. Ils te réclament. D'autres aussi, plus puissants qu'eux encore. Ils savent que tu es plus fort que tes frères !

Sa voix se brisa.

— Je comprends, dis-je.

— Tu es le seul qui puisses me pardonner de te condamner à un tel destin.

J'étais atterré. Je le dévisageai, regardai ses yeux larmoyants, et déclarai :

— Tu sais, père, peut-être as-tu raison, tout au moins sur ce point. Je pourrais tout te pardonner. Parce que je te connais, et je sais que tu ne me ferais pas de mal.

— Non, jamais, Azriel. Sais-tu quel sens revêt pour moi ton enlèvement, celui de ta future épouse et de ta future descendance ? Ah ! qu'importe. Pardonne-moi, mon fils, pour ce que je fais. Pardonne-moi. Je t'en supplie. Avant que tout ne commence, avant que nous n'allions au palais pour entendre les mensonges et regarder la carte, pardonne-moi.

Il était mon père. Il était doux et bon, et submergé de chagrin. Je n'eus guère de mal à l'entourer de mon bras comme s'il était mon petit frère, et à lui dire :

— Père, je te pardonne.

— Ne l'oublie jamais, Azriel. Lorsque tu souffriras, que les heures s'étireront, dans la douleur, pardonne-moi... pas seulement pour moi, mon fils, mais pour toi-même !

On frappa. Des prêtres du palais étaient là.

Nous nous sommes aussitôt levés en nous essuyant le visage, et sommes sortis dans la cour.

Remath était là, et à peine l'eus-je vu que je le reconnus,

comme l'avait annoncé mon père. Je n'avais jamais beaucoup parlé avec lui, car il était véritablement aigri. Il haïssait Nabonide au-delà de toute expression, pour n'avoir pas donné au temple de Mardouk tout ce qu'il aurait dû. Il détestait tout le monde. Il rôdait habituellement dans les parages du temple et du palais. Il était habile ; je le savais. Et très impatient. Il était jeune et intelligent.

Il nous examinait, les yeux enfoncés dans leurs orbites comme s'ils étaient sculptés dans la chair blanche. Son long nez étroit lui donnait l'air dédaigneux. Pour le reste, il ressemblait aux autres prêtres : abondance de boucles noires et robes très raffinées tombant sur des sandales ornées de pierreries. Il s'approcha de mon père et lui demanda :

— Asenath te l'a confiée ?

— Oui, répondit mon père. Mais cela ne signifie pas que je vais te la donner.

— Tu serais stupide de ne pas le faire. Quoi qu'il arrive, ton fils ira sous terre. À quoi bon ?

— Ne m'insulte pas, vil païen ! répliqua mon père. Accomplissons ce qui doit être accompli. Allons.

D'autres prêtres nous attendaient ; dehors, nous trouvâmes des litières richement ornées qui nous portèrent au palais, chacun dans la sienne. Je m'y étendis en essayant de comprendre.

— Mardouk, m'aideras-tu ? murmurai-je.

Mardouk répondit :

— Je ne sais pas quoi te dire, Azriel. Ce que je sais, c'est que, lorsque tout sera consommé, je serai toujours là. Je parcourrai les rues de Babylone en quête d'yeux qui puissent me voir, de prières et d'encens qui puissent m'éveiller. Mais où seras-tu, Azriel ?

— Ils vont me tuer. Pourquoi ?

— Ils te le diront. Tu verras tout. Mais je puis t'assurer d'une chose : si tu refuses de faire ce qu'ils te demandent, ils te tueront de toute façon. Ils tueront sans doute aussi ton père, car il connaît la machination.

— Je comprends. J'aurais dû m'en douter. Ils ont besoin de ma collaboration et, si je la leur refuse…, mieux vaudrait pour moi qu'ils ne me l'aient jamais demandée.

Mardouk resta silencieux, mais je sentais son haleine et je

savais qu'il était proche. Il n'était pas matériel, mais peu importait. Nous étions encore plus proches dans l'obscurité de cette litière, transportés, rideaux tirés, à travers les rues pavées de Babylone.

— Mardouk, peux-tu m'aider à me sortir de là ? demandai-je.

— J'y réfléchis depuis des heures et des heures, depuis que ton prophète a vomi ses saletés sur moi. Je me demande : Mardouk, que peux-tu faire ? Mais, vois-tu, Azriel, sans ta force, je suis faible. Je peux être le dieu d'or sur son trône, la statue dressée qu'on promène en procession, c'est tout. Les enveloppes qu'ils possèdent déjà. Si je m'enfuyais avec toi... si nous nous échappions, où irions-nous ?

Un son étrange emplit le petit compartiment. Il pleurait. Soudain :

— Azriel, dis-leur non ! Refuse leurs sales desseins. Refuse-les. Ne le fais pas, ni pour Israël, ni pour Abraham, ni même pour Yahvé. Refuse.

— Et meurs.

Il ne répondit pas.

— De toute façon je vais mourir, n'est-ce pas ?

— Il y a un autre moyen.

— Asenath et la tablette ?

— Oui, mais c'est terrible, Azriel. J'ignore si elle renferme la vérité. Cette tablette est plus ancienne que moi, plus ancienne que Mardouk et plus ancienne que Babylone ; elle provient de la cité d'Ourouk. Peut-être même d'avant. Que puis-je te dire ? Connais-toi toi-même. Tente ta chance !

— Mardouk, ne me quitte pas. Je t'en prie.

— Je ne te quitterai pas, Azriel. Tu es l'ami le plus cher à mon cœur. Je ne te quitterai pas. Fais-moi apparaître si tu as besoin que je les effraie ou que je les arrête. Fais-moi apparaître, et j'essaierai. Mais je ne te quitterai pas. Je suis ton dieu, et je serai avec toi.

Nous étions arrivés au palais. On nous fit entrer par une porte privée, et nous fûmes invités à sortir de nos litières pour gravir le grand escalier d'or et de briques vernissées, franchir les somptueuses tentures qui séparaient deux salles immenses. Nous marchions en silence, mon père et moi, à la suite du prêtre. On nous mena ainsi dans la salle royale où

Balthazar rendait chaque jour une parodie de justice, et où ses sages lui rapportaient d'heure en heure ce que leur révélaient les astres. On nous fit entrer dans de petits appartements raffinés que je ne connaissais pas.

Je vis qu'un sceau antique avait été brisé pour ouvrir les portes. Les serviteurs avaient accompli leur office : partout ce n'étaient que luxe inouï, somptueux tapis, coussins, tentures ; des lampes étaient suspendues aux poutres du plafond, l'huile était douce, et la lumière brillait.

Une table était dressée au centre de la pièce. Derrière les hommes attablés se tenaient deux de mes oncles, dont celui qui était sourd — qu'il n'ait pas de nom — et les Anciens d'Israël en captivité, ainsi qu'Asenath et le prophète Énoch.

Je ne me permis que progressivement de regarder ceux qui étaient attablés, bien que nous fussions placés face à face, tandis que les serviteurs s'affairaient à tirer en arrière les sièges dorés.

Je vis notre misérable régent, Balthazar, qui paraissait abruti de boisson et terrifié ; il marmonnait tout seul à propos de Mardouk, et je me rendis compte alors que je regardais Nabonide, le vieux Nabonide, notre vrai roi, resté absent pendant près de la moitié de mon existence. Notre vrai roi était assis là, dans tout son apparat, mais pas sur un trône, seulement à une table. Ses grands yeux humides étaient morts, déjà vides. Il me sourit en murmurant : « Vous en avez choisi un qui est bien joli... joli comme le dieu. »

« Assez joli pour être un dieu ! » s'exclama une voix. J'observai ce bel homme en face de moi, plus grand que tous les autres, plus mince qu'aucun de nous, avec des cheveux noirs bouclés, mais plus courts que les nôtres, une moustache taillée, et une courte barbe.

C'était un Perse. Les hommes qui l'entouraient étaient des Perses. Ils portaient des robes semblables aux nôtres, mais d'un bleu royal, incrustées de pierreries et brodées d'or ; ils avaient les doigts couverts de bagues, et les vases placés devant eux étaient ceux de notre temple !

C'étaient des hommes de cet empire de Perse qui nous conquérait, qui nous tuait. Toutes les étranges prédictions d'Énoch me revinrent et je le vis me dévisager, avec un sourire presque espiègle, tandis qu'Asenath paraissait éperdue d'admiration.

— Assois-toi, jeune homme, déclara l'homme de haute et robuste stature. Les yeux de cet homme si beau et si rayonnant de puissance semblaient rire. Je suis Cyrus. Je veux que tu sois à l'aise.

— Cyrus ! m'exclamai-je.

C'était donc là Cyrus, le roi achéménide, qui avait déjà conquis la moitié du monde ! Qui avait réuni les Mèdes aux Perses, et qui voulait prendre Babylone. L'homme qui avait épouvanté toutes les cités alentour.

J'aurais dû me prosterner devant lui, mais personne ne le faisait, en outre, il avait dit d'une voix claire, en excellent araméen, que je devais me sentir à l'aise.

Très bien. Je le regardai en face. Après tout, me disais-je, je vais mourir. Alors, pourquoi pas ?

Mon père prit le siège libre à côté du mien.

— Azriel, mon garçon, dit Cyrus, la voix pleine de verve et de bonne humeur. Voilà des jours que je suis à Babylone. Mes soldats sont répandus par milliers dans la ville. Ils sont entrés peu à peu, par de nombreuses portes. Les prêtres le savent. Ton roi bien-aimé Nabonide lui-même le sait — et que les dieux le gardent longtemps en bonne santé. Il adressa un généreux hochement de tête au vieux roi soupçonneux et mourant. Tous les régents de ton roi et ses officiers savent que je suis ici. Tes Anciens, tu les vois. N'éprouve aucune crainte. Réjouis-toi. Ta tribu sera riche et vivra à jamais, et ils rentreront chez eux.

— Ah, et cela dépendra de ce que je ferai ? demandai-je.

Je n'aurais pas su dire alors pourquoi je lui manifestais tant de froideur et de dédain. Il était impressionnant, mais humain, et jeune. Et quoi qu'il eût accompli, il était pour moi un païen, et pas même babylonien. Je lui marquai donc de la froideur.

Il eut un sourire muet et appréciateur. J'insistai :

— Tout dépendra donc de ce que je ferai ? Ou bien ta volonté, grand roi, est-elle près d'être obéie ?

Cyrus se mit à rire, le regard joyeux et pétillant. Il avait la vigueur d'un roi, mais pas la démence. Il était jeune et il avait bu le sang de l'Asie. Il était vigoureux et victorieux.

— Tu parles hardiment, me dit-il d'une voix généreuse. Tu as le regard hardi. Tu es l'aîné de ton père, n'est-ce pas ?

— Pour les trois jours requis, déclara l'un des prêtres, il devra être très fort. Et hardi.

— Mettez un autre siège à cette table, réclamai-je. Avec votre permission, grand roi Cyrus, roi et seigneur Nabonide, régent et maître Balthazar. Placez-la ici, à l'extrémité.

— Pourquoi, et pour qui ? s'enquit poliment Cyrus.

— Pour Mardouk. Pour mon dieu qui m'accompagne.

— Notre dieu n'est pas à ton service ! gronda le grand prêtre. Il ne va pas descendre de l'autel pour toi ! Tu n'as jamais vu notre dieu, jamais, tu n'es qu'un Juif menteur, tu...

— Tais-toi, maître ! interrompit Remath d'une petite voix. Il a vu le dieu et il lui a parlé. Le dieu lui a souri. S'il invite le dieu à prendre place, il est très probable que le dieu viendra.

Cyrus sourit et secoua la tête.

— Cette cité est merveilleuse ! Je vais adorer Babylone. Je ne voudrais pas y faire de mal à une pierre. Ah, Babylone.

J'aurais pu rire de sa malice, de son irrespect pour les Anciens et pour les prêtres, de sa désinvolture et de son esprit. Mais le goût de rire m'était passé. Contemplant la lumière des lampes, je songeais : « Je vais mourir. »

Une main toucha la mienne. Vaporeuse, invisible. Celle de Mardouk. Il avait pris ce siège à ma gauche ; transparent, doré, et rayonnant de vie. Mon père était placé à ma droite ; il cacha son visage dans ses mains pour sangloter à fendre l'âme. Comme un enfant.

Cyrus le regardait avec patience et compassion.

— Commençons, décréta le grand prêtre.

— Oui, dit Énoch. Allons-y !

— Pour ces hommes, ces Anciens, ces prêtres, cette prophétesse, apportez des sièges afin qu'ils soient à l'aise, lança Cyrus. Il me sourit. Nous sommes tous ensemble dans cette affaire.

Je me tournai vers Mardouk.

— Vraiment ?

En silence, ils me regardèrent interroger mon dieu invisible.

— Je ne sais pas quoi te conseiller, répondit Mardouk. Je

t'aime trop pour prendre le risque de me tromper. En outre, je n'ai pas de bonne réponse.

— Reste, alors.

— Jusqu'à la fin, promit-il.

Les sièges furent promptement apportés ; les Anciens s'assirent tranquillement à nos côtés, près de ce conquérant perse qui avait affolé les Grecs et qui, maintenant, convoitait notre cité, près de ce monarque qui s'était déjà approprié tout ce qui nous appartenait — sauf la ville.

Seul le prêtre Remath s'appuya, un peu plus loin, contre une colonne dorée. Le grand prêtre lui avait enjoint de partir, mais il avait ignoré l'ordre et s'était laissé oublier. Il nous observait, mon père et moi, et je me rendis compte qu'il voyait Mardouk. Pas très clairement, mais il le voyait. Remath alla s'adosser à une autre colonne, derrière Cyrus, afin de nous observer tous les trois. Les soldats de Cyrus se tenaient prêts à commettre un massacre. Remath fixa un regard froid et calculateur sur le siège apparemment vide, puis il me dévisagea.

5

— Eh bien, grand roi, qu'attends-tu de moi ? demandai-je. Pourquoi un scribe hébreu tel que moi acquiert-il soudain tant d'importance ?

— Écoute, enfant répondit Cyrus. Je veux conquérir Babylone sans soutenir de siège, je la veux sans faire couler le sang. Ainsi ai-je enlevé les cités grecques, quand elles ont eu l'intelligence de se soumettre. Je ne veux pas laisser derrière moi des amoncellements de ruines et de cendre ! Je ne viens pas avec une torche et un sac, comme un voleur. Je ne saccagerai pas votre cité. Je ne chasserai pas vos populations. Au contraire, je vous renverrai tous à Jérusalem, avec ma bénédiction, pour construire votre temple.

Énoch se leva alors et posa devant nous un rouleau écrit. Je me penchai et le lus. Il s'agissait d'une proclamation autorisant tous les Hébreux à rentrer chez eux. Jérusalem serait dorénavant sous la bienveillante protection de Cyrus.

— Il est le Messie, me déclara Énoch.

Quel changement de ton, chez ce vieillard ! Maintenant que le grand Cyrus me parlait, mon propre prophète daignait s'adresser à moi. Par Messie, il entendait « l'oint de l'Éternel », plus tard les chrétiens feraient grand cas de ce mot, mais à l'époque il ne signifiait rien de plus.

— Ajoute à cette proclamation une immense quantité d'or et l'autorisation d'emporter tous vos biens, de récupérer vos vignes, vos terres..., continua Cyrus. Restez loyaux envers un puissant empire qui vous permet de construire votre temple pour Yahvé.

Je regardai Mardouk, qui soupira.

— Il dit la vérité. Il nous soumettra, d'une manière ou d'une autre.

— Je peux lui faire confiance ? demandai-je à mon dieu.

Tout le monde fut choqué.

— Oui, m'assura Mardouk. Mais dans quelle mesure ? Écoute bien. Tu possèdes un bien qu'ils convoitent : ta vie. Qui sait, peut-être y aura-t-il un moyen de ne pas la perdre.

— Ah non ! s'écria Asenath. Tu te trompes, dieu Mardouk. Il n'y a pour lui qu'un moyen et il devra le saisir, car il vaut mieux encore que la vie.

Je compris qu'elle voyait mon dieu et l'entendait. Il se tourna vers elle.

— Laisse-le en juger par lui-même. La mort est peut-être préférable au sort que vous lui réservez.

Cyrus observait la scène avec stupéfaction. Il regarda les prêtres rassemblés en cercle, le grand prêtre de Mardouk et le sournois Remath, près du pilier.

— Vous avez raison, murmura-t-il humblement. Il me faut la bénédiction de votre dieu.

Cette déclaration était fort intelligente, car c'était précisément ce que les prêtres souhaitaient entendre.

— Tu vois, Azriel, c'est très simple, poursuivit-il. Les prêtres sont puissants. Le temple est puissant. Ton dieu est puissant et, s'il s'assoit parmi nous, je suis prêt à le vénérer. Unis, ils peuvent dresser Babylone contre moi. Tout le reste de la Babylonie, je le tiens, mais Babylone est le joyau, la porte du Paradis.

— Comment peux-tu tenir tout le reste ! m'éxclamai-je. Nos cités sont solides et sûres. Nous savions que tu approchais, mais il y a toujours quelqu'un qui approche.

— Il te dit la vérité, intervint Nabonide. Tous les regards se tournèrent vers lui. Il n'avait pas le cerveau brouillé ou malade, il était juste vieux et fatigué. Les cités sont vaincues. Toutes sont tombées entre les mains de Cyrus. Il contrôle les messages envoyés du haut des tours, ce sont ses soldats qui émettent les signaux de fumée, pour duper Babylone. Les villes sont prises, et les signaux sont faux.

— Écoute, dit Cyrus. Je renverrai dans leurs cités tous les dieux qui ont trouvé refuge ici. Je veux que vos temples soient florissants. Ne comprenez-vous pas ? Je veux vous étreindre ! Je n'ai pas saccagé Éphèse ou Milet ! Ce sont toujours des cités grecques où les philosophes discutent sur l'agora. Je veux étreindre Babylone et non pas la détruire.

Il se retourna alors vivement et fixa le siège « vide ».

— Votre dieu Mardouk doit me prendre la main, pour que je conquière cette cité sans feu ni sang. Alors je renverrai tous les dieux de Babylonie, comme je l'ai promis...

Mardouk, qu'il ne voyait pas, l'écoutait en silence. Le grand prêtre se mit en colère.

— Il n'y a pas de dieu sur ce siège ! Négligé par notre roi, notre dieu a sombré dans un profond sommeil, et nul n'a le pouvoir de le réveiller.

— Pourquoi me mêles-tu à cela ? protestai-je. Tu as là, au temple d'Esagil, la statue de Mardouk nécessaire pour la procession. Défile avec elle sur le grand char de cérémonie, tiens-lui la main, qu'elle en fasse autant, et tu seras roi de Babylone. Si les prêtres veulent bien te laisser prendre la statue, en quoi suis-je concerné ? Aurais-tu entendu des rumeurs, grand roi, prétendant que je contrôle le dieu, ou que je puis le dresser contre toi ? Tu as besoin d'une idole en or pour achever ton œuvre ! Elle est là, dans la chapelle du temple.

— Non, mon fils, répondit Cyrus. Tout cela aurait sans doute suffi si la procession avait eu lieu chaque année, si le peuple avait vu l'idole d'or et l'avait acclamée avec son roi

Nabonide. Mais ces processions n'ont pas eu lieu, et cette statue ne défilera pas à mon côté, même si je le voulais. Il me faut la cérémonie d'autrefois.

Un frisson me parcourut. Mardouk me regarda.

— Je ne comprends pas ce qu'il raconte, mais tous les esprits voient loin, et je vois pour toi de l'horreur. Ne parle pas. Attends.

Cependant les prêtres s'agitaient. Ils avaient apporté, sur un brancard, une grande forme drapée dans une étoffe. L'approchant de notre table, ils ôtèrent l'étoffe. Nous poussâmes tous une exclamation d'effroi.

C'était la statue des processions. Elle était brisée. De l'intérieur sortaient des ossements qui semblaient être ceux d'un homme. La boîte crânienne perçait sous l'épais placage d'or, réduit en pourriture. Cette infâme bouillie gisait là comme une insulte.

Le grand prêtre me foudroya du regard. Il croisa les bras.

— As-tu fait cela, Hébreu ? As-tu fait sortir Mardouk de la statue ? De cette cité ? Était-ce toi, et non notre roi, que nous avons accusé ?

À cet instant, je compris. Je regardai mon dieu, qui contemplait froidement l'idole brisée.

— Sont-ce là tes os, maître ? lui demandai-je.

— Non. Je me rappelle vaguement quand ils y ont été placés. L'esprit de ce jeune homme-là était faible. Je l'ai vaincu, et j'ai poursuivi mon règne. Peut-être ai-je été revigoré d'être ainsi remplacé ? *Je ne sais pas*, Azriel ! Souviens-toi, ce sont les paroles les plus sages que je te confie. Je ne sais pas. Cependant, nous savons l'un comme l'autre qu'ils ont décidé de te mettre à ma place.

— Que désires-tu, maître ?

— Qu'on ne te fasse pas de mal, Azriel. Mais souhaites-tu devenir ce que je suis ? Veux-tu que tes ossements restent enfermés là-dedans pendant trois cents ans, jusqu'à ce qu'ils tombent en poussière et qu'un autre jeune homme soit sacrifié ? Il se pencha vers moi. J'oublie comme ton cœur est grand, Azriel. Tu t'inquiètes pour moi. Je puis te dire ceci : je vais et viens à mon gré. J'ai chassé le dernier remplaçant d'un simple geste, et il est retourné dans le brouillard. Si élaboré soit-il, le meurtre d'un simple mortel ne fait pas nécessairement de lui un dieu ou un esprit puissant. Il haussa les épaules. Pense à toi, et à toi seul. Je suis... celui que tu connais. La tristesse de son visage me frappa. Je ne veux pas que tu meures ! chuchota-t-il.

Le grand prêtre ne put en supporter davantage. Il ne voyait ni n'entendait Mardouk, et il éructait de rage. Mais Asenath entendait tout et nous observait, le dieu et moi, avec curiosité ; quant au rusé Remath, il savait que quelqu'un occupait le siège vide. Il comprenait également la teneur de notre conversation.

— Il ne s'agit que d'une statue en or, intervint mon père. Vous ne pouvez donc pas fabriquer une statue en or sans mon fils ?

— Ces ossements sont ceux du dieu ! répliqua le grand prêtre. C'est pourquoi notre cité est telle qu'elle est, et pourquoi nous avons besoin du sauveur perse. Le dieu est ancien, les ossements sont pourris, la statue ne tiendra pas debout. Il nous faut un nouveau dieu.

— Mais la statue du Grand Sanctuaire ? insista puérilement mon père.

— On ne peut pas la transporter dans les rues, dirent les prêtres. C'est un tas de...

— De métal ! lança le prophète Énoch avec un cruel sourire.

— Vous me faites perdre mon temps, déclara Cyrus. La cérémonie doit être conduite à l'ancienne manière, précisa-t-il en me regardant. Expliquez-lui, prêtres ! Et toi, mon brave Azriel, que te dit Mardouk ?

La vieille Asenath aux cheveux blancs prit la parole, frappant le sol de son bâton-serpent pour réclamer le silence.

— Le dieu dit qu'il part ou reste selon son bon plaisir et que les ossements à l'intérieur de la statue lui importent peu, car ce ne sont pas les siens. Voilà ce qu'il dit ! Elle dévisagea Mardouk. N'est-ce pas ce que tu affirmes, misérable dieu qui trembles à la lumière de Yahvé ?

Les prêtres étaient dans une extrême confusion. Devaient-ils défendre l'honneur de leur Mardouk, qui n'aurait pas dû être présent ?

— Écoute, mon garçon, reprit Cyrus. Sois le dieu. Fais la procession. Tu seras délicatement recouvert d'or, bien que l'ancienne formule semble avoir... disparu ? Il lança un coup d'œil au grand prêtre. Tu seras vivant sous la couche d'or. Tu dois vivre assez longtemps pour me tenir la main, et pour lever l'autre main vers tes sujets. Tu vivras les trois jours nécessaires pour faire fuir les forces du chaos, et revenir avec moi dans la cour d'Esagil, où tu me proclameras roi. Nous te simplifierons la tâche si nous trouvons le moyen.

— Vivant, et couvert d'or. J'étais stupéfié. Et ensuite ?

Asenath éleva la voix.

— L'or durcira et tu mourras. Tu pourras voir et entendre pendant quelque temps, mais tu mourras à l'intérieur, et quand ils verront que tes yeux pourrissent, ils les ôteront et les remplaceront par des pierres précieuses. La statue de Mardouk sera ton sarcophage.

Mon père enfouit son visage dans ses mains. Puis il releva la tête.

— Le père de mon père a assisté une fois à ce rituel, dit-il calmement. C'est le poison contenu dans l'or qui te tuera. Tu mourras lentement à mesure que l'or atteindra ton cœur et tes poumons, et puis... tu connaîtras enfin le repos.

— Cela, ajouta Asenath, après avoir été porté en triomphe tout au long de la voie des Processions, étincelant d'or, levant la main et tournant même un peu la tête, à peine, sous l'épaisse couche d'or qui durcira peu à peu.

— En contrepartie, s'écria Énoch, nous retournerons tous à Jérusalem, tous, y compris les prisonniers, et nous reconstruirons le Temple de l'Éternel sur les fondations mêmes de celui du roi Salomon.

— Je vois, dis-je. Alors, dans l'ancien temps, c'était un homme de chair et d'os ! Et quand la statue finit par s'émietter...

— Blasphémateur ! s'écria le grand prêtre. Ce sont les ossements de Mardouk.

C'en était trop pour Mardouk. Invisible ou non, il se leva en renversant son siège, et d'un grand geste de la main gauche il envoya voler les ossements. Ils s'écrasèrent contre les murs. Chacun chercha un abri. Moi-même, je baissai la tête. Seul Cyrus n'en fit rien, mais écarquilla des yeux d'enfant, tandis que le vieux Nabonide enfouissait sa tête entre ses bras. Le prophète Énoch ricana.

Mardouk se tourna alors vers moi. Il me fixa intensément, puis s'adressa à Asenath :

— Je connais tes ruses, vieille femme. Dis-lui tout ! Dis-lui la vérité entière. Tu connais les morts. Que te disent-ils, quand tu les fais revenir ? Azriel, fais ce que bon te semble pour ton peuple et ta tribu. Je serai là par la suite comme j'y suis à présent. Nul ne sait si tu pourras me voir et me donner des forces, ou si je pourrai te voir et te donner des forces. Pourrai-je même te parler ? Nul ne le sait. Ton âme sera éprouvée par cette procession solennelle, ce combat contre le chaos, ce couronnement dans la cour d'honneur, ce tourment ! Mais ce tourment ne te donnera pas nécessairement la vie spirituelle. Tu risques aussi bien de disparaître dans la brume en compagnie des morts errants, ceux du monde entier, indépendamment des dieux, des anges, des démons ou de Yahvé. Agis en homme d'honneur, Azriel. Car ensuite je ne sais pas si moi-même, fort comme je suis, je serai capable de te retrouver ou de t'aider.

Asenath était très excitée.

— Je te vénérerais volontiers, Mardouk, si tu n'étais pas un démon, un dieu sans valeur. Tu es habile.

— Que dit le dieu ? questionna Cyrus.

Énoch observa Asenath.

— Le moment est venu de lui révéler ce qui va lui arriver. Azriel, tu ressembles à la statue de Mardouk. Recouvert d'or, tu tromperas même tes amis. Nul ne saura que tu n'es pas un dieu, tu auras l'aspect d'un homme en or vivant. Tu seras engourdi, tu souffriras un peu, oui, la lente douleur de la vie qui se retire, mais ce n'est pas terrible. Alors même que tu parcourras la voie des Processions, tout ton peuple s'apprêtera à quitter Babylone !

— Que le peuple hébreu parte sur-le-champ et je le ferai, répliquai-je.

Ma gorge se serra. Je savais que la stupidité de la jeunesse s'exprimait par ma voix, et que bientôt l'horreur serait sur moi, intolérable.

— Cela ne se peut pas, mon garçon, dit Cyrus. Nous avons besoin de ton peuple et de tes prophètes. Nous avons besoin d'eux pour proclamer que Cyrus le Perse est l'Élu oint de ton dieu. Nous avons besoin des acclamations de la cité tout entière. Cependant, je ne te mentirai pas : je ne crois pas en ton dieu, Mardouk, et je ne crois pas que tu deviennes un dieu si tu acceptes de te plier à la cérémonie.

— Dis-lui tout ! cria Mardouk.

— Non, pas maintenant, répondit Asenath. Il pourrait refuser, tu le sais aussi bien que moi.

— Azriel ! Mardouk m'étreignit. Je t'aime. Je serai avec toi dans la procession. Ils disent la vérité. Ils laisseront partir ton peuple. Je ne peux plus supporter cette mortelle compagnie. Asenath, sois bienveillante envers les morts que tu appelles si souvent car la vie leur manque désespérément, tu le sais.

— Je le sais, dieu des païens. Veux-tu venir me parler, maintenant ?

— Jamais ! hurla le grand prêtre.

Puis il se calma. Il regarda les deux autres prêtres, des hommes dont je n'ai plus grand souvenir. Ce fut Remath, le sournois, qui parla.

— Elle est la seule à savoir mélanger l'or, souvenez-vous.

Je me mis à rire, incapable de me retenir.

— Je vois, dit Cyrus. Vous vous tournez vers la sorcière cananéenne parce que vos sages ont perdu le secret.

Mon rire, que nul ne partageait, s'éteignit enfin. Il me fallut beaucoup de courage pour me tourner vers mon père. Il était assis là, comme un homme brisé, les yeux mouillés et le visage figé. On aurait cru que j'étais déjà enterré.

— Il faut que tu viennes, père, ainsi que mes frères.

— Oh, Azriel !

— C'est la dernière chose que je te demande, père. Viens. Lorsque nous avancerons sur la voie des Processions, je veux voir ton visage levé vers moi, et tous ceux de ma famille. Si tu as confiance en ces hommes, bien sûr, et si tu crois à cette proclamation.

— L'argent a déjà été versé, dit Cyrus. Des messagers sont en route vers Jérusalem. Ta famille sera respectée parmi la tribu, et, grâce à ton sacrifice, ton nom restera gravé dans les mémoires.

— Sûrement pas, grand roi ! Les Hébreux ne cultivent pas le souvenir de ceux qui prétendent être des dieux babyloniens. Mais je le ferai. Je le ferai parce que mon père le veut... et je... je lui pardonne.

Mon père me regarda. Ses yeux disaient tout : son amour, son cœur brisé. Puis il dévisagea Énoch et Asenath, et les Anciens de notre tribu, qui avaient gardé le silence pendant tout ce temps ; enfin, il proféra ces simples paroles :

— Je t'aime, mon fils.

— Père, je veux que tu saches ceci : il existe une autre raison pour laquelle je me plie à ce destin... Je m'y plie pour toi, pour notre peuple, pour Jérusalem, et parce que j'ai parlé avec un dieu. Mais j'obéis également pour une autre raison, fort simple : je ne souhaite à personne de subir cette souffrance.

Il y avait, certes, de la vanité dans mes paroles, mais personne ne sembla le penser. Sinon, ils me le pardonnèrent. Les Anciens se levèrent, tenant leur proclamation entre les mains. Chacun était satisfait. La promesse était scellée. Cyrus le Perse était désormais le Messie.

— Demain matin, les trompettes retentiront, déclara le grand prêtre. On annoncera que Mardouk a fait venir Cyrus pour nous délivrer de Nabonide ! On apprête déjà la voie des Processions. Au lever du soleil, tout le monde sera déjà dans la rue. Le bateau attend sur le fleuve pour nous conduire à la maison du parc, où tu égorgeras le dragon Tiamat ; ce qui te sera facile. Nous reviendrons le lendemain, avec toi. Nous te tiendrons, et nous ferons tout ce qui sera en notre pouvoir pour atténuer tes souffrances. Le troisième jour, dans la cour d'honneur, tu devras avoir encore assez de vie pour te lever et couronner Cyrus. Après cela, tu resteras debout, rigidifié par l'or qui te tuera. Réchauffé par lui, puis engourdi, tu finiras par mourir. Pour le reste, la lecture des poèmes, les Parques, il te suffira de garder les yeux ouverts et fixes.

— Et si je ne résiste pas trois jours ?

— Tu tiendras. Les autres ont toujours résisté. Ensuite, nous faciliterons ton trépas en te versant un peu d'or dans la bouche. Mais ce ne sera pas douloureux.

— J'en suis sûr, ripostai-je. Sais-tu à quel point je te méprise ?

— Cela m'est indifférent, répondit le grand prêtre. Tu es

un Hébreu. Tu ne m'as jamais aimé. Tu n'as jamais aimé notre dieu.

— Oh si ! intervint Asenath. Et c'est bien dommage. Mais ne crains rien, Azriel, ton sacrifice pour Israël est si grand que le Dieu éternel des Armées te pardonnera. Ta flamme sera unie dans la mort à son feu dévorant.

— J'en fais le serment, renchérit Énoch.

J'éclatai d'un rire méprisant. Je levai les yeux, dans la seule intention de regarder au loin avec dédain, mais je vis que la salle était encombrée d'esprits. Telles des volutes de fumée, les fantômes flottaient alentour. J'ignorais ce qu'ils étaient ou avaient été, leurs vêtements étant réduits à la plus extrême simplicité — une tunique ici ou une robe là ; parfois même, il ne restait qu'un visage qui me regardait.

— Qu'y a-t-il, mon garçon ? s'enquit Cyrus avec bienveillance.

— Rien. Je vois les âmes perdues et j'espère trouver le repos dans les flammes de mon dieu. Mais... il est absurde d'y penser.

— Laissez-nous tous, à présent, déclara Remath. Nous devons l'apprêter et l'habiller pour en faire le plus beau Mardouk qui ait jamais parcouru la voie des Processions. Et toi, vieille femme, tiens ta promesse et dis-nous comment mélanger l'or et l'en recouvrir — sa peau, ses cheveux, ses vêtements.

— Va-t'en, père. Mais fais en sorte que je te voie demain. Sache que je t'aime. Sache que je te pardonne. Fais de nous une puissante maison, père. Fais de nous une puissante nation.

Je me penchai et l'embrassai sur la bouche et sur les deux joues, puis je relevai les yeux vers le roi Cyrus.

Mon père sortit. Les prêtres emmenèrent le vieux Nabonide, endormi, ainsi que le malheureux Balthazar qui marmonnait, ivre et hébété, et qui semblait sur le point de se faire assassiner. Leur sort m'était égal. J'écoutai les pas de mon père s'éloigner. Énoch sortit avec les Anciens, en prononçant quelque beau discours que je ne me rappelle plus, si ce n'est qu'on aurait dit une mauvaise imitation de Samuel.

Cyrus me dévisageait. Ses yeux étaient éloquents, ils exprimaient le respect, ils accordaient le pardon pour mon impolitesse, mon manque de servilité et de courtoisie.

— Il y a des morts moins belles ! observa le grand prêtre. Tu seras entouré de ceux qui te vénèrent ; alors que ta vue faiblira, tu verras pleuvoir les pétales de rose devant toi, tu verras un roi s'agenouiller à tes pieds.

— Nous devons l'emmener, dit Remath.

Cyrus me fit signe d'approcher. Je me levai, afin de contourner la table et de m'incliner pour recevoir son accolade. Il se leva avec moi, m'étreignant d'homme à homme.

— Tiens ma main pendant ces trois jours, mon garçon, tiens bon, et je te promets qu'Israël vivra à jamais sous ma protection, dans la paix, aussi longtemps qu'existeront Cyrus et la Perse. Je te jure que Yahvé aura son temple. Tu es plus brave que moi, Azriel, et je me considère comme l'homme le plus brave du monde, tu le sais. Va, maintenant. Demain, nous commencerons notre voyage ensemble. Tu as mon amour, mon amour absolu, l'amour d'un roi qui était déjà roi avant de venir à toi, mais qui sera plus grand grâce à toi.

— Merci, grand roi. Sois bon envers mon peuple. Je suis un humble porte-parole de mon dieu, mais il est puissant.

— Je l'honore, dit Cyrus. Ainsi que toutes les croyances et tous les dieux de ceux que je prends sous ma protection. Bonne nuit, enfant. Bonne nuit.

Il se détourna, ses soldats se rassemblèrent autour de lui, et il sortit de la salle, très droit, très calme. Il ne restait plus que moi, Asenath et les prêtres. Je parcourus la pièce du regard. Les morts s'étaient évanouis. Mardouk était revenu et m'observait, bras croisés. Peut-être les avait-il chassés.

— Des paroles d'adieu pour moi ? demandai-je.

— Je serai avec toi. J'utiliserai mon pouvoir pour être à ton côté, adoucir tes souffrances et t'aider. Comme je te l'ai dit, je ne me rappelle aucune procession de ce genre, aucune naissance, aucune mort. Peut-être serai-je encore là pour Babylone, quand ta flamme aura rejoint le grand feu de ton dieu. Si tu aimes tant ton peuple, peut-être pourrai-je aimer mon peuple un peu plus.

— Oh, ne doute pas de lui, le coupa Asenath. C'est un bon démon.

Mardouk lui lança un regard furieux et disparut.

Le vieux prêtre leva la main comme pour la frapper, et elle lui rit au visage.

— Tu ne peux rien sans moi, vieux sot ! lui lança-t-elle. Tu ferais mieux d'écrire tout ce que je vais te dire. Vous êtes tous ridicules, vous, les prêtres si pieux de Mardouk. Je m'étonne même qu'un seul parmi vous soit capable de lire les prières !

Remath s'avança vers elle.

— Rappelle-toi la promesse que tu m'as faite, murmura-t-il.

— Le moment venu, répliqua-t-elle. Le père a caché la tablette à un endroit que vous ne découvrirez jamais ; lorsque les trois jours seront accomplis, quand l'armée aura franchi les portes et que les Hébreux seront en route, je ferai en sorte que tu en aies le contenu.

— De quelle tablette parles-tu ? demandai-je. Quel rôle joue-t-elle ici ?

Je savais où elle était, bien sûr : là où mon père l'avait cachée, dans notre maison.

— Une prière pour ton âme, mon fils. Pour que tu voies Dieu. Et tu sais que je te mens, bien sûr. Elle hocha la tête. Sa gaieté la quitta, sa haine aussi. C'est une très ancienne formule magique. Tu pourras choisir. Tu vas mourir, mais il n'y a pas lieu de t'inquiéter pour l'instant. C'est juste une formule à laquelle croyaient les Anciens, rien de plus. Le reste, ce que nous faisons ici, c'est de la médecine et non de la magie.

Ils me conduisirent à travers le palais, puis nous brisâmes un autre sceau ancien et entrâmes ensemble dans une grande salle. Des serviteurs s'affairaient autour de nous à disposer les tables et les lampes. Ils apportèrent un brasero et un chaudron. Pour la première fois j'éprouvai une grande peur. Peur de la souffrance, de la brûlure.

— Si vous m'avez menti sur la douleur, dis-le-moi, cela m'aidera.

— Nous ne t'avons menti en rien ! répondit le grand prêtre. Tu resteras des siècles entiers dans le temple d'Esagil, où tu recevras nos libations. Sois notre dieu ! Si tu l'as vu, deviens-le ! Comment serait-il devenu ce qu'il est, sans nous ?

On m'apporta une couche, où je m'étendis, et je fermai les yeux. Qui sait si je ne rêvais pas, dans mon lit, chez moi ? Non. Ils commencèrent à m'apprêter. Je restai allongé, les yeux clos, tourné vers le mur, ou vers eux ; je sentais leurs mains sur moi. Ils me taillaient les cheveux, la barbe, les ongles. Parfois je levais les bras ou les jambes, pour qu'ils puissent me déshabiller et me laver. Puis l'obscurité se fit. Seul brûlait le feu sous le chaudron.

J'entendais la vieille femme réciter les paroles en sumérien. C'était une recette qui mélangeait or, plomb, plantes et élixirs ; certains m'étaient familiers, d'autres ne devaient être connus que de l'enchanteresse. J'en savais cependant assez pour comprendre que la potion pouvait être mortelle.

Je me rendais compte également qu'il y avait dans ce breuvage de ces graines que les gens mastiquent pour avoir des visions, de ces ingrédients qui provoquent des hallucinations, et je devinais que cette décoction capiteuse atténuerait la douleur et assoupirait mes pensées. Qui sait ? songeai-je. Peut-être vais-je manquer ma propre mort.

Remath vint vers moi. Son expression était simple, et dénuée de méchanceté. Il me parla presque avec chagrin.

— Nous ne te vêtirons de la tenue d'apparat qu'à l'aube. Tout est prêt dans l'autre pièce. L'or bouillonne mais il sera tiède, ne crains rien ; il sera épais et tiède quand nous l'appliquerons sur ta peau. Maintenant, que pouvons-nous t'apporter, dieu Mardouk, pour te rendre heureux cette nuit ?

— Je vais dormir. Je redoute l'or bouillant.

— Il sera froid, m'assura Asenath. Souviens-toi : tu vivras trois longues journées tandis que cet or se répandra en toi. Il sera froid. Aussi longtemps que tu le pourras, tu devras être un dieu souriant, puis un dieu à la main levée, puis un dieu aux yeux voyants.

— Très bien. Laissez-moi.

— Ne veux-tu pas que je prie notre dieu à nous ? me susurra Asenath.

— Je n'oserais pas, murmurai-je.

Je me retournai et fermai les yeux. Curieusement, je m'endormis. Ils déployèrent sur moi une couverture d'une exquise douceur.

Je dormis d'épuisement, comme si l'épreuve était passée

et non à venir. Mes rêves ne m'ont laissé aucun souvenir. À quoi bon ? Je me rappelle avoir éprouvé le surprenant désir de ne plus revoir Mardouk ; je me souviens d'avoir pensé : Comment cela se fait-il ? Pourquoi ne suis-je pas en train de sangloter sur son épaule ? Mais je ne voulais pleurer sur l'épaule de personne. J'avais reçu le coup fatal. Je ne savais pas ce qui m'attendait. La fumée, le brouillard, la flamme, ou un pouvoir semblable au sien. Je ne pouvais pas savoir. Lui non plus.

Je crois que j'entonnai alors le psaume que j'aimais tant, puis je songeai : Damnation, c'est à eux qu'appartiendra Jérusalem et non à moi.

Une vision m'apparut, tirée d'Ézéchiel, que nous copiions toujours à la maison, et que nous discutions âprement entre nous, la voix querelleuse... C'était la vision d'une vallée d'ossements, les ossements des vivants, hommes, femmes et enfants, et non des morts qui se levaient, qu'on rappelait à la vie. Je les vis simplement, et songeai : C'est pour cette vallée que je le fais, pour nous tous qui ne sommes qu'humains.

Étais-je trop fier ? Je ne sais pas. J'étais jeune. Je ne voulais rien. Je dormais.

Trop tôt, bien trop tôt, reparurent les lampes et la lumière, et la lointaine clarté du soleil sur les sols de marbre, loin des portes de la salle.

6

J'avais le vertige. Je crois que c'étaient les vapeurs. Toute la nuit avait bouillonné dans le chaudron un mélange d'or, de plomb, avec de mystérieux ingrédients. Le parfum en était riche et délicieux ; il m'enivrait.

Ils me mirent debout.

Je me secouai pour m'éveiller, pour que les lampes cessent de me faire mal aux yeux. C'était la lumière du soleil, non ? Asenath était là. Les prêtres entreprirent d'appliquer l'or. Ils commencèrent par mes pieds, en me recommandant de me tenir bien droit et immobile, puis ils me couvrirent les jambes d'or, avec un soin extrême et des gestes presque apaisants. C'était chaud, mais pas douloureux. Je ne ressentais aucune brûlure. Ils me peignirent lentement le visage, en faisant pénétrer la peinture jusque dans mes narines, puis ils en recouvrirent mes cils, un à un, enfin les boucles de mes cheveux et de ma barbe.

J'étais bien éveillé.

— Garde les yeux bien ouverts, dit Asenath.

Ils apportèrent ensuite toutes les belles tuniques de Mardouk. Il s'agissait de véritables vêtements, dont on habillait chaque jour la statue, mais ils voulaient non pas les border d'or mais les en recouvrir, pour que j'aie vraiment l'air d'une statue vivante.

Ils me vêtirent, puis commencèrent à peindre chaque pli de la longue robe, des amples manches, en me demandant inlassablement de lever les bras et de marcher pendant qu'ils accomplissaient leur travail.

Je me plaçai devant un miroir. J'avais l'air d'un dieu. Je vis le dieu.

— Tu *es* le dieu, me dit un jeune prêtre. Tu es notre dieu, et nous te servirons à jamais. Souris-moi, ô dieu Mardouk, je t'en prie.

— Souris, renchérit Asenath. Tu vois, la laque ne doit pas durcir trop vite. Il ne faut pas qu'elle devienne cassante. Chaque fois qu'elle deviendra trop dure, les prêtres en remettront pour que tu puisses faire jouer le muscle. Souris, ouvre les yeux et ferme-les. Voilà, mon bel adolescent. C'est bien. Entends-tu ce bruit ?

— On dirait que la ville entière est en émoi. J'entendais également les trompettes, mais je n'en parlai pas. J'ai le vertige, ajoutai-je.

— Nous te soutiendrons, promit le jeune prêtre. Cyrus te tiendra. Souviens-toi, prends-lui la main, tiens-la. Tourne-toi souvent vers lui, et embrasse-le. Un peu d'or de tes lèvres ne lui abîmera pas la peau.

En quelques secondes, je me retrouvai hissé sur un chariot d'apparat. Tout autour de nous je découvris les tapis de fleurs — les plus belles de Babylonie, et aussi celles apportées de contrées lointaines, d'Égypte et des îles du Sud.

Nous étions sur un char guerrier dressé sur ce chariot

monumental. Les roues du char étaient fixes, et les acolytes, derrière nous, me tenaient fermement par la taille. Sur le côté, un autre m'enlaçait également. Cyrus monta sur le char.

Des cris et des acclamations jaillirent de partout. Les portes étaient restées ouvertes, la foule affluait... La Procession avait commencé. Je cillai. Je vis voler les pétales dans l'air, roses, rouges, blancs, et je sentis flotter l'encens. Je baissai la tête, sentant raidir mon cou, et j'aperçus les prêtres et les femmes du temple qui se prosternaient sur le sol dallé de la cour. Les mules blanches commencèrent leur lente marche.

Hébété, je me tournai vers le roi. Qu'il était beau et resplendissant !

Au moment où nous franchissions les portes, les cris et les vivats les plus passionnés fusèrent. Les Hébreux étaient sur les toits. Je levai la tête. Il y avait comme une brume. Mais je les entendais chanter les psaumes de Sion. Les visages étaient petits, lointains.

Le char prit de la vitesse — dans la mesure où un char géant peut prendre de la vitesse, c'est-à-dire fort peu — et nous roulions régulièrement. Je me tenais d'une main au rebord du char, en arrondissant mes doigts dorés, puis je me penchai, instinctivement, car personne ne me le suggérait, je pris Cyrus par la main et lui donnai le premier baiser.

La foule était extatique. Chaque maison de la voie de la Procession semblait animée d'une existence propre qui criait depuis les fenêtres et le toit ; la vie se pressait à chaque porte, et dans toutes les rues les gens chantaient en agitant des rameaux. J'entendais encore et encore la musique juive, qui nous suivait.

Je ne me rappelle plus la traversée du grand canal, mais il me semble avoir perçu le scintillement de l'eau. Les acolytes me tenaient vigoureusement et m'enjoignaient avec dureté d'être fort.

— Tu es mon dieu, Mardouk, dit Cyrus. Pardonne-leur, ils sont stupides. Tiens-moi la main, dieu. Pour le moment, nous sommes roi et dieu, nul ne peut le nier.

Je souris, et me penchai à nouveau pour l'embrasser sur la joue. Cette fois encore, des cris de joie éclatèrent dans la foule. Nous approchions du fleuve. Nous allions être transportés à bord du bateau, et menés à la maison de l'Ordalie avec Tiamat, pour le grand combat du dieu contre le chaos.

Qu'était-ce ? J'étais pour ma part tellement ivre que cela ne m'importait plus. Je sentais l'or durcir sur tout mon corps. Je le sentais me caresser, comme on me l'avait dit. Mes pieds étaient solidement amarrés, les acolytes me tenaient, et la main vivante et chaude de Cyrus serrait la mienne, tandis qu'il saluait de la tête et de sa main libre les citoyens enthousiastes de Babylone, et qu'il leur criait mille vœux.

Une idée drôle me vint à l'esprit tandis que le bateau remontait le fleuve. La foule nous encerclait de toutes parts et je songeai : Cyrus croit que c'est pour lui ; en vérité, c'est simplement Babylone. Babylone en fête, comme il lui arrive souvent. Il n'a jamais vu une ville s'enivrer de danse et de boisson, il est donc impressionné. Bah, qu'il en profite.

Confusément, je me rendis compte que je n'avais pas vu ma famille. Elle était venue, j'en étais certain, mais je ne l'avais pas vue.

La maison de l'Ordalie était couverte d'argent, d'émeraudes et de rubis. Les piliers étaient d'or, avec des chapiteaux en fleurs de lotus. Le centre du toit était ouvert, et autour de nous s'entassaient par centaines les nobles babyloniens, les gens riches, les hauts dignitaires accourus d'autres cités, les prêtres venus chercher refuge à Babylone avec leurs dieux, ainsi que la foule des hommes appartenant à la suite de Cyrus, tellement semblables à nous, et tellement différents. Plus grands, plus élancés, l'œil plus aigu.

Soudain, je me trouvai seul au milieu de cette cour. Tout le monde avait reculé. Seul Remath restait à mon côté, ainsi que le jeune prêtre compatissant.

— Lève les bras, me recommanda ce dernier. Prends ton épée dans le fourreau.

— Mon épée ? Je ne savais pas que j'en avais une.

— Oui, répondit-il avec ardeur. Lève-la bien haut.

Je savais à peine si j'obéissais. Le monde tanguait devant mes yeux. Les nobles chantaient et les harpes accompagnaient leurs voix. Puis je reconnus un son que j'avais entendu lors de spectacles et de chasses avec mon père et mon frère : j'entendis rugir des lions en cage.

— Ne crains rien, dit Remath. Ces animaux sont repus et

gorgés de potions qui les rendent somnolents. Quand on les lâchera, ils viendront l'un après l'autre se dresser comme on le leur a appris pour lécher sur tes lèvres le miel que je vais y déposer. Du miel et du sang. À ce moment-là, tu leur plongeras ton épée dans le corps.

Je ris.

— Et vous, où serez-vous ?

— Ici, à tes côtés. Ce ne sera rien, dieu Mardouk, ces lions veulent mourir pour toi. Il approcha un calice de mes lèvres. Bois le miel et le sang.

J'obtempérai, à peine capable de sentir que j'avalais. Je me rendis compte que ma peau était devenue presque insensible, comme sous le vent froid et piquant de la nuit du désert. J'avalai, et il m'en donna encore, jusqu'à ce que ma langue et mes lèvres soient couvertes de sang et de miel.

Une terrible excitation avait gagné la foule. Je sentais la peur. Le premier lion avait été lâché et s'avançait vers moi. Les Perses reculaient vers les murs. Je sentais la peur. Je ris à nouveau. Que c'est drôle, songeai-je. Je suis à moitié mort, et ce lion vient vers moi en chancelant.

Soudain, le fauve bondit ; les deux prêtres durent me retenir pour que je ne m'écroule pas sous son poids. Je brandis l'épée et puisai des forces dans la laque d'or pour la plonger dans le cœur de l'animal. Son haleine chaude et fétide m'entra dans les narines, sa langue toucha mes lèvres, puis il bascula gauchement en arrière, mort. La foule entonna un interminable chant de courage.

Le roi vint alors près de moi, son épée à la main ; je compris que, lorsque le deuxième et le troisième lion seraient lâchés, nous allions devoir les tuer ensemble. Le visage du roi était aussi rigide que le mien, et ses yeux, fixés sur le fauve, n'étaient plus que deux fentes étroites.

— J'ai l'impression qu'ils sont pleins de vie, murmura-t-il.

— Mais tu es un roi et je suis un dieu, alors, tuons-les.

Derrière les fauves, le prêtre fit claquer le fouet ; un animal bondit sur Cyrus, qui chancela en tirant son épée et le repoussa d'un coup de pied. Le lion roula sur le dos en rugissant, moribond. Le troisième me sauta au visage. Je sentis le prêtre me soulever le poignet. « Vas-y, maintenant ! » J'enfonçai mon épée à plusieurs reprises, pour tuer la bête et me dégager.

Une fois de plus, tous chantèrent et nous acclamèrent, tandis que j'entendais, au-dehors, les vivats de la multitude. Je vis qu'on soulevait les lions et qu'on les emportait. J'entendis le prêtre entonner l'air rituel de la victoire de Mardouk sur le malfaisant Tiamat.

— « ... Et de sa dépouille il fit les cieux et la terre et les mers... »

Les paroles retentirent en sumérien ancien, puis en akkadien, puis en hébreu, comme des vagues sonores se succédant pour m'engloutir.

J'étais seul dans la cour. Les prêtres m'enduisaient de sang et de miel.

— Elles ne te feront aucun mal, dit Remath.
— Quoi ? demandai-je.

Mais je savais. Je les entendais aussi distinctement que les fauves : les abeilles.

Un grand dragon de soie s'avança vers moi ; son ossature d'or fuselée et solidement fixée était manœuvrée à l'aide de bâtons. Il était rempli d'abeilles. Le dragon m'enveloppa, et je me retrouvai enfermé dans une tente de soie. Sa queue dissimulait ma tête. J'entendis se déchirer l'étoffe. Les abeilles étaient lâchées sur moi et me recouvraient tout le corps. La répulsion m'envahit. Mais j'avais les pieds glacés sur place. Les piqûres des abeilles ne perçaient pas l'or et, quand elles approchaient de mes yeux, je me contentais de les fermer. Je me rendis compte peu à peu que les abeilles mouraient. Tuées par leurs propres piqûres, et peut-être aussi par le poison. Je poussai un grand soupir.

— Ouvre bien les yeux, me cria Remath.

Quand toutes les abeilles furent tombées, et que le grand dragon de soie, effondré, eut été offert à mon épée pour le coup de grâce, les acclamations s'élevèrent à nouveau.

Je fus transporté au haut des marches, jusque sur le toit. J'apercevais la campagne environnante, ainsi que la foule jusqu'à une grande distance. Je levai le bras avec mon épée, le levai encore et encore, me tournant à l'est, puis à l'ouest, au nord, et au sud ; je levais l'épée et je souriais, et les foules répondaient en chantant. La terre entière chantait vers moi.

— Que c'est beau, murmurai-je. D'une beauté indescriptible.

Mais personne ne m'entendait. L'air frais me réveilla, caressant mes narines et ma gorge, rafraîchissant mes yeux. Les prêtresses du temple m'entourèrent, lançant des fleurs en l'air, puis je compris qu'on m'entraînait vers la couche royale.

— Tes désirs seront exaucés sur-le-champ, dit Remath. Mais je te conseille de dormir.

— Oui, bonne idée. Mais comment m'empêcheras-tu de mourir ?

— J'entends ton cœur. Tu vivras assez longtemps pour faire le voyage du retour. Tu es plus vigoureux qu'on ne l'imaginait.

— Alors, amène-moi une prostituée, ordonnai-je. Tous se troublèrent. Eh bien ? insistai-je.

Les prostituées hurlèrent de plaisir. Je leur fis signe d'approcher. Cependant, je ne pouvais que les prendre à tour de rôle dans mes bras et planter des baisers empoisonnés sur les délicieuses petites bouches qui se tendaient vers moi, puis les renvoyer, pâmées, en espérant qu'elles essuieraient le plus vite possible toute trace du baiser. Je riais tout au fond de moi, les lèvres closes.

Bien des événements eurent lieu, cette nuit-là — un feu de joie, des poèmes, des danses —, dont je ne vis rien : je dormis. Je dormis. Debout, en équilibre vers l'arrière comme si j'étais adossé, et les yeux ouverts à cause de l'or frais qui m'empêchait de les fermer. Le monde semblait pris de folie. Je m'éveillais de temps en temps, pour voir danser des flammes et des silhouettes, entendre un son, un murmure, un bruit de pas précipités, et je sentais des mains humaines me saisir.

Une fois, je crois avoir vu le roi danser. Il dansait, avec les femmes, un curieux ballet lent et solennel, puis il leva les bras et se prosterna devant moi. On ne me demandait rien ; le sourire était figé sur mon visage durci par l'or, et c'est seulement quand je riais que je sentais picoter ma chair.

À midi, le lendemain, lorsque nous entreprîmes la procession de retour jusque dans la cour d'Esagil, je sus avec certitude que je mourais. Je pouvais à peine me mouvoir. Les acolytes, à l'abri des voiles et des robes de soie, recouvraient avec ardeur mes genoux d'or fluide, pour les garder flexibles, mais ils ne voulaient pas que les gens s'en rendent compte. Et j'étais moins fatigué qu'hébété.

Nous entrâmes dans la cour, où devait être lu le grand poème « Au Commencement », et où les acteurs devaient donner leur spectacle. Une grande tristesse me submergea soudain, ainsi qu'une vive confusion. Quelque chose n'allait pas. Soudain, telle une réponse à une prière, j'entendis chanter mon père, avec mes frères.

> *Je ferai qu'un homme sera plus précieux que*
> *l'or fin, et une personne plus que l'or d'Ophir.*

Je m'efforçai d'entendre plus clairement leurs chères voix familières :

> *Ainsi a dit l'Éternel à son oint,*
> *à Cyrus, que j'ai pris par la main droite,*
> *afin que je renverse les nations devant lui...*

— Tourne la tête vers eux, dieu Mardouk, dit Cyrus. C'est ton père, qui chante de tout son cœur.

Je me tournai, et ne distinguai qu'une nuée de bras agités, de guirlandes lancées en l'air, de fleurs qui retombaient, mais j'entendis mon père :

> *J'irai devant toi,*
> *et je redresserai les lieux tortueux*
> *et je te donnerai les trésors cachés,*
> *et les richesses les plus secrètement gardées,*
> *afin que tu saches que je suis l'Éternel,*
> *le Dieu d'Israël, qui t'appelle par ton nom.*

Les chants se prolongèrent jusqu'aux portes du temple, où s'élevèrent des cris : « Le Messie ! Le Messie ! Le Messie ! » Cyrus agita les bras, envoya des baisers. Puis vint enfin le moment du couronnement.

On nous descendit du char et du chariot, pour nous faire

gravir, sur un tapis de fleurs, l'interminable escalier de la grande ziggourat Etemenanki, afin que, de très loin, tous puissent nous distinguer dans l'encadrement des larges portes. Je crus mourir avant d'atteindre le sommet ; je voyais les degrés dorés s'élever devant moi, et je songeai à l'échelle de Jacob, montant vers le ciel au milieu des anges.

Nous arrivâmes enfin au sommet, sur cette montagne construite par et pour le dieu. On me tendit la couronne. Je ne contrôlais plus du tout mes membres. Je ne sentais rien. Je souriais parce que c'était facile, et j'éprouvai une douloureuse lassitude dans les bras en soulevant l'énorme couronne perse toute en or et en la plaçant sur la tête du roi vivant.

— Maintenant, je voudrais mourir, murmurai-je.

J'étais exténué, avec des douleurs dans les genoux, dans les pieds, dans tout ce corps qui n'avait plus la moindre liberté.

Je vis distinctement les yeux aimants de Cyrus, je vis la solennité de son visage, je vis... la consécration de la royauté en lui. Je vis peut-être aussi un peu de la démence d'un roi.

Avec une sournoise habileté, les prêtres s'affairaient autour de moi et me repeignaient inlassablement pour que je puisse remuer mes membres ; il me revint un peu de vitalité.

— Garde les yeux ouverts, me répétait Remath. Garde les yeux ouverts.

J'obéissais. On nous redescendit dans la cour du temple. Le banquet dura des heures. Je sais que les poètes chantèrent, je sais que le roi dîna, ainsi que tous les nobles, mais je restai assis là, rigide, les yeux fixes. Mes yeux ne pouvaient plus se fermer, quoi qu'on fasse. Ils ont été stupides d'ajouter tant de peinture, cela me ramollit les paupières, songeai-je. Et je regardais mes mains posées sur la table, en pensant : Mardouk, pas une seule fois je n'ai fait appel à toi.

Sa voix résonna aussitôt à mon oreille.

— Tu n'as pas eu besoin de moi, Azriel. Mais je suis avec toi.

Enfin ce fut terminé. La nuit était tombée. Le roi était couronné, la Babylonie était la Perse, le peuple était ivre au-delà des portes du palais et du temple et, dans ces deux bâtisses, d'autres buvaient et chantaient encore.

— Maintenant, dit le jeune prêtre, nous allons te porter au

sanctuaire. Tu n'as plus besoin de marcher. Tu n'as qu'à prendre place à la table du banquet. Si tu ne meurs pas dans les heures qui viennent, nous te verserons de l'or dans la bouche.

— Pas tout à fait encore, intervint Remath. Suis-moi, et vite, car nous avons encore un rituel à accomplir.

Le jeune prêtre était dérouté. Moi aussi, mais peu m'importait. Je commençais à m'assoupir et, quand je vis les formes floues des morts qui me contemplaient peureusement, j'en fus heureux. J'avais imaginé qu'ils descendraient sur moi dans un bruit de tonnerre, comme une armée, pour m'arracher mes vêtements d'or et me dire : Viens errer dans l'éternité avec nous ! Mais il n'en fut rien.

Soudain, je sentis une chaleur intolérable. Je distinguai un grand feu. Je crus reconnaître la voix de mon père, mais je n'en étais pas sûr, puis j'entendis Asenath.

— C'est une magie toute-puissante ! Veux-tu qu'il meure ? Donne-le-moi !

L'espace d'un instant j'aperçus mon père ; l'air confus, il lui donnait l'antique tablette dans son enveloppe d'argile. « Azriel ! » cria-t-il, tendant les bras vers moi. J'aurais voulu parler, mais il était trop tard, je ne pouvais plus. Les portes de la pièce où nous avions pénétré furent claquées à la figure de mon père et à la face du monde.

Un feu brûlait sous un chaudron plein d'or en fusion. L'air était irrespirable. Asenath brisa l'enveloppe d'argile, d'un geste désinvolte, puis elle éleva la tablette à la lumière d'une torche.

J'étais seul, debout à l'écart, trop rigide pour bouger, trop rigide pour tomber, les yeux fixés sur eux. Je n'avais même pas peur du feu. Que faisaient Remath et la vieille femme ? Où était le grand prêtre ? Ne l'avais-je pas aperçu de temps en temps ?

Asenath commença à lire ; ce n'était pas du sumérien, mais de l'hébreu, de l'antique hébreu cananéen.

— « ... qu'il voie sa propre mort et qu'il voie son âme, son *tzelem*, son esprit et sa chair bouillis ensemble avec ses os, pour vivre dans les os, à jamais, et n'en être rappelé que par le maître qui connaît son nom, et qui appelle son nom... »

— Non ! hurlai-je. Ce n'est pas un charme ! C'est une malédiction ! Sorcière ! Menteuse !

L'or qui me couvrait se craquela comme je m'élançais sur elle de toute ma force ivre, mais elle recula comme une danseuse et Remath me saisit à la gorge. J'étais dans le même état de faiblesse stupéfaite que les lions qu'on m'avait opposés.

— Sorcière ! criai-je. C'est une malédiction !

— « Qu'il voie tout ce qui est en lui visible et invisible et tous les fluides de son corps bouillis avec les os, et qu'il soit attaché à ces os et à quiconque en sera le maître, et que jamais il ne soit reçu dans l'obscurité du shéol ni dans la vie éternelle de Dieu à jamais ainsi soit-il. »

— Mardouk ! hurlai-je.

Je me sentis soulevé par-derrière et plongé dans l'or bouillant. Je hurlai et hurlai sans fin. Jamais je n'aurais imaginé pareille souffrance. Comment une telle chose pouvait-elle m'arriver ? Comment se pouvait-il que de l'or bouillant m'asphyxie, engloutisse mes yeux ?

Alors que je croyais devenir fou, un bloc fou d'horreur et de souffrance dépouillé de toute conscience humaine, je jaillis hors du chaudron pour flotter librement au-dessus du corps noyé qui cuisait dans l'or. Ce corps qui avait été le mien... et où je n'étais plus !

Je volais au-dessus de lui, bras ouverts, et je le contemplais. Puis je vis la face d'Asenath levée vers moi.

— Azriel ! hurla-t-elle. Regarde, regarde l'or bouillonner, regarde la chair se détacher de tes os, regarde les os se muer en or, ne détourne pas les yeux, ou tu y retomberais dans l'agonie et la mort.

— Mardouk ! appelai-je.

— Tu l'as choisi, rétorqua-t-il. Retourne dans ce chaudron de souffrance et tu mourras.

Il parlait d'une voix brisée. Je me rendis compte qu'il se tenait au-dessous de moi, les yeux levés. Pour la première fois il m'apparut petit et simple. Plus du tout grand ni divin. Asenath n'était qu'une vieille sotte. Remath regardait le corps s'enfoncer dans le chaudron en faisant des bonds, poings serrés, hurlant des malédictions.

Je ne pris pas de décision. Le temps manquait. Ou peut-être était-ce juste la lâcheté. Je ne pouvais pas retourner dans cette souffrance. Je ne pouvais pas être cuit vivant. Je ne pouvais pas supporter qu'on inflige un tel supplice à un être humain. Je regardais, fasciné, la chair flotter puis se détacher dans le liquide doré, le crâne monter à la surface. Le chaudron continua à bouillonner, bouillonner, tandis que la condensation se faisait plus dense.

Asenath s'asphyxiait. Incapable de respirer, elle tomba face contre terre. Remath resta en contemplation devant le chaudron. Et Mardouk continuait à me regarder, ébahi.

Le chaudron finit par être vide, à l'exception de ce qui restait de moi. Remath éteignit le feu et dispersa les braises. Il se rapprocha autant qu'il le put du chaudron et se pencha pour contempler les os qui gisaient au fond. L'étoffe s'était décomposée, ainsi que la chair, et le liquide s'était évaporé ; seuls restaient les os ainsi que, dans cette chambre scellée, toutes les fumées et les particules de ce qui avait été mon corps. Et les os étaient en or.

— Rappelle à toi la chair, esprit, ordonna Remath. Rappelle-la à toi, maintenant, rappelle-la du plus profond des os et de l'air dans lequel elle a voulu s'enfuir, rappelle-la.

Je redescendis et retombai sur mes pieds. Dans la lourde condensation gluante, je vis que j'avais un corps. Vaporeux, mais bien à moi. Puis il devint de plus en plus dense.

Mardouk recula d'un pas en hochant la tête.

— Qu'y a-t-il ? demandai-je. Pourquoi fais-tu cela ?

— Ô dieux antiques, Remath ; qu'avez-vous fabriqué, ta sorcière et toi ? demanda Mardouk.

Remath rugit :

— Tu m'appartiens, Serviteur des Ossements, car je suis le Maître des Ossements. Tu m'obéiras. Tu obéiras.

Mardouk recula contre le mur, les yeux fixés sur moi avec terreur.

Remath se protégea les mains à l'aide d'un paquet de linges posé sur le lit et renversa le chaudron.

Les os se répandirent ; ce qui ne venait pas, Remath le délogea, en se brûlant, afin que tous les os soient étalés sur le sol.

— Réveille-toi, vieille femme ! cria-t-il. Réveille-toi ! Qu'est-ce que je fais, maintenant ?

J'étais à côté de lui, le corps aussi dense que s'il avait été vivant. Aussi rose et vif que son corps à lui, mais irréel. Je ne le sentais pas. Il n'avait pas de cœur, pas de poumons, pas d'âme, pas de sang ; il avait uniquement la forme que lui donnait mon esprit, jusqu'aux plus infimes détails.

— Regarde, homme stupide, déclarai-je. Asenath est morte. Si tu veux savoir quoi faire, apporte-moi cette tablette, car je suis le seul ici à pouvoir lire les antiques paroles cananéennes.

7

Remath, cloué sur place, trop épouvanté pour bouger, en oubliait les os, luisant sur le dallage. Dispersés, hideux, mêlés à mes dents et aux osselets de mes mains et de mes pieds, tels des cailloux.

Mardouk restait immobile.

Un long hululement s'éleva autour de nous. Je l'entendais comme un vent qui eût parcouru le palais et le temple, lentement, de corridor en corridor, d'alcôve en alcôve. Je levai les yeux et vis le monde dense des esprits, comme jamais je ne l'avais vu.

Les murs et le plafond de cette salle avaient disparu. Le monde entier n'était plus composé que d'âmes perdues et murmurantes qui s'élançaient, les mains tendues vers moi. Pourtant, elles me redoutaient.

— Allez-vous-en ! grondai-je.

Aussitôt, la nuée se dispersa, mais les hurlements me transperçaient douloureusement les oreilles. Lorsque je regardai à nouveau, le visage de Mardouk m'était étranger, non plus effrayé, non plus doux et confiant comme il l'avait toujours été jusqu'alors.

Je me détournai et m'approchai du corps d'Asenath, d'un pas léger, comme marcherait un homme, et je lui pris la tablette. Le texte était obscur, une forme de l'hébreu, oui, mais d'une époque très antérieure à la mienne. Je le lus en silence.

Je me retournai. Le prêtre s'était reculé dans l'angle le plus éloigné, et le dieu me regardait, simplement. Je déchiffrai les mots du mieux que je pus : « Ayant vu sa mort, ayant vu les fluides de son corps, et sa chair et son esprit et son âme réduits en bouillie dans les os, et scellés dans les os, en or à jamais, qu'il soit rappelé dans les os, contraint d'y rentrer, et contraint d'y demeurer, jusqu'à ce que le maître l'en rappelle. »

— Obéis, cria Remath. Rentre dans les os.

Je portai à nouveau mon regard sur la tablette. « Ces os une fois rassemblés contiendront à jamais son esprit. Passant d'une génération à une autre, il servira le maître qui en aura possession et pouvoir, afin d'accomplir ses commandements. Il n'en sortira que par la volonté du maître. Quand le maître dira : "Viens", le Serviteur des Ossements viendra ; quand le maître dira : "Prends corps", le Serviteur des Ossements prendra corps ; quand le maître dira : "Retourne aux ossements", le Serviteur des Ossements lui obéira ; quand le maître dira : "Tue cet homme pour moi", le Serviteur des Ossements tuera cet homme ; quand le maître dira : "Gis immobile et regarde, mon esclave", le Serviteur des Ossements fera ainsi. Car le serviteur et les ossements ne font désormais qu'un. Aucun esprit sous les cieux ne peut rivaliser en force avec le Serviteur des Ossements. »

— Quelle histoire ! dis-je.

— Dans les ossements ! ordonna-t-il. Rentre dans les os. Il tremblait, serrant les poings et ployant les genoux. Rentre dans les os ! répéta-t-il. Gis immobile et regarde, mon esclave !

Je ne fis rien.

Je l'examinai longuement. Rien ne changea en moi.

Je vis les linges qu'il avait ôtés du lit. Les draps avaient été changés depuis que j'y avais dormi ; j'en pris un pour en faire un baluchon, où j'enfouis la tablette, puis les os. Je ramassai l'os de la cuisse, l'os de la jambe, les os des bras, le crâne, mon propre crâne, encore chaud et scintillant d'or ; je ramassai ainsi jusqu'au plus infime fragment de ce qui avait été Azriel, l'homme vivant, l'idiot, le fou. Je ramassai les dents, les osselets des orteils. Lorsque j'eus tout rassemblé dans un petit sac noué, je le jetai sur mon épaule, et regardai Remath.

— Sois maudit en enfer, gronda-t-il. Rentre dans les ossements !

Je m'avançai vers lui, tendis la main droite, et lui brisai le cou. Il était mort avant de tomber à genoux. Je vis un esprit s'élever, gauche et terrorisé, flou, bientôt informe, qui se dispersa avant de disparaître.

Je regardai Mardouk.

— Azriel, que vas-tu faire ?

Il paraissait totalement éberlué.

— Que puis-je faire, dieu Mardouk ? Que puis-je faire, sinon chercher le meilleur magicien de Babylone, le seul qui soit assez fort pour m'aider à apprendre mon destin et mes limites ? Ou alors dois-je me contenter d'errer tel que je suis ? Je ne suis rien, vois-tu, rien d'autre que l'ombre d'un être humain. Dois-je être réduit à errer ? Regarde, je suis solide et visible, mais je ne suis rien. Tout ce qui reste de moi se trouve dans ce sac.

Sans attendre sa réponse, je fis demi-tour et m'en allai. Je le congédiais, en quelque sorte. Tristement, me semble-t-il, et d'une manière impolie, irréfléchie. J'eus l'impression qu'il flottait près de moi et m'observait tandis que je partais.

Je traversai le temple, sous une forme humaine convaincante, interpellé d'innombrables fois par des gardes, que je repoussais de la main droite. Une lance me transperça le dos. Une épée me passa à travers le corps. Je n'éprouvai rien, et je regardai simplement les malheureux assaillants déconcertés.

Je pénétrai dans le palais et me dirigeai vers les appartements du roi. Ses gardes se jetèrent sur moi et je passai au travers d'eux, n'en éprouvant qu'un léger frémissement. Je les vis basculer derrière moi ; puis, levant les yeux, je reconnus Mardouk qui m'observait de loin.

J'entrai dans la chambre du roi. Cyrus était au lit avec une très belle prostituée ; m'apercevant, il jaillit nu hors du lit.

— Me reconnais-tu ? demandai-je. Que vois-tu ?

— Azriel ! s'exclama-t-il. Puis, avec une joie sincère : Azriel, tu as déjoué la mort, ils t'ont sauvé, oh, mon fils, mon fils.

C'était tellement franc et sincère que je restai médusé. Il s'approcha de moi mais, en m'étreignant, il s'aperçut que je ne possédais que l'apparence d'un être solide, comme une écorce, ou plus léger encore, une bulle à la surface de l'eau, pouvant éclater à tout instant. Pourtant, je n'éclatais pas, je sentais simplement ses bras forts autour de moi. Il recula.

— Oui, je suis mort, grand roi. Tout ce qui reste de moi est ici, dans ce sac, recouvert d'or. Maintenant, tu me dois une compensation.

— Comment cela, Azriel ?

— Quel est le plus grand magicien du monde ? Cyrus doit bien le savoir. Le plus fort et le plus sage des sages vit-il en Perse ? En Ionie ? Ou bien en Lydie ? Indique-moi où le trouver. Je suis une abomination ! Mardouk lui-même me craint ! Quel est le plus sage des hommes, Cyrus ? À qui confierais-tu ta propre âme damnée si tu étais à ma place ?

Il se laissa tomber sur le bord du lit. La prostituée, pendant ce temps, s'était couverte d'un drap et contemplait la scène. Mardouk entra silencieusement dans la chambre. Bien que son visage eût perdu sa froideur soupçonneuse, il n'avait pas retrouvé la chaleur que j'avais aimée.

— Je le connais, dit Cyrus. De tous les magiciens qui aient jamais défilé devant moi, seul cet homme possède le vrai pouvoir et la vraie simplicité de l'âme.

— Adresse-moi à lui. J'ai l'air humain, n'est-ce pas ? J'ai l'air vivant ? Adresse-moi à lui.

— Je vais le faire. Il vit à Milet, où il parcourt chaque jour les marchés pour acheter des manuscrits du monde entier. Il habite cette grande cité portuaire grecque, où il accumule la science. Il dit que le but de toute vie est la connaissance et l'amour.

— C'est donc un homme bon ?

— N'est-ce pas ce que tu souhaites ?

— Je n'y avais pas songé.

— Et pourquoi pas parmi ton peuple ?

La question me surprit. L'espace d'un instant, je fus assailli de noms, j'aperçus des visages, puis l'identité de ces êtres s'évanouit.

— Mon peuple ? Ai-je un peuple ?

J'essayais désespérément de retourner en arrière, de recouvrer la mémoire. Comment étais-je arrivé dans cette pièce ? Je me souvenais du chaudron. Je me souvenais de cette femme, mais comment s'appelait-elle ? Et de ce prêtre que j'avais tué. Et ce gentil dieu qui se tenait là, invisible du roi, qui était-il ?

— Tu es Cyrus, roi de Perse et de Babylonie, roi de l'univers, déclarai-je.

J'étais horrifié de ne plus connaître les noms de ceux que j'aimais — car je les avais encore aimés quelques instants plus tôt. Et cette vieille femme qui était morte, je l'avais connue toute ma vie ! Je me retournai et parcourus la chambre du regard, stupéfié. Elle était emplie d'offrandes, de dons des familles nobles de toute la Babylonie. J'aperçus un coffret en bois de cèdre et en or ; j'allai l'ouvrir.

Le roi m'observait sans mot dire. À l'intérieur étaient disposés des plats et des coupes.

— Prends-les si tu veux, proposa Cyrus, masquant fort bien sa peur. Laisse-moi appeler mes sept sages.

— Je ne veux que le coffret.

J'en vidai le contenu, doucement pour ne pas endommager ces objets précieux, puis je gardai le coffret entre mes mains, humant l'odeur du cèdre sous l'épaisse soie rouge qui le capitonnait. Je déchirai le pauvre sac de toile et commençai par ranger la tablette dans le coffret, avec ses inscriptions que je n'avais pas encore entièrement déchiffrées, puis j'y déposai délicatement mes ossements.

Je n'avais pas fini que la belle prostituée, s'approchant, me tendit un voile de soie dorée.

— Prends-le, dit-elle. Pour les envelopper. Pour les protéger.

J'en enveloppai les os, tandis qu'elle m'en apportait un autre, d'un violet profond, que j'acceptai et dont j'enveloppai encore les os, pour qu'ils ne s'entrechoquent pas quand le coffret serait déplacé. Je les avais à peine regardés.

— Rappelle-moi en eux, Cyrus, implorai-je. Rappelle-moi dans les os !

Cyrus secoua la tête. Mardouk éleva la voix.

— Azriel, rentre toi-même en eux, puis ressors-en. Fais-le maintenant, ou jamais tu n'en seras capable. C'est le conseil d'un esprit, Azriel. Mets de côté les particules qui constituent ta forme, et recherche l'obscurité. Si tu ne peux plus en sortir, je te rappellerai.

Le roi, incapable de voir ou d'entendre Mardouk, était embarrassé. Il évoqua une nouvelle fois ses sept sages, et, en effet, je pouvais entendre leurs voix étouffées dans l'antichambre.

— Ne les laisse pas entrer, grand roi. Les sages sont des menteurs, les prêtres sont des menteurs ; les dieux sont des menteurs !

— Je te comprends, Azriel, dit Cyrus. Tu es un ange de puissance, ou un démon de puissance, je ne sais, mais aucun sage ordinaire ne saurait te guider.

Je regardai Mardouk.

— Rentre dans les os, répéta-t-il. Je te promets d'employer tout mon pouvoir pour t'en sortir. Vois si tu peux y chercher refuge comme je le fais dans ma statue. Il faut que tu aies un refuge !

Je courbai la tête.

— Que je rentre dans les os, jusqu'à ce que je m'ordonne à moi-même d'en sortir ; vous, toutes les particules qui me constituez, vous resterez ici et attendrez que je vous rappelle.

Un grand vent s'engouffra dans les tentures du lit. La prostituée courut au roi, qui l'accueillit calmement entre ses bras. Je me sentis immense et aérien — en effet, je touchais les murs, le plafond et les quatre coins de la salle ornée de fresques —, puis le tourbillon se resserra autour de moi, et je sentis l'intolérable pression des âmes hurlantes et gémissantes.

— Soyez maudits ! hurlai-je. J'ai le refuge de mes propres os. Je rentre dans mes os.

L'obscurité se fit, dans une sérénité parfaite. Je flottais. C'était le plus doux repos que j'aie jamais goûté. Mais je devais agir, non ? Impossible. Enfin, la voix de Mardouk me parvint.

— Serviteur des Ossements, lève-toi et prends forme.

Je le fis. Ce fut comme une profonde respiration, puis un cri muet. Je me retrouvai sous la forme d'une réplique parfaitement acceptable d'Azriel, debout près du coffret ouvert et des ossements dorés. Mon corps miroita sous mon regard, puis se stabilisa. Je sentais la fraîcheur de l'air comme si jamais je ne l'avais connue.

J'observai Cyrus, puis Mardouk. Je savais à présent que si

je rentrais dans les ossements, je n'avais pas le pouvoir d'en revenir. Mais qu'importait ? Là m'attendait le sommeil velouté. Là m'attendait le sommeil tel qu'on le connaît, adolescent, allongé sur l'herbe tiède d'une colline, caressé par la brise et sans souci.

— Je vais à présent rentrer dans les ossements, dis-je. Grand roi, je t'en supplie, envoie-les dans ce coffret, avec la tablette, à ton sage de Milet. Fais cela pour moi. Si tu me trahis, qu'arrivera-t-il ? Je l'ignore. Quelqu'un d'autre... m'a trahi, mais je ne me rappelle plus qui...

Il s'avança pour m'embrasser, sur les lèvres, à la manière des Perses, rois ou égaux. Je me retournai pour regarder Mardouk.

— Mardouk, viens avec moi. Je ne sais plus ce qu'il y avait entre nous, sinon que c'était bon.

— Je n'en ai pas le pouvoir, Azriel, répondit-il calmement. Comme te l'a dit le grand roi Cyrus, tu es ce que les mages appellent un ange de puissance, ou un démon de puissance. Je n'ai pas un tel pouvoir. La tendre flamme de mes pensées est alimentée par le peuple de Babylone qui croit en moi et me prie. Même en captivité, la dévotion de mes ravisseurs me soutenait. Je ne puis t'accompagner. Je ne saurais même pas comment faire.

Je fronçai les sourcils.

— Mais pourquoi te fier à un homme, fût-il roi ? reprit-il. Prends toi-même ce coffret et va où tu veux...

— Non. Regarde. Mon corps frémit. Je suis sans forces, comme un nouveau-né. Je ne peux pas. Je dois me fier à... Cyrus, roi des Perses. S'il veut se débarrasser de moi, s'il est aussi vil et cruel envers moi que tous ceux que j'ai aimés, je trouverai bien un moyen de me venger, n'est-ce pas, grand roi ?

— Je ne t'en donnerai pas cause. Écarte ta haine de moi. Elle me blesse. Je la ressens !

— Moi aussi, m'écriai-je. Quel sentiment divin que la haine ! Être en colère ! Détruire !

Je fis un pas vers lui.

Il ne bougea pas. Il me dévisageait, et je me sentis doucement pétrifié, incapable de rien faire que le fixer dans les yeux. Je n'essayais pas vraiment de m'opposer à lui, mais je sentais sa domination, enracinée dans la hardiesse et la victoire, et je restais immobile.

— Aie confiance en moi, Azriel. Tu m'as fait roi du monde, et je ferai en sorte que tu sois confié au mage qui t'enseignera tout ce que peut apprendre un esprit.

— Roi du monde ? Ai-je fait cela pour toi, homme magnifique ? lui demandai-je.

Je m'ébrouai. Je le connaissais, bien sûr. Le drame. L'haleine du lion.

Je ne savais plus. Plus rien.

Mardouk éleva la voix, mais il n'était plus désormais qu'un esprit gentil et doux.

— Azriel, sais-tu qui je suis ?
— Un ami ? Un esprit ami ?
— Quoi d'autre ?

J'étais inquiet.

— Je ne me souviens plus.

Je lui confiai que je me souvenais du chaudron, et d'avoir tué ce prêtre anonyme, et de la vieille femme morte. Je connaissais le roi, oui. Mais je ne me le rappelais pas vraiment. Je perçus soudain un parfum de rose. Je baissai les yeux, et vis le sol jonché de pétales.

— Donne-les-lui, dit aussitôt Cyrus, en désignant les pétales à la prostituée.

La douce prostituée ramassa les pétales par poignées.

— Mets-les pour moi dans le coffret, ordonnai-je. Quelle est cette ville ? Où sommes-nous ?

— À Babylone, répondit Cyrus.

— Et tu m'envoies à Milet voir un grand magicien. Il faut que je sache son nom et que je m'en souvienne.

— Il t'appellera.

Je les observai une dernière fois. Je m'approchai des fenêtres qui s'ouvraient sur le fleuve, et je regardai dehors en songeant : Quelle cité magnifique, illuminée de tous ces feux, cette nuit, et résonnant de tous ces rires joyeux !

Sans élever la voix, je dispersai ma forme, rageant contre les esprits qui m'assaillaient, et je replongeai dans l'obscurité veloutée. Mais, cette fois, je pouvais humer les roses, et avec les roses me revint un souvenir. Le souvenir d'une procession, de gens qui agitaient les bras en criant des acclamations, d'un beau jeune homme qui chantait d'une voix magnifique, et de pétales lancés si haut qu'ils retombaient en pluie sur nous, sur nos épaules... Puis le souvenir s'évanouit.

Je n'allais plus me rappeler ces moments, ces choses, ce que je viens de vous raconter ici, Jonathan, pendant deux mille ans.

Azriel se laissa aller contre son dossier.

Il faisait presque jour.

— À présent, il faut vous reposer, Jonathan. Sinon, vous retomberez malade. Et je dois dormir. Je redoute ce qui va arriver. Je suis fatigué, fatigué!

— Où sont les ossements, Azriel?

— Je vous le dirai quand nous nous réveillerons. Je vous raconterai tout ce qui s'est passé avec Esther, avec Gregory, et avec le Temple de l'Esprit. Je vous dirai...

Il paraissait trop las pour poursuivre. Il se leva puis, très fermement, m'aida à quitter mon fauteuil.

— Il faut boire encore du bouillon, Jonathan.

Il m'en donna une tasse, posée près de l'âtre, et je la bus; puis il m'accompagna jusqu'à la petite salle d'eau de mon chalet, et se détourna poliment pendant que j'urinais; il m'aida ensuite à me mettre au lit.

Je tremblais de tout mon corps. J'avais la gorge serrée, la langue enflée.

Je pouvais voir qu'il était dans une grande anxiété. Le récit de son histoire avait été une dure épreuve.

Il dut lire ma compassion.

— Je ne le raconterai plus jamais, murmura-t-il. Je ne veux plus avoir à le raconter, je ne veux plus revoir le chaudron bouillonnant.

Sa voix se brisa. Il secoua la tête pour se ressaisir, puis me fit boire de l'eau fraîche, délicieuse.

— Ne craignez rien pour moi, dis-je. Je me sens bien. Seulement un peu fatigué, un peu faible.

J'avalai une dernière gorgée d'eau, longuement, puis je lui tendis la bouteille, et il but une gorgée plus longue encore. Il sourit.

— Que puis-je pour vous? demandai-je. Vous êtes mon invité et mon protecteur.

— Voudrez-vous me laisser dormir près de vous ? Comme des gamins dans les champs, pour que... enfin... si le tourbillon vient me prendre, si les âmes m'approchent, que je puisse toucher votre main tiède.

J'acquiesçai. Il me borda sous les couvertures, puis s'installa à côté de moi. Je me tournai vers lui, et il écarta son visage. Sa robe de velours rouge était confortable, moelleuse, épaisse. J'avais le bras passé autour de lui. Il s'enfonça dans les couvertures, la tête dans l'oreiller, ses boucles noires contre ma figure, respirant l'air pur du dehors et la douce fumée du feu.

La lumière du jour commençait à ramper sous la porte ; je pouvais voir à sa clarté et à sa chaleur que la tempête de neige s'était calmée. Le feu brûlait, la matinée était paisible.

Je me réveillai une première fois à midi. J'avais chaud, je marmonnais, et je faisais un cauchemar. Il me releva et me fit boire un verre d'eau fraîche. Il y avait mis de la neige, elle avait un goût pur. Je bus longuement, puis me recouchai.

Il semblait miroiter, vêtu de rouge, avec ses grands yeux noirs. Sa barbe et sa chevelure paraissaient soyeuses, et je songeai aux textes anciens évoquant des onguents, des huiles et des parfums pour les cheveux. Puis me revint un véritable panorama des bas-reliefs que j'avais admirés dans le monde entier.

Je me remémorai les grandes sculptures assyriennes du British Museum, les photos. « Le peuple à la tête noire », voilà comment se désignaient eux-mêmes les Sumériens. Nous étions issus d'eux, en quelque sorte mélangés à eux, et je comprenais maintenant pourquoi ces étranges sculptures de rois barbus en longues robes m'étaient plus proches que les emblèmes européens que j'avais chéris, alors qu'en fait ils importaient peu.

— Vous avez bien dormi ? demandai-je, mais je sombrais déjà.

— Oui. Dormez, à présent. Je vais sortir marcher dans la neige. Dormez, vous m'entendez ? Le dîner sera prêt à votre réveil.

119

8

Je me suis réveillé en fin d'après-midi. Je devinais un ciel bleu et un coucher de soleil étincelant. Azriel n'était pas dans la maison. Je me levai, m'emmitouflai dans ma plus grosse robe de chambre et me mis à sa recherche — dans la salle de bains et l'arrière-cuisine. Il n'y était pas. Je me souvenais qu'il avait parlé d'aller marcher dans la neige, mais son absence me préoccupait.

Dans l'âtre reposait une grande marmite de soupe de pommes de terre et de carottes ; je n'avais donc pas rêvé cette histoire. Quelqu'un était venu. J'éprouvais une vague nausée ; je n'avais pas encore les idées claires.

Je baissai les yeux vers mes pieds, couverts d'épaisses chaussettes de laine à semelle de cuir qu'il avait dû m'enfiler. Je me dirigeai vers la porte. Il me fallait le trouver, savoir où il était. J'étais terrifié à l'idée qu'il soit parti.

J'enfilai mes grosses bottes et mon manteau, un énorme vêtement très encombrant conçu pour couvrir les plus gros chandails, puis j'ouvris la porte.

Le soleil mourant étincelait encore sur la neige lointaine des montagnes, mais le ciel avait perdu sa clarté. Le monde était gris et blanc, terne et métallique.

Je ne le vis nulle part. L'air était paisible, comme lorsque le vent tombe. Des chandelles de glace pendaient du toit, au-dessus de moi. Aucune trace ne marquait la neige. Elle semblait fraîche, et n'était pas très épaisse.

« Azriel ! » appelai-je. Pourquoi cette anxiété ? Avais-je peur pour lui ? Oui. Je craignais pour lui, pour moi, pour ma santé mentale, pour mon équilibre, pour la sécurité et la paix de ma vie entière…

Je refermai la porte et m'éloignai de la maison. Le froid me brûlait le visage et les mains. C'était parfaitement idiot et je le savais. La fièvre allait revenir. Je ne pouvais pas rester dehors.

Je l'appelai à plusieurs reprises ; en vain. Tout autour de moi, le paysage alourdi de neige était magnifique. Les sapins portaient leur blancheur avec dignité, et les étoiles du soir commençaient à briller. Le soleil avait disparu. C'était le crépuscule.

Je remarquai la voiture, un peu plus loin ; je l'avais eue tout ce temps dans mon champ de vision, mais sans la voir, parce qu'elle était couverte de neige. Une idée me vint. En me hâtant dans sa direction, je sentis mes pieds déjà engourdis.

Le coffre contenait un vieux téléviseur portable, semblable à ceux que les pêcheurs emportent en mer ; un appareil avec un très petit écran et une poignée incorporée, qui ressemblait un peu à une torche électrique géante. Il fonctionnait avec des piles, et je ne m'en étais pas servi depuis des années. Je le pris et regagnai la maison en courant.

À peine avais-je refermé la porte que j'eus l'impression de trahir Azriel, comme si j'avais voulu espionner son monde — le monde de Belkin, le monde hideux du terrorisme et de la violence engendrés par le Temple de l'Esprit. Je ne devrais pas en avoir besoin, pensais-je. Bah, il ne va peut-être même pas fonctionner !

Je m'assis près du feu, déchaussai mes bottes, et me réchauffai les pieds et les mains. Quelle bêtise, me répétais-je, quelle bêtise ! Mais je ne tremblais pas. J'allai chercher des piles dans ma réserve et je revins m'installer dans mon fauteuil.

Je sortis l'antenne et commençai à manipuler les touches. Je n'avais jamais utilisé cet appareil ici. Il était dans la voiture depuis une éternité. Si je m'en étais souvenu avant de partir, je ne l'aurais pas emporté. Je m'en étais servi en bateau, des années auparavant, quand j'allais pêcher, et, maintenant comme naguère, il fonctionnait. Il commença par produire des éclairs noir et blanc, des lignes en zigzag, puis enfin une « voix de journal télévisé », très distincte, qui résumait les nouvelles avec toute l'autorité d'une chaîne de télévision.

Je haussai le son. L'image dansait, se tortillait, sautait, mais la voix était très claire. La guerre dans les Balkans avait pris un terrible virage. Les bombes lâchées sur Sarajevo avaient fait de nombreuses victimes dans un hôpital. Au Japon, le chef de la secte avait été arrêté pour conspiration d'assassinat. Un meurtre avait eu lieu dans une ville voisine. Les phrases brèves et rapides se succédaient... l'image s'améliorait. Je vis une commentatrice, un visage de journal télévisé, peu distinct, mais qui m'aidait à me concentrer sur la voix.

« ... les horreurs du Temple de l'Esprit continuent. Tous les membres du temple bolivien sont morts après avoir mis le feu à leur domaine au lieu de se rendre aux forces de l'ordre. Pendant ce temps, les arrestations se poursuivent à New York parmi les disciples de Gregory Belkin. »

J'étais excité. Je pris le téléviseur et le rapprochai pour mieux regarder. Je vis défiler rapidement les images floues des personnes arrêtées, enchaînées et menottes aux mains.

« ... suffisamment de gaz empoisonné à New York pour tuer la population tout entière. Les autorités iraniennes ont confirmé aux Nations unies que tous les membres du Temple de Belkin étaient sous les verrous, mais, d'après les experts, la question de l'extradition des terroristes vers les États-Unis devrait prendre un temps considérable. Tous les produits chimiques en leur possession ont été saisis. »

Encore des images, des visages, des hommes, des tirs, un incendie — un terrible incendie, réduit entre mes mains à un scintillement noir et blanc. Puis le visage radieux de la commentatrice, changeant de ton tandis qu'elle regardait bien en face la caméra... et moi.

« Qui était Gregory Belkin ? Y avait-il en vérité deux frères, Nathan et Gregory, comme le soupçonnent les proches du célèbre chef de la secte ? Il reste deux corps, l'un enterré dans le cimetière juif, l'autre à la morgue de Manhattan. Bien que les membres de la communauté hassidique de Brooklyn, fondée par le grand-père de Belkin, refusent de parler aux autorités, la justice poursuit son enquête sur les deux hommes. »

Le visage de la femme s'évanouit. Azriel apparut. Une mauvaise mise au point, mais une photo de lui, indubitablement.

« Pendant ce temps, l'homme accusé du meurtre de Rachel Belkin, et qui pourrait être impliqué dans l'entière conjuration, est toujours recherché. »

Suivait toute une série de photos, visiblement glanées sur

des films de surveillance vidéo — Azriel sans barbe ni moustache, qui traversait le hall d'un immeuble; Azriel dans la foule, prostré au-dessus du corps d'Esther Belkin; Azriel en gros plan, toujours glabre, et passant une porte, regardant droit devant lui. Se succédèrent des photos floues visiblement prises par d'autres caméras de surveillance vidéo, dont une d'Azriel marchant au côté de Rachel Belkin, la mère d'Esther, l'épouse de Gregory, comme me l'apprit la commentatrice. De Rachel, je ne vis qu'un corps élancé, des chaussures à talons incroyablement hauts, et des cheveux crêpés. Mais c'était bel et bien Azriel.

J'étais fasciné.

Le visage d'un fonctionnaire chauve et transi de froid, sans doute à Washington, apparut soudain pour assener cette déclaration rassurante :

« Il n'y a absolument plus aucune raison de craindre le Temple de l'Esprit. Toutes ses bases ont été découvertes et perquisitionnées par la police, brûlées par leurs propres membres, ou entièrement démantelées. Tous les membres de l'organisation sont sous les verrous. Quant à l'homme mystérieux, impliqué dans l'assassinat de Rachel Belkin, nous ne disposons d'aucun témoignage le concernant. Il pourrait avoir péri parmi les centaines de victimes de l'incendie du temple de New York, qui a duré vingt-quatre heures avant que les pompiers ne parviennent à le maîtriser. »

Un autre commentateur prit le micro, encore plus imbu de son autorité et peut-être en colère. « Le Temple est neutralisé; le Temple a été démantelé; au moment même où nous vous parlons, une enquête est en cours sur des manipulations bancaires. Des arrestations ont eu lieu dans les communautés financières de Paris, de Londres et de New York. »

Il y eut des grésillements et des éclats de lumière blanche sur le petit écran. Je l'éteignis; j'aurais pu chercher une autre chaîne, mais j'en avais appris suffisamment.

Je toussai à plusieurs reprises, surpris par la profondeur et la douleur de cette toux, puis je tentai de me souvenir. Rachel Belkin. Assassinée à Miami, quelques jours après Esther Belkin.

Des jumeaux. Je me rappelai la photo que m'avait montrée Azriel — le hassid, avec la barbe, les papillotes et le chapeau.

Il me revint que Rachel avait été l'épouse de Gregory — une femme mondaine, critique déclarée du Temple de l'Esprit ; le nom de cette femme avait attiré mon attention, une fois, dans un reportage sur les funérailles d'Esther. Les caméras avaient suivi la mère jusqu'à une voiture noire, tandis que des voix réclamaient son opinion. Sa fille avait-elle été tuée par des ennemis de Belkin ? Était-ce une conspiration de terroristes du Proche-Orient ?

Un vertige m'envahit ; je retournai me coucher. J'étais fatigué, j'avais soif. Je me couvris, puis me redressai un peu pour boire de l'eau au goulot. Je bus à grands traits, puis je m'étendis à nouveau et me mis à songer.

Ce qui paraissait réel n'était pas la télévision, avec ses comptes rendus sibyllins. Ce qui paraissait réel était cette pièce, le feu qui dansait, et la présence récente d'Azriel.

Ce qui paraissait réel, c'était l'image du chaudron rempli d'un liquide bouillant, ainsi que l'idée innommable d'être plongé dedans. Je fermai les yeux.

Puis je l'entendis chanter à nouveau.

« Au bord des fleuves de Babylone nous étions assis, oui, et nous pleurions au souvenir de Sion. »

Je m'entendis le chanter aussi.

« Revenez, Azriel, revenez ! Dites-moi ce qui est arrivé d'autre ! » appelai-je. Puis je m'endormis.

Le bruit de la porte qui s'ouvrait me réveilla. Il faisait complètement nuit dehors, et dans la pièce régnait une chaleur délicieuse. Toute sensation de froid m'avait quitté.

Debout devant l'âtre, une silhouette contemplait les flammes. Je poussai un petit cri avant de me ressaisir. Rien de vraiment courageux.

Une ombre se dissipa autour de la silhouette, révélant Gregory Belkin, tout au moins sa tête et ses cheveux, qui redevinrent presque aussitôt les épaisses boucles d'Azriel, encadrant son visage empreint d'un air maussade. Une odeur putride emplit la pièce, comme une odeur de morgue, puis s'atténua.

Redevenu lui-même, Azriel, dos tourné, étendit les bras et

prononça quelques mots, sans doute en sumérien. Il récitait une invocation ; se répandit alors une senteur exquise.

Je clignai des yeux. Je pouvais distinguer les pétales de rose dans l'air. Je les sentais sur mon visage. L'odeur de morgue s'était évanouie.

Il étendit à nouveau les bras devant le feu, et il se transforma en une pâle image de Gregory Belkin ; il trembla, et aussitôt sa propre forme l'engloutit. Il laissa retomber ses bras avec un soupir.

Je sortis de mon lit, et allai prendre le magnétophone.

— Puis-je le mettre en marche ?

Je levai les yeux, et le vis cette fois à la pleine lumière du feu : il portait un costume de velours bleu bordé d'un antique motif doré au col, aux poignets et aux jambes. Il arborait une large ceinture de même couleur et brodée d'or. Son visage paraissait un peu plus âgé qu'avant.

Je me levai et m'approchai de lui aussi poliment que possible. Qu'est-ce qui avait changé, exactement ? Eh bien, sa peau était un peu plus foncée, comme chez un homme qui aurait vécu au soleil, ses yeux étaient nettement plus marqués, les paupières plus molles, moins parfaites, peut-être plus belles. Je distinguais les pores de sa peau et les petits cheveux noirs, délicats, à l'orée de sa chevelure.

— Que voyez-vous ? demanda-t-il.

Je m'assis près du magnétophone.

— Tout est un peu plus foncé et un peu plus précis.

Il acquiesça.

— Je ne peux plus prendre à mon gré l'aspect de Gregory Belkin. Et je ne peux emprunter très longtemps une autre forme. Je ne suis pas assez savant pour comprendre. Un jour, on expliquera cela facilement par une banale histoire de particules et de vibrations.

J'étais dévoré de curiosité.

— Avez-vous tenté de prendre la forme de quelqu'un que vous aimeriez peut-être un peu plus que Gregory Belkin ?

Il secoua la tête.

— Je pourrais me rendre très laid pour vous effrayer, mais je n'ai aucune envie d'être laid. Je ne veux effrayer personne. La haine m'a quitté, et j'imagine qu'elle a emporté un peu de ma force. Pourtant, je peux faire des tours. Regardez.

Il plaça ses mains autour de son cou, et les fit glisser lentement le long du plastron brodé de sa tunique, révélant un collier de disques d'or gravés comme des pièces anciennes. La maison trembla sur sa base, le feu s'embrasa un instant.

Il souleva le collier, pour m'en montrer la solidité et le poids, puis le laissa retomber.

— Vous avez peur des animaux ? s'enquit-il. L'idée de porter des peaux vous dégoûte ? Je ne vois ici aucune peau chaude, comme une peau d'ours, par exemple.

— Je n'ai pas peur, non. Ni dégoût.

La température de la pièce s'éleva considérablement, le feu s'embrasa à nouveau comme si quelqu'un avait soufflé dessus, et je me retrouvai emmitouflé dans une grande couverture sombre en peau d'ours, doublée de soie. Je sortis une main et tâtai la fourrure. Elle était épaisse, somptueuse, et me rappela brièvement les forêts russes, et les personnages de roman toujours vêtus de fourrure. Je songeai à ces Juifs qui portaient des chapeaux de fourrure, en Russie — et qui en portent peut-être encore.

Je me redressai, en disposant confortablement la couverture autour de moi.

— C'est vraiment magnifique ! m'exclamai-je.

Je tremblais. Tant de pensées se bousculaient en moi que j'en restai muet. Il poussa un profond soupir et s'effondra dans son fauteuil.

— Cela vous a exténué, dis-je. Les changements, les tours.

— Oui, en effet. Mais je ne suis pas trop fatigué pour parler, Jonathan. Simplement, il y a des limites à ce que je puis faire... mais bah... qui sait ? Qu'est-ce que Dieu me veut ? Je pensais juste que cette fois, après la cérémonie, l'Échelle viendrait... ou un profond sommeil. J'imaginais tant d'événements... Et je voulais en finir.

Il marqua une pause.

— J'ai appris quelque chose, reprit-il. J'ai appris, ces deux derniers jours, que raconter une histoire n'est pas ce que je croyais.

— Expliquez-vous.

— Je pensais que le fait de parler du chaudron expulserait la douleur. Erreur. Faute de pouvoir haïr, de pouvoir rassembler ma colère, j'éprouve du désespoir.

Il se tut.

— Je veux que vous me racontiez toute l'histoire. Vous y croyez. C'est pour cela que vous êtes venu, pour tout raconter.

— Je la terminerai, parce que... il faut que quelqu'un sache. Que quelqu'un enregistre. Et par courtoisie à votre égard, parce que vous êtes aimable, vous écoutez, et je pense que vous voulez vraiment savoir.

— Oh oui ! Mais je dois vous dire qu'une telle cruauté était difficile à imaginer... Et que votre propre père vous y ait abandonné ! Une mort aussi calculée ! Lui pardonnez-vous ?

— Pas en ce moment. Le seul fait de le dire n'a pas produit le pardon. Cela m'a rapproché de lui, de le lui dire, de le voir.

— Il n'avait pas votre force. Sur ce point il avait raison.

Un silence s'instaura entre nous. Je pensais à Rachel Belkin, au meurtre de Rachel Belkin, mais je demeurais silencieux.

— Cela vous a plu, de marcher dans la neige ? demandai-je.

Il se tourna vers moi, surpris, et sourit. D'un sourire lumineux, et doux.

— Oui. Mais vous n'avez pas touché au dîner que je vous avais préparé. Non, restez assis, je vais le servir, avec une de vos cuillères en argent.

Sitôt dit, sitôt fait. Je mangeai une assiettée de ragoût tandis qu'il me regardait, bras croisés.

Je posai mon assiette vide, aussitôt il la prit, ainsi que la cuillère. J'entendis couler l'eau : il les lavait. Il me rapporta un petit bol d'eau propre et une serviette, comme on aurait pu le faire dans un autre pays. Je n'en avais pas besoin, cependant j'y trempai les doigts, et je m'essuyai la bouche avec la serviette, ce qui était très agréable, puis il remporta le tout.

C'est alors qu'il vit le petit téléviseur de bord. J'avais dû le laisser trop près du feu. J'en éprouvai un soudain embarras, comme si j'avais espionné son univers en son absence, pour vérifier, en quelque sorte, ce qu'il m'avait révélé. Il regarda longuement l'appareil, puis détourna les yeux.

— Il fonctionne ? Il vous a parlé ? s'enquit-il sans enthousiasme.

— Des nouvelles d'une ville voisine, par satellite, je pense, sur une chaîne locale. Les temples de Belkin ont été perquisitionnés, des gens arrêtés, et on rassure le public.

Il laissa passer un long moment avant de répondre :

— Il y en a peut-être d'autres — peut-être — qu'ils n'ont pas encore trouvés, mais l'humain en eux est mort. Quand vous rencontrez ces gens-là, armés jusqu'aux dents et jurant de s'immoler avec toute la population de la région, vous avez envie de... les abattre sur place.

— Ils ont montré votre visage, dis-je. Bien rasé.

Il rit.

— Ce qui signifie que jamais ils ne me reconnaîtront, sous cette toison.

— Surtout si vous coupez la partie la plus longue, mais ce serait dommage.

— Ce n'est pas la peine : je peux toujours faire l'essentiel.

— Qui est ?

— Disparaître.

— Ah ! je suis heureux de l'entendre. Savez-vous qu'on vous recherche ? Ils ont parlé du meurtre de Rachel Belkin.

Il ne parut ni surpris, ni insulté, ni même troublé.

— C'était la mère d'Esther. Elle ne voulait pas mourir dans la maison de Gregory. Le plus curieux, c'est que, lorsqu'il a regardé son corps privé de vie, il a eu du chagrin. Je crois qu'il l'aimait. On oublie que de tels hommes peuvent aimer.

— Voulez-vous m'avouer la vérité ? L'avez-vous tuée ?

— Je ne l'ai pas tuée, répondit-il simplement. Ils le savent. Ils étaient là. Pourquoi prendraient-ils encore la peine de me chercher ?

— Le Temple est englué dans une longue histoire de conspiration, de banques, de complots, de trafic d'influence... Vous êtes un homme mystérieux.

— Ah oui. Mais, je le répète, je peux disparaître.

— Rentrer dans les ossements ?

— Ah ! les ossements d'or.

— Vous êtes prêt à me raconter ?

— Je réfléchis à la manière de le faire. Encore une chose, avant d'en venir à la mort d'Esther Belkin : j'ai eu des maîtres que j'ai vraiment aimés. Je devrais vous en dire un peu plus.

— Vous ne me parlerez pas d'eux tous ?

— Il y en a trop. Certains ne méritent pas qu'on s'en souvienne, et j'ai oublié les autres. Je veux vous en décrire deux. Le premier et le dernier maîtres auxquels j'aie obéi. J'ai cessé d'obéir à quiconque. Je tuais quand on m'appelait — non seulement l'homme ou la femme qui m'appelaient, mais tous ceux qui avaient assisté à l'appel. J'ai agi ainsi pendant des années. Ensuite, les os ont été enfermés avec des avertissements en hébreu, en allemand et en polonais, et plus personne ne prenait le risque d'appeler le Serviteur des Ossements.

— Vous paraissez plus gai, à présent. Plus reposé.

— Ah oui ? Il rit. Comment cela se fait-il ? J'ai dormi et je suis fort. Très fort, sans doute. Et l'histoire me revigore, d'une certaine façon. Il soupira. Je ne connais guère de vie dans la mort qui ne soit douloureuse, reprit-il. Mais, étant un démon de puissance, je le mérite probablement. Le dernier maître auquel j'ai obéi était un Juif de la ville de Strasbourg ; on y a brûlé tous les Juifs, auxquels on attribuait la peste noire.

— Ce devait être au XIVe siècle.

— En l'an 1349, précisa-t-il. J'ai vérifié. On a tué les Juifs dans l'Europe entière, parce qu'on les rendait responsables de l'épidémie de peste noire.

— Je sais, oui. Il y a eu depuis quantité d'autres holocaustes.

— Savez-vous ce que disait Gregory, notre bien-aimé Gregory Belkin, quand il se prenait pour mon maître et croyait que j'allais l'aider ?

— Je ne peux pas le deviner.

— Il prétendait que s'il n'y avait pas eu la peste noire en Europe l'Europe serait aujourd'hui un désert. Il expliquait que la population avait perdu toute mesure : on abattait les arbres à une telle vitesse que les forêts de la vieille Europe disparaissaient les unes après les autres ; les forêts d'Europe que nous connaissons datent du XIVe siècle.

— C'est vrai. Mais est-ce ainsi qu'il justifiait le meurtre ?

— Oh, c'était juste un moyen parmi d'autres. Gregory était un homme extraordinaire, figurez-vous, car il était honnête.

— Fonder ce Temple mondial pour le remplir de terroristes est plutôt l'œuvre d'un fou, non ?

— Non. Il secoua la tête. Juste, impitoyable et honnête. Il m'a expliqué un jour qu'un homme avait changé l'histoire du monde. Je pensais qu'il allait me citer le Christ, Cyrus le Perse ou Mahomet. Mais il a nommé Alexandre le Grand. C'était son modèle. Gregory était parfaitement sain d'esprit. Il avait l'intention de couper un colossal nœud gordien. Il a presque réussi. Presque...

— Comment l'en avez-vous empêché ? Comment cela s'est-il passé ?

— Un défaut fatal l'en a empêché. Connaissez-vous, dans l'antique religion des Perses, la légende selon laquelle le mal serait entré dans le monde non par le péché, non par Dieu, mais par erreur ? Une erreur rituelle ?

— J'en ai entendu parler. Vous évoquez là des mythes très anciens, des fragments du zoroastrisme.

— Oui. Les mythes que les Mèdes ont transmis aux Perses, et les Perses aux Juifs. Aucune désobéissance. Une erreur de jugement. La légende se répète dans la Genèse, vous ne trouvez pas ? Ève commet une erreur de jugement. Elle enfreint une loi rituelle. C'est différent du péché, non ?

— Je l'ignore. Si je le savais, je serais un homme plus heureux.

Il rit.

— Ce qui a fait échouer Gregory, c'est une erreur de jugement.

— Comment ?

— Il s'est imaginé que ma vanité était aussi grande que la sienne. Ou peut-être a-t-il seulement mal évalué mon pouvoir, mon désir d'intervenir... Il pensait que ses idées m'enthousiasmeraient ; il les croyait irrésistibles. S'il ne m'avait pas affirmé des choses déterminantes au moment approprié, il m'aurait été impossible, même à moi, de faire échouer son plan. Mais il avait besoin de raconter, de se vanter, de se faire admirer et aimer... Même de moi, je crois.

— Savait-il que vous étiez le Serviteur des Ossements, un esprit ?

— Oh oui ! Mais j'y viendrai.

Il s'enfonça dans son siège. Je vérifiai les magnétophones, changeai les cassettes, et notai des indications sur les étiquettes pour ne pas me tromper par la suite. Je posai les deux appareils sur le rebord de l'âtre.

Il me regardait avec intérêt et bienveillance, mais semblait répugner à commencer, tout en désirant le faire.

— Cyrus le Perse a-t-il tenu parole ? demandai-je. Vous a-t-il vraiment envoyé à Milet ? J'ai du mal à croire que Cyrus le Perse ait tenu parole…

— Ah oui ? Il sourit. Pourtant, il a tenu parole envers Israël, comme vous le savez. Les Juifs ont été autorisés à quitter Babylone ; ils sont retournés chez eux, ont reconstitué le royaume de Judée et reconstruit le Temple de Salomon. Cyrus a tenu parole envers les peuples qu'il a conquis, en particulier les Juifs. Souvenez-vous, la religion de Cyrus ne différait pas tellement de la nôtre. Au fond, c'était une religion de… d'éthique, non ?

— Oui, et je sais que, sous l'autorité de la Perse, Jérusalem a prospéré.

— Oh oui, pendant des centaines d'années. Jusqu'à l'époque romaine, en fait, du commencement des rébellions jusqu'à la défaite de Massada. À l'époque, j'ignorais ce qui allait suivre. Mais je savais que Cyrus tiendrait parole, qu'il m'enverrait à Milet. J'ai eu confiance dès l'instant où j'ai posé les yeux sur lui. Ce n'était pas un menteur. Enfin, pas autant que la plupart des hommes.

— S'il avait ses propres sages, pourquoi aurait-il laissé quelque chose… quelqu'un d'aussi puissant que vous, lui échapper ?

— Il avait hâte de se débarrasser de moi ! Et, franchement, ses sages aussi ! Il ne m'a pas laissé échapper. Il m'a envoyé à Zurvan, le mage le plus puissant de sa connaissance, qui lui était loyal. Zurvan était riche et vivait à Milet, que Cyrus avait conquise comme Babylone : sans la moindre escarmouche. Par la suite, les Grecs de ces cités ioniennes allaient se soulever contre les Perses. Mais à l'époque où, foudroyant du regard le grand roi, je l'implorais de m'envoyer à un puissant magicien, Milet était une cité grecque florissante sous domination perse.

Il m'observa. J'allais poser une autre question, mais il m'interrompit.

— Vous n'auriez pas dû sortir dans le froid. Vous avez de la fièvre. Je vais vous chercher de l'eau fraîche, puis nous poursuivrons.

Il alla chercher une bouteille près de la porte. Elle était bien fraîche, je le voyais, et j'avais soif. Je le vis verser l'eau dans un gobelet d'argent. Il n'était pas ancien, il paraissait plutôt neuf, peut-être même fabriqué industriellement, mais il était beau, et l'eau le rendait très froid. On aurait dit le Graal, ou un calice, une coupe à laquelle aurait pu boire un Babylonien. Ou Salomon.

Un autre, identique, était posé devant le fauteuil.

— Comment avez-vous fait ces gobelets ?

— Comme je fais mes vêtements. En appelant toutes les particules nécessaires à se rassembler discrètement et efficacement. Je ne suis pas tellement fort pour la conception des gobelets. Si mon père les avait conçus, ils auraient été splendides. J'ai simplement ordonné aux particules de constituer un beau gobelet dans le style contemporain... Je dois employer plus de paroles et y investir plus d'énergie, mais, grossièrement, c'est ainsi que je procède.

Je hochai la tête, reconnaissant.

Je bus toute l'eau. Il remplit à nouveau le gobelet. Je bus. C'était un objet solide, en argent massif. Je l'examinai. Il s'ornait d'une classique frise de bacchanale — des grappes de raisin autour du bord — et d'un pied très simple. Il était très beau.

Je le tenais à deux mains, avec tendresse, admirant sa courbure délicate et l'élégance de la frise, lorsque j'entendis un faible son en sortir et sentis un infime mouvement d'air sous mes narines. Mon nom s'inscrivait sur la paroi. En hébreu. Jonathan Ben Isaac. L'inscription se traça tout autour, fine et parfaite.

Je levai les yeux vers Azriel. Bien carré dans le fauteuil, il avait les yeux clos. Il prit une profonde inspiration.

— La mémoire est tout, souffla-t-il doucement. Ne pensez-vous pas qu'on puisse vivre avec l'idée d'un dieu imparfait, l'essentiel étant que sa mémoire soit sans faille ?

— Qu'il sache tout, voulez-vous dire. Nous souhaitons qu'il oublie nos transgressions.

— Oui, sans doute.

Il remplit d'eau l'autre timbale, anonyme mais identique à la mienne, et but. Puis il se reposa à nouveau, rêvant, fixant le feu et soupirant.

Quel effet cela ferait-il de vivre dans un univers de créatures comme lui ? songeais-je. Comment était le temple d'Esagil ? Empli d'hommes barbus, vêtus de longues tuniques, ruisselants d'ornements en or et resplendissants de certitude ?

— Savez-vous, commença-t-il en souriant, que les anciens Perses croyaient... que, pendant le dernier millénaire avant la Résurrection finale, les hommes renonceraient peu à peu à la consommation de viande, de lait, et même de plantes, et qu'ils ne s'alimenteraient plus que d'eau pure ?

— Puis viendrait la Résurrection.

— Oui, le monde des ossements se lèverait... la vallée des ossements reviendrait à la vie... J'y pense parfois, quand j'ai besoin de consolation. Je me dis que les anges de puissance, les démons de puissance, les choses comme moi... sommes simplement la dernière étape des humains : nous pouvons nous contenter d'eau pour vivre. Ainsi... nous ne sommes pas impies. Nous sommes simplement très en avance.

— Pour certains, nos corps terrestres ne sont qu'une étape biologique, répliquai-je. Les esprits en constituent une autre, ce n'est qu'une affaire d'atomes et de particules, comme vous le disiez.

— Prêtez-vous attention à ces gens-là ?

— Bien sûr. Je ne crains pas la mort. J'espère que ma lumière rejoindra la lumière de Dieu — peut-être n'y parviendra-t-elle pas. Mais je prête une grande attention aux croyances d'autrui. Notre époque n'est pas indifférente, même si elle en donne l'impression.

— Oui, je vous l'accorde. C'est une époque pragmatique, dont la décence est la vertu cardinale — des vêtements décents, une protection décente, une alimentation décente...

J'acquiesçai.

133

— C'est également une époque de réflexion spirituelle riche et intense. Peut-être la seule où une telle réflexion n'implique aucune sanction car, somme toute, on peut prêcher librement sans se retrouver emprisonné et enchaîné. Il n'y a pas d'Inquisition.

— Si, l'Inquisition est bien vivante dans les cœurs des intégristes, quelle que soit leur religion. Cependant, dans la majeure partie du monde, ils n'ont pas le pouvoir de condamner au supplice le prophète ou le blasphémateur. L'avez-vous observé ?

— Oui.

Il y eut un silence.

Il se redressa, visiblement désireux de parler à nouveau. Il se tourna légèrement vers moi, le coude gauche un peu en retrait, le bras étendu sur le bras du fauteuil. L'or, sur le velours bleu, traçait des cercles et des boucles, suivant un motif qui semblait avoir une histoire, peut-être même un nom. C'était un épais fil d'or, brillant à la lueur du feu.

Il jeta un coup d'œil aux cassettes. Je fis un geste exprimant que nous étions tout ouïe, les cassettes et moi.

— Cyrus a tenu parole, commença-t-il. Envers tous, aussi bien la famille de mon père que les Hébreux de Babylone. Tous les Hébreux qui le souhaitaient sont retournés à Sion pour reconstruire le Temple, et jamais les Perses n'ont été cruels envers la Palestine — les problèmes n'ont commencé que des siècles plus tard, avec les Romains. Vous savez que beaucoup de Juifs sont restés à Babylone. Ils y ont étudié et ont composé le Talmud, car Babylone était une ville d'érudition, jusqu'au jour terrible où elle a été brûlée et détruite — beaucoup plus tard. Je voulais d'abord vous parler des deux maîtres qui m'ont enseigné tout ce qui devait m'être utile.

J'acquiesçai. Il laissa s'instaurer un silence que je me gardai de troubler. Je contemplai le feu et, l'espace d'un instant, je ressentis un vertige, comme si le rythme de la vie, mon cœur, mon souffle, le monde lui-même avaient peu à peu ralenti. Dans l'âtre brûlait un bois que je n'avais pas apporté. Du cèdre, du chêne, et bien d'autres essences. Il était odorant et craquait ; je songeai à nouveau que j'étais peut-être mort, que j'avais atteint une étape mentale entre vie et mort. Je humais des effluves d'encens, tandis qu'un sentiment d'ineffable bonheur m'envahissait. Je savais que j'étais malade. J'avais mal dans la poitrine et la gorge, mais je me sentais heureux. Qu'importe si je suis mort, songeai-je.

— Vous êtes vivant, dit Azriel d'une voix douce et régulière. Que Dieu éternel vous bénisse et vous protège.

Il m'observait en silence.

— Qu'y a-t-il, Azriel ?

— Je vous aime beaucoup, déclara-t-il. Pardonnez-moi. Je connaissais vos livres, je les aimais, mais je ne savais pas... que je vous aimerais aussi. J'imagine maintenant ce que va être mon existence... Je perçois légèrement le sort que Dieu m'a réservé... mais parlons du passé, et non pas de Dieu ni du futur...

DEUXIÈME PARTIE

Théorie esthétique

Fais un poème en oreilles.
Dis-le
de manière que ses pétales se déchocolatent
comme une cervelle dans un bocal.
Incorpore des noix, fondantes de pensée.
Fais-en un poème presque
lascivement évident
et fais dégorger l'évidence,
sirop du tronc frappé.
Fais-le serpenter jusqu'à la gueuse molécule
et place sa bouche
atomique contre la bouche médiane.
Tire sur sa tige
pour exposer son fœtus. Fais-lui
avoir des enfants aux mâchoires de gingembre lisses,
fais geindre les chiens sur son passage,
laisse-le sortir de son bocal,
couche-le avec notre cadavre, notre chaos.
Fais-le affamé, malfaisant, ennemi de la Mort.
Mets-le sur le papier. Lis-le. Que son soupir
soit chirurgie, si piquant que les scorpions l'appellent Jého-
   vah et Qui.
Fais-le maintenant avant de renoncer.
Compose-le, éjacule-le, caresse-le,
fais-le efficace, fais-le ajusté,
fais-le plus poème que ne peut survivre Poème.

Stan Rice, *L'Agneau*, 1975

9

— Voici l'histoire de mes deux maîtres et de ce qu'ils m'ont enseigné. Elle sera brève — j'ai hâte d'arriver au présent, mais je veux que vous la connaissiez et que vous l'écriviez.

Zurvan s'annonça à moi de manière théâtrale. Comme je vous l'ai raconté, j'étais entré dans les ossements. Je flottais dans la nuit et le sommeil. Il y avait en moi quelque chose de conscient, mais je ne saurais l'exprimer de vive voix. Peut-être suis-je dans mon sommeil comme une tablette sur laquelle s'inscrit l'histoire. Cette image est cependant trop concrète.

Je dormais sans peur ni souffrance, je ne me sentais pas pris au piège. J'ignorais ce que j'étais. Puis Zurvan m'appela.

— Azriel, Serviteur des Ossements, viens à moi ! Vole vers moi de toute ta force, mais demeure invisible, ne transporte que ton *tzelem*.

Je me sentis aspiré dans le ciel. Je volai vers la voix qui m'avait appelé. L'air était encombré d'esprits, et je passais entre eux avec une grande détermination, m'efforçant de ne pas les blesser. J'étais profondément troublé par leurs cris et leurs visages désespérés.

Certains de ces esprits tentèrent de m'arrêter. Mais j'avais des ordres, et je les écartai avec une force surprenante, ce qui m'amusa beaucoup.

Lorsque je vis Milet au-dessous de moi, il était midi ; les esprits s'effacèrent comme j'approchais du sol. Milet trônait sur sa péninsule ; c'était la première cité coloniale ionienne ou grecque que je voyais. Elle était belle et vaste, avec de merveilleux espaces ouverts, des colonnades et toute la perfection de l'art grec. L'agora, la palestre, les temples, l'amphithéâtre ressemblaient à une main prête à saisir la brise de l'été.

La mer était couverte de navires de commerce grecs, phéniciens et égyptiens, le port grouillait de marchands et de longues files d'esclaves enchaînés.

Plus je descendais et plus j'en saisissais la beauté ; une ville de marbre, somptueuse, blanche, lumineuse, qui n'avait nul besoin de se barricader contre les vents du désert. Quel spectacle ! Les gens déambulaient dans les rues, y discutaient, s'y retrouvaient, parlaient des affaires du jour. La chaleur n'y était pas insupportable, et les sables du désert ne s'y engouffraient pas.

J'entrai dans la maison de Zurvan, et le trouvai assis à son bureau, une lettre à la main.

Il était perse, le cheveu et la barbe noirs, bien que largement mêlés de gris. Il était dans la force de l'âge avec de grands yeux bleus qu'il leva vers moi, percevant parfaitement ma forme invisible. Il me dit :

— Fais-toi homme de chair ! Fais-le tout de suite.

J'obéis car je tirais grande fierté de pouvoir me donner un corps. Je m'en constituai un en quelques secondes. Zurvan se renfonça dans son fauteuil, ravi, un genou passé par-dessus l'autre, les yeux fixés sur moi. Je devais sans doute ressembler à ce que je suis maintenant.

Je me rappelle à quel point j'étais surpris par cette ravissante maison grecque, avec ses portes ouvertes sur la cour, ses peintures murales représentant de beaux Grecs élancés, en vêtements fluides. Je décelai dans le dessin de leurs grands yeux l'influence égyptienne, mais pour le reste, ils étaient indéniablement ioniens.

Il posa le pied par terre, puis se leva. Il était vêtu d'une toge grecque, plus ample, sans manches, et avait des sandales aux pieds. Il m'examina sans crainte, comme mon père aurait examiné un objet d'argent ciselé.

— Esprit, où sont tes ongles ? Où est ta barbe ? Où sont tes cils ? Vite ! Tu n'as qu'à dire : « Apportez-moi tous ces détails dont j'ai besoin à l'instant même », et rien de plus. Fixe une image, et tu as fini ton travail.

Il applaudit.

— Maintenant, tu es suffisamment complet pour ce que tu as à faire. Assieds-toi là. Je veux te voir bouger, marcher, parler, lever les bras. Allons, assieds-toi.

Je m'installai sur un siège grec, gracieux, avec des bras hauts et sans dossier. Autour de moi, la lumière paraissait différente, glorieuse ; dehors, les nuages s'amoncelaient plus haut. L'air était plus transparent.

— C'est parce que tu es au bord de la mer, dit-il. Sens-tu l'eau dans l'air, esprit ? L'eau te sera toujours d'une grande aide. Les ombres écervelées des morts et les démons aiment les lieux humides, ils ont besoin de l'eau, du bruit de l'eau, de son odeur, de cette fraîcheur qui s'insinue en eux.

Il fit les cent pas dans la pièce. Je restai assis là, arrogant, sans le moindre respect. Il semblait n'y attacher aucune importance.

Un long vêtement perse ou babylonien eût été plus flatteur sur ses vieilles jambes maigres. Mais il faisait trop chaud.

Je laissai errer mon regard. J'admirais le sol en mosaïque. Nos sols, là-bas, étaient aussi colorés et aussi bien faits, mais au lieu de représenter des rosettes ou des silhouettes en procession rigide, celui-ci vibrait de danseuses en mouvement et de grosses grappes de raisin. Le pourtour était une mosaïque de marbre aux motifs fluides et joyeux. Je songeai aux vases grecs qui m'étaient passés entre les mains, sur le marché, et dont j'avais aimé le gracieux travail. Les peintures murales étaient également charmantes et vives, j'y retrouvais les répétitions de bandes de couleur qui me ravissaient les yeux.

Il s'arrêta au milieu de la pièce.

— Tu aimes le beau, n'est-ce pas ? Je ne répondis pas. Il reprit : Parle, je veux entendre ta voix.

— Que dirai-je ? répliquai-je sans me lever. Ce que je veux ou ce que tu exigeras de moi ? Ce que recèlent mes vraies pensées ou quelque sottise servile... puisque je suis ton ombre-esclave !

Je me tus, perdant toute confiance en moi. Je me rendis compte que je ne savais pas pourquoi je prononçais ces mots. Je m'efforçai de m'en souvenir. J'avais été envoyé à cet homme, ce grand magicien, réputé maître dans son art. J'étais un serviteur. Qui m'avait fait tel?

— Tes inquiétudes absurdes risquent de te dissoudre. Rassure-toi : tu parles bien, clairement, et tu penses. Tu es extrêmement puissant. Tu es un ange de puissance des plus remarquables et rien de ce que j'ai pu faire apparaître n'a jamais possédé ta force.

— Qui m'a envoyé? demandai-je. C'était un roi. Mais mon esprit s'embrouille et l'ignorance de mon passé m'est une agonie.

— C'est le piège des esprits, ce qui les affaiblit. Le trébuchement fourni par Dieu, pourrait-on dire, afin qu'ils n'acquièrent jamais une force suffisante pour anéantir les hommes. Réfléchis! Force-toi à trouver une réponse. Tu vas te remémorer certains événements, tu vas commencer à faire attention. D'abord, chasse cette rage en toi : je ne suis pas de ceux qui t'ont fait du mal et qui t'ont tué. Je soupçonne, d'ailleurs, qu'il y a eu, dans cette affaire quantité de machinations qu'un esprit plus faible que toi n'aurait jamais surmontées. Toi, tu les as surmontées. Et l'homme qui t'a envoyé? Il a exaucé ta supplique, souviens-toi. Il t'a obéi.

— Ah, oui. Le roi Cyrus. Il m'a bien envoyé à Milet, comme je l'en priais. Mon passé me revenait de plus en plus clairement alors que je tentais d'évacuer ma colère comme de l'air contenu dans mes poumons. Je sentais même mes poumons. Je me sentais respirer.

— Ne perds pas ton temps à cela, ordonna Zurvan. Te rappelles-tu les questions que je t'ai posées? Tes ongles? Tes cils? Des détails visibles. Tu n'as pas besoin d'organes internes. Ton esprit remplit l'enveloppe parfaite que tu es et que nul ne peut distinguer d'un homme véritable. Ne gâche pas tes forces à te fabriquer un cœur, du sang ou des poumons, juste pour te sentir humain. C'est stupide et inutile.

Tu n'auras besoin de laisser couler un peu de sang de ton corps qu'en de rares occasions. Ne va pas pleurer sur ta forme humaine. Tu es mieux maintenant!

— Vraiment? répondis-je, toujours affalé sur mon siège, une jambe largement croisée sur l'autre, tandis que le vieux sage supportait mon arrogance. Suis-je bon, ou suis-je voué à être malfaisant? Tu as parlé d'ange de puissance. J'ai entendu le roi employer ces mots. Mais il a aussi évoqué le démon.

Il se tenait au milieu de la pièce, se balançant légèrement sur lui-même, et il m'étudiait, les yeux mi-clos, le visage fermé.

— Je soupçonne que tu seras ce que tu voudras, même si certains essaieront de te modeler à leur gré, répondit-il. Tu as tellement de haine en toi, Azriel.

— Tu as raison. Je vois un chaudron bouillant, et j'éprouve de la terreur, puis de la haine.

— Plus personne ne pourra te faire autant de mal. Jamais. Souviens-toi, tu t'es élevé au-dessus du chaudron, n'est-ce pas ? Tu as senti l'or brûlant !

Parcouru de tremblements, je m'abandonnai aux larmes. Aujourd'hui encore je supporte mal d'en parler, et il m'était impossible d'évoquer ce souvenir avec lui.

— Je l'ai senti un instant, dis-je. Un instant j'ai compris ce que cela signifierait d'y être plongé et de mourir dans une telle souffrance. J'ai senti l'or transpercer la carapace qui me recouvrait comme une armure épaisse. Là où j'ai eu le plus mal... c'est aux yeux.

— Je comprends... Eh bien, tes yeux vont très bien, maintenant. J'ai besoin de la tablette cananéenne qui t'a créé tel que tu es. J'ai besoin des ossements.

— Tu ne les as pas en ta possession ?

— Par l'enfer, non ! Une bande de brigands les a volés dans le désert. Il se sont jetés sur les hommes de Cyrus, les ont tués pour s'emparer de leur or et ont emporté le coffret, croyant que les ossements étaient en or massif. Un seul Perse a survécu, et a pu atteindre le village le plus proche. Des messages ont été envoyés. Maintenant, tu dois récupérer les os et la tablette et me les rapporter.

— Je peux le faire ?

— Bien sûr. Tu es venu quand je t'ai appelé. Retourne d'où tu viens. Vois-tu, mon fils, c'est le secret de la magie. Sois précis. Dis : « Je souhaite retourner à l'endroit même d'où je viens. » Ainsi, si les brigands ont parcouru dix lieues depuis l'endroit où tu étais quand tu as entendu mon appel, tu les rattraperas. En arrivant là-bas, garde ton aspect corporel et tue ces voleurs, si tu peux. Si tu n'es pas assez fort, s'ils te combattent avec des armes matérielles qui te menacent, ou s'ils te jettent des sorts qui t'effraient — je t'avertis qu'il n'existe pas un seul charme au monde qui doive effrayer le Serviteur des Ossements — alors deviens invisible. Mais rassemble ces objets en toi, laisse le vent les coller à toi, et rapporte-les-moi. Je m'occuperai plus tard de ces voleurs. Va, et rapporte-moi les ossements.

— Préfères-tu que je les tue ?

— Des brigands du désert ? Oui, tue-les tous, avec leurs propres armes. Ne te fatigue pas à utiliser la magie, tu gaspillerais tes forces. Empare-toi de leurs épées, et tranche-leur la tête. Tu apercevras un instant leurs esprits, alors hurle pour les épouvanter. Crois-moi, tu n'auras aucune difficulté... Cela calmera peut-être ta souffrance. Vas-y ! Rapporte-moi les ossements et la tablette. Vite.

Je me levai.

— Dois-je te répéter ce qu'il faut dire ? insista-t-il. Demande à être ramené là d'où tu viens, et que tous les éléments de ton corps actuel attendent que tu les rappelles pour t'envelopper, te rendre à nouveau visible et fort quand tu auras rejoint les ossements. Tu seras enchanté. Hâte-toi. Je te laisse jusqu'au dîner. À ton retour, je serai à table.

— Peut-il m'arriver quelque chose ?

— Tu peux prendre peur et manquer ton coup, dit-il en haussant les épaules. Auquel cas je me moquerai de toi.

— Se peut-il qu'ils aient des esprits puissants ?

— Des brigands du désert, jamais ! Tu vas bien t'amuser ! Oh, j'oubliais de te dire : lors de ton retour, deviens invisible. Tiens le coffret bien serré dans ton corps spirituel, comme un vent qui l'envelopperait. Je ne veux pas te voir revenir dans un corps visible, il faut que tu apprennes à déplacer les objets. Si quelqu'un te voit, ignore-le, car tu auras disparu bien avant qu'il ne commence à comprendre ce qu'il a vu. Hâte-toi.

Je sentis un immense grondement dans mes oreilles, puis je me matérialisai, tel qu'en moi-même, dans une grossière cahute du désert, où un groupe de bédouins était réuni autour d'un feu.

Ils se levèrent d'un bond à ma vue, et tirèrent leurs épées en hurlant.

— Vous avez volé les ossements, tonnai-je. Et vous avez tué les hommes du roi.

De toute ma vie humaine, jamais je n'avais éprouvé un tel plaisir ; jamais je n'avais ressenti une telle vaillance ni une liberté aussi totale. Je crois que, de bonheur, je grinçais des dents. Je saisis l'arme de l'un d'eux et les passai tous au fil de l'épée, tranchant les mains qui cherchaient à se défendre, coupant des têtes et dispersant les membres à coups de pied. Puis je laissai tomber l'épée, contemplai le feu, entrai dans les flammes, et en sortis. Ce corps, ou cette apparence humaine, n'éprouvait aucune douleur ! Je poussai un rugissement qui dut s'entendre jusqu'en enfer. Une joie hystérique m'envahit.

L'endroit puait le sang et la sueur. L'un des brigands râlait, puis il s'immobilisa. La porte de la cahute s'ouvrit et deux bédouins armés se jetèrent sur moi. J'en empoignai un, auquel j'arrachai la tête. L'autre tomba à genoux, mais je le tuai tout aussi facilement. J'entendais au-dehors des cris, et les mugissements des chameaux.

La pièce était maintenant vide d'êtres vivants. Sous de grossières couvertures de laine, je découvris le coffret de mes ossements. Je regardai à l'intérieur. Le chagrin m'envahit, rompant le charme de ma joyeuse tuerie. Je soupirai en songeant : Eh bien, tu savais pourtant que tu étais mort, non ? Il y avait là bien d'autres trésors, par sacs entiers.

Je les rassemblai dans la couverture, la serrai dans mes bras, et déclarai : « Quittez-moi, particules de ce corps. Permettez-moi d'être invisible, rapide et fort comme le vent, et gardez ces précieux objets en sécurité dans mes bras. Emmenez-moi à Milet auprès de mon maître qui m'a envoyé. »

Le grand trésor était comme une ancre, ce qui ralentit mon voyage mais le rendit délicieux. J'éprouvai un plaisir exquis à m'élever jusque dans les nuages, puis à redescendre au-dessus de la mer scintillante. Cette beauté m'éblouit tant que je faillis tout laisser tomber, mais je me ressaisis aussitôt et m'admonestai : « Retourne tout de suite auprès de Zurvan, idiot ! C'est lui qui t'a envoyé. »

J'atterris dans le jardin, au crépuscule. Le ciel était éclairé d'une somptueuse lumière aux couleurs très fraîches, qui teintaient les nuages. J'existais, dans mon enveloppe corporelle visible, par la seule force de ma volonté, et j'étais en possession du trésor et du coffret, brisé par mon atterrissage brutal, ainsi que d'une autre boîte ouverte contenant des lettres.

Mon nouveau maître accourut aussitôt, et ramassa les lettres.

— Ces misérables vauriens, tout cela m'était adressé par Cyrus ! J'espère que tu les as tués !

— Avec beaucoup de plaisir.

Il me chargea les bras de quelques sacs qui contenaient apparemment des bijoux, du moins j'en avais l'impression, et jeta par terre la couverture.

À ma vive surprise, la couverture s'envola, comme portée par un courant d'air ; elle voleta par-dessus le mur, vrillée par la brise, et disparut.

— Un pauvre malheureux la trouvera et en fera quelque usage, dit Zurvan. Pense toujours aux pauvres et aux affamés, quand tu jettes quelque chose.

— Te soucies-tu vraiment des pauvres et des affamés ? demandai-je.

Nous retournâmes dans la grande salle, qu'éclairaient à présent de nombreuses lampes à huile. Je remarquai pour la première fois des rayonnages couverts de tablettes et de frêles étagères en bois pour les rouleaux, que préféraient les Grecs.

Il posa par terre le coffret brisé et l'ouvrit. Les os s'y trouvaient bien. Il posa les lettres et les sacs de bijoux sur sa table, s'assit, et commença aussitôt à lire, vite, appuyé sur ses deux coudes, en tendant de temps à autre la main pour prendre un peu de raisin sur un plat d'argent. Il ouvrit les sacs, déversa de grandes poignées de bijoux emmêlés, qui me parurent égyptiens pour la plupart et grecs pour le reste, puis il reprit sa lecture.

— Ah ! s'exclama-t-il. Voici la tablette cananéenne avec l'inscription qui t'a créé. Elle est en quatre morceaux, mais je saurai la reconstituer.

En effet, il restaura l'intégralité de la tablette.

Je pense que j'en fus soulagé : je l'avais oubliée. Elle n'était pas dans le coffret. Elle était petite et épaisse, couverte d'une écriture cunéiforme, et semblait parfaite, comme si elle n'avait jamais été cassée.

Il leva soudain les yeux, et déclara :

— Ne reste pas là à ne rien faire. Nous avons du travail, regarde. Dispose les os de manière à reconstituer un squelette d'homme.

— Non ! Ma fureur était si brûlante que je la ressentis même dans mon enveloppe corporelle. Elle n'alla pas jusqu'à me dissoudre, mais me parcourut d'une onde de chaleur que je pouvais presque voir. Je n'y toucherai pas.

— Très bien. Comme tu veux. Assieds-toi et tais-toi. Réfléchis. Utilise l'esprit qui est dans ton esprit, et qui n'a jamais été dans ton corps.

— Si nous détruisons ces os, est-ce que je mourrai ?

— Je t'ai dit de réfléchir, pas de parler. Non, tu ne mourras pas. Tu ne peux pas mourir. Veux-tu finir en imbécile balbutiant ou en esprit gémissant dans le vent ? Tu les as vus, non ? Ou en ange hébété, courant à travers prés en cherchant à se rappeler un cantique ? Tu es sur cette terre, désormais, et tu ferais mieux d'oublier toute idée géniale consistant à te débarrasser des os. Ces os te maintiendront d'une seule pièce. Ils te procureront un refuge. Ils garderont ton esprit formé et capable d'utiliser sa force. Écoute bien ce que je te dis. Ne sois pas idiot.

— Je ne discute pas, répondis-je. As-tu fini de lire les tablettes cananéennes ?

— Tais-toi.

Avec un soupir furieux, je m'armai de patience. Je regardai mes ongles. Ils étaient splendides. Je tâtai mes cheveux, ils étaient aussi drus qu'avant. J'étais un être vivant et en bonne santé, possédant une excellente acuité mentale, parcouru d'une formidable énergie, ignorant la faim, la fatigue, l'inconfort... une statue en apparence parfaite. Je fis claquer par terre mes pieds bien chaussés. Je portais, naturellement, les tuniques brodées et les chaussures de velours que je préférais. Ces chaussures faisaient un bon petit bruit. Zurvan posa les tablettes et déclara :

— Bien, puisque tu répugnes tellement à toucher tes propres os, jeune esprit délicat et peureux, je vais faire le travail pour toi.

Il alla au milieu de la pièce, flanqua tous les os par terre, puis il recula, tendit les mains, et se baissa lentement en ployant les genoux. De sa bouche sortit une longue incantation murmurée en langue perse. Je vis quelque chose sourdre de ses mains, comme la chaleur d'un feu, peut-être, mais rien de plus visible.

À ma complète stupéfaction, les os s'assemblèrent sous la forme d'un squelette prêt à être enseveli. Puis il poursuivit ses exhortations, et, faisant le geste de fouetter, il fit paraître devant lui une immense pelote d'un lourd fil de cuivre, ou d'or, ou de je ne sais quoi ; répétant inlassablement le même mouvement, il enfila les os comme des perles. Il les reliait entre eux avec ce fil métallique, sans jamais les toucher, se contentant d'exécuter les gestes. Il s'attarda longuement sur les mains et les pieds, qui comprenaient tant de petits os. Il passa ensuite aux côtes et au pelvis, et enfin, d'un long geste de la main droite, il reconstitua la colonne vertébrale et l'attacha au crâne. Le squelette était désormais d'une seule pièce ; on aurait pu le suspendre à un crochet pour qu'il danse au vent.

Devant ce squelette étalé comme dans une tombe ouverte, je refoulai tout souvenir du chaudron, de la douleur. Pendant ce temps, Zurvan s'était précipité dans une autre pièce ; il en revint avec deux garçons d'une dizaine d'années, qui, je m'en rendis compte aussitôt, n'étaient pas réels — c'étaient des esprits corporels. Ils transportaient un autre coffret. Plus petit que le premier, rectangulaire, il sentait le cèdre et était recouvert d'or, d'argent, de pierreries. Il ouvrit le coffret, capitonné de soie. Il ordonna aux petits garçons de prendre le squelette et de le disposer comme un enfant dans le sein de sa mère : les bras repliés, la tête courbée, les genoux remontés au menton.

Les enfants obéirent. Ils se levèrent et me dévisagèrent de leurs yeux noirs d'encre. Le squelette recroquevillé entrait parfaitement dans le coffret.

— Allez-vous-en ! ordonna Zurvan aux petits. Attendez mes ordres. Les jeunes esprits ne bougèrent pas. Filez ! gronda-t-il.

Ils s'enfuirent à toutes jambes, continuant cependant à m'observer en cachette de la porte la plus éloignée.

Je me levai et m'approchai du coffret. On aurait dit, à présent, une tombe antique, découverte dans les collines, et remontant aux temps anciens où l'on enterrait ainsi les hommes, dans les entrailles de la Terre Mère. Je l'examinai. Zurvan réfléchissait.

— De la cire, s'exclama-t-il. Il me faut beaucoup de cire fondue. Il se leva et se retourna. J'en éprouvai aussitôt un choc. De la peur. Que t'arrive-t-il ? voulut-il savoir.

Ses deux serviteurs reparurent, me lançant de prudents regards en coin, chargés d'un grand seau de cire fondue. Il le leur prit des mains, et versa la cire tout autour des os. Elle durcit, fixant le squelette et constituant une niche douce et blanche. Puis il demanda aux enfants d'emporter le seau et d'aller jouer une heure dans le jardin, dans leurs corps, sans bruit. Ils furent enchantés.

— Ce sont des fantômes ? demandai-je.

— Ils n'en savent rien, répondit-il. Visiblement, la question ne l'intéressait pas. Il ferma le coffret, muni de gonds et d'une serrure solides. Il vérifia la serrure, et rouvrit le coffret. Le moment venu, dit-il, je graverai une tablette d'argent pour accompagner ces os, contenant tout ce qu'il faut savoir de la tablette cananéenne. Mais pour l'instant, les os sont tels qu'ils doivent toujours rester. Rentre en eux, et ressors.

Naturellement, je n'avais aucune envie d'obtempérer. J'éprouvais de l'aversion pour ces os, et j'étais doté d'un tempérament rebelle. Mais il insista, en maître avisé, et je cédai. Je me désintégrai dans une obscurité lisse et calme avant d'être aspiré dans un tourbillon de chaleur pour me retrouver debout à côté de Zurvan, corporel à nouveau.

— Parfait, déclara-t-il. Parfait. Maintenant, raconte-moi ce que tu te rappelles de ta vie.

Cette requête donna naissance à l'une des discussions les plus désagréables de toute mon immortelle existence. Car il avait beau me harceler, je ne me rappelais rien. Je savais que je redoutais un chaudron et la chaleur, que je craignais les abeilles, auxquelles la cire m'avait fait penser. Je me souvenais de Cyrus, roi de Perse, et de la faveur que j'avais sollicitée. Rien de plus.

Inlassablement, il exigeait que je creuse ma mémoire ; invariablement, j'échouais. Je pleurai. Je finis par le prier de me laisser tranquille. Il me dit alors, en me touchant l'épaule :

— Vois-tu, si tu ne te rappelles pas ta vie, tu ne peux pas en retenir la morale.

— Et s'il n'y en avait pas ? m'écriai-je d'une voix menaçante. Si tout ce que j'ai vu n'était que tricheries et mensonges !

— C'est impossible. Te souviens-tu de Cyrus ? Te rappelles-tu ce que tu as fait aujourd'hui ?

Je me rappelais être venu à lui, et ce qu'il avait dit. Je me souvenais d'avoir massacré les bédouins et d'y avoir pris plaisir, d'être ensuite revenu vers lui. Je me rappelai les événements qui avaient eu lieu par la suite. Il me posa quelques questions sur des points de détail : Avec quel combustible les bédouins avaient-ils allumé leur feu ? De la bouse de chameau. Y avait-il des femmes ? Non. Où était-ce ? Je dus réfléchir, car je n'avais pas pris de notes, mais le souvenir m'en revint, à sa satisfaction : à cinquante lieues de l'orée du désert, à l'est de Milet.

— Qui est roi à présent ?
— Cyrus de Perse.

Il continua à me questionner. Qui étaient les Lydiens, les Mèdes, les Ioniens ? Où se trouvait Athènes ? Qui était le pharaon ? Quelle était la cité où Cyrus avait été proclamé roi du monde ? Je répondis, inlassablement.

Il me posa des questions pratiques sur les couleurs, la nourriture, l'air, la chaleur et la fournaise. Je connaissais toutes les réponses. Je savais tout ce qui était d'ordre général, mais rien de ce qui s'appliquait à ma propre vie. Je savais beaucoup de choses sur l'argent et l'or, et je les lui expliquai — il fut impressionné. Je regardai les émeraudes que le roi lui avait envoyées, lui affirmai qu'elles étaient extrêmement précieuses, et lui révélai lesquelles avaient le plus de valeur. Je lui énumérai les noms des fleurs de son jardin. Puis je ressentis une lassitude.

Il m'arriva alors une chose curieuse. Je me mis à pleurer, comme un enfant. Je ne pouvais pas m'arrêter, et l'idée d'en être humilié m'était indifférente. Enfin, je levai les yeux vers lui et vis qu'il attendait, avec ses yeux bleus lumineux, curieux, impitoyables.

— Étais-tu sincère quand tu m'as dit de ne jamais oublier les affamés et les pauvres ? demandai-je.

— Oui. Je vais maintenant te transmettre mes connaissances les plus importantes. Écoute. Je veux que tu puisses me les répéter chaque fois que je te le demanderai. Tu les appelleras les leçons de Zurvan. Longtemps après ma mort, tu exigeras de tes maîtres qu'ils t'enseignent ce qu'ils savent, et tu le garderas en mémoire, même si c'est idiot ; et tu sauras quand c'est idiot. Tu es un esprit d'une grande intelligence.

— Très bien, maître aux yeux-bleus-lumineux, répliquai-je avec humeur. Transmets-moi ton savoir.

Il fronça les sourcils sous le sarcasme. Il réfléchit un moment, puis croisa les jambes. Il paraissait osseux sous sa tunique. Ses cheveux gris lui retombaient sur les épaules, mais il avait le visage très vif.

— Azriel, commença-t-il. Je pourrais te punir pour ton impertinence. Je pourrais t'infliger de la souffrance. Je pourrais te plonger dans le chaudron que tu redoutes, de telle manière que tu le croies réel ! Je peux le faire quand je voudrai.

— Et moi je sortirai de ce chaudron pour t'arracher les membres, magicien !

— Oui, c'est plus ou moins la raison pour laquelle je ne l'ai pas fait, admit-il. Alors laisse-moi te le dire autrement. J'exige de toi de la courtoisie, en contrepartie de mon enseignement. Je suis ton maître selon ton vœu.

— Voilà qui me paraît acceptable.

— Bien. Voici ce que je sais. Ne l'oublie jamais. Tant que tu haïras et que tu rôtiras dans un enfer de rage, tu te heurteras sans cesse à des limites. Tu seras parfois à la merci des autres esprits et des magiciens. La colère est une force négative, et la haine rend aveugle. Tu t'estropies toi-même, vois-tu. C'est pourquoi j'aimerais te discipliner pour t'en débarrasser — quoique je pense la tâche impossible.

Voici les leçons, accepte ce que ta haine et ta rage te permettront d'accepter.

Il existe un seul Dieu. Peu importe son nom — Yahvé, Ahura-Mazda, Zeus, Aton ; peu importe la manière dont on le vénère et dont on l'honore.

La vie a un but unique : témoigner de la complexité du monde et comprendre autant que possible sa beauté, ses mystères, ses énigmes. Plus tu comprendras, plus tu observeras, mieux tu apprécieras la vie et plus tu seras envahi par un sentiment de paix. Le reste n'est que jeux et divertissements. Une activité qui n'a pas sa source dans l'« amour » ou l'« apprentissage » n'a aucune valeur.

Sois bon. Toujours, si tu as le choix, sois bon. Pense aux pauvres, aux affamés, aux opprimés. Pense à ceux qui souffrent et qui sont démunis. Le plus grand pouvoir créatif que tu aies sur terre, que tu sois ange ou esprit, homme, femme ou enfant, c'est d'aider les autres... les pauvres, les affamés, les opprimés. Atténuer la souffrance et donner de la joie sont tes plus beaux pouvoirs. La bonté est un miracle de l'homme ; ainsi que des anges ou des esprits les plus développés.

Toute la magie de toutes les contrées et de toutes les écoles est la même. La magie tente de contrôler les esprits invisibles, et l'esprit au sein des vivants, ou d'invoquer des esprits des morts qui encerclent la terre. La magie n'est rien d'autre. Créer des illusions, inventer des tours, produire des richesses... se font grâce aux esprits, ces êtres incorporels qui se déplacent sans qu'on les voie pour voler, espionner, transporter. D'Éphèse à Delphes en passant par les steppes du Nord, la magie n'est que cela. Je suis un très grand magicien, et je poursuis mes recherches — une nouvelle incantation m'ouvre une nouvelle possibilité. Maintenant, écoute-moi ! Cela m'ouvre une nouvelle possibilité, mais n'augmente pas mon pouvoir. Celui-ci ne s'accroît que par la compréhension et la volonté. Il n'est nul besoin d'incantations ou de pratiques rituelles pour être un grand magicien. La plupart d'entre eux le sont de naissance, mais il arrive que des hommes le deviennent. Des incantations les forment et les orientent, mais, finalement, les mots ne comptent pas : pour Dieu, toutes les langues ne font qu'un, pour les esprits, toutes les langues ne font qu'un. Les incantations aident le magicien faible plutôt que le fort. Tu comprends pourquoi, n'est-ce pas ? Tu es très fort. Tu n'as pas besoin d'incantations. Tu l'as prouvé aujourd'hui. Ne laisse jamais personne te convaincre que, par des incantations, ils pourraient te dominer. Un magicien peut te dominer, oui, mais ne te laisse jamais duper par de simples paroles. Confronte le pouvoir si tu veux y résister. Bande tes forces et conçois ta propre incantation. Les incantations effraient humains et esprits. Conçois un chant de force pour vaincre. Un chant de puissance. Les portes s'ouvriront.

Il fit claquer ses doigts, attendit un moment, puis reprit :

— Aucun humain ne sait ce qu'il y a au-delà de la vraie mort. Les esprits approchent cette connaissance de très près ; ils voient une échelle lumineuse montant vers le ciel, ils aperçoivent les arbres fruitiers du paradis, ils parlent aux morts de diverses formes et distinguent la lumière de Dieu — oh, ils se produisent indéfiniment, ces aperçus de lumière —, mais ils ne savent pas ce qu'il y a au-delà de la vraie mort ! Personne n'en revient jamais. Les esprits condamnés à errer peuvent t'apparaître, ils peuvent te parler, mais tu ne peux pas les faire revenir de la mort. Une fois qu'ils sont morts, Dieu seul décide de leurs apparitions. Ne crois donc jamais celui qui t'affirmera connaître le Paradis. Tous les royaumes des esprits et des anges qu'il nous sera jamais donné de connaître, à toi ou à moi, appartiennent à la Terre, et non à l'au-delà de la Mort. Tu comprends ?

— Oui. Mais pourquoi aimer et apprendre ? Pourquoi est-ce la finalité de la vie ? Pourquoi s'y consacrerait-on avec une telle ardeur ?

— Quelle question stupide ! Peu importe la raison ; c'est ainsi : le but de la vie est d'aimer et d'apprendre. Il soupira. Imaginons qu'un homme cruel et stupide me pose cette question. À lui, je répondrai : C'est la façon la plus sûre de vivre. À un grand homme, je répondrai : C'est la façon la plus enrichissante de vivre. À une personne égoïste et aveugle : Tu finiras par trouver un grand apaisement si tu penses aux pauvres, aux affamés, aux opprimés, si tu penses aux autres, si tu aimes, si tu apprends. Il haussa les épaules. Aux opprimés : Cela atténuera vos souffrances, vos terribles souffrances.

— Je vois, répondis-je en souriant.

J'éprouvais un grand élan de plaisir.

— Ah, dit-il. Tu comprends enfin.

Je me remis à pleurer.

— N'existe-t-il pas un simple mot d'ordre ?

— Comme quoi ?

— Ce n'est pas toujours facile d'aimer et d'apprendre ; on

peut commettre d'épouvantables erreurs, de terribles fautes, faire souffrir les autres. N'y a-t-il donc pas de mot d'ordre ? Par exemple... en hébreu, le mot *Altashhteth* : Ne détruis pas.

Je pouvais à peine parler. Les larmes m'étranglaient. Je commençai à répéter ce mot : Altashhteth.

Zurvan réfléchit, l'air solennel, puis il déclara :

— Non. Il n'existe pas de mot d'ordre. Nous ne pouvons pas chanter « Altashhteth » avant que le monde entier ne chante le même hymne.

— Arrivera-t-il un jour que le monde entier chante le même hymne ?

— Nul ne le sait. Aucun Mède ni aucun Hébreu, aucun Égyptien ni aucun Grec, ni aucun guerrier des contrées du Nord — nul ne le sait. Je t'ai révélé mon savoir. Le reste n'est que chants et simagrées, piétinements et plaisanteries. Maintenant, jure-moi de me servir, et je te promettrai de t'épargner la souffrance, autant que possible, aussi longtemps que je vivrai.

— Je te le jure, et je te remercie pour ta patience. Je crois que dans ma vie, une fois, j'ai été bon.

— Pourquoi pleures-tu ainsi ?

— Parce que je n'aime pas être en colère et haïr. Je veux apprendre, et je veux aimer.

— Bien. Tu aimeras et tu apprendras. Voici venir la nuit. Je suis vieux et fatigué. Je veux lire jusqu'à ce que mes yeux se ferment, comme j'en ai l'habitude. Dors dans les ossements jusqu'à mon appel. Ne réponds à aucun appel autre que le mien — on ne sait jamais ce que les démons ou les anges jaloux manigancent. Ne réponds qu'à ma voix. Et nous commencerons ensemble. Si tu es appelé, viens à moi, réveille-moi. Je ne m'inquiète pas vraiment pour toi... Avec ton pouvoir, tu pourras m'obtenir tout ce que je souhaite.

— Tout ce que tu souhaites ? Mais que souhaites-tu ? Je ne peux...

— Essentiellement des livres, mon fils, ne t'inquiète pas. Je n'ai pas l'usage des richesses autres que la beauté que tu vois autour de moi, et je suis suffisamment riche. Je désire des livres de toutes les contrées, qu'il faudra rapporter d'endroits lointains, des cavernes du Nord, des villes d'Égypte au sud. Tu en es capable. Je te révélerai tout et, à ma mort, tu seras assez fort pour résister aux maîtres qui ne mériteront pas ton pouvoir. Maintenant, entre dans les ossements.

— Je t'aime, maître, déclarai-je.

— Oh oui, répondit-il en agitant la main. Je t'aimerai aussi. Et un jour, tu devras me regarder mourir.

— Mais m'aimes-tu... je veux dire, en particulier... moi... m'aimes-tu ?

— Oui, jeune esprit en colère. Je t'aime, toi en particulier. Plus de questions, avant que je ne t'envoie dormir ?

— Quelle question pourrais-je poser ?

— La tablette cananéenne par laquelle tu as été formé. Pas une fois tu ne m'as demandé de te la déchiffrer, ou de te la confier, alors que manifestement tu sais lire.

— Je comprends de nombreuses langues, dis-je. Mais je ne veux pas la lire. Jamais.

— Je te comprends. Embrasse-moi, là, sur les lèvres, à la manière perse, ou sur les joues, à la manière grecque. Puis laisse-moi jusqu'à ce que je t'appelle.

La tiédeur de son corps me fit un grand bien. Je frottai mon front contre sa joue, puis, sans attendre de nouvelle injonction, je rentrai dans les ossements et dans l'obscurité. Je me sentais presque heureux.

10

Comme je vous l'ai déjà dit, cette partie de mon histoire — relative à mes deux maîtres — sera brève.

Cependant, je dois expliquer qui était Zurvan, et ce qu'il m'a enseigné. Les maîtres qui lui ont succédé n'avaient pas sa force. Mais, surtout, ils n'accordaient pas le même intérêt à l'enseignement et à l'apprentissage. C'est cette passion de Zurvan pour m'instruire, sans la moindre peur de moi ni de mon indépendance, qui a influencé le reste de mon existence, même aux temps les plus sombres.

Zurvan était riche, grâce à Cyrus. Il possédait tout ce qu'il désirait. Les manuscrits représentaient ses plus grands trésors, et il m'envoya bien souvent en chercher pour lui. Je découvrais les cachettes où ils étaient renfermés, parfois pour les voler, ou simplement pour lui rapporter les renseignements nécessaires à une prochaine acquisition. Sa bibliothèque était immense et sa curiosité insatiable.

La première fois qu'il m'appela, il m'enseigna des choses bien plus passionnantes que la manière de voyager sans être vu.

Mon premier réveil, le lendemain chez lui, donna lieu à une affaire surprenante : j'apparus dans sa salle d'étude, dans ma meilleure imitation de la chair, en tunique babylonienne à manches longues. Le lever du soleil illuminait le dallage de marbre. Je l'observai un moment, prenant peu à peu conscience d'être moi, Azriel, de n'être pas là par hasard, et d'être mort.

Je parcourus la maison à la recherche d'autres créatures vivantes. J'ouvris une porte donnant sur une chambre à coucher. Ce qui me frappa n'était pas tant la beauté de la pièce — les peintures ou les fenêtres en ogive ouvrant sur le jardin — qu'une horde de créatures semi-visibles, qui s'enfuirent devant moi en bondissant et en poussant des cris aigus, pour entourer la silhouette de Zurvan, endormi sur le lit.

Ces créatures n'étaient pas faciles à repérer : elles oscillaient à toute vitesse entre de simples contours et des éclats de lumière, elles apparaissaient sous la forme de visages ricanants puis poussaient des petits cris, et il m'était difficile de fixer mon regard sur l'une d'entre elles. Elles ressemblaient vaguement à des humains petits, flous, faibles, et se comportaient comme des enfants surexcités.

Enfin, ces esprits se rassemblèrent autour du lit, sans doute afin de garder Zurvan, ou peut-être pour se placer sous sa protection. Zurvan ouvrit les yeux. Il me regarda longuement, se leva avec entrain, et me dévisagea comme s'il n'en croyait pas ses yeux.

— Tu dois bien te souvenir d'hier, maître, lorsque je suis venu à toi. Tu m'as dit que tu m'appellerais ce matin.

Il acquiesça, chassant de la main les autres créatures jusqu'à ce que la chambre redevienne vide et civilisée ; une belle chambre grecque aux fresques admirables. Je me tenais au pied du lit.

— Qu'ai-je fait de mal ?

— Tu m'as entendu t'appeler dans mon sommeil et tu es venu, voilà tout. Cela prouve que ton pouvoir est plus grand que je ne le pensais. Je somnolais, pensant à nos débuts, et cela a suffi à te faire surgir des ossements. Percevant que tu étais l'objet de mes pensées, tu t'es réveillé.

Il me montra le coffret contenant mes os, posé par terre près du lit, puis il se tourna, mit les pieds à terre, et se leva, s'enveloppant du drap comme d'une longue toge.

— Nous utiliserons cette force sans tenter de l'étouffer dans mon intérêt ou celui de quelqu'un d'autre. Il réfléchit. Rentre dans les ossements. À midi, quand je t'appellerai, fais-toi chair et rejoins-moi sur l'agora. Je serai à la taverne. Je veux que tu viennes à moi tout habillé, je veux que tu parcoures à pied la distance d'ici à là-bas, et que tu me trouves par la seule répétition de mon nom.

J'obéis. Je sombrai dans la pénombre, saisi d'une grande confusion. Pourquoi m'étais-je réveillé dans l'autre pièce, si ce n'est parce que je l'y situais depuis la veille ? Je m'endormis. Je dormis par bribes, mais connus cependant le repos.

Lorsque je devinai, à de minuscules changements de lumière et de température, qu'il était midi, je me retrouvai debout dans la grande salle, formé et habillé. Je vérifiai tous les détails : mes mains, mes pieds, mes vêtements, et je m'assurai que mes cheveux et ma barbe étaient en ordre, en passant mes mains sur mon corps.

Il y avait un grand miroir dans la pièce. Je fus surpris d'y voir mon reflet, car je croyais, superstitieusement, que les esprits ne s'y réfléchissent pas. Puis une pensée me vint. Je devais rejoindre le maître, comme il me l'avait ordonné, immédiatement. Mais pourquoi ne pas d'abord appeler les autres ? Pour voir s'ils étaient là ?

— Montrez-vous, petits monstres poltrons ! déclarai-je à voix haute.

Aussitôt la pièce se remplit de ces petites créatures qui m'observaient avec une crainte respectueuse. Cette fois elles étaient immobiles, et j'eus l'impression d'en distinguer plusieurs épaisseurs, comme si la substance des uns pénétrait la substance des autres. Je me rendis compte que parmi les petits démons qui semblaient n'avoir que des visages et des

membres, des formes humaines pleinement constituées m'observaient avec circonspection. J'ordonnai :
— Montrez-vous.

Je vis alors d'autres esprits, qui semblaient perdus et découragés, peut-être les morts nouveaux. L'un d'entre eux leva la main vers moi et demanda :
— Quelle direction ?
— Je ne sais pas, frère, répondis-je.

Dirigeant mon regard vers le jardin, je vis l'air empli d'esprits. Je les distinguais clairement — ils paraissaient figés et incapables de bouger. Mais, je le sentais, il ne s'agissait que de ma manière de les voir. Je n'avais pas oublié leurs attaques, au palais, après ma métamorphose en esprit. À peine cette pensée m'était-elle venue que le spectacle des esprits changea entièrement.

Les morts, immobiles et songeurs, furent assaillis par un tourbillon d'esprits rageurs et hurlants qui m'étaient familiers. Je leur criai :
— Reculez ! Écartez-vous de moi !

Ce hurlement me surprit. La plupart des agresseurs s'enfuirent. Mais l'un d'eux s'agrippa à moi, enfonçant ses ongles, mais sans me laisser la moindre marque. Je me retournai pour le frapper du poing, lui enjoignant de regagner un abri sûr s'il ne voulait pas que je l'anéantisse ! Pris de panique, il disparut.

La pièce était vide et calme. Je plissai les yeux, et vis les petits esprits qui attendaient. J'entendis alors une voix très distincte à mon oreille.
— Je t'ai dit de venir à l'agora, à la taverne. Où es-tu ?
C'était la voix de Zurvan.
— Faut-il que je te dessine un plan ? insista la voix. Dois-je te rappeler mon commandement ? Mets-toi en route. Tu me trouveras. Et ne te laisse plus distraire par les vivants ni par les morts.

J'éprouvai une terrible anxiété à l'idée de ne pas lui avoir aussitôt obéi. Au prix d'un gros effort, je me souvins de son ordre, et je quittai la maison.

Ce fut ma première longue marche à travers Milet. Je marchai longuement, admirant les petites boutiques et les étals, les maisons particulières et les fontaines, les petits sanctuaires creusés dans les murs. J'arrivai enfin à l'immense place du marché, au milieu du Bazar ; je trouvai la taverne ouverte, avec son auvent blanc qui s'agitait sous la brise. Je vis Zurvan à l'intérieur et me présentai devant lui.

— Assieds-toi. Pourquoi as-tu ouvert la porte de la maison, au lieu de passer au travers ?

— Je ne savais pas que j'en avais le pouvoir. J'étais fait de chair. Tu m'as ordonné de me faire chair pour venir. Es-tu fâché contre moi ? J'ai été distrait par les esprits. J'ai vu des esprits partout et...

— Chut, je ne te demande pas de me dévoiler toutes tes pensées, seulement la raison pour laquelle tu as ouvert la porte. Sache que, même solide, tu peux la traverser, car ce qui te rend solide n'est pas ce qui la rend solide. Comprends-tu ? Maintenant, disparais et reparais ici même. Personne ne le remarquera. La taverne est à moitié vide. Vas-y.

J'obtempérai. C'était merveilleux. Comme de m'étirer, de rire, puis de revenir sous une forme solide. Zurvan arborait une expression beaucoup plus chaleureuse, et souhaitait écouter le récit de ce que j'avais vu. Je le lui racontai. Puis il me demanda :

— Lorsque tu étais vivant, tu voyais les esprits, n'est-ce pas ? Réponds sans réfléchir.

— Oui, dis-je. C'était douloureux, et je ne pouvais me rappeler aucun détail. Je ne voulais pas. J'éprouvais un sentiment de trahison et de haine.

— Je le savais, dit-il avec un soupir. Cyrus me l'a dit, mais d'une manière si vague qu'il m'était impossible d'en être sûr. Cyrus a pour toi une affection et un sentiment d'obligation très particuliers. Nous allons nous rendre dans le royaume des esprits, ainsi, tu sauras ce que c'est. Mais d'abord, écoute. Chaque magicien que tu rencontreras aura une carte différente de l'univers des esprits. Il aura une notion différente de leur nature et des raisons qui les font agir. Mais, en général, les ressemblances sont plus importantes que les dissemblances. Tu le constateras lors de tes voyages au pays des esprits.

— Veux-tu du vin, maître ? demandai-je. Ta coupe est vide.

— Pourquoi diable m'interromps-tu ?

— Tu as soif. Je le sais.

— Que vais-je faire de toi ! Comment vais-je réussir à retenir ton attention ?

Je fis signe au serveur de vin, qui accourut aussitôt pour remplir la coupe de mon maître. Il me demanda si je voulais quelque chose, me marquant une grande déférence, plus même qu'à mon maître. Je compris que la raison en était mes vêtements ornés, à la mode babylonienne, de bijoux et de broderies, mes cheveux et ma barbe très soignés.

— Non, dis-je.

J'étais triste de n'avoir rien à lui offrir ; je vis alors plusieurs *shekels* d'argent éparpillés sur la table et les lui donnai. Il s'éloigna.

Je regardai Zurvan, il m'observait, les coudes sur la table.

— Je crois que je comprends, dit-il.

— De quoi parles-tu ?

— Tu n'es ni né ni fait pour obéir. Tout ce rituel cananéen décrit sur la tablette...

— Faut-il encore que tu parles de cette révoltante tablette !

— Tais-toi ! N'as-tu donc jamais eu dans ta vie un aîné, un maître, un père, un roi ? Cesse de m'interrompre. Écoute-moi. Par les dieux, Azriel, ne comprends-tu pas que tu ne peux plus mourir ! Je puis t'enseigner ce qui t'aidera ! Ne sois pas si impertinent, et cesse de laisser vaquer ton esprit. Écoute !

J'opinai, tandis que mes yeux s'emplissaient de larmes. J'avais honte de l'avoir fâché, et je tirai de ma tunique un mouchoir en soie pour m'essuyer les yeux. Il y avait de l'eau, me semble-t-il. De l'eau.

— Voilà ! Je me fâche, et tu obéis.

— Pourrais-je partir, si je le voulais ?

— Probablement oui, mais ce serait stupide. Fais attention. Que te disais-je, avant que tu me fasses servir du vin ?

— Tu disais que chaque magicien dessinerait à sa façon l'univers des esprits et lui donnerait des noms et des attributs personnels.

Il parut stupéfié par cette réponse. Je n'aurais pas su dire pourquoi.

— Oui, précisément. Maintenant, fais ce que je te dis. Regarde autour de toi, dans la taverne et sur l'agora, et là aussi, au soleil. Vois-tu les esprits ? Ne leur parle pas, et n'accepte aucun geste ni aucune invitation. Contente-toi d'observer. Cherche dans l'air les choses précieuses et infimes qu'il te faut, mais ne remue pas les lèvres.

J'obtempérai. Sans doute m'attendais-je à voir les affreux petits démons, mais à leur place je vis les morts errants. Je vis leurs ombres dans la taverne, affalées sur les tables, essayant de parler aux vivants, allant et venant comme en quête de quelque chose...

— Regarde au-delà de ces morts confinés sur terre, les nouveaux morts, et vois les esprits plus anciens qui ont de la vitalité, dit-il.

Je vis à nouveau ces grands êtres aux yeux fixes, transparents, mais dotés de formes humaines et d'expressions. Je perçus non seulement ceux qui me regardaient et me montraient du doigt mais également quantité d'autres. L'agora en était couverte. Je levai les yeux au ciel et vis des esprits rayonnants. Je laissai échapper un petit cri. Ces esprits rayonnants n'étaient ni troublés, ni en colère, ni perdus, ni en quête de quelque chose. Ils semblaient plutôt être les gardiens des vivants, des dieux ou des anges. Ils montaient jusque très haut dans le ciel. Ils allaient et venaient vivement. Le monde des esprits était en mouvement constant, et l'on pouvait classer les esprits selon leurs mouvements : les ombres des morts étaient léthargiques, les esprits plus anciens lents et plus humains, tandis que les esprits angéliques, si joyeux, se mouvaient à une vitesse impossible à déceler pour l'œil humain.

Je poussais des exclamations de plaisir. J'étais émerveillé par la beauté de ces créatures aériennes qui s'élevaient vers le soleil. Puis je voyais approcher l'ombre tassée d'un mort, affamé et désespéré, et je reculais d'un cœur défaillant. Un contingent d'esprits m'avaient remarqué et attiraient sur moi l'attention des autres. C'étaient les esprits du milieu, entre les morts et les anges. Je vis qu'ils étaient mêlés à des esprits sauvages, qui s'élançaient çà et là, me faisaient d'horribles gestes et des grimaces menaçantes, agitaient le poing et cherchaient à m'entraîner dans une bagarre.

La vision prenait une densité insupportable. J'avais perdu de vue l'auvent de la taverne, le sol de l'agora ou les maisons d'en face. J'étais sur le terrain des esprits. Je sentis quelque chose de chaud et de vivant : la main de Zurvan.

— Deviens invisible, me dit-il. Entoure-moi, tiens-moi le plus fort possible et emporte-moi hors d'ici si tu le peux. Je resterai de chair, je suis obligé, mais tu m'entoureras, tu m'envelopperas d'invisibilité et me protégeras.

En me retournant, je vis sur lui de lumineuses couleurs de chair vivante, et j'obéis. Je tourbillonnai autour de lui en laissant chaque membre s'allonger et se détendre jusqu'à l'avoir complètement enveloppé. Puis je sortis du café et m'élevai vers le ciel avec lui, à travers l'épaisse foule des esprits, au milieu des démons qui hurlaient, sifflaient et tentaient de nous retenir. Je les repoussai.

Nous sommes montés très haut au-dessus de la ville. Je la voyais comme la première fois : une belle péninsule qui s'avançait dans la mer bleue, avec les navires à l'ancre, chacun orné de son pavillon. Les hommes s'affairaient fiévreusement à des activités apparemment dénuées de sens mais qui obéissaient sans doute à la tradition.

— Emmène-moi dans les montagnes, demanda mon maître. Emmène-moi sur la montagne la plus éloignée, la plus haute du monde, celle où sont les dieux et autour de laquelle tourne le soleil ! Emmène-moi sur la montagne nommée Meru.

Nous nous sommes aussitôt élevés au-dessus du désert, au-dessus de la Babylonie. Je vis ses villes éparpillées comme des fleurs, ou comme des pièges construits pour attirer les dieux...

— Dirige-toi vers le nord, me dit-il. Vers le Grand Nord. Enveloppe-moi de couvertures pour que je supporte le froid, et tiens-moi bien. Va plus vite jusqu'à m'entendre crier de souffrance.

J'obéis et volai vers le nord, longtemps. Au-dessous de nous se dressaient des montagnes couvertes de neige, s'étalaient des champs où passaient des troupeaux et où allaient des hommes à cheval, s'élevaient de nouvelles montagnes.

— Meru. Trouve Meru.

Je m'y appliquai de tout mon esprit, mais, malgré cet effort, je ne pus contenter mon maître.

— Il n'est pas de Meru que je puisse trouver, déclarai-je.

— C'est ce que je pensais. Descendons à terre, là, dans cette vallée où galopent des chevaux.

Nous sommes descendus, et je l'ai maintenu dans ses couvertures, enveloppé de mon invisibilité. Je me suis aperçu que je pouvais presser mon visage contre le sien.

— Il s'agit d'une légende très ancienne, poursuivit-il. L'éternel mythe de la grande montagne. Ce mythe est à l'origine de la construction des ziggourats et des pyramides, même chez les peuples qui n'en ont pas conservé le souvenir. La légende de la haute montagne a inspiré les grands temples de toutes les contrées. Maintenant, laisse-moi, Azriel. Incarne-toi et arme-toi contre les guerriers des steppes. S'ils essaient de me faire du mal, tue-les.

J'obéis et le laissai là, grelottant dans ses couvertures. Les quelques bergers qui nous avaient vus s'enfuirent aussitôt vers des cavaliers armés — une demi-douzaine —, dispersés pour monter la garde. Autour de nous la neige était magnifique, mais je savais qu'elle était froide. Je sentais que Zurvan avait froid. Je me commandai d'avoir chaud et le réchauffai à ma propre chaleur, ce qui le réconforta.

Les six guerriers crasseux des steppes, puant encore plus que leurs chevaux, nous encerclèrent. Mon maître les interpella dans une langue inconnue de moi, mais que je compris. Il leur demanda où se trouvait la montagne qui était le nombril du monde.

Ils se lancèrent dans une ardente discussion, puis désignèrent tous le nord. Cependant, aucun d'entre eux n'en était sûr car ils n'avaient jamais vu cette montagne.

— Deviens invisible, et emporte-moi loin d'eux. Laisse-les en pleine confusion. Ce qu'ils voient nous importe peu.

Nous repartîmes au nord. Le vent glaçait mon maître. Je faisais de mon mieux pour le protéger — je l'avais enveloppé dans des peaux de bêtes et j'avais fait monter ma chaleur pour le réchauffer —, mais il souffrait. J'étais allé trop loin.

— Meru, dit-il. Meru.

Soudain il déclara :

— Azriel, ramène-moi à la maison, vite !

J'accélérai dans un farouche grondement. Le paysage disparut dans une explosion de blancheur, tandis que les esprits qui affluaient vers nous basculaient comme sous l'effet de notre force. Le jaune du désert envahit ma vision, puis la cité de Milet m'apparut. Je déposai mon maître sur son lit, emmitouflé dans ses couvertures et ses fourrures.

La foule craintive des petits esprits s'était rassemblée.

— À boire et à manger, ordonnai-je.

Ils s'égaillèrent pour apporter un bol de bouillon et un gobelet de vin. Un beau gobelet grec en or, de forme gracieuse.

Je craignais pour Zurvan. Il gisait, glacé, et je me suis étendu sur lui pour le réchauffer, l'enveloppant et l'étreignant, jusqu'à ce qu'il reprenne des couleurs d'être vivant et ouvre grands ses yeux bleus. Je me suis alors détaché de lui.

Les petits esprits l'aidèrent à s'asseoir et à se nourrir, portant à ses lèvres la cuillère et le gobelet. Je m'assis au pied de son lit. Je n'avais pas besoin de bouillon et j'en étais fier. Libéré. Après un long moment, il me regarda.

— Tu as fait merveille, déclara-t-il.

— Je n'ai pas trouvé la montagne.

Il rit.

— Tu ne la trouveras jamais, pas plus toi que quiconque. Il chassa les autres esprits, qui s'enfuirent comme des esclaves. Tout homme a au cœur un mythe sacré, une vieille histoire qui, pour lui, représente la vérité, ou peut-être la beauté. La montagne sacrée était mon histoire. Ton pouvoir m'a permis de voyager jusqu'au sommet du monde et de comprendre par moi-même que Meru n'est pas un lieu mais une idée, un concept, un idéal.

Une étrange expression envahit ses traits, chassant déception ou fatigue. Ses yeux parurent s'emplir de joie.

— Qu'as-tu appris, Azriel, pendant ce voyage ? Qu'as-tu vu ?

— D'abord, j'ai appris qu'une telle chose était possible.

Puis je lui rapportai toutes mes impressions. Je lui expliquai que les villes me semblaient être des pièges conçus pour attirer sur terre les dieux du Ciel. Cela l'amusa et l'intéressa. Je précisai ma pensée.

— On dirait qu'elles ont été construites pour attirer des dieux, leur faire oublier leur vol céleste et les amener à descendre parmi nous, dans le temple de Mardouk, par exemple. La montagne, comme vous le disiez. Les villes couvrent la terre comme autant de promesses. Peut-être ressemblent-elles à de somptueuses portes d'accès au monde... Voilà qui plairait au prêtre : prétendre que Babylone est la porte des dieux.

— Toute cité est la porte d'un dieu, rétorqua-t-il dédaigneusement.

— Qu'étaient ces esprits plus élevés que j'ai vus ? Ils paraissaient heureux et couraient en tous sens ; ils traversaient les esprits du milieu, et demeuraient invisibles aux yeux des morts.

— Chaque magicien a une explication différente ; mais tu as vu l'essentiel. Au fil du temps, tu en verras davantage. Cette fois-ci, tu as mesuré ton pouvoir. Tu t'es fait respecter des esprits du milieu, comme tu les appelles. Tu as compris qu'ils ne peuvent pas te faire de mal. Quant aux esprits-démons, ils sont idiots et une simple grimace les fait fuir.

— Qu'est-ce que tout cela signifie, maître ?

— Je te l'ai dit hier. C'est tout ce que nous pouvons savoir sur cette terre. Les esprits qui connaissent la joie montent, ceux du milieu voient et les morts tristes et pâles deviennent comme ceux du milieu. Quant aux démons... D'où viennent-ils ? Qui sait ? Étaient-ils tous humains ? Je ne le pense pas. Peuvent-ils vaincre et troubler les hommes ? Oh oui, ils le peuvent. Mais toi, le Serviteur des Ossements, tu peux les voir dans toute leur faiblesse, et tu n'auras jamais rien à craindre d'eux, souviens-t'en. S'ils te barrent le chemin, contente-toi de les repousser. S'ils prennent possession d'un humain placé sous ta protection, s'ils pénètrent sous sa peau et lui font adopter leur comportement, tends ta main invisible et empoigne le corps invisible de l'intrus. Tu t'apercevras que tu as le pouvoir de le soulever et de le projeter loin de son hôte humain.

Il poussa un profond soupir.

— Je dois me reposer, maintenant. Le voyage m'a épuisé. Va en ville. Promène-toi sous ta forme corporelle, marche comme un homme, et vois comme un homme. Ne traverse pas les portes ou les murs, de crainte d'effrayer quelqu'un, et si les esprits t'assaillent, chasse-les par la colère et par le poing. En cas de besoin, appelle-moi. Mais surtout, promène-toi.

J'étais enchanté. Je me levai et me dirigeai vers la porte. Sa voix me rappela.

— Tu es l'esprit le plus puissant de ma connaissance. Regarde-toi, dans ta somptueuse tunique bleue brodée d'or, avec tes cheveux brillants qui retombent sur tes épaules. Regarde-toi. Visible, invisible, virtuel, solide, tout est en ton pouvoir. Tu pourrais être un parfait instrument du mal.

— Je ne veux pas !

— Souviens-t'en. Tu as été imparfaitement conçu par de parfaits imbéciles. Tu es, en conséquence, plus fort que ne pourrait le souhaiter un magicien, et tu as tout d'un homme...

Je me mis à pleurer à chaudes larmes, d'une façon aussi incontrôlable que précédemment.

— Une âme ? Ai-je une âme ? demandai-je.

— Je l'ignore. Tu as ton libre arbitre. Il se recoucha et ferma les yeux. Rapporte-moi quelque chose qui ne fasse de mal à personne.

— Des fleurs, dis-je. Une belle brassée de fleurs, cueillies aux portes de la cité.

Il rit.

— Oui, et sois gentil avec les mortels ! Ne leur fais pas de mal. Même s'ils t'insultent, te prenant pour un des leurs, ne leur fais pas de mal. Sois patient et bon.

— C'est promis.

Je me mis en route.

11

— L'enseignement de Zurvan, au cours des quinze années suivantes, n'a été que le développement des trois premiers jours. Le fait de m'en souvenir clairement pour la première fois depuis tant de siècles m'emplit de joie. Je veux vous donner tous les détails. Mon Dieu, le souvenir d'avoir été vivant puis de ne plus l'avoir été, le fait de pouvoir relier un souvenir à un autre m'emplissent... de grâce, comme si mes prières avaient été exaucées.

Je n'épiloguai pas, impatient d'entendre la suite.

— Je revins de ma promenade vers minuit, lorsque Zurvan m'appela. J'avais composé un énorme bouquet de fleurs délicates, toutes différentes les unes des autres ; je les disposai dans un vase d'eau fraîche dans sa salle d'étude.

Il me demanda de lui raconter ma journée. Je lui décrivis les rues de Milet où j'avais flâné, lui rapportai ma tentation de passer à travers les objets solides mais aussi mon obéissance à son interdit. Je lui expliquai que j'avais longuement observé les navires du port, en écoutant les langues qui se parlaient le long du rivage. Je lui confiai aussi que j'avais parfois eu soif, et que j'avais bu à une fontaine sans savoir ce qui se passerait ; l'eau avait empli mon corps, non par les organes internes, que je ne possédais pas, mais par toutes ses fibres.

Il m'écouta, puis demanda :

— Que penses-tu de tout ce que tu as vu ?

— Splendide. Des temples d'une beauté incroyable. Le marbre. Les gens de toutes les nations. Je n'avais jamais vu tant de Grecs ; j'ai écouté un groupe d'Athéniens discuter de philosophie, et cela m'a beaucoup diverti. J'ai flâné du côté de la Cour de Perse, et, grâce à mon costume, j'ai pu entrer dans le temple et le palais. Je me suis promené dans ces citadelles toutes neuves de mon ancien univers, je suis retourné aux temples des dieux grecs, dont la blancheur et l'architecture ouverte me plaisaient tant naguère. La force vitale du peuple grec me paraît très éloignée de celle des Babyloniens.

— Y a-t-il autre chose que tu brûles de me dire, qui t'ait fâché ou affligé ?

— Non. Pardon de te décevoir. Partout je n'ai vu que splendeur. Ah, les teintes des fleurs ! De temps en temps je voyais des esprits, mais je n'avais qu'à fermer les yeux sur eux pour retrouver le monde vivant et coloré. Je convoitais des bijoux, et je savais que je pouvais les voler. J'ai même découvert quelque chose d'amusant : faire venir à moi les bijoux en me postant assez près et en les appelant de toute ma volonté. Mais j'ai rendu ce que j'ai volé. J'ai aussi trouvé de l'argent dans mes poches. De l'or. J'ignore comment il est arrivé là.

— C'est moi qui l'y ai mis. As-tu remarqué ou senti autre chose ?

— Les Grecs... Ils sont aussi terre à terre que l'était notre peuple, mais ils croient à l'éthique d'une manière indépendante du culte divin ; il ne s'agit pas seulement de ne pas opprimer les pauvres, ou de soutenir les faibles pour la gloire des dieux, mais plutôt de confirmer ce qui est... euh...

— Abstrait, suggéra-t-il. Invisible et distinct de l'intérêt personnel.

— Oui, précisément. Ils parlent des lois qui règlent le comportement d'une manière qui n'est pas religieuse. Mais ils n'ont pas davantage de conscience. Ils peuvent être cruels. Mais n'est-ce pas vrai de tous les peuples ?

— Cela suffira pour aujourd'hui. Tu m'as dit ce que je voulais savoir.

— Quoi ?

— Que tu n'envies point les vivants.

— Pourquoi les envierais-je ? J'ai marché toute la journée et je n'éprouve aucune fatigue, juste une légère soif. Personne ne peut me faire de mal. Pourquoi envierais-je les vivants ? Je suis navré, s'ils sont destinés à devenir des esprits ou des démons errants. Je regrette que tous ne puissent pas renaître comme moi, mais je sais que tout ce que je vois est, comment dire... terrestre. D'ailleurs...

— Oui...

— Je n'ai pas souvenir d'avoir été vivant. Nous le savons tous deux, nous avons parlé de cette maudite tablette, mais je ne me souviens pas d'avoir été vivant. Je ne me rappelle pas la souffrance, la brûlure, la chute, ni mon sang qui coule. À ce propos, tu avais raison : je n'ai aucun besoin d'organes internes. Si je me coupe, je peux saigner ou ne pas saigner, à mon gré.

— Tu te rends compte, bien sûr, que la plupart des morts détestent les vivants !

— Pourquoi ?

— Parce que l'existence des morts est terne, ils se consument de désir pour l'impossible : être visibles, déplacer les objets. Ils ne peuvent que bourdonner, telles d'invisibles abeilles, à travers le monde.

— Que se passerait-il si je devenais invisible et si je montais rejoindre ces créatures joyeuses, affairées et qui semblent s'élever si haut ?

— Vas-y, et reviens-moi, dit-il. Sauf si tu trouves le Paradis.

— Tu crois que c'est possible ?

— Non, mais je ne te refuserai jamais le Paradis ; le refuserais-tu à un autre ?

J'obéis instantanément, rejetant pour la première fois le poids du corps et des vêtements, tout en leur ordonnant de rester à ma disposition.

Je sortis chercher les esprits dans le jardin et aussitôt ils m'entourèrent, innombrables. Les plus démoniaques devinrent féroces, et je dus affronter de nombreuses bagarres. Inlassablement les morts errants m'assaillaient de questions pathétiques sur les êtres qu'ils avaient laissés dans le monde des vivants. Je découvris que ces morts erraient autant dans les niveaux élevés que dans les plus bas ; mais ils étaient plus légers et plus forts que les morts angoissés et aveugles qui parcouraient douloureusement la terre.

Je parvins dans les sphères supérieures des créatures joyeuses. Elles se tournèrent vers moi, effarées, pour m'intimer gentiment l'ordre de redescendre. En un instant je fus encerclé. La plupart de ces êtres avaient des formes floues mais étincelantes. Certains étaient munis d'ailes, d'autres étaient vêtus de longues robes blanches, mais tous sans exception m'ordonnèrent de redescendre, comme à un enfant entré par mégarde dans un sanctuaire. Il n'y avait cependant chez eux ni colère ni mépris.

— Non, je ne m'en irai pas, déclarai-je.

En voulant monter plus haut, je vis que la voie était entièrement bouchée par eux et leurs corps. L'espace d'un instant il me sembla percevoir au loin une lumière resplendissante, mais elle me blessa les yeux et je tombai à la verticale, puis m'écrasai sur le sol.

Étendu dans un lieu sombre, cerné par les démons qui tiraillaient mes cheveux et mon corps invisible, je me faufilai dans l'air, hors d'atteinte ; je feintai de droite et de gauche, et les repoussai en les maudissant dans leurs propres langues jusqu'à ce qu'ils s'enfuient.

Je tentai de me repérer. Étais-je au-dessous de la surface

de la terre ? Je l'ignorais. J'étais tombé dans des ténèbres de cendres, dans un brouillard au travers duquel je ne discernais rien de matériel. Les esprits qui s'étaient enfuis faisaient partie de la pollution et de la densité de ce lieu.

Un esprit puissant émergea de ce brouillard. Il avait forme humaine, comme moi, et arborait un sourire rusé. Je sentis le danger. Il se jeta sur moi, les mains tendues, et m'agrippa le cou, tandis que les démons se précipitaient à leur tour. Je me débattis farouchement, le maudissant et vociférant des torrents d'incantations pour le chasser. Je finis par l'étrangler et le secouer jusqu'à ce qu'il demande grâce ; il perdit sa forme humaine ; puis il s'enfuit, transformé en un lambeau de voile. Les démons se dispersèrent.

— Je dois retourner auprès de mon maître, déclarai-je.

Je fermai les yeux. J'appelai mon maître, mon corps qui attendait, et mes vêtements. Je me réveillai sur le siège grec de la salle d'étude. Mon maître était assis à sa table, un pied posé sur un tabouret, observant la situation.

— As-tu vu où je suis allé et ce qui m'est arrivé ?

— En partie. Je t'ai vu monter, mais les esprits des sphères élevées ont interrompu ton ascension.

— Ils ont été gentils. As-tu vu la lumière, loin derrière eux ?

— Non.

— Ce devait être la lumière du Paradis, dis-je. Il doit en descendre une échelle ou un escalier, jusqu'à terre. Pourquoi tous les morts, ceux qui sont égarés ou en colère, n'y ont-ils pas accès ?

— Nul ne le sait. Tu peux le découvrir par toi-même. Mais qu'est-ce qui te fait croire que, pour certains, il existe une échelle ? Est-ce la promesse des ziggourats, des pyramides ? La légende du mont Meru ?

Je réfléchis longuement avant de répondre.

— Non, bien que ce soient des preuves, ou plutôt des indications. Je l'ai vu sur les traits des esprits élevés... lorsqu'ils m'ont ordonné de redescendre. Il n'y avait en eux nulle méchanceté, nulle colère. Ils ne criaient pas comme les gardiens d'un palais ; ils m'empêchaient simplement de passer, et m'indiquaient inlassablement par des gestes, le chemin à suivre pour retourner sur la terre.

Il réfléchit en silence, mais j'étais trop excité pour me taire.

— As-tu vu celui qui m'a attaqué ? Celui qui s'est approché de moi en souriant, comme s'il était de ma taille et de mon poids, pour se jeter sur moi ?

— Non. Que s'est-il passé ?

— Je lui ai tordu le cou, je l'ai secoué, je l'ai vaincu, et je l'ai chassé.

Mon maître se mit à rire.

— Pauvre esprit stupide.

— Tu parles de moi ?

— Non, c'est de lui que je me moque.

— Pourquoi ne m'a-t-il pas parlé ? Pourquoi ne m'a-t-il pas demandé qui j'étais ? Pourquoi ne m'a-t-il pas accueilli en créature de même puissance, pour s'adresser à moi autrement qu'en combat ?

— Azriel, la plupart des esprits ne contrôlent pas leurs actes. Plus ils errent et moins ils se maîtrisent. La haine leur est commune. Il a confronté sa force à la tienne. S'il t'avait vaincu, peut-être aurait-il tenté de faire de toi un esclave parmi les invisibles, mais il a échoué. Il ne connaît sans doute que le combat, la domination et la soumission. Quantité d'humains vivent de la même manière.

— Oh, je le sais, dis-je.

— Va chercher la cruche, et bois toute l'eau. Tu peux boire aussi souvent que tu le désires. L'eau rendra plus fort ton corps immatériel. Mais je te l'ai déjà dit. Hâte-toi. J'ai quelque chose à te faire faire.

L'eau avait un goût merveilleux et j'en engloutis une quantité impossible pour un homme normal. Lorsque je reposai la cruche, j'étais prêt à lui obéir.

— Garde ton corps et traverse le mur pour aller dans le jardin, puis entre de nouveau. Tu sentiras une résistance. Ignore-la. Tu es constitué de particules différentes de celles du mur, et tu peux passer à travers lui sans l'endommager. Entraîne-toi jusqu'à ce que tu puisses traverser sans hésitation tout corps solide.

Je trouvai la chose très aisée. Je traversai des portes, des murs épais de trois pieds, des colonnes. Chaque fois je sentais le tourbillon des particules qui composaient l'obstacle, mais la pénétration n'était pas douloureuse, et ma volonté suffisait pour surmonter mon envie instinctive de reculer ou de contourner.

— Es-tu fatigué ?

— Non, dis-je.

— Bien. Voici ta première vraie mission. Va chez le marchand grec Lysandre, rue des scribes, vole tous les manuscrits de sa bibliothèque, et apporte-les-moi. Quatre voyages te seront nécessaires. Fais-le sous forme humaine, et ne tiens pas compte de ceux qui te verront. Souviens-toi que, pour traverser le mur avec les manuscrits, tu dois les intégrer à ton corps, qui comprend désormais tes vêtements. Tu dois les envelopper de ton esprit. Si c'est trop dur, passe par les portes. Quiconque te frappera... ne pourra te faire aucun mal.

— Dois-je leur en faire ?

— Non. Sauf s'ils ont le pouvoir de te retenir. Leurs épées te traverseront sans dommage. Mais s'ils s'emparent des manuscrits, qui sont matériels, tu auras peut-être à les assommer. Fais-le en douceur. Ou bien... comme il te conviendra, selon l'offense qui te sera faite. Je m'en remets à toi.

Il leva sa plume et se mit à écrire. Je ne bougeai pas.

— Eh bien ? demanda-t-il.

— Dois-je voler ?

— Azriel, cher esprit nouveau-né si consciencieux, tout ce qui se trouve dans la maison de Lysandre a été volé ! Il a profité de l'arrivée des Perses à Milet pour tout rafler. La majeure partie de cette bibliothèque m'appartenait. C'est un homme mauvais. Tue-le si tu veux. Peu m'importe. Vas-y, et rapporte-moi ces livres ! Obéis, et ne me questionne plus.

— Me feras-tu un jour dépouiller le pauvre, blesser le malheureux, ou effrayer l'humble et le faible ?

Il leva la tête.

— Azriel, nous avons déjà réglé cette histoire. Tes paroles sont pompeuses, telles les inscriptions gravées aux pieds des rois assyriens.

— Je ne voulais pas te faire perdre ton temps.

— Je m'intéresse uniquement aux comportements honnêtes. Souviens-toi de mes leçons. Lysandre est un être mauvais qui vole pour revendre et s'enrichir, et ne sait même pas lire.

La tâche s'est révélée assez facile. J'ai frappé quelques serviteurs pour qu'ils s'enfuient et, en trois voyages aller-retour, j'ai rapporté toute la bibliothèque à mon maître. Cependant, j'ai eu du mal à franchir les portes, avec ces énormes paquets de manuscrits. Je ne pouvais pas les envelopper de mon esprit et passer au travers des particules. Je me suis amélioré avec le temps. J'ai appris quelque chose qu'il ne m'avait pas dit : je pouvais rendre mon corps plus vaste et plus diffus et, ainsi, mieux envelopper les manuscrits, puis me rétracter à ma taille normale d'homme de chair pour porter ma charge en marchant.

Pour être honnête, je ne suis parvenu qu'à mon troisième et dernier voyage à traverser le mur de son bureau chargé d'une colossale quantité de butin.

Comme il me contemplait, je me suis rendu compte d'une chose : depuis mon arrivée, je l'avais stupéfié.

— Tu ne m'inspires aucune peur, dit-il, répondant à mes pensées. Mais tu as raison ; mage, savant, ou simple homme, je n'ai jamais pour habitude de paraître surpris et de crier.

— Et maintenant, maître ?

— Rentre dans les os, et n'en sors que lorsque tu entendras ma voix t'appeler. Que je songe ou que je pense à toi ne doit pas suffire à te faire apparaître.

— J'essaierai, maître.

— Tu me décevrais en désobéissant ; tu es trop jeune et trop puissant pour te déchaîner. Tu blesseras mon âme, si tu essaies de sortir à l'appel de ma simple pensée.

J'étais de nouveau au bord des larmes.

— Je ne le ferai pas, maître.

Je rentrai dans les os. Avant de clore les yeux, je vis le coffret, maintenant caché à l'intérieur du mur, mais aussitôt vint le sommeil velouté, avec cette pensée : Je l'aime, et je veux le servir. Et ce fut tout.

Le lendemain matin, je ne bougeai pas à mon réveil. Je restai dans l'obscurité, à attendre. Lorsque j'entendis sa voix très distinctement, je répondis à son appel.

Le monde éclatant s'ouvrit à nouveau autour de moi. J'étais assis dans le jardin, au milieu des fleurs, et lui, étendu sur une couche, lisait, tout enchifrené et bâillant comme s'il avait passé la nuit à la belle étoile.

— Eh bien, dis-je. J'ai attendu, cette fois.

— Tu t'es donc réveillé avant que je ne t'appelle ?

— Oui, mais j'ai attendu, pour te faire plaisir. Il m'est revenu un peu de mémoire, assez pour poser une question.
— Dis. Si je ne peux pas répondre, je n'inventerai rien.
Cela me fit rire à en perdre haleine ! Il confirmait la profonde conviction que les prêtres et les devins mentaient farouchement. À cette pensée, il hocha la tête d'un air satisfait.
— Ta question ?
— Ai-je une destinée ? demandai-je.
— Quelle étrange question ! Qu'est-ce qui te fait penser qu'on ait une destinée ? On vit, puis on meurt. Je te l'ai dit. Il n'y a qu'un seul Dieu créateur. Notre destinée à tous est d'aimer, d'améliorer notre compréhension de ce qui nous entoure. Pourquoi en irait-il différemment pour toi ?
— Justement. Je devrais avoir une destinée spéciale, non ?
— La croyance en une destinée particulière est l'une des illusions les plus pernicieuses et les plus dangereuses. D'innocents nourrissons sont arrachés au sein de reines, au nom du destin qui les attend — gouverner Athènes, Sparte, Milet, l'Égypte, ou Babylone. Quelle stupidité ! Mais je sais ce que cache ta question. Tu ferais mieux de m'écouter, à présent. Va chercher la tablette cananéenne et ne la casse pas. Sinon, tu devras rassembler les morceaux et je te ferai pleurer.
— Hum. C'est facile, pour toi, de me faire pleurer, non ?
— Apparemment. Va chercher la tablette ! Vite. Nous avons un voyage à accomplir aujourd'hui. Puisque tu as pu me conduire dans les steppes du Nord, jusqu'aux montagnes parmi lesquelles est censée se cacher celle des dieux, tu dois pouvoir m'emmener ailleurs. Je veux retourner chez moi, à Athènes. J'ai envie de m'y promener. Vas-y, puissant esprit. Va chercher la tablette. Vite. L'ignorance n'est utile à personne. Ne crains rien.

12

La tablette cananéenne me répugnait. Je vibrais tellement de haine que, l'espace d'un instant, je fus incapable de bouger. La voix de mon maître me parvint, ordonnant de ne pas la briser. L'écriture était minuscule, me rappela-t-il, et le contenu souffrirait de la moindre ébréchure. Or il fallait que j'en prenne connaissance.

— Pourquoi ? répliquai-je.

Je fis un geste vers les coussins de la chambre. Pouvais-je en utiliser un pour m'asseoir à ses pieds sans salir ma tunique ? Il acquiesça.

Il était étendu sur son lit de repos, un genou replié, ce qui semblait être sa position préférée, et il tenait la tablette à la lumière du soleil afin de la déchiffrer aisément. Ce souvenir reste vif ; peut-être à cause du mur blanc parsemé de fleurs rouges, du vieil olivier tordu aux branches nombreuses, et de l'herbe tendre qui poussait entre les dalles de marbre du jardin. J'aimais poser la paume de ma main sur le marbre et sentir la chaleur du soleil.

Je me souviens de lui avec tendresse. Je me rappelle sa longue tunique grecque, trop large, aux fils d'or usés, sa maigreur, son air sans âge, mais satisfait. Ses yeux bleus parcouraient la tablette, l'approchant puis l'éloignant de son visage. Il déchiffra le moindre mot de ces longues colonnes étroites de caractères cunéiformes.

— Tu es passé dans le monde des esprits par l'entremise de sombres idiots, me dit-il. Cette incantation cananéenne fait appel à un mauvais esprit très puissant, le plus puissant que Dieu puisse envoyer sur terre. Il s'agit, pour un magicien, de créer un malak aussi fort que le Malak envoyé par Yahvé pour égorger les premiers-nés des Égyptiens.

J'étais stupéfait. Je connaissais de nombreuses versions du récit de la fuite en Égypte, et je connaissais une image du Malak, l'ange étincelant de la colère de l'Éternel. L'incantation, jugée dangereuse par les Cananéens, avait été scellée dans cette tablette mille ans auparavant, si la date était exacte. C'était de la magie noire, aussi mauvaise que celle de la pythonisse d'Endor, qui avait appelé l'esprit de Samuel afin qu'il parle au roi Saül.

— Je connais ces histoires, déclarai-je calmement.

— Ce magicien allait créer son propre malak, aussi puissant que Satan, qu'un ange déchu ou qu'un esprit maléfique autrefois proche de Yahvé Lui-même.

— Je comprends.

— Les règles sont très strictes. Le candidat au malak doit être totalement malfaisant, éloigné de Dieu et de tout ce qui est bon. Il doit avoir désespéré de Dieu à cause du mépris et de la cruauté qu'Il manifeste aux hommes, à cause de l'injustice qu'Il a laissée se répandre dans le monde. Le candidat au malak doit être déterminé, furieux et malfaisant au point de combattre Dieu Lui-même s'il le pouvait ou le devait. Il doit être capable d'affronter à main nue et de vaincre tout ange de l'Éternel.

— Tu parles des bons anges ?

— Bons et mauvais. Tu devais être leur égal, et peut-être l'es-tu. Tu es un malak, non un esprit ordinaire. Un malak doit être mauvais jusqu'au fond du cœur. Il a perdu toute patience envers Dieu, il sert l'esprit de rébellion de cette partie de l'humanité qui nie l'existence de Dieu ou les règles divines. Cet esprit n'est pas créé pour servir un diable ou un démon, mais pour en être un.

Je demeurai saisi d'étonnement.

— Tu me parais bien jeune pour avoir été aussi malfaisant... tout au moins sous la forme que tu as choisie, une parfaite émanation de ce que tu étais de ton vivant. Étais-tu mauvais ? Détestais-tu Dieu ?

— Non, je ne le pense pas. Si je l'étais, c'était sans le savoir.

— As-tu choisi de devenir Serviteur des Ossements ?

— Non. Je sais que non.

— De plus en plus confus ! Tu n'étais pas mauvais, tu n'as pas fait vœu volontairement de servir quiconque posséderait les ossements...

— Certainement pas !

Je tentai de me souvenir. Le passé scintillait puis s'estompait, mais je pouvais retourner dans la chambre de Cyrus, me rappeler qu'il m'avait envoyé ici, auprès de Zurvan ; je pouvais me rappeler autre chose, avant... un prêtre mort.

— J'ai tué celui qui devait être mon maître, dis-je. Je l'ai tué, et j'étais cerné par la mort. Je mourais quand j'ai été conçu. Il ne restait en moi qu'une minuscule flamme. Je devais mourir. L'Échelle menant au Ciel allait descendre, peut-être, ou je devais entrer dans la lumière et devenir lumière moi-même. Je ne sais pas. Quoi qu'il en soit, je ne voulais pas devenir Serviteur des Ossements, j'ai tenté de m'enfuir... Je me souviens d'avoir couru et appelé à l'aide, protestant que c'était une malédiction cananéenne, mais je ne me rappelle plus qui j'ai imploré. C'est seulement après que j'ai apporté au roi, dans sa chambre, mes ossements dans un sac.

— C'est ce qu'il m'a dit. D'après moi, tu aurais dû être un expert en maléfices et en cruauté avant d'être choisi, tu aurais dû implorer le privilège d'une vie éternelle égale à celle des anges de Dieu ; et tu aurais dû choisir d'endurer une mort terrible. Au moment où la souffrance serait devenue trop forte pour toi, ton esprit se serait séparé de ton corps, et il l'aurait regardé bouillir jusqu'à être réduit à un tas d'os. Tu aurais dû endurer longtemps le supplice de l'or en fusion afin d'aiguiser ta haine envers Dieu, qui a créé la sensibilité des hommes. Alors tu te serais élevé, libre, conscient de ton triomphe sur la mort, empli de haine pour Dieu qui a créé la mort, plein du désir d'être le malak, aussi puissant que le cœur cruel de Yahvé quand il s'est retourné contre ceux qu'égorgeaient Saül, David ou Josué.

Tu dois être le vengeur d'Adam et Ève, ignoblement dupés par ton Dieu. Cela t'évoque-t-il quelque chose ?

— C'était une terrible erreur. Je ne me souviens pas d'avoir été *dans* le chaudron, seulement d'en avoir eu effroyablement peur. J'ai fui mon corps avant que ne vienne la souffrance. Je le crois. Tout était confus, j'étais entouré d'individus faibles qui tâtonnaient ; toute grandeur avait disparu, toute majesté. J'avais obéi, je m'étais plié aux souhaits d'autrui, mais tout semblait faussé. J'avais été dupé.

— Cette duperie avait-elle été revêtue de quelque grandeur ?

— Je le crois. Je me souviens d'un sentiment de transcendance. Je me rappelle les pétales de rose, une mort lente et ensommeillée. La pire souffrance était d'en connaître l'irréversibilité. Je ne sais pour quelle raison j'ai parlé de majesté. Que t'a dit Cyrus à mon sujet ?

— Peu de chose. Mais d'après cette tablette, nul ne peut te détruire. Si les ossements sont détruits, tu seras lâché dans le monde afin de te venger sur tout ce qui vit, telle une pestilence.

Le désespoir m'accabla. Un désespoir absolu, que je n'aurais pas supporté quelques heures plus tôt. Lorsque je m'étais élevé vers les esprits joyeux, quand j'avais aperçu la splendeur de la lumière, je ne connaissais pas encore le désespoir. Maintenant, il m'était familier.

— Je désire mourir, murmurai-je. Comme j'étais censé mourir avant qu'ils ne m'aient maudit. Oh, les idiots ! Mon Dieu !

— Mourir ? Pour errer parmi les morts stupides ? Deviens un démon parmi les autres esprits, deviens un grand et terrible ennemi du bien, propage la mort et les tourments !

— Non, juste mourir ; comme dans les bras de ma mère, pour reposer dans le sein de ma Terre Mère. Si je deviens lumière et qu'il existe un Paradis, qu'il en soit ainsi. Sinon, simplement mourir, et vivre dans la mémoire de ce que j'ai accompli de bon pour autrui — une bonne action, un acte de bonté et d'amour, et...

— ... et quoi ?

— J'allais dire que je voulais survivre dans la mémoire pour les actes que j'ai commis en hommage à Dieu, mais cela m'est égal, désormais. Je veux juste mourir. Je préférerais que Dieu me laisse tranquille. Je me levai, et abaissai mon regard vers lui. Cyrus t'a-t-il dit qui j'étais, de mon vivant ? Comment il m'a connu ?

— Non, tu peux lire ses lettres toi-même. Il m'a seulement dit que ta force était trop grande pour tout autre magicien que moi, qu'il te devait beaucoup et qu'il était cause de ta mort. Il se tut et songea, en tirant sur sa barbe. Évidemment, le roi du monde ne va pas avouer par écrit qu'il est terrifié par un esprit et qu'il souhaite l'éloigner de lui, mais sa lettre donnait cette impression. Tu sais : « Je ne peux pas commander cet esprit. Je n'ose pas. Pourtant, je lui dois mon royaume. »

— M'est-il redevable de quoi que ce soit ? Je ne me souviens pas. Je me souviens d'avoir demandé... à être envoyé... Je me souviens...

— Oui ?

— D'avoir été abandonné de tous.

— Eh bien, ces idiots n'ont pas créé un démon, mais une sorte d'ange.

— Un ange de puissance... Tu as toi-même employé ce terme. Cyrus aussi. Et Mardouk...

Je m'interrompis, désarçonné par ce nom, ne voyant rien susceptible de lui donner corps.

— Mardouk, le dieu de Babylone ?

— Ne le raille pas, il souffre, répondis-je, me stupéfiant moi-même.

— Tu veux te venger de ceux qui t'ont fait subir cela ?

— C'est fait. Je ne me rappelle personne d'autre qui ne soit pas mort. C'était l'œuvre du prêtre, et... de la vieille femme. Elle est morte, la sorcière, la voyante. Je ne me souviens plus... Je savais seulement que Cyrus pouvait m'aider, que j'avais le droit d'entrer dans sa chambre, qu'il m'écouterait. Non, je ne souhaite pas me venger. Je n'ai pas assez de souvenirs pour cela. Je ne déplore pas non plus la perte de ma vie. Mais il y a une chose que je veux : mourir, me reposer, dormir, être mort au sein de la terre odorante et douce... ou voir la lumière et ne faire qu'un avec cette minuscule étincelle du feu de Dieu. J'aspire surtout à la mort... encore plus qu'à la lumière. Le calme de la mort.

— Tu la souhaites maintenant, mais tu ne la souhaitais pas quand tu parcourais le royaume des esprits, ou m'apportais les manuscrits. Ni la première fois que tu t'es assis dans ce jardin et que, de tes mains, tu caressais l'herbe.

— C'est parce que tu es un homme bon, répliquai-je.

— Non, c'est parce que *tu* es un homme bon. Ou que tu l'étais. La bonté brille en toi. Les âmes sans mémoire sont dangereuses. Tu te souviens... mais tu te souviens uniquement de ce qui était bon.

— Non, je t'ai dit comme je les hais...

— Oui, mais ils ont disparu, ils s'éloignent très vite de toi. Tu ne te rappelles plus leurs noms, ni leurs visages... tu ne les hais pas. Mais tu te rappelles le bien. Hier soir, tu m'as dit que tu avais trouvé de l'or dans tes poches. Qu'en as-tu fait ? Tu ne me l'as pas dit.

— Je l'ai donné à des pauvres et à des affamés pour qu'ils puissent manger. Je tendis la main et cueillis les brins d'herbe qui poussaient dans les fissures du marbre. Je regardai les tendres pousses. Tu as raison, je me rappelle la bonté. Je la connais, je la vois, je la sens...

— Alors je t'enseignerai tout ce que je pourrai, dit-il. Nous voyagerons. Nous irons à Athènes, puis en Égypte. Je ne suis jamais allé au cœur de l'Égypte. Je veux y aller. Nous voyagerons par magie, ou parfois par nos propres moyens. Tu es un puissant gardien, et tu dois retenir mes enseignements. Ta faiblesse consiste à fuir la souffrance en l'oubliant, et quand je mourrai, tu auras de la peine.

Il se tut. Les leçons étaient terminées pour un moment. Il ferma les yeux. Mais j'avais encore une question urgente.

— Pose-la-moi avant que je m'endorme.

— Ces Cananéens, qui ont conçu la malédiction, étaient-ils hébreux ?

— Pas comme toi. Leur Yahvé était un dieu parmi quantité d'autres, mais il était le plus fort. Le dieu de la guerre, semble-t-il. Ce peuple ancien était polythéiste. Es-tu satisfait ?

Mon esprit s'était éloigné.

— Oui, sans doute. Mais je n'appartiens plus à aucune tribu. Ma destinée est d'appartenir aux meilleurs des maîtres, car sans eux je risque d'oublier, de partir à la dérive... Je risque de ne plus voir, entendre, sentir... Je ne serai pas mort, j'attendrai seulement celui qui m'appellera.

— Je ne vivrai plus très longtemps, dit mon maître. Je t'enseignerai tout ce que je sais et que tu as le pouvoir d'accomplir : comment tromper les hommes par des illusions, comment leur jeter des sorts par des paroles et des attitudes... Ce n'est rien de plus, souviens-toi : des paroles, des attitudes... C'est l'abstrait, pas le particulier. Je t'enseignerai et tu écouteras, et lorsque je mourrai...

— Oui...

— Nous verrons d'ici là ce que le vaste monde va t'enseigner.

— N'attends pas trop de moi, déclarai-je. Je le regardais en face, ce que je n'avais guère fait jusqu'à présent. Tu me demandes quels sont mes souvenirs. Je me souviens d'avoir tué des bédouins ; cela m'a beaucoup plu. Pas autant que cueillir les fleurs, les cueillir, vois-tu, mais tuer... qu'y a-t-il de semblable ?

182

— Tu as raison. Tu dois apprendre qu'aimer est plus gratifiant... et être bon, plus encore. En tuant, tu détruis un univers de croyances, des sentiments, des générations entières... Mais quand tu fais œuvre de bonté, c'est comme de lancer un galet dans l'immense océan : les ondes s'en propagent à l'infini, aussi loin que l'Italie ou l'Égypte, en une infinie variété de vagues. La bonté a bien plus d'effets que le meurtre. Tu t'en apercevras. Tu le savais lorsque tu vivais.

Il réfléchit, puis conclut ses conseils pour la journée.

— Vois-tu, tout est une question de mesure. Quand tu abats un homme, tu ne saisis pas toutes les implications de sa mort. Tu sens l'afflux de sang en toi, car tu es un esprit formé à l'image de l'homme. Mais quand tu commets un acte de bonté, tu le revois encore et encore. C'est ainsi que la bonté l'emporte sur le désir de tuer : elle brille d'un éclat trop fort, elle est trop... flagrante. Lors de ta promenade, tu l'as reconnue sur les visages des gens, n'est-ce pas ? La bonté. Personne n'a cherché à te blesser. Pas même les gardes du palais. Ils t'ont laissé passer. Étaient-ce tes vêtements ou ta conduite ? Leur as-tu souri ? Ton visage rayonnait-il de bonne volonté ? Chaque fois que tu me reviens, tu es heureux ; ton esprit a une grande aptitude à aimer.

Je ne répondis pas.

— Qu'as-tu en tête, à présent ? Dis-le-moi.

— Ces bédouins... Quel plaisir de les tuer !

— Tu es entêté !

Il ferma les yeux et s'endormit. Je restai à le regarder, et peu à peu je m'endormis aussi, endormi dans mon corps, écoutant les fleurs pousser près de mes oreilles, levant parfois les yeux vers les branches de l'olivier pour y surprendre les oiseaux... Les bruits lointains de la ville se firent musique pour moi. Je rêvai de jardins, de lumière, d'arbres fruitiers et d'esprits joyeux aux visages emplis d'amour.

Des mots se tissaient dans mes rêves.

— Je te livrerai les trésors de l'obscurité et les richesses cachées des lieux secrets, afin que tu saches que moi, l'Éternel, je suis le Dieu d'Israël... Je crée la lumière et je crée l'obscurité. Je crée la paix et je crée le mal...

Mes yeux s'ouvrirent ; des vers plus doux m'entraînèrent

à nouveau dans un demi-sommeil accompagné des chants et du murmure des saules ployant sous la brise.

13

Pendant quinze ans, j'ai voyagé avec Zurvan. J'obéissais à ses ordres. Il était riche et souhaitait voyager comme un simple mortel ; aussi avons-nous pris le bateau pour aller en Égypte, pour regagner Athènes et découvrir les villes qu'il avait visitées dans sa jeunesse et désespérait de jamais revoir.

Il laissa rarement paraître qu'il était magicien, mais il lui arriva d'être reconnu par quelqu'un doué de seconde vue. Lorsqu'on l'appelait au chevet d'un malade, il faisait tout pour le guérir. Partout où nous allions, il achetait, me faisait emprunter ou voler des tablettes et des manuscrits traitant de magie. Il les étudiait, me les lisait et me les faisait apprendre — ses lectures renforçaient sa conviction selon laquelle toutes les formes de magie étaient plus ou moins semblables.

Quelle bénédiction que de se rappeler ces années avec une telle clarté ! En effet, du temps qui s'est écoulé entre sa mort et l'époque présente, je n'ai que très peu de souvenirs. Après la mort de Zurvan, je me réveillais parfois amnésique, il m'arrivait de servir mes maîtres par pur ennui, je m'amusais à les regarder attirer la destruction sur eux-mêmes. Je leur ai même dérobé les ossements pour les porter à un autre. Mais tout cela est flou, insignifiant.

Zurvan avait raison. Je me protégeais de la douleur et de la souffrance par l'oubli. L'oubli est propre aux esprits. La chair, le sang, les besoins du corps inspirent la mémoire d'un homme. Lorsqu'on en est totalement privé, il peut être doux de sombrer dans l'oubli.

Zurvan fabriqua une urne mieux adaptée aux ossements. Il choisit un bois très résistant, recouvrit d'or l'intérieur et l'extérieur et y ménagea un espace tel que les os puissent y reposer en position fœtale. Il le fit ouvrager par des menuisiers car le travail de ses esprits familiers n'était pas précis. Ceux qui connaissent le monde matériel le respectent mieux dans leur travail, déclarait-il.

Sur ce coffret rectangulaire juste assez long pour contenir mon squelette il grava le nom de ce que j'étais et celui auquel je répondais. Il ajouta un avertissement solennel pour que jamais on ne m'utilise à des fins maléfiques, sous peine de voir le mal s'abattre sur soi. Il inscrivit également une mise en garde contre la destruction de mes ossements, qui détruirait également toute possibilité de me contrôler.

Il écrivit cela sous forme de poésie incantatoire en de nombreux langages. Il marqua également mon cercueil d'un signe hébreu qui symbolise la vie.

Le pressentiment qui l'avait poussé à accomplir cette tâche très rapidement se révéla précieux, car la mort le prit par surprise. Il est mort dans son sommeil. Je n'ai été appelé que lorsque sa maison de Syracuse fut dévalisée par des villageois qui le savaient sans famille proche et ne le craignaient pas. Comme aucun démon ne gardait son corps, ils ont pillé la maison, trouvé le coffret, et parlé des ossements. Alors, je me suis réveillé.

Je les ai massacrés, tous, jusqu'au plus petit enfant qui fouillait parmi les vêtements de Zurvan. Je les ai tous tués. Cette nuit-là, les villageois ont brûlé la maison du mage dans l'espoir d'en chasser le mal. J'en ai été heureux car je savais que Zurvan, grec de naissance malgré son choix de n'avoir ni nation ni tribu, souhaitait que son corps fût brûlé.

J'ai regagné Milet, puis repris le chemin de Babylone. Je ne sais plus pourquoi. Le deuil de Zurvan m'accablait. Je souffrais nuit et jour, invisible, fait de chair, et redoutant de rentrer dans les os par crainte de ne plus en sortir. Je traînais avec moi mon cercueil dans les sables du désert.

J'ai fini par arriver dans une ville de Babylonie, mais je me sentais repoussé par elle et envahi par la haine. Je souffrais à chaque pas. Rien ne ressuscitait en moi le moindre souvenir, mais j'éprouvais un sentiment pénible. Je suis reparti peu de temps après pour me rendre à Athènes, la ville natale de Zurvan. J'y ai découvert une petite maison, où j'ai creusé une cachette pour les ossements, très profondément. Et j'y suis rentré. Tout est devenu noir.

Beaucoup plus tard, à mon réveil, je ne conservai que de

vagues souvenirs de Zurvan, mais ses leçons étaient inscrites dans ma mémoire. C'était un autre siècle. Peut-être la clé de ma rébellion ultérieure tient-elle dans le souvenir de ces leçons et dans le fait que j'en abominais la perversion.

Je fus appelé à Athènes, où étaient entrés les soldats de Philippe II de Macédoine après avoir vaincu les Grecs, et où Philippe le Barbare se livrait au pillage. C'est ainsi que mes ossements furent déterrés.

Je parus sous la tente d'un magicien macédonien. Nous demeurâmes aussi stupéfaits l'un que l'autre de nous retrouver face à face. Je ne me rappelle à peu près rien de lui. Mais je me rappelle la qualité vibrante du monde, le plaisir d'être solide à nouveau, de goûter l'eau, de vouloir vivre et respirer. Je dissimulais ma grande force à ce maître, me contentant d'obéir en silence à ses ordres sots et mesquins. C'était un petit magicien.

Je suis passé de magicien en magicien. Mon souvenir suivant n'est distinct que parce que Gregory Belkin l'a réveillé en moi... j'étais à Babylone lorsque mourut Alexandre le Grand. Pourquoi y étais-je ? Qui servais-je ? Je l'ignore. Je me souviens de m'être habillé, et d'avoir emprunté la forme d'un des soldats d'Alexandre afin de pouvoir passer devant son lit. Je l'ai vu signaler de la main qu'il mourait.

Je me rappelle Alexandre étendu sur son lit, brillant d'une aura aussi lumineuse que celle de Cyrus le Perse. Même mourant, il était beau et étrangement vif. Il se regardait mourir sans lutter. Aucun acharnement à vivre. Comme si la fin s'imposait à lui. Il n'a pas dû comprendre que j'étais un esprit, car j'étais solide et bien complet. Je me souviens cependant d'être retourné auprès de mon maître d'alors pour lui affirmer : « Le conquérant du monde est mourant. » Il me semble que ce maître-là était un vieux Grec, et qu'il pleura. Je me souviens de l'avoir entouré de mon bras pour le réconforter.

Je ne m'en rappellerais pas tant si Gregory n'avait pas déclaré avec tant de passion, à New York, qu'Alexandre était le seul homme à avoir changé la face du monde.

Je pourrais m'efforcer de retrouver d'autres maîtres... sortir des miettes et des bribes du chaudron de la mémoire. Mais aucune dignité, aucune magie ni aucune grandeur ne m'incite à le faire. J'étais un garçon de courses, un esprit qu'on envoyait espionner, voler, parfois même tuer. Je m'en souviens. Tuer. Je n'ai pas le souvenir d'en avoir éprouvé des remords, ni, d'ailleurs, d'avoir servi un maître totalement mauvais. Je me rappelle fort bien avoir tué deux de mes maîtres parce qu'ils étaient malfaisants.

Mais tout cela est flou, comme je vous l'ai dit. Je me rappelle en revanche très clairement mon dernier maître. Son souvenir m'est revenu il y a quelques semaines, à mon réveil dans les rues froides de New York. J'assistais au meurtre d'Esther Belkin lorsque je me suis souvenu de lui, mon dernier maître, Samuel de Strasbourg — ainsi nommé en l'honneur du prophète.

Samuel était un notable et un magicien juif de Strasbourg. Je l'aimais, ainsi que ses cinq ravissantes filles. Cependant je ne me souviens plus que des derniers jours, dans la ville terrorisée par la peste noire. Les notables chrétiens nous informèrent que nous, les Juifs, allions être chassés de la ville car les autorités locales étaient impuissantes à nous protéger de la vindicte populaire.

Je revois encore la dernière nuit. Il ne restait plus que Samuel dans la maison. Ses cinq filles avaient été discrètement mises à l'abri hors de Strasbourg. Nous étions tous deux assis dans la salle principale de sa maison, une maison opulente, ajouterai-je. Il m'annonça que rien ne pourrait le convaincre de fuir la foule déchaînée. Quantité de Juifs allaient être obligés de subir ce qui se préparait, et Samuel, à ma surprise, avait décidé de rester, au cas où un membre de sa communauté aurait besoin de lui dans les derniers moments.

Éperdu, les poings serrés, je sortis en courant. Je revins lui annoncer que le quartier était cerné, et que tous les habitants allaient être brûlés.

Ni l'histoire du monde ni Samuel ne m'étaient étrangers. L'essence de cet homme m'apparaissait aussi clairement alors que maintenant : je lui avais procuré de l'or à profusion, j'avais espionné ses relations d'affaires, j'avais été la source de son immense fortune, mais jamais — jamais — je n'avais eu à tuer pour lui. Jamais il n'avait envisagé chose aussi brutale. C'était un marchand juif, un banquier, un savant aimé et respecté de la communauté des chrétiens pour ses bons taux d'intérêt et sa sagesse face au règlement d'une dette. Un homme bon ? Oui, matérialiste, légèrement mystique. Et voilà que, dans sa maison cernée par le feu, dans cette ville de Strasbourg transformée pour nous en enfer, il refusait de partir !

— Il reste encore des moyens de quitter cette ville, insistai-je. Je peux te conduire !

En effet, des souterrains, creusés sous sa maison du quartier juif, menaient hors des murs de la ville. Ils étaient anciens, mais nous les connaissions. J'aurais pu le guider. Ou l'emporter par les airs, invisible.

— Maître, que vas-tu faire ? Les laisser te tuer ? T'arracher les membres ? Le feu te prendra en tenaille par les deux extrémités de la rue. Ou bien ils viendront et te dépouilleront de tes bagues et de tes robes avant de te tuer. Maître, pourquoi choisis-tu la mort ?

Il m'avait répété vingt fois de me taire et de retourner dans les ossements, en vain. Finalement, je déclarai :

— Je ne te laisserai pas mourir. Je vais t'emmener, avec les ossements !

— Azriel ! cria-t-il. Nous avons le temps, calme-toi !

Il posa soigneusement ses livres, un volume de son Talmud bien-aimé et ses traités de la kabbale, d'où provenait l'essentiel de sa magie, puis il attendit, l'œil sur la porte.

— Maître, demandai-je. J'en garde aujourd'hui encore un souvenir délicieux. Maître, et moi ? Que va-t-il m'arriver ? Trouvera-t-on les os sans leur coffret ? Où dois-je aller, maître ?

Jamais je n'avais posé une question aussi égoïste. La surprise apparut clairement sur son visage. Il sortit de sa rêverie et me regarda.

— Maître, le jour de ta mort, emporteras-tu mon esprit avec toi ? Emmèneras-tu ton fidèle serviteur dans la lumière ?

— Oh, Azriel, répondit-il d'une voix désespérée. Qu'est-ce qui a bien pu te donner une idée pareille, pauvre esprit stupide. Que crois-tu être ?

L'expression de son visage et le ton de sa voix déchaînèrent ma fureur.

— Maître, tu m'abandonnes aux cendres, aux pillards !

m'écriai-je. Ne peux-tu pas me prendre par la main quand ils te tueront et m'emmener avec toi ? Depuis trente ans, je te sers, je t'ai rendu riche, et tes filles aussi. Maître ! si tu me laisses ici, le coffret risque de brûler, les os risquent de brûler. Qu'arrivera-t-il ?

Il paraissait ébahi et honteux. À cet instant, la porte de la maison s'ouvrit et deux marchands chrétiens très bien habillés entrèrent dans la pièce. Ils semblaient très inquiets.

— Nous devons faire vite, Samuel. Ils allument des feux près des murs, ils tuent les Juifs. Nous ne pouvons pas vous aider à fuir.

— Vous l'ai-je demandé ? répliqua Samuel d'un ton méprisant. Prouvez-moi que mes filles sont à l'abri.

Ils lui remirent une lettre. Je vis qu'elle provenait d'un prêteur de confiance, qui vivait en un lieu sûr, en Italie ; elle confirmait l'arrivée de ses filles, décrivait la couleur de leurs robes et leur coiffure, répétait le mot secret que le père avait exigé de chacune.

Les deux chrétiens étaient terrifiés.

— Nous devons partir, Samuel. Si vous êtes décidé à mourir ici, où est le coffret ?

À ces mots je fus stupéfait. Je compris bien vite que j'avais été échangé contre le salut des cinq filles ! Aucun de ces deux hommes ne pouvait me voir, mais ils aperçurent le coffret de mes ossements, bien en vue avec les livres de la kabbale. Ils l'ouvrirent.

— Maître, lui dis-je d'une voix secrète. Tu ne peux pas me donner à ces hommes ! Ce sont des chrétiens. Ce ne sont pas des magiciens. Ce ne sont pas de grands hommes.

Samuel, toujours ébahi, me dévisagea.

— Grands ? Quand t'ai-je dit que j'étais grand ou même bon, Azriel ? Quand me l'as-tu demandé ?

— Au nom du Dieu éternel des Armées, dis-je. J'ai fait ce qui était bon pour toi, pour ta famille, pour tes aînés, pour ta synagogue. Samuel ! Comment me traites-tu !

Les deux chrétiens refermèrent le coffret.

— Adieu, Samuel, dirent-ils.

Serrant le coffret sur leur cœur, ils se hâtèrent de sortir. Je voyais le feu. Je le sentais. J'entendais les gens hurler.

Je lui criai des insultes :

— Tu es un homme malfaisant! Tu crois que Dieu te pardonnera parce que le feu te purifie, et tu m'as vendu pour de l'or!

— Pour mes filles, Azriel. Tu n'as trouvé une voix puissante que trop près de la fin.

— La fin de quoi?

Je le savais. Je sentais l'appel des autres, ceux qui avaient mis la main sur les ossements. Ils avaient déjà franchi les portes de la ville. La haine et le mépris bouillaient en moi. Leurs appels me tentaient!

Je m'approchai de Samuel.

— Non, esprit! Obéis-moi, rentre dans les os. Obéis comme tu l'as toujours fait. Laisse-moi à mon martyre.

L'appel me parvint à nouveau. Je ne pouvais plus retenir ma forme. La colère montait en moi et mon corps se dissolvait. Dans ma fureur, j'avais trop perdu. Les voix qui m'appelaient étaient fortes. Elles s'éloignaient, mais restaient fortes.

Je m'élançai sur Samuel et le jetai dehors, par la porte ouverte. La rue n'était plus qu'un brasier.

— Voilà ton martyre, rabbi! hurlai-je. Je te maudis! Erre parmi les morts-vivants pendant toute ton existence, jusqu'à ce que Dieu te pardonne le mal que tu m'as fait, en m'abandonnant, en me troquant, en m'encourageant à t'aimer, et en me vendant comme de l'or!

De toutes parts des gens terrifiés accouraient vers lui, éperdus d'angoisse.

— Samuel! Samuel!

Mon amertume disparut lorsque je vis comme il les étreignait.

— Samuel! criai-je aussi en m'avançant vers lui. Je faiblissais, mais j'étais encore visible pour lui. Prends-moi par la main, Samuel, je t'en prie. Emmène-moi avec toi dans la mort.

Il ne répondit rien. La foule l'entourait, s'agrippait à lui en sanglotant. J'entendis sa dernière pensée, tandis qu'il me repoussait en détournant les yeux.

— Non, esprit, car si je meurs avec ma main dans la tienne, tu risques de m'entraîner en enfer.

Je proférai alors une malédiction.

Les flammes engloutirent la foule. Je m'élevai par-delà le feu et la fumée. Je sentis la nuit froide me parcourir tandis que je me précipitais vers le sanctuaire des ossements. Je fuyais la fumée, l'horreur, l'injustice et les hurlements des innocents. Je traversai les bois sombres comme une sorcière courant au sabbat. Je vis alors deux chrétiens à la porte d'une petite église, loin de la ville, avec le coffret posé par terre entre eux deux, ne souhaitant que la mort et le silence. Soulagé, je rentrai dans les ossements.

Tout ce que j'appris d'eux, c'est qu'ils pleuraient sur Strasbourg, sur les Juifs, sur Samuel et sur la tragédie entière. Ils prévoyaient de me vendre en Égypte. Comme ils n'étaient pas magiciens, je n'étais qu'une valeur négociable.

Mon sommeil ne me parut pas long, ni ininterrompu. On m'appelait ; on m'envoyait ici et là, et je tuais ceux qui m'appelaient ; j'ai le souvenir de certains et pas d'autres. L'histoire du monde s'inscrivait sur les interminables tablettes vierges de mon esprit, une colonne après l'autre. Mais je ne réfléchissais pas ; je dormais.

Je fus, une fois, appelé au Caire par un magnifique mamelouk vêtu de soie. Je l'ai taillé en morceaux avec sa propre épée. Il fallut réunir tous les sages du palais pour me faire rentrer dans les ossements. Je me rappelle leurs somptueux turbans et leurs cris affolés. Ils étaient spectaculaires, ces soldats musulmans, ces hommes étranges qui vivaient sans femmes et passaient leur vie à se battre et à tuer. Pourquoi ne m'ont-ils pas détruit ? À cause des inscriptions qui les mettaient en garde contre un esprit sans maître qui pourrait chercher à se venger.

Je me souviens, à Paris, d'un magicien satanique fort érudit, dans une salle pleine de lumière au gaz. Le papier mural m'intriguait. Un étrange manteau noir pendait à un crochet. La vie me tentait presque. L'éclairage au gaz et des machines ; des calèches qui roulaient dans des rues pavées. Mais j'ai tué l'homme mystérieux et je me suis retiré une fois de plus dans les ossements.

J'étais toujours ainsi. Je dormais. Il me semble me souvenir d'un hiver en Pologne. D'une discussion entre deux savants. Ils parlaient un dialecte hébraïque et ils m'avaient appelé, mais ni l'un ni l'autre ne semblaient avoir conscience de ma présence. C'étaient des hommes bons et doux. Nous étions dans une synagogue sans apparat ; ils discutaient. Puis ils ont décidé de cacher ma dépouille dans le mur. Braves gens. J'ai dormi.

Je suis revenu à la vie par un beau soleil d'hiver, il y a quelques semaines. Un trio d'assassins se frayait un chemin dans la foule de la Cinquième Avenue pour tuer Esther Belkin — belle, innocente, sans le moindre pressentiment de la mort qui la guettait.

Pourquoi j'étais là ? Qui m'avait appelé ? Je savais seulement que ces assassins voulaient la tuer. Ces hommes ignobles, grossiers, drogués et stupides s'enivraient du plaisir de la tuer, dans toute son innocence. Il fallait que j'empêche cela.

Mais je suis arrivé trop tard. Vous connaissez la suite par les journaux.

Qui était cette innocente enfant ? Elle m'a vu, elle a dit mon nom. Comment me connaissait-elle ? Elle ne m'avait jamais appelé. Elle ne m'avait aperçu que dans l'étroit royaume entre la vie et la mort, où éclatent des vérités voilées.

Examinons ce meurtre : une mort comme celle d'Esther mérite quelques mots. Ou peut-être faut-il que je raconte ma prise de conscience ? Que je dise les impressions que cela m'a procurées de voir et de respirer à nouveau dans cette puissante cité, avec ses tours plus hautes que la montagne mystique de Meru, parmi des milliers de gens, bons et mauvais, alors qu'Esther était destinée à mourir.

TROISIÈME PARTIE

Comment Écarter et les Ténèbres et le Modèle

Comment écarter les ténèbres
et le modèle que subit tout homme
— au mur, là où le chapeau sort de la moelle & bâille —
comment garder la tête au-dessus du cri
& des funérailles où est né le modèle —
comment les ligues lavant leurs cœurs
& essorés seulement pour éponger encore
— des hommes bécotant des miroirs — lames affûtant —
langue & cils de Douce Chose
chancelante la forme près de la porte dans l'ombre ballante —
comment écarter les ténèbres ?
Ou devrait-on raide comme balle, légèrement vêtu ou nu —
percer
chaque entité — chaque horloge — affûtée par l'art
ou le vin — comment
entrer l'aiguille, l'étoffe —
comment prendre le modèle que subit tout homme
et ne rien perdre quand on
le déchire.

Stan Rice, *L'Agneau*, 1975

14

Suivez-moi, si vous voulez, dans la conscience recouvrée.
Les frères Eval, dans la lumineuse clarté d'un jour d'hiver. Voyez comme ils resplendissent. C'est ainsi que je les ai rencontrés pour la première fois. Ils plaisantaient, car *evil* en anglais désigne le mal, or ils s'appelaient Eval. Trois frères venus du Texas, embauchés pour tuer la fille riche.

Ils descendaient l'avenue bondée, dans un bain de lumière, à midi. Ils riaient et se bousculaient, se passant une cigarette, hardis et prêts à tuer. Ils adoraient se regarder dans les miroirs des magasins. Et puis c'était New York, la plus grande ville du monde, la seule qui comptait à leurs yeux, à l'exception de Las Vegas, où ils iraient avec leur argent dès qu'ils lui auraient réglé son compte — leur expression pour dire tuer.

Plus jamais ils ne retourneraient au Texas. Qui sait quels boulots le type aurait peut-être encore pour eux? Mais d'abord, il fallait la tuer.

Je ressentais leur malfaisance désinvolte — Billy Joel en tête, le revolver dans sa poche, et aussi le long pic à glace pointu, à la lame d'acier arrondi. Doby juste derrière, et Hayden qui « suçait le téton de queue », selon la taquinerie de ses frères. Tous trois étaient armés de ces longs pics d'acier, impatients de la tuer. Mais qui était-elle?

Il devait y avoir une raison pour que j'assiste à cette scène, pour que je me trouve à New York, à respirer les odeurs de la ville comme si j'étais vivant, et visible, alors que je n'étais ni l'un ni l'autre. Je savais ce qu'un génie sait toujours : il a été appelé à la tâche, ses yeux et son esprit s'ouvrent une nouvelle fois sur un monde vital et flamboyant.

Vous savez à quel point j'étais rebelle, je vous l'ai dit, indifférent, parfaitement disposé à tailler en pièces un maître méprisable. Mais que se passait-il ici ?

Haïr ces monstres grossiers m'était facile. Je les frôlais ! Je les voyais de tout près dans leur miteuse tenue citadine, avec leurs blousons de Nylon matelassé, leurs pantalons usagés en coton, et leurs chaussures de série pleines de clous et de crochets pour les lacets. Billy Joel était impatient de la voir, de l'approcher. Seul Hayden était réticent. Mais il n'osait pas avouer à son frère que tuer cette fille ne lui plaisait pas. Si encore ils savaient qui les avait payés.

Qui les avait payés ?

— Quelqu'un pour quelqu'un pour quelqu'un, déclara Doby Eval. Si tu y piges quelque chose !

Soudain, mes pieds ont heurté le sol. Mais j'étais encore trop transparent pour qu'on me voie ; me rassemblant peu à peu, je me suis rapproché d'eux au point qu'ils auraient pu me voir en se retournant, si j'avais été visible, ce dont je n'étais pas sûr.

— Qui me commande ? chuchotai-je.

Je sentais remuer mes lèvres. Sur cette avenue, la foule était très dense et l'abondance des richesses me rappelait le nouvel an sur le marché de Babylone, ou les bazars de Bagdad et d'Istanbul.

Dans les vitrines, je voyais les déesses de la mode en plastique blanc sans visages, vêtues de somptueuses fourrures et ornées d'accessoires : des rubis éclatants et des chaussures aux fines lanières retenant le pied de manière aguichante.

Tout cela sans explication.

N'épiloguons pas, vous connaissez assez mon côté sensuel...

Donnez-moi le monde dans une coupe, et je le boirai.

Mais le meurtre de la jeune fille, il fallait l'empêcher.

Je me rapprochai d'eux, marchai à leur côté, mais ils ne me voyaient toujours pas, alors que je sentais la forme de mon corps, sa chaleur, sa densité croissante. Oui, j'étais bel et bien là.

Je sentais la chaleur du trottoir sous moi et le claquement

de mes pieds dans des chaussures en cuir aussi banales que les leurs. Je savais que l'odeur nauséabonde provenait des moteurs dans la rue. Quand je levais les yeux, je voyais les tours rejoindre les nuages, tandis que des lumières resplendissaient dans les vitrines, derrière les enseignes, toutes alimentées à l'électricité.

Quel monde moderne était-ce donc — grouillant de gens riches... Quelle ville était-ce, avec ce nain bossu et cet infirme titubant vers moi, tous deux vêtus de beaux habits et d'or ; cette femme hurlant au coin, folle depuis longtemps, déchirant son chemisier de soie pour exhiber ses seins. D'une poussée, quelqu'un la fit descendre du trottoir. Des hordes de jeunes gens en costume sombre et cravate marchaient d'un pas rapide et déterminé. Tous isolés, séparés, ne se jetant pas le moindre coup d'œil entre eux.

Les Eval éclatèrent de rire.

— Ah, je vous le dis, c'est un sacré bled, New York ! Non mais regardez, vous avez vu celle-là ? Vous savez, cette meuf qu'on zigouille, elle n'est pas folle, elle, non, alors vous faites comme je vous ai dit...

— On fait comme tu as dit, maugréa le frère Hayden.

J'étais près d'eux, je sentais leur sueur et le savon bon marché qu'ils avaient utilisé pour se laver. Je sentais leurs pistolets, mais ce n'était pas l'arme qui allait servir, le revolver, la balle, l'explosion — j'essayais d'apprendre aussi vite que possible —, ils allaient utiliser les pics à glace cachés sous leurs vêtements.

— *Pourquoi lui faites-vous ça ?*

J'avais dû parler à voix haute, car Billy Joel s'arrêta net, avec un sursaut de l'épaule droite et une crispation de la bouche. Il dévisagea Hayden, puis déclara :

— Tu vas te taire, espèce d'enfoiré ! Puisque je te dis qu'il n'y avait pas moyen de s'en sortir autrement !

— Bien sûr, on la descend et on file en courant, hein ! répliqua Hayden en frappant son frère dans le dos avec sa main gauche.

Joel s'exclama :

— Lâche-moi, espèce de con. Eh, regarde, Doby, elle est dans sa putain de bagnole, vise un peu la caisse !

Les trois frères se resserrèrent et je ralentis, encore invisible mais totalement formé, ou peut-être devrais-je plutôt dire conforme aux hommes qui m'entouraient.

Je tenais à la voir, cette fille qu'ils voulaient tuer avec leurs ignobles pics à glace. Ils dansaient sur place, laissant passer la foule et se faisant entre eux signe de s'arrêter. Elle était là! Le moment était arrivé.

Regardez. Vous voyez cette longue limousine noire le long du trottoir, et le chauffeur à cheveux blancs qui ouvre la portière à la fille?

Esther. Des cheveux comme une mantille de boucles sombres, noires comme les miennes, de grands yeux au blanc lumineux comme des perles, un long cou, nu jusqu'à la naissance de sa poitrine sous un manteau zébré.

Elle ne fit pas attention aux trois terreurs ordinaires et bien visibles qui allaient la «descendre». La foule se fendit et lui ouvrit un chemin irrégulier.

— Que dois-je faire, murmurai-je. Empêcher ça? Pourquoi doit-elle mourir?

Je ne voulais pas voir cela.

Elle poussa la porte vitrée du magasin et entra. La foule était si dense qu'il dut passer cinq personnes avant que les Eval parviennent à la suivre. Cette fois, ils comprirent que les ennuis commençaient.

— Bon Dieu, il faut vraiment faire ça ici?

Hayden entendait par là que c'était un palais de marchandises, regorgeant de fourrures et de voiles, de cuirs teints de toutes les couleurs, de parfums qui s'élevaient des tables de verre comme d'autels.

Ici, ces hommes vulgaires au pas chaloupé ne paraissaient plus aussi quelconques. Ils ressemblaient à des maraudeurs du port, rampant avec les rats sous les cordages pour voler ce que les hommes ont laissé tomber. Mais il y avait tellement de monde, il régnait un tel bruit... Personne ne faisait attention aux trois minables qui suivaient cette si belle femme.

La jeune reine à la chevelure lumineuse et au manteau peint gravit les marches jusqu'au palier, le visage rayonnant d'innocence, pour tendre la main vers un long foulard noir orné de perles et de fleurs brodées. Elle prit entre ses doigts cette étoffe brillante et soyeuse que retenait un antivol, ce foulard ravissant qui semblait fait pour elle.

— Bonjour, miss Belkin.

Ainsi cette reine avait un nom, et les marchands de cette époque n'étaient pas moins habiles que d'autres.

Puis je vis que Billy Joel avait frappé ! Pendant cette unique seconde, il s'était glissé contre son dos mince, Hayden la prit par la gauche, et Doby, excité comme Billy Joel, enfonça son pic par la droite, de sorte que les trois coups furent portés en même temps. La vie en elle vacilla, le langage en elle mourut, mais pas son cœur. Ses poumons s'emplirent de sang.

Des génies du meurtre, ces minables assassins. Ils s'éloignèrent aussitôt, avant même qu'elle ne tombe, sans courir, franchissant la porte avant qu'elle n'ait chancelé jusqu'à la vitrine. Elle tenait encore le foulard dans sa main droite. La vendeuse se pencha.

— Miss Belkin ?

Il fallait que je les suive. Elle tombait morte. Penchée au-dessus de la vitrine, elle semblait s'être simplement évanouie. Je connaissais les tueurs. La vendeuse ne savait pas qu'elle mourait.

Je me précipitai dehors. Je bousculais la foule pour me frayer un chemin. Je ne devais pas perdre les Eval. Je m'élevai. Par-dessus les têtes, je volais, formé mais transparent, et j'eus tôt fait de les rattraper.

Les Eval s'étaient séparés. Personne dans cette rue bondée ne semblait les remarquer ; pourquoi se hâter ? Billy Joel avait un large sourire sur la figure.

Ils avaient mis dix secondes et trois cents personnes entre le meurtre et eux.

— Je vous tuerai, pour ça !

J'entendis ma voix. Je sentais l'air en moi, qui tournoyait, comme si je m'étais fait assez solide pour me nourrir des effluves du macadam, des moteurs à l'arrêt, des klaxons assourdissants, du grouillement de chair humaine.

Venez à moi, vêtements, tels ceux de mon ennemi, car je suis fait de chair ! Je retombai devant Billy Joel. Attrape le pic. Prends. Tue-le. Je vis mes doigts se refermer sur son poignet. Il ne m'a pas vu distinctement, il a seulement senti l'os se briser. Comme il poussait un cri, son frère se retourna. J'enfonçai le pic dans Billy Joel, je saisis le manche en bois dans sa ceinture et l'enfonçai dans sa chemise, à fond, comme il avait fait avec elle, mais à plusieurs reprises.

Effaré, il saignait violemment.

— Meurs, sale chien ! Tu as tué cette fille, meurs.

Hayden s'approcha, droit sur le pic. Je lui en donnai trois coups rapides, dont un à la gorge. Des gens passaient, qui ne tournaient même pas la tête. D'autres regardaient Billy Joel à terre.

Il ne restait plus que Doby. Il s'était enfui car il les avait vus tomber et il courait aussi vite que possible dans cette course d'obstacles. Je m'élançai, lui empoignai l'épaule...

— Eh, minute, mon vieux ! dit-il.

Je lui plongeai le pic dans la poitrine, trois fois pour faire bonne mesure, et le poussai vers le mur. Les gens s'écartaient de notre chemin en se détournant. Il glissa à terre, mort. Une femme jura en enjambant son pied gauche.

Je comprenais à présent le génie de leur crime dans cette ville bondée. Mais je n'avais guère le temps d'y songer. Il me fallait retourner auprès d'Esther.

Mon corps était formé ; je courais, et je devais me frayer un chemin, comme n'importe quel humain, pour regagner les portes du palace.

L'air résonnait de cris. Des hommes accouraient dans le magasin. Je m'approchai en jouant des coudes. Je sentais mes cheveux noirs embroussaillés, et ma barbe. Tous les yeux étaient fixés sur elle.

On la sortit, étendue sur une civière et couverte d'un drap blanc. Je vis sa tête tournée vers moi, ses grands yeux vitreux, au blanc si pur, sa bouche d'où coulait un filet de sang.

Des hommes criaient à d'autres de reculer. Un vieillard se lamentait à pleins poumons, courbé sur son passage. C'était son chauffeur, son garde peut-être, cet homme aux cheveux gris, au visage sillonné de rides, au dos étroit et voûté. Il s'inclina, et cria dans un dialecte hébreu. Il l'aimait. Il se fraya un chemin jusqu'à elle.

Une voiture blanche arriva, marquée de croix rouges et de gyrophares. Le bruit des sirènes était insupportable, comme si l'on m'avait enfoncé les pics dans les oreilles.

Esther vivait encore, elle respirait.

Ils l'ont placée dans cette voiture, en la soulevant bien haut, telle une offrande à la foule... Elle est entrée dans la voiture, cherchant du regard quelque chose, quelqu'un.

Rassemblant toutes mes forces, j'écartai les autres de mon chemin. Mes mains — vraies, familières, bien à moi — heurtèrent la paroi vitrée de la voiture blanche. Je regardai à l'intérieur et je la vis, ses grands yeux emplis d'une mort songeuse.

Je l'entendis prononcer à voix haute, en un murmure qui s'éleva comme une bouffée de fumée :

— Le Serviteur... Azriel, le Serviteur des Ossements !

Les hommes chargés de la soigner se penchèrent sur elle.

— Qu'y a-t-il, mon enfant ? Que dites-vous ?

— Ne la faites pas parler.

Elle me dévisagea à travers la vitre, et répéta ce qu'elle avait dit. Je vis remuer ses lèvres, j'entendis sa voix. J'entendis sa pensée.

— Azriel, chuchota-t-elle. Le Serviteur des Ossements !

— Ils sont morts, ma chérie ! criai-je.

Personne autour de moi ne se soucia de ce que je disais. Nous nous regardions, elle et moi. Puis son âme et son esprit flamboyèrent un instant, visibles et réunis, la forme entière de son corps flotta au-dessus d'elle, sa chevelure déployée comme des ailes, le visage dénué d'expression ou détourné à jamais de la terre, comment savoir ? Puis ce fut terminé. Elle s'éleva dans une lumière éblouissante. Je baissai la tête pour me protéger de la lumière, puis tentai de la voir encore. Mais c'était fini.

Le corps gisait, tel un sac vidé.

Les portières claquèrent.

La sirène me déchira à nouveau les oreilles.

La voiture s'engouffra en rugissant dans la circulation, forçant les autres véhicules à s'écarter, tandis que les gens s'ébrouaient en soupirant et en grommelant autour de moi. Je restais rivé sur le trottoir. Son âme était partie.

Je levai les yeux. Des genoux me heurtèrent la jambe. Un pied s'abattit sur le mien. Je portais le même genre de chaussures éculées que mes ennemis.

La voiture avait disparu de mon champ de vision, les corps

des Eval étaient à moins de trente mètres, mais personne ici ne le savait, tant la mêlée était dense. Je songeai — sans raison — à ce que l'historien grec Xénophon, à moins que ce ne soit Hérodote, avait dit de Babylone après sa conquête par Cyrus : Babylone était si vaste et si peuplée qu'il s'était écoulé deux jours entiers avant que les gens du centre-ville n'apprennent qu'elle avait été prise.

Eh bien, pas moi !

Un homme demanda : « Vous savez qui c'était ? » Il parlait anglais avec l'accent de New York. Je me retournai comme si j'étais vivant, près de répondre, mais des larmes emplissaient mes yeux. J'aurais voulu dire : « Ils l'ont tuée. » Rien ne sortit de ma bouche, mais j'avais une bouche, et l'homme hocha la tête comme s'il avait vu mes larmes. Mon Dieu, aidez-moi. Cet homme voulait me consoler. Quelqu'un d'autre parla.

— C'était la fille de Gregory Belkin. Esther Belkin.
— La fille de Belkin...
— ... Temple de l'Esprit.
— Temple de l'Esprit de Dieu. Belkin.

Que signifiaient ces mots pour moi ?

Maître ! Où es-tu ? Nomme-toi ou montre-toi ! Qui m'a appelé ? Pourquoi ai-je dû assister à cela ?

— La fille de Gregory Belkin, les disciples du Temple...

Je commençais à m'estomper. Je le ressentais terriblement, comme toujours, aussi sûrement que si le maître avait ordonné à toutes mes particules : *Regagnez votre place.* Je me cramponnai un instant à la matière tempétueuse, lui ordonnant de me maintenir encore, mais mon cri n'était qu'une plainte. Je baissai les yeux vers mes mains, mes pieds, ces chaussures crasseuses, faites de cuir, de toile et de ficelle, savates plus que chaussures.

— Azriel, reste en vie ! cria la voix par ma bouche.
— Calme-toi, mon gars, dit l'homme à côté de moi.

Il me regarda d'un air navré et tendit le bras pour m'étreindre. Je levai la main. Je vis les larmes.

Mais le vent qui emporte les esprits s'était levé. Je perdais prise.

L'homme me cherchait, en vain, et il resta seul avec sa propre confusion.

Puis il disparut à son tour, avec tous les autres — et la grande cité.

Je n'étais plus rien. Plus rien.

Je luttais pour voir la foule, en bas, mais je ne voyais plus l'endroit où les Eval gisaient dans leur sang. Peut-être les emportait-on avec autant de soin que la reine à la chevelure sombre, cette déesse morte en me regardant. Elle l'avait dit et je l'avais entendu. « Azriel, Serviteur des Ossements. » Je l'avais entendue comme peut entendre un esprit, même si l'homme qui l'accompagnait en voiture n'avait sans doute pas perçu son faible et tragique murmure.

Le vent m'enleva. Il était rempli de la plainte des âmes, de leurs visages penchés vers moi, de leurs mains cherchant à m'agripper. Je me laissai aller en lui, tournant le dos, comme toujours. J'aperçus un instant le vague contour de mes mains ; je sentis la forme de mes bras et de mes jambes ; je sentis les larmes sur mon visage. Puis je disparus.

Dans les ossements, Azriel. J'étais à l'abri.

Voilà : sans maître, réveillé pour assister à ce crime et le venger. Pourquoi ? L'obscurité m'a ensuite englouti comme une drogue. À l'abri, oui, mais je ne voulais pas être à l'abri ; je voulais trouver l'homme qui avait envoyé ces Eval pour la tuer.

15

Le temps passait.

Je le ressentais intensément. Je savais que j'écoutais. J'étais là.

Des icônes resplendissaient pour moi dans mon éveil, lumineux comme les yeux d'Esther à l'instant de mourir.

« Serviteur des Ossements, écoute, aurait-elle pu me dire. Serviteur des Ossements, viens, et regarde. »

Tout le monde matériel s'offrait à ma vue, à ma compréhension, sans hâte ni précipitation, tandis que je somnolais, en deuil d'elle, et furieux contre ses assassins.

Esther Belkin était pleurée par des milliers de gens qui ne

la connaissaient pas. Son histoire était racontée dans tous les pays. Les adeptes du Temple international de l'Esprit de Dieu, auquel elle n'avait pas adhéré, pleuraient sa disparition.

Son beau-père, Gregory Belkin, homme de haute stature, fondateur du Temple, sanglotait devant les caméras et parlait de sectes, de terroristes, de complots. « Pourquoi nous veut-on du mal ? » demandait-il. Il avait l'œil noir et brillant, les cheveux coupés court, drus comme ceux d'Esther, et une peau presque de la couleur du miel au soleil.

La mère d'Esther fuyait le regard du public. Des infirmières la guidaient à travers les meutes hurlantes des reporters. Avec ses longs cheveux d'adolescente et ses fines mains suppliantes, elle paraissait à peine plus âgée que sa fille.

Les hommes de loi et les dignitaires élus condamnaient la violence.

L'époque était universellement violente. Le vol, le viol et les brutalités physiques étaient présents sous un dais de civilisation et de paix. Des petites guerres organisées se déroulaient constamment : les gens se battaient à mort en Somalie, en Afghanistan, en Ukraine. Les âmes des morts enveloppaient la terre comme une fumée.

La drogue était un problème grave. Les drogues soignaient. Tuaient. Faisaient du bien. Faisaient du mal. Dans le monde entier, les seigneurs de la drogue se battaient pour leur commerce illégal.

Les sectes faisaient l'objet d'une peur obsessionnelle.

Les sectes existaient pour la paix comme pour la guerre.

Autour de l'assassinat d'Esther Belkin grouillait la querelle des sectes.

Encore et encore, son visage apparaissait sur les écrans de télévision.

Elle qui n'appartenait à aucune organisation était liée à tout : mouvements anti-gouvernement, anti-Dieu, anti-richesse...

Étaient-ce des membres de la secte de son père qui avaient tué Esther ?

On avait entendu Esther avouer en privé que le Temple de l'Esprit de Dieu avait trop d'argent, trop de puissance, trop de maisons à travers le monde. Ou bien étaient-ce les ennemis de Gregory Belkin et de son Temple qui cherchaient, à travers la mort d'Esther, à atteindre le père, à l'avertir, ainsi que ses puissantes cohortes, que son organisation était trop vaste et trop dangereuse ? Mais pour qui ?

J'errais, j'observais, j'écoutais ; je savais ce que savaient les gens.

Les visages des Eval — Billy Joel, Doby, et Hayden — parurent sur le devant de la scène. Ces hommes qui avaient tué Esther Belkin appartenaient-ils à une organisation secrète ? On parlait de « survivalistes » clandestins, vivant dans les bois, entourés de barbelés et de chiens féroces, qui se méfiaient de toute forme d'autorité.

Les frères Eval provenaient-ils d'une organisation de ce type ?

De sa voix douce et prenante, Gregory Belkin parlait de complots visant tous les peuples qui craignaient Dieu. L'innocence d'Esther interpellait le ciel. Terroristes, diamants, fanatiques — ces mots entouraient le bref éclat du visage et du nom d'Esther.

Mais moi, pourquoi m'étais-je réveillé de mon profond sommeil pour me retrouver au côté de Billy Joel, Hayden et Doby Eval, témoin horrifié de leur crime ?

J'avais perdu le goût d'errer, d'exister, de haïr. Je voulais utiliser pleinement mon cerveau libéré de la chair et projeté dans l'éternité, mon esprit, qui avait pris des forces à chaque nouvel éveil, avait emporté avec lui dans l'obscurité non seulement l'expérience mais l'émotion, peut-être même une certaine résolution.

Un maître donnerait un sens à mon énergie grâce à ses réponses, à ses réactions, et à la vitalité de sa volonté.

Cependant, une question me tourmentait. Oui, j'étais revenu et je le désirais ardemment. Mais n'avais-je pas fait certaines choses afin de m'assurer que jamais je ne reviendrais ?

Si je le souhaitais, je devais pouvoir me rappeler ces choses. Oublie le monde, ses splendeurs et ses pièges ! J'étais Azriel, et Azriel devait pouvoir se rappeler !

J'avais tué des maîtres.

J'aurais pu me souvenir de plus de mages que je n'en ai décrits ici. J'aurais pu à nouveau sentir les effluves du camp mongol, le cuir, les éléphants, l'huile parfumée — un scintillement de lumières sous la lourde soie, l'échiquier renversé et les minuscules pièces d'or et d'argent ciselés roulant sur un tapis fleuri.

Des cris d'hommes, aussi : *Détruisez-le, c'est un démon ! Enfermez-le dans les ossements !* Puis une succession de fenêtres à Bagdad dominant une bataille. *Rentre dans les ossements ! Démon de l'enfer !* Un château près de Prague. Une pièce glacée tout en pierres, très haut dans les Alpes. Et peut-être plus encore.

Ce serviteur ne sert plus !

Oui, j'avais prouvé que je pouvais tuer n'importe quel mage.

Alors où était la conscience sournoise qui m'avait amené ici, à cette démonstration de puissance ?

Oh, j'aurais pu prétendre que je détestais redevenir conscient et renoncer à la vie mais je ne pouvais pas oublier les yeux d'Esther, la somptueuse vitrine de la Cinquième Avenue, le moment où la chaleur avait traversé les semelles de mes chaussures, ni ce brave homme qui m'avait entouré de son bras !

J'étais curieux et libre ! Pris dans une orbite, j'étais lié à ces événements étranges. Mais aucun seigneur ne me gouvernait.

Esther me connaissait, mais elle ne m'avait pas appelé. Quelqu'un l'avait-il fait pour elle, quelqu'un à qui j'aurais déjà fait défaut ?

Deux nuits s'écoulèrent en temps réel avant que je ne prenne conscience d'être éveillé, volant dans les airs : l'ange de puissance, l'ange du mal, qui sait ?

Voici ce que je vis.

16

C'était une ville toute proche. La voiture qui roulait sous la pluie était celle qui avait transporté Esther sur les lieux du crime. D'autres voitures l'accompagnaient, remplies de gardes qui scrutaient du regard de sinistres immeubles à l'abandon.

Leur procession était furtive, et pourtant pleine d'autorité.

À travers la pluie, je distinguais dans le lointain les tours illuminées de la rue où elle avait succombé. Dans cette capitale du monde occidental, New York, fastueuse comme Alexandrie ou Constantinople. Ses grandes tours me rappelaient les armes des Eval. Dures, aiguisées.

Le passager était fier de la voiture, fier des gardes qui l'accompagnaient, fier de son manteau de fin lainage et de la coupe de ses cheveux bouclés et drus.

Je me rapprochai pour l'observer à travers la vitre teintée : Gregory Belkin, beau-père d'Esther, fondateur du Temple de l'Esprit de Dieu.

La voiture ? Une Mercedes-Benz du type le plus rare, conçue à partir d'une petite berline rallongée de trois segments, deux fois plus longue que celles qui l'entouraient, noire, brillante et somptueuse, comme si elle avait été sculptée dans l'obsidienne et polie à la main. Elle parcourut plusieurs rues avant de s'arrêter, le chauffeur obéissant promptement au geste de Belkin.

Ce fier grand prêtre, prophète, je ne sais quelle autre épithète il s'attribuait, sortit sans assistance à la lumière d'un réverbère comme pour illuminer son visage jeune et rasé de frais, ses cheveux coupés court sur la nuque comme ceux d'un soldat romain.

Il parcourut à pied toute la longueur de la rue, seul, longeant de sordides magasins murés jusqu'à sa destination ; les gouttes de pluie scintillaient comme des joyaux sur les épaules de son long manteau, tandis que ses gardes scrutaient la nuit autour de lui.

Était-il le maître ? Dans ce cas, comment expliquer que je ne le sache pas ? Je ne l'aimais pas. Dans mon demi-sommeil, je l'avais vu pleurer Esther et parler de complots, et je l'avais trouvé antipathique.

Pourquoi étais-je si près de lui, au point de pouvoir toucher son visage ? Beau, il l'était sans discussion, et encore fort jeune, les épaules larges, grand comme un Scandinave, mais plus brun, et l'œil noir de jais.

Es-tu le maître ?

Maître esprit des disciples du Temple, voilà comment le surnommaient les journalistes insolents et cyniques. À présent, il repassait dans sa tête les récents discours qu'il avait prononcés devant les portes en bronze de son temple de Manhattan. « Ma pire crainte, c'est qu'ils ne soient pas de simples voleurs, et que le collier ne signifie rien pour eux. C'est notre Église qu'ils veulent atteindre. Ils sont le Mal. »

Collier ? m'étonnai-je. Je n'avais pas vu de collier.

Les gardes qui suivaient des yeux Gregory depuis leurs voitures étaient ses « disciples ». Quelle Église de paix et de bien ! Ils étaient armés de pistolets et de couteaux, et lui-même, le prophète, portait un revolver, brillant comme sa voiture, tout au fond de la poche gauche de son manteau.

Il était comme un roi habitué à accomplir chaque geste devant un vaste public, mais il ne me voyait pas l'observer. Il n'avait aucune perception du fantôme qui se tenait légèrement en retrait, tel un dieu personnel.

Cependant, je n'étais pas le dieu de cet homme, ni son serviteur. J'étais son observateur, et il me fallait apprendre pourquoi.

Il s'arrêta devant une façade en brique, pleine de fenêtres murées. Le toit était fortement incliné, en prévision d'enneigements. Elle ressemblait aux autres maisons de cette partie de la ville. Les proportions de cette époque et de ce lieu me paraissaient incommensurables.

J'étais fasciné. Ses magnifiques chaussures de cuir noir étaient joliment mouchetées de pluie. Pourquoi nous amenait-il ici ?

Il descendit une ou deux marches et s'enfonça dans une allée. Une lumière brillait au-devant de lui. Il ouvrit une petite grille, puis une porte.

Nous entrâmes, lui et moi. Je sentis la chaleur vibrer autour de moi.

Un plafond. La nuit refoulée au-dehors. Un vieillard assis devant une table en bois.

Une odeur d'humains, douce et plaisante. Et d'autres senteurs précieuses, bien trop nombreuses pour les savourer ou les nommer.

Tous les esprits et les dieux se nourrissent d'arômes. J'en

avais été tellement privé, affamé, que les senteurs de ce lieu m'enivraient.

Je *savais*. J'étais là.

Je prenais lentement forme. Mais sous quelle direction, quelle décision ? Cela m'enchantait.

Aucune incantation ne sortait de ma bouche ; pourtant, je devenais solide. Cela se faisait, tout simplement, comme à New York, lorsque je pourchassais les tueurs. Je le sentais. Je me sentais enveloppé de ce corps agréable, mais sans savoir ce que cela signifiait.

Maintenant je sais : je devenais visible et solide dans mon propre corps, celui que vous voyez ici, maintenant, sous la forme que j'avais de mon vivant.

Là-bas, personne d'autre ne savait. Tapi derrière la bibliothèque, j'observais.

Gregory Belkin se tenait au milieu de la pièce, sous une ampoule suspendue à un vieux cordon élimé. Le vieillard assis à la table ne pouvait pas me voir. Il avait la tête courbée et portait la petite calotte en soie noire des Juifs orthodoxes. Sur son bureau, une lampe couverte d'un abat-jour vert diffusait une douce lumière dorée.

Il avait la barbe et les cheveux d'un blanc de neige, et deux longues papillotes bouclées lui encadraient soigneusement le visage. La peau rose de son crâne apparaissait sous ses cheveux clairsemés, mais sa barbe était longue et fournie.

Les livres qui tapissaient les murs étaient en hébreu, en arabe, en araméen, en latin, en grec et en allemand. Je sentais l'odeur du cuir et du parchemin. Je m'imprégnai de ces senteurs et il me sembla un moment que ma mémoire allait revenir à la vie, ou que de ma mémoire allait renaître tout ce que j'avais tenté de supprimer.

Mais ce vieillard n'était pas mon maître non plus. Je le sus aussitôt.

Ce vieillard ne percevait pas ma présence. Il se contentait de dévisager l'homme qui venait d'entrer. Celui-ci se tenait droit et solennel devant son aîné. Il ôta ses gants de peau grise très souple et les rangea soigneusement dans la poche droite de son pardessus ; il lissa la poche gauche, où se trouvait le petit pistolet mortel. J'avais envie d'entendre la détonation. Mais il n'était pas venu pour s'en servir.

La pièce était encombrée. D'innombrables rayonnages me séparaient du vieillard, et je ne pouvais voir par-dessus les volumes. Une odeur d'encens m'inonda de plaisir. Je sentais aussi le fer, l'or, l'encre. *Les ossements pouvaient-ils être ici ?*

Le vieillard ôta ses lunettes, cerclées de métal argenté, flexibles et fragiles, et il scruta son visiteur sans bouger.

Le vieil homme avait des yeux très pâles, dont la beauté me frappa — des yeux évoquant l'eau plutôt que la pierre. Mais ils étaient petits, affaiblis par l'âge, et ils brillaient moins qu'ils n'accusaient, du fond des rides de son visage.

Plus fort. Tu deviens plus fort d'une minute à l'autre. Tu es presque complètement visible.

Je ne distinguais pas entièrement le visage du visiteur. Je me glissais le plus loin possible pour me dissimuler, et je me sentis devenir entier, à peu près de sa taille.

Son manteau noir était mouillé par la pluie ; il portait un foulard blanc aussi fin que celui qu'elle avait tenu en mourant. J'essayai de me rappeler ce foulard qu'elle avait saisi au moment de mourir sans imaginer la signification de cet ultime geste. Il était noir, brillant, couvert de perles. Je le revois encore.

Le vieil homme parla en yiddish.

— Tu as tué ta fille.

J'étais sidéré qu'il aille ainsi droit à l'essentiel.

L'amour qu'elle m'inspirait me tourmentait, comme si elle était venue m'enfoncer ses ongles dans la chair en suppliant : « Ne m'oublie pas, Azriel. » Mais jamais elle n'aurait fait une chose pareille. Elle était morte avec humilité ; lorsqu'elle avait prononcé mon nom, c'était avec émerveillement.

C'était épouvantable de la revoir, mourante.

Va, vole, esprit. Tourne-leur le dos à tous — à sa mort, à l'accusation du vieillard, à cette pièce fascinante emplie de couleurs et d'arômes attrayants. Laisse-les, esprit. Laisse-les se démener. Après tout, les âmes ont-elles vraiment besoin du Serviteur des Ossements pour les conduire jusqu'au shéol ?

Mais je n'allais certes pas disparaître. Je voulais comprendre les paroles du vieillard.

Le visiteur se contenta de rire.

Aucun manque de respect. C'était le rire embarrassé et fâché d'un homme qui ne voulait pas réagir à ces paroles. Le geste évasif de sa main n'exprimait nulle surprise. Il secoua la tête.

J'aurais voulu le contourner, le dévisager, mais c'était trop tard. Je savais que j'étais entier, les mains sur les livres de l'étagère. Je me déplaçai légèrement vers la gauche, afin que les rayonnages de livres me dissimulent, par crainte d'être vu du vieillard ; mais il ne donnait aucun signe d'avoir perçu ma présence.

L'homme jeune soupira.

— Rebbe, pourquoi aurais-je tué la fille de Rachel ? demanda-t-il en yiddish. Pourquoi aurais-je tué mon unique enfant ? Cette langue ne lui venait pas facilement. Esther, ma ravissante Esther, dit-il d'une voix sincère.

Il n'aimait pas parler yiddish. Il désirait revenir à sa langue, l'anglais.

— Tu l'as fait, rétorqua haineusement le vieillard de ses lèvres desséchées. Il poursuivit en hébreu : Tu es un idolâtre, un assassin ; tu as tué ton enfant. Tu l'as fait assassiner. Tu marches vers le mal. Tu pues le mal !

J'étais ébranlé. Je ressentais physiquement la fureur du vieillard.

Là encore, le jeune homme joua la patience, remuant légèrement les pieds et secouant la tête comme pour ménager un prophète à demi nu venu tempêter sur le seuil de sa maison.

— Mon mentor, murmura Gregory Belkin en anglais. Mon modèle. Mon grand-père. Et tu me reproches sa mort ?

Ces mots n'apaisèrent pas la fureur du vieil homme ; au contraire. Il répondit en anglais aussi :

— Que veux-tu de moi, Gregory ? Tu n'es jamais venu sans raison dans cette maison.

Sa colère était froide. Ce vieil homme n'allait rien faire à propos de la mort de la jeune fille. Il était assis à son bureau, les mains jointes sur un livre ouvert. De minuscules caractères hébraïques.

Je ressentis à nouveau la perte d'Esther, comme si j'avais

reçu un coup, et je fus tenté d'annoncer à voix haute : « Vieil homme, je l'ai vengée, j'ai massacré les trois assassins avec le pic de leur chef. Je les ai tous tués. Ils sont morts sur le trottoir. »

Je la sentais comme si j'étais le seul, dans cette pièce, à tenir la bougie allumée en souvenir d'elle. Aucun des deux ne la regrettait, maudites soient les accusations.

Pourquoi laisses-tu cela se produire, Azriel ? On pleure aisément ceux qu'on ne connaît guère. Peut-être est-ce même excitant. Mais être seul ? C'est être vivant. Et tu es certainement seul et secret ici.

— Tu me brises le cœur, rebbe, dit Gregory en anglais.

Avec ce doux murmure de désespoir, son corps parut s'affaisser. Ses mains étaient enfouies dans ses poches et il avait un peu la chair de poule à cause du froid. Je songeai qu'il mentait et disait en même temps la vérité.

Je me nourrissais de leurs odeurs, je sentais les hommes — la chair vivante et chaude du vieillard, si fine, si claire, bien protégée de la maladie, devenue soyeuse avec l'âge, pure comme ses os, certainement si friables qu'ils pouvaient se briser au moindre coup.

Le jeune homme était immaculé, oint de parfums subtils et délicats qui émanaient des pores de sa peau, des boucles de ses cheveux, de ses vêtements. Un mélange de senteurs subtilement dosé. L'odeur d'un monarque moderne.

Je me rapprochai de lui, à moins d'un mètre sur sa gauche. Je le voyais de profil. D'épais sourcils soignés et bien dessinés, des traits fins et bien proportionnés ; nous l'aurions qualifié de béni. Il n'avait ni cicatrice ni défaut. Quelque chose d'indéfinissable pour moi l'enrichissait, renforçait sa puissance. Son sourire triste laissait apparaître des dents d'une blancheur parfaite.

Il avait de grands yeux, comme Esther, mais pas aussi beaux. Il leva les mains — autre forme de supplication, humble, silencieuse. Ses doigts étaient délicats et ses joues lisses ; il avait été nourri tendrement, comme si le monde entier, toute sa vie, avait été le sein de sa mère. Que lui manquait-il ? Je ne pouvais trouver en lui aucune fracture ni plaie, aucune rupture, seulement un embellissement indéfinissable.

Puis je compris ce que c'était. Il possédait la beauté d'un

jeune homme, mais il avait plus de cinquante ans ! C'était stupéfiant ; l'âge affinait ses qualités physiques, et renforçait l'éclat de ses yeux.

— Parle, Gregory Belkin, déclara le vieil homme d'une voix méprisante. Dis-moi pourquoi tu es venu, ou sors immédiatement.

La colère du vieillard me surprit.

— D'accord, rebbe, répondit le plus jeune, comme s'il était accoutumé à ce ton.

Le vieil homme attendait.

— J'ai un chèque dans ma poche, rebbe, reprit Gregory. Je te le donne pour le bien de toute la Congrégation.

Par ce terme, il désignait les Hébreux dont le vieillard était le rabbin, le zaddik, le chef.

Des bribes de souvenirs me revinrent, comme des morceaux de verre brisé — de brèves visions de mon maître Samuel, mort depuis longtemps. Mais elles ne signifiaient rien, et je m'en détournai. À ce stade, souvenez-vous, je ne me rappelais rien de mon passé. Rien. Cependant, je savais que cet homme était vénérable, puissant dans son Église ; peut-être un mage, mais s'il était un mage, pourquoi n'avait-il pas perçu ma présence ?

— Tu as toujours un chèque pour nous, Gregory. Ils arrivent sans toi à la banque. Nous acceptons ton argent en l'honneur de ta mère morte, et de ton père mort, qui était mon fils bien-aimé. Nous acceptons ton argent pour le bien qu'il procure à ceux que tes parents ont aimés autrefois. Retourne à ton Temple. Retourne à tes ordinateurs. Retourne à ton Église mondiale. Retourne chez toi, Gregory ! Prends ta femme par la main ; sa fille a été assassinée. Pleure avec Rachel Belkin. N'a-t-elle pas au moins droit à cela ?

Gregory fit un geste signifiant : les choses ne vont pas s'arranger. Puis il courba respectueusement la tête et dit :

— J'ai besoin de toi, rebbe.

C'était direct, et pourtant adroit.

Le vieil homme leva les mains et haussa les épaules. Il remua légèrement et soupira. Une légère sudation apparut en haut de son front.

Derrière lui s'accumulaient des rayonnages de livres. La pièce semblait tapissée de livres. Les sièges étaient amples, le cadre dissimulé à l'intérieur du cuir, et tous étaient entourés de livres. Il y avait des rouleaux de parchemin et de cuir rangés dans des sacs.

Il est vrai qu'il est interdit de jeter les anciens manuscrits de la Torah ou de les brûler. Ils doivent être enterrés respectueusement ou conservés dans un endroit comme celui-là.

Dieu sait ce que cet homme avait conservé avec lui durant son périple à travers le monde ! Son anglais n'était pas pur et précis comme celui de Gregory, mais restait alourdi des accents d'autres langues. La Pologne. Je voyais la Pologne et la neige.

Gregory glissa sa main gauche dans sa poche, où était rangé le chèque qu'il souhaitait offrir. Je l'entendis crisser sous ses doigts. Il était plié à côté du pistolet.

Le vieil homme demeurait silencieux.

— Rebbe, reprit Gregory. Quand j'étais enfant, je t'ai entendu raconter une histoire. Je ne l'ai entendue qu'une seule fois, mais je m'en souviens. Je me souviens des paroles.

Le vieil homme ne répondit rien. Les plis de sa peau luisaient à la lumière et lorsqu'il haussa ses sourcils blancs les rides de son front se haussèrent également.

— Rebbe, insista Gregory. Tu as parlé un jour à ma tante d'une légende, d'un secret... d'un trésor de famille. Je suis venu pour t'interroger à ce propos.

Le vieil homme était surpris. Non. Ce n'était pas cela. Il s'étonnait seulement que les paroles de son jeune interlocuteur présentent quelque intérêt pour lui. Il répondit en yiddish, comme au début :

— Un trésor ? Ton frère et toi, vous étiez les trésors de votre mère et de votre père. Qu'est-ce qui peut bien t'amener à Brooklyn pour m'interroger sur des légendes de trésor ? Des trésors, tu en possèdes plus qu'un homme ne peut en rêver.

— Oui, rebbe, répondit patiemment Gregory.

— J'entends dire que ton Église baigne dans la richesse, que tes missions à l'étranger sont de luxueuses villégiatures pour les riches qui veulent s'y joindre et donner aux pauvres. J'entends dire que ta fortune personnelle dépasse grandement celle de ta femme, ou de sa fille. J'entends dire que nul ne peut concevoir l'exacte étendue de tes richesses ni de celles que tu contrôles.

— Oui, rebbe. Je suis aussi riche que tu peux l'imaginer, et je sais que tu ne souhaites pas l'imaginer, ni en profiter.

— Alors, viens-en au fait ! coupa le vieillard en yiddish. Tu me fais perdre mon temps. Tu gâches les précieux moments qui me restent, et que je préférerais consacrer à la charité. Que veux-tu ?

— Tu parlais d'un secret de famille. Rebbe, parle-moi en anglais, s'il te plaît.

Le vieil homme ricana.

— Quelle langue parlais-je alors, quand tu étais enfant ? demanda-t-il en yiddish. Est-ce que je parlais yiddish, polonais, ou bien anglais ?

— Je ne m'en souviens plus. Mais je voudrais que tu parles anglais. Il ajouta très vite : Rebbe, je pleure Esther ! Ce n'était pas ma fortune qui lui avait acheté ces diamants. Ce n'est pas ma faute si elle les portait avec insouciance. Ce n'est pas ma faute si les voleurs l'ont surprise.

Des diamants ? Quel mensonge ! Esther n'en portait pas. Les Eval ne lui avaient rien pris. Mais Gregory était beau parleur. Il jouait bien son rôle. Son grand-père l'observait.

Le vieillard se recula comme si la force des mots l'avait poussé en arrière, ou contrarié. Il dévisageait le jeune homme.

— Tu te méprends, Gregory. Je ne parle pas de ta fortune ni de ce qu'elle portait au cou au moment de sa mort. Tu as tué ta fille, Esther. Tu l'as fait assassiner.

Silence.

Dans la pénombre, je vis mes mains bien visibles contre les livres ; je vis les minuscules replis de mes jointures, et là où un homme aurait eu un cœur, j'éprouvai une souffrance.

L'homme à la langue habile ne manifestait aucun signe de remords ni de honte. Une innocence infinie, ou une infinie malfaisance, l'emplissait et le tenait serein.

— Grand-père, c'est de la folie. Pourquoi aurais-je fait une chose pareille ? Je suis un homme de Dieu comme toi, grand-père !

— Tais-toi ! dit le rebbe.

Il leva la main.

— Jamais mes disciples n'auraient fait de mal à Esther, ils...

— Tais-toi ! répéta le rebbe. Vite, dis-moi ce que tu veux réellement.

Ébranlé et souriant avec embarras, Gregory hocha la tête. Il se concentrait pour parler. Ses lèvres tremblaient, mais je ne pense pas que le vieillard l'ait vu.

Gregory tenait toujours le chèque, l'offrande figée dans sa main gauche.

— C'est une chose que je me rappelle t'avoir entendu dire, reprit Gregory en anglais, d'une voix rapide et naturelle. J'étais dans la pièce, avec Nathan. Mais je ne pense pas qu'il ait entendu. Il était avec... quelqu'un d'autre. Je me rappelle seulement la présence de ma tante, la sœur de ma mère, Rivka, et celle de vieilles femmes. C'était ici, à Brooklyn, nous venions d'arriver. Je pourrais demander à Nathan...

— Laisse ton frère tranquille ! s'exclama le vieil homme. Il s'était exprimé en anglais d'une manière aussi naturelle qu'en yiddish. N'approche pas ton frère ! Laisse Nathan en paix ! Tu viens toi-même de dire qu'il n'avait rien entendu.

— Je savais que c'était ce que tu voudrais, rebbe. je savais que tu ne voudrais pas me voir contaminer Nathan.

— Dépêche-toi.

— C'est pourquoi je veux que tu m'expliques l'histoire. À cette condition, je n'ennuierai pas mon frère bien-aimé. Ce jour-là, quand j'étais enfant, tu as parlé d'une chose secrète : le Serviteur des Ossements.

Je demeurai saisi, totalement pris au dépourvu. Le choc ne fit que renforcer ma forme. Je n'aurais pas été plus effaré s'il s'était retourné et m'avait vu. J'appelai des vêtements pour m'habiller comme lui, le zaddik. Aussitôt je me sentis vêtu de soie noire, chaude et bien ajustée ; l'air me parut tiède, tandis que la petite ampoule se balançait au bout de son cordon élimé.

Le rebbe contempla longuement l'ampoule, puis reporta son regard sur son petit-fils.

« Ah, reste calme, Azriel, m'ordonnai-je. Et écoute. Les réponses arrivent enfin. »

— Te souviens-tu ? insista Gregory. Un secret de famille ? Un trésor nommé Serviteur des Ossements ?

Le vieil homme se souvenait, mais il ne parla pas.

— Tu disais qu'un jour un homme l'avait apporté à ton père, à Prague. Cet homme était un musulman venu des montagnes. Tu disais qu'il avait offert ce trésor à ton père en paiement d'une dette.

Ah, ce zaddik possédait les ossements ! Mais il n'était pas le maître, et ne le serait jamais.

Il posa sur son petit-fils un regard dur et fermé.

— Tu parlais à Rivka, insista Gregory. Tu lui as répété les paroles du musulman. Tu disais que ton père n'aurait jamais dû accepter une chose pareille, mais qu'il avait été dérouté par les mots hébreux inscrits sur le coffret. Tu prétendais que c'était une abomination, et qu'il fallait le détruire.

Je souris. Éprouvais-je du soulagement ou de la colère ? Une abomination. Je suis une abomination. Et cette abomination peut vous détruire, toi et toute ta bibliothèque ; elle peut réduire en pièces cette maison jusqu'au toit ! *Mais qui m'a appelé ?*

Je me couvris la bouche de ma main, pour me retenir. En présence d'un zaddik, je ne pouvais pas me permettre le moindre son ou soupir. Je ne pouvais pas me permettre de pleurer.

Le zaddik gardait son calme, laissant le jeune homme se dévoiler.

— Rivka te demandait pourquoi tu ne le détruisais pas, poursuivit Gregory, lentement. Tu lui répondais que ce n'était pas facile à réaliser, que cette chose avait autant de valeur que les anciens manuscrits : on ne pouvait pas la détruire irrespectueusement. Tu parlais d'une chose écrite, d'un document. T'en souviens-tu, grand-père ? Ou bien l'ai-je rêvé ?

Le regard du vieil homme était glacial.

— Tu as entendu cela dans ton enfance ? marmonna-t-il. Pourquoi me le demandes-tu maintenant ?

Soudain, le rebbe leva le poing et l'abattit sur la table. Rien ne bougea, sauf la poussière.

Gregory ne cilla pas.

— Pourquoi viens-tu ici, le jour des funérailles de ta fille, pour m'interroger sur cette vieille histoire ? Cette histoire, ce secret, ce trésor, comme tu l'appelles, que tu as entendue quand tu étais mon *eloi*, mon élève préféré, ma fierté, mon espérance ! Pourquoi viens-tu me parler de cette chose !

Il tremblait.

Gregory calcula en silence, puis prit son élan.

— Rebbe, ce chèque pourra acheter beaucoup de choses.

— Réponds à ma question ! De l'argent, nous en avons. Nous sommes riches. Nous étions riches quand nous avons quitté la Pologne. Nous étions riches quand nous avons quitté Israël. Réponds à ma question. Pourquoi viens-tu maintenant me parler de cette chose ?

Je ne voyais aucune richesse dans cette pièce, mais je le croyais.

Je connaissais son espèce. Il ne vivait que pour étudier la Torah et respecter la Loi, pour prier et pour conseiller ceux qui venaient à lui chaque jour, parce qu'ils le croyaient capable de voir dans les âmes et d'accomplir des miracles, parce qu'ils voyaient en lui l'instrument de Dieu. La richesse n'apporterait aucun changement dans la vie d'un tel homme, si ce n'est qu'il pourrait choisir d'étudier nuit et jour à son gré.

Je sentais mon pouls, très fort. Je sentais l'air en moi. Ma force augmentait considérablement tandis que s'échangeaient ces propos. Les ossements devaient être là. Oui, il les avait, il m'avait appelé d'une manière ou d'une autre. Il avait posé ses mains sur eux, lu les paroles, ou prononcé l'incantation. Ce devait être ce vieillard... Mais comment cela avait-il pu s'accomplir, et pourquoi ne l'avais-je pas tout de suite détruit ?

De ma mémoire, telle une comète, surgit un visage que je connaissais et que j'aimais. Des centaines d'années se rejoignirent en un instant.

C'était le visage de Samuel. Samuel de Strasbourg. Le maître qui m'avait vendu pour sauver ses enfants, comme je m'étais peut-être vendu moi-même pour les enfants de Dieu. Dans ma mémoire, je vis le coffret.

Où était-il ?

Le souvenir était amer, fragmentaire ; je n'arrivais pas à le saisir. Des accusations m'en distrayaient, et aucun fragment du passé, même avec Samuel, ne pourrait être changé.

Je me trouvais dans cette pièce bien chauffée, à Brooklyn,

avec un autre vieux savant entouré de livres poussiéreux, de sorts, de charmes, et d'incantations, et je le détestais. Je le méprisais. Toutefois, il était infiniment plus vertueux que ne l'avait été Samuel, surtout lorsque Samuel m'avait dit de disparaître en enfer.

Je haïssais ce rebbe presque autant que son petit-fils le haïssait.

Et le petit-fils ?

Que m'était-il, cet habile Gregory Belkin, avec son Église mondiale ? Mais s'il avait tué Esther...

Je me cramponnai, et laissai fondre en moi la colère et la souffrance ; je m'imposai de me contenter d'être en vie, et de me taire.

Ce jeune homme soigné comme un prince attendait avec la même patience que l'humeur du zaddik se calme.

— Pourquoi m'interroger maintenant ? répéta le vieillard.

Je songeai à la tendre jeune fille sur la civière, la tête renversée. Comme son murmure était doux et effrayé. *Serviteur des Ossements.*

Le vieillard perdit soudain le contrôle de sa colère. Il ne laissa pas à Gregory le temps de répondre. Il poursuivit ses questions pleines de rage.

— Qu'est-ce qui te prend, Gregory ? demanda-t-il en anglais. La voix était intime, comme s'il souhaitait vraiment savoir. Il se leva et se planta face à son petit-fils. Tu m'interroges. Eh bien, laisse-moi t'interroger à mon tour. Que cherches-tu donc, dans ce vaste monde ? Tu es riche au-delà de tout ce qu'on peut imaginer ; en comparaison nos richesses ne sont qu'une goutte d'eau dans la mer ; tu crées une Église pour duper des milliers de gens, tu fomentes des lois qui n'en sont pas ; tu vends des livres et des programmes de télévision qui n'ont aucun sens... Tu voudrais être Mahomet ou le Christ ! Et pour finir tu assassines ta fille ! Oui, tu l'as fait. Je le vois en toi. Je sais que tu l'as tuée. Tu as envoyé ces hommes. Son sang était sur les armes qui les ont tués. Eux aussi, tu les as tués ? À quoi rêves-tu, Gregory, pour nous causer tant de mal et de honte que le Messie ne saurait tarder davantage à venir ?

Je souris. C'était un beau discours. Ayant oublié Zurvan et quiconque avait eu autant de sagesse ou d'éloquence, je me rassérénai néanmoins à cette allocution, et à la conviction qui l'animait. J'aimais ce vieillard un peu plus.

Gregory adopta une attitude de tristesse, mais garda le silence. Que le vieil homme donne donc libre cours à sa colère...

— Tu crois que je ne le sais pas, que c'est toi qui l'as tuée ? insista le rebbe. Il s'affaissa sur son siège, épuisé par la fureur. Je te connais comme personne, depuis le jour de ta naissance. Nathan, ton jumeau, ne te connaît pas. Il prie pour toi, Gregory !

— Mais toi, grand-père, tu ne le fais pas ? Tu as déjà dit tes prières pour moi, n'est-ce pas ?

— Oui, j'ai dit kaddish lorsque tu as quitté cette maison. Et si je recevais un signe du Ciel, je mettrais fin à ta vie, à ton Temple de l'Esprit, à tes mensonges et à tes manigances de mes propres mains, m'entends-tu ?

Le ferais-tu, maintenant ?

— C'est facile à dire, grand-père, riposta Gregory, imperturbable. Chacun peut agir lorsqu'il reçoit un signe du Ciel ! J'enseigne à mes disciples l'amour, dans un monde où il n'y a aucun signe du Ciel !

— Tu n'enseignes à tes disciples qu'à te verser de l'argent et à vendre tes livres. Si tu élèves encore la voix contre moi, tu quitteras cette maison sans tes réponses. Ton frère ne sait rien de ce que tu évoques — cet ancien souvenir d'enfance. Il n'était pas là. Mon souvenir est très clair. Il ne reste aujourd'hui plus une seule personne vivante qui sache.

Gregory leva la main. Paix, indulgence.

J'étais fasciné et tourmenté. J'attendais le mot suivant.

— Grand-père, dis-moi seulement ce que cela signifie, « Serviteur des Ossements ». Suis-je une telle ordure que tu te sentes profané d'avoir à me répondre ?

Le vieillard tremblait. Ses épaules se voûtèrent sous son manteau noir sans col. À la lumière, ses jointures paraissaient à vif. La lumière éclaboussait sa barbe blanche, sa moustache et ses paupières translucides tandis qu'il hochait la tête, se balançant d'avant en arrière comme pour prier.

— Grand-père, mon unique enfant est morte, et je viens à toi avec une simple question. Pourquoi aurais-je tué ma fille ? Tu sais toi-même qu'il n'existe aucune raison devant Dieu pour que j'aie fait du mal à Esther. Que puis-je te donner, pour que tu répondes à ma question ? Te rappelles-tu cette histoire, cette chose, ce Serviteur des Ossements ? Cela n'avait-il pas un nom — Azriel ?

Le vieillard était abasourdi.

Moi aussi.

— Jamais je n'ai prononcé ce nom, dit le vieil homme.

— En effet, reconnut Gregory. Mais quelqu'un d'autre l'a fait.

— Qui t'en a parlé ? Qui a pu faire une chose pareille ?

Gregory était embarrassé.

Je m'appuyais de tout mon poids contre les rayonnages, et je regardais, les doigts cramponnés aux reliures de cuir distendues qui s'émiettaient. Ne les abîme pas. Pas les livres.

Le vieil homme paraissait dur et dédaigneux.

— Quelqu'un t'a parlé de cette légende ? demanda-t-il. Quelqu'un t'a raconté une histoire de magie et de pouvoir ? Était-ce un musulman ? Un chrétien ? Un juif ? Était-ce un de tes adeptes, fanatique du New Age et nourri de ton charabia sur la kabbale ?

Gregory secoua la tête.

— Tu te trompes, grand-père. Il y a deux jours, quelqu'un d'autre a prononcé ces paroles devant des témoins : « Azriel, Serviteur des Ossements » !

Je redoutais de deviner.

— Qui était-ce ? demanda le vieillard.

— C'était elle, rebbe. Esther. Elle l'a dit en mourant. L'ambulancier l'a entendue à l'instant de sa mort. Elle a dit : Serviteur des Ossements. Et le nom : Azriel. Elle l'a répété à voix haute : deux hommes l'ont entendue. Ils me l'ont répété.

Je souris. Il y avait là davantage de mystère que je ne l'avais imaginé.

Je les observais intensément. J'avais le visage en sueur, et je savais que je tremblais autant que le vieillard, comme si mon corps avait été réel.

Le vieil homme s'enfonça dans son fauteuil. Il ne voulait pas le croire. Sa colère s'évanouit. Il scruta le visage du jeune homme.

La voix de Gregory s'éleva à nouveau, empreinte d'une tendresse habile et délibérée.

— Qui est-ce, rebbe ? Qui est ce Serviteur des Ossements dont parlait Esther ? Dont tu parlais, quand j'étais enfant et que je jouais par terre, à tes pieds ? Esther a prononcé ce nom, Azriel. Est-ce le nom du Serviteur des Ossements ?

Mon pouls battait si fort que je l'entendais de mes propres oreilles. Je sentais les doigts de ma main gauche appuyer légèrement sur les livres. Je sentais l'étagère contre ma poitrine. Je sentais le sol en ciment sous mes chaussures, et je n'osais pas détourner d'eux mon regard.

Mon Dieu, me disais-je, fais que le vieil homme lui révèle tout, pour que je sache enfin, mon Dieu, si tu es encore là, fais-lui dire qui est le Serviteur des Ossements !

Le vieillard était trop stupéfait pour répondre.

— Les policiers détiennent ces renseignements, reprit Gregory. Ils les gardent jalousement. Ils croient qu'elle parlait de son assassin.

Je faillis crier pour démentir.

Le vieil homme grommela, et ses yeux se mouillèrent.

— Rebbe, tu ne comprends pas ? Ils veulent trouver qui l'a tuée — pas ces misérables armés de pics à glace qui lui ont volé son collier, mais ceux qui les ont envoyés, et qui connaissaient la valeur des bijoux.

Encore le collier. Je n'avais vu aucun collier et n'en voyais aucun dans ma mémoire. Elle n'avait pas eu de collier autour du cou. Ils ne lui avaient rien pris. Que signifiait cette diversion ?

Si seulement j'avais mieux connu ces hommes ! Mais je n'aurais pas su dire à coup sûr quand Gregory mentait.

Sa voix se fit plus basse, plus froide, moins conciliante. Il redressa les épaules.

— Maintenant, laisse-moi parler clairement, rebbe. À ta demande, j'ai toujours gardé notre secret, le mien — que le fondateur du Temple de l'Esprit était le petit-fils du rebbe de cette Congrégation hassidique ! Sa voix s'enfla comme s'il ne pouvait plus la maîtriser. Par égard pour toi, j'ai gardé ce secret ! Par égard pour Nathan ! Par égard pour la Congrégation, et pour ceux qui aimaient mon père et ma mère et se souvenaient d'eux. J'ai gardé ce secret pour toi et pour eux !

Il se tut, laissant planer ce ton accusateur tandis que le vieil homme attendait, trop avisé pour briser le silence.

— Parce que tu m'as supplié, j'ai gardé le secret. Parce que mon frère m'a supplié, et que je l'aime. Et à ma façon, rebbe, je t'aime aussi. J'ai gardé le secret pour t'épargner la disgrâce, pour que les caméras ne viennent pas cogner à tes fenêtres, que les reporters ne viennent pas encombrer le seuil de ta maison pour te demander. Comment se peut-il que de votre Torah, de votre Talmud et de votre kabbale soit issu Gregory Belkin, le Messie du Temple de l'Esprit, dont la voix se fait entendre de Lima jusqu'à la Nouvelle-Écosse, d'Édimbourg jusqu'au Zaïre ? Comment se fait-il que tous vos rites, vos prières, votre bizarre accoutrement noir, vos chapeaux noirs, vos danses insensées, vos courbettes et vos vociférations aient projeté dans le monde ce Gregory Belkin si célèbre et si vénéré, avec son Temple de l'Esprit ? Par égard pour toi, je me suis tu.

Silence. Le vieillard se taisait, hautain, et le cœur sans pardon.

J'étais plus désemparé que jamais. Rien chez ces hommes ne m'inspirait de haine ni d'amour, rien ne m'inspirait, sinon les yeux et la voix de la jeune fille morte, dans mon souvenir.

L'homme plus jeune continua.

— Une seule fois, de ta vie entière, tu es venu me trouver de ton propre gré. Tu as franchi le grand pont qui sépare mon univers du tien, comme tu dis. Tu es venu jusqu'à mes bureaux pour me supplier de ne pas dévoiler mes origines ! De garder le secret, quel que soit le nombre de journalistes qui m'interrogeraient et qui fouineraient partout.

Le vieil homme ne répondit rien.

— Cela m'aurait aidé, rebbe, de le proclamer à la face du monde. Comment cela ne m'aurait-il pas aidé, de dire que j'étais issu de racines aussi fortes et aussi religieuses ! Mais bien longtemps avant que tu ne m'exprimes cette requête, j'avais enterré mon passé avec toi. Je l'avais couvert de mensonges et d'inventions pour te protéger ! Pour t'éviter la disgrâce. À toi et à mon Nathan bien-aimé, pour qui je prie chaque soir. Je l'ai fait et je continue à le faire... pour toi.

Il s'interrompit, comme sous le coup d'une colère trop forte. J'étais fasciné, par eux et par cette histoire.

— Dieu m'est témoin, rebbe, reprit Gregory. J'ose parler de Lui dans mon temple comme tu le fais dans ta yeshiva. Elle a prononcé ces paroles en mourant ! Et tu sais bien que ce n'est pas un de tes saints, vêtus de noir qui battent des mains et qui chantent pour shabbat, qui a tué Esther ! Ce n'est pas mon frère aux yeux de biche qui a tué Esther. Ce n'est pas un hassid qui a tué Esther. Quand les nazis ont abattu ma mère et mon père, pas un seul d'entre eux n'a levé la main pour arrêter le bras ou le pistolet, n'est-ce pas ?

Perplexe et déchiré, le vieil homme fit un signe d'assentiment, comme s'ils s'étaient tous deux avancés bien au-delà de leur haine mutuelle.

— Mais, reprit Gregory, et il brandit le chèque dans sa main gauche, si tu ne me dis pas le sens de ces paroles, rebbe, je révélerai à la police le lieu où je les ai entendues naguère : ici même, dans cette maison des hassidim où est né Gregory Belkin, l'homme du mystère, le fondateur du Temple de l'Esprit !

J'étais médusé. J'attendais, sans détourner mon regard du vieil homme.

Il tenait bon.

Gregory soupira. Il fit un pas, puis se retourna, les yeux levés au ciel.

— Je leur dirai : « Oui, monsieur, j'ai déjà entendu ces paroles chez mon grand-père, un jour, lorsque j'étais enfant. Oui, il vit encore, et il faut que vous alliez le voir, pour lui demander ce qu'elles signifient. » Je te les enverrai, et tu pourras leur expliquer le sens de ces paroles.

— Assez ! déclara le vieillard. Tu es idiot, tu l'as toujours été. Il soupira lourdement, puis demanda, songeur : Esther a prononcé ces mots-là ? Des hommes l'ont entendue ?

— Les ambulanciers ont eu l'impression qu'elle regardait quelqu'un par la vitre, dehors, un homme aux longs cheveux noirs. C'est un secret que la police garde dans ses dossiers, mais les autres ont vu Esther le regarder, et cet homme, rebbe, il pleurait ! Il la pleurait !

Maintenant, c'était moi qui tremblais !

— Tais-toi. Ne...

Gregory émit un petit rire, gentiment moqueur. Il recula, se tourna un peu de droite et de gauche, sans jamais lever les yeux vers moi. Puis il dévisagea le rebbe.

— Je n'ai jamais songé à accuser aucun d'entre vous de l'avoir tuée. Jamais une telle pensée ne m'a effleuré, bien que je n'aie entendu ces paroles proférées par aucune autre bouche que la tienne ! Et j'ai à peine franchi ta porte que tu m'accuses d'avoir assassiné ma propre belle-fille ! Pourquoi aurais-je fait une chose pareille ? Je viens ici par respect pour ses dernières paroles !

— Je te crois, répondit le vieil homme calmement. La pauvre enfant a dû prononcer ces mots. Les journaux ont évoqué des paroles étranges. Je te crois. Mais je sais aussi que tu as tué ta fille. Que tu l'as fait tuer.

Les bras de Gregory se tendirent comme pour frapper le rebbe. Mais il ne le pouvait ni ne le voulait. Cela n'arriverait jamais entre ces deux hommes, je le savais. Cependant Gregory était à bout de patience, et le zaddik ne doutait pas de la culpabilité de Gregory.

Moi non plus. Quelle raison avais-je pour cela ? Rien de plus que le zaddik, peut-être.

J'essayais de voir leurs âmes, car ils pouvaient se vanter d'avoir une âme, l'un comme l'autre, puisqu'ils étaient de chair et de sang. J'essayais de regarder, comme n'importe quel humain regarderait, comme n'importe quel fantôme scruterait les profondeurs de l'âme des vivants. Je penchai un peu la tête en avant, comme si le rythme de leur respiration allait me renseigner, comme si les battements de leur cœur allaient dévoiler le secret ! *Gregory, l'as-tu tuée ?*

Le vieillard posa-t-il la même question au jeune homme ? Il se pencha sous la lumière de son ampoule poussiéreuse ; ses yeux ridés brillaient.

Il regarda encore Gregory ; par hasard et sans aucun doute, il me vit.

Son regard glissa très lentement et naturellement de son petit-fils à moi.

Il vit un homme là où je me trouvais. Il vit un jeune homme avec de longues boucles noires et des yeux noirs. Il vit un homme de haute taille et de bonne force, très jeune ; si jeune qu'on aurait pu le prendre pour un adolescent. Il me vit. Il vit Azriel.

Je souris, légèrement, comme un homme sur le point de parler et non de railler. Je lui laissai voir la blancheur de mes dents. Je manifestai à son regard secret que je ne le craignais pas. Tel que lui-même ou l'un des siens, j'arborais une barbe entière et un caftan de soie noire.

Je ne savais ni pourquoi ni comment, mais je le savais : j'étais l'un des siens, plus sûrement que je n'étais apparenté au prophète Huckster avant lui.

Un élan de force me parcourut, comme si le vieil homme avait imposé ses mains sur les ossements en se lamentant sur moi ! Ainsi qu'il arrive souvent quand on me voit, je pris des forces. J'étais presque aussi fort en ces moments-là que maintenant.

Le vieil homme ne révéla d'aucune manière à Gregory ce qu'il avait vu. Ni à moi. Il resta immobile. Le mouvement de ses yeux autour de la pièce paraissait naturel et ne s'arrêtait sur rien en particulier ; il n'exprimait aucune émotion ; il était juste un peu terni par le chagrin.

Il me dévisagea encore, de cette manière voilée et parfaitement calme que Gregory ne pouvait remarquer.

La pulsation se fit plus vive en moi, la coquille parfaite de mon corps resserra ses pores. Je sentais qu'il me voyait et me trouvait beau. Jeune et beau ! Je sentais la soie qui m'habillait, le poids de ma chevelure.

Tu me vois, rebbe, tu m'entends. Je parlais sans remuer la langue.

Il ne me répondit pas. Il me contemplait comme un homme contemple ses pensées. Mais il avait entendu. Ce n'était pas un faux prêcheur mais un vrai zaddik, et il avait entendu ma petite prière.

L'homme plus jeune, totalement trompé et le dos tourné vers moi, poursuivit en anglais.

— Rebbe, as-tu raconté cette vieille légende à quelqu'un d'autre ? Se peut-il qu'Esther soit venue ici pour découvrir qui tu étais ?

— Ne sois pas stupide, Gregory. Il détourna son regard de moi. Puis l'y ramena, pour ajouter : Je ne connaissais pas ta belle-fille. Elle n'est jamais venue ici. Ta femme non plus. Tu le sais.

Il soupira, les yeux fixés sur moi comme s'il craignait de les en détourner.

— Est-ce une légende des hassidim ou des Loubavitch? insista Gregory. Une chose que l'un des Misnagdim aurait pu raconter à Esther?

— Non.

Nous nous dévisagions. Le vieillard, vivant, et le jeune esprit, robuste, devenant à chaque instant plus vif et plus fort.

— Rebbe, qui d'autre... ?

— Personne, répliqua le vieillard, me fixant comme je le fixais. Ce que tu te rappelles est vrai, et ton frère ne pouvait pas entendre; quant à ta tante Rivka, elle est morte. Personne n'a pu le répéter à Esther.

Alors seulement, il détourna les yeux de moi pour scruter Gregory.

— Tu parles d'une chose maudite, un démon que seule une puissante magie peut appeler, pour accomplir le mal.

Ses yeux revinrent vers moi, alors même que le jeune homme le dévisageait ardemment.

— Alors d'autres Juifs connaissent ces histoires? Nathan sait...

— Non, personne. Écoute, ne me prends pas pour un idiot. Tu dois bien te douter que je sais que tu t'en es amplement enquis auprès des autres Juifs. Tu as fait appel à diverses congrégations, à des professeurs d'université. Je connais tes manières. Tu es trop habile. Tu as des téléphones dans toutes les pièces de ta vie. Tu n'es venu ici qu'en dernier recours.

Le jeune homme acquiesça.

— Tu as raison. Je pensais que ce serait de notoriété publique. J'ai mené mes recherches. Les autorités aussi. Mais ce n'est pas de notoriété publique. Me voilà donc ici.

Gregory inclina la tête et tendit le chèque plié au rebbe.

Cela donna au vieillard l'occasion de me faire un signe — cache-toi ou tais-toi — d'un bref mouvement des yeux. Ce n'était ni un ordre ni une menace. Plutôt une prière.

Puis je l'entendis. *Ne te révèle pas, esprit.*

Très bien, vieil homme. Pour le moment, qu'il en soit comme tu le souhaites.

Me tournant toujours le dos, Gregory déplia le chèque.

— Explique-moi cette affaire, rebbe. Dis-moi ce que c'est, et si tu l'as toujours. Tu disais à Rivka que ce n'était pas une chose facile à détruire.

Le vieil homme leva les yeux sur Gregory.

— Peut-être te dirai-je tout ce que tu souhaites savoir. Peut-être te le livrerai-je. Mais pas pour cet argent. Nous en avons plus que nécessaire. Tu devras nous donner ce qui compte pour nous.

Gregory était très excité.

— Combien, rebbe ? Tu parles comme si tu avais toujours cette chose.

— Je l'ai toujours, en effet.

J'étais stupéfait, mais pas surpris.

— Je la veux ! affirma Gregory, si farouchement que je craignis qu'il n'ait joué trop fort. Dis ton prix !

Le vieillard réfléchit. Ses yeux me fixèrent puis s'éloignèrent. Je vis la couleur raviver ses traits pâlis, et ses mains s'agiter. Lentement, il laissa ses yeux se poser sur moi.

Pendant une précieuse seconde, tandis que nous nous dévisagions, tout le passé menaça de devenir visible. Je vis des siècles par-delà Samuel. Il me sembla apercevoir un reflet de Zurvan. Je crois même avoir vu la procession. J'ai aperçu la silhouette d'un dieu d'or qui me souriait. J'en ai éprouvé la terreur de savoir, d'être comme les hommes, avec des souvenirs et de la souffrance.

Si cela ne s'arrêtait pas en moi, j'allais connaître une telle agonie que je hurlerais comme un chien, comme le chauffeur à la vue du corps affaissé d'Esther. Le vent m'emporterait à jamais avec les autres âmes perdues et hurlantes. Lorsque j'avais tué le maître mamelouk au Caire, le vent était venu me chercher, et je m'y étais débattu jusqu'à l'oubli.

Reste vivant, Azriel. Le passé attendra, et la souffrance, et le vent, à jamais. Reste vivant.

Je suis ici, vieillard.

Calmement, il me regardait, à l'insu de son petit-fils. Il parla ensuite en anglais sans détourner les yeux de moi, tandis que Gregory se penchait pour mieux saisir ses paroles.

— Va derrière moi, derrière ces livres. Ouvre l'armoire que tu vois là. À l'intérieur, tu verras une étoffe. Soulève-la, et apporte l'objet que tu trouveras dessous. Il est lourd, mais tu arriveras à le porter. Tu es suffisamment fort.

J'en perdis le souffle. Je l'entendais de mes propres oreilles, et je sentis mon cœur crier. Les os étaient ici.

Gregory hésita un instant, peut-être peu habitué à recevoir des ordres, ou à faire la moindre chose par lui-même. Je ne sais pas. Ensuite, il passa à l'action.

J'entendis grincer le bois, je sentis à nouveau l'odeur de cèdre et d'encens. J'entendis claquer les fermoirs métalliques. Je me sentis soudain dressé sur la pointe des pieds, et je repris une posture plus stable.

Le vieillard et moi-même nous dévisagions sans relâche. Je m'écartai des rayonnages pour qu'il me voie en entier, dans mon caftan semblable au sien. Il ne manifesta qu'une peur brève et infime, avant de m'ordonner, d'un signe de tête poli, de bien vouloir retourner me cacher.

J'obtempérai.

Derrière lui, hors de vue, Gregory fouillait en jurant.

— Déplace les livres, dit le rebbe. Écarte-les tous, insista-t-il en me regardant, comme s'il m'avait contrôlé du regard. Le vois-tu, à présent ?

La poussière m'envahissait les narines, je la voyais s'élever dans la lumière. J'entendais les livres s'écrouler. Oh, que c'était bon, d'entendre avec des oreilles et de voir avec des yeux ! Ne pleure pas, Azriel, pas en présence de cet homme qui te méprise.

Je portai mes doigts à mes lèvres, d'un geste spontané, comme pour prier face à un désastre. Je sentis ma moustache au-dessus de ma bouche, et la masse drue de ma barbe. Cela me plut. *Comme la tienne, rebbe, quand tu étais jeune ?*

Le vieil homme était rigide, indestructible, hautain et méfiant.

Gregory émergea de derrière la bibliothèque, et revint à la lumière.

Dans ses bras, il tenait le coffret.

Je vis l'or qui recouvrait le cèdre, et je vis qu'il était négligemment entouré de chaînes en fer.

Ils croyaient ainsi pouvoir me tenir, moi, Azriel ? Le fer ne pouvait pas tenir quelque chose comme moi ! J'avais envie

231

de rire. Mais je contemplais ce coffret dans les bras de Gregory.

Un faible souvenir de sa fabrication me revint, mais je ne voyais personne clairement. Je me rappelais seulement l'éclat du soleil sur le marbre, et des paroles tendres. L'amour, un monde d'amour, et l'amour me ramena une fois de plus à Esther.

Gregory rayonnait de fierté et de fascination. Il se moquait que son manteau fût couvert de poussière. Et ses cheveux aussi. Il contemplait cette chose, ce trésor. Il se retourna pour le déposer, comme un bébé, devant le vieillard.

— Non ! Le vieil homme leva les mains. Pose-le par terre et éloigne-t'en.

J'eus un sourire amer. *Ne te profane pas avec ceci.*

Ne me prêtant plus aucune attention, il regardait le coffret que Gregory déposait sur le sol.

— Bon Dieu, s'exclama Gregory. Tu crois qu'il va s'enflammer ? Soigneusement, il disposa le coffret sous la lampe, devant la table du rebbe. C'est très ancien, cette écriture. Ce n'est pas de l'hébreu, mais du sumérien ! Il se frotta les mains, très excité. C'est inestimable, rebbe.

— Je sais ce que c'est, rétorqua le vieil homme, le regard en mouvement entre le coffret et moi.

Je ne changeais pas. Je ne souriais même pas.

Gregory était en extase devant cette chose, comme, devant la crèche, l'un des bergers venus adorer le Fils de Dieu fait homme.

— Qu'est-ce que c'est, grand-père ? Qu'est-ce qui est écrit dessus ?

Il effleura les chaînes de fer, lentement, comme s'il s'était attendu à recevoir l'ordre d'arrêter immédiatement. Il tâta les chaînons, grossiers, il toucha un parchemin inséré sous les chaînes.

Je n'avais pas aperçu ce parchemin avant que Gregory le caresse délicatement. L'or du coffret m'aveuglait et me faisait monter les larmes aux yeux. Je humais le cèdre, les épices, et la fumée qui saturait le bois sous le placage. Je sentais la chair d'autres humains et le parfum des offrandes.

Soudain ma tête chavira.

Je flairai les ossements.

Oh, mon dieu, qui m'a appelé ? Si seulement je pouvais, un seul instant, voir le joyeux visage de mon dieu, qui marchait naguère avec moi, ce dieu qui accompagne chaque homme. Si seulement il pouvait revenir.

Il ne s'agissait pas vraiment de mémoire, comprenez-vous, c'était un brusque élan sans explication, qui me laissait abasourdi et glacé.

Je pensais à cet être, « mon dieu ». Aurait-il ri ? M'aurait-il dit : « Alors, ton dieu t'a failli, Azriel, et même parmi le Peuple élu, tu m'appelles encore ? Ne t'ai-je pas averti ? Ne t'ai-je pas conseillé de t'échapper quand il en était encore temps, Azriel ? »

Mais mon dieu n'était pas là, et il ne souriait pas. Il n'était pas à mon côté, tel l'ami qui s'était promené avec moi dans la fraîcheur du soir sur les berges du fleuve. Et il ne me disait rien de tel. Mais il m'avait accompagné autrefois, et je le savais. Le passé était comme un déluge cherchant à me faire tomber et à me noyer.

Un violent espoir s'empara de moi, un espoir qui accéléra ma respiration, et, dans ma passion, les senteurs de la pièce me suffoquèrent.

Peut-être que personne ne t'a appelé, Azriel ! Peut-être es-tu venu de ton propre chef, peut-être es-tu ton propre maître ! Tu peux alors haïr et mépriser ces deux hommes tout ton saoul !

C'était si doux, cette force, ce sourire, cette apparente plaisanterie selon laquelle j'aurais pu détenir ce pouvoir moi-même. J'entendis presque mon petit rire. Je resserrai les doigts de ma main droite sur les boucles de ma barbe et tirai doucement.

— Ce rouleau est intact, rebbe, déclara Gregory avec ardeur. Regarde, je peux le dégager de ces chaînes. Peux-tu le lire ?

Le vieil homme leva les yeux vers moi comme si j'avais parlé.

Me trouves-tu beau, vieillard ? Je sais ce que tu vois. Je n'ai pas à le voir. C'est Azriel, non pas fait sur mesure par un maître, non pas modelé de telle ou telle façon pour un maître, mais Azriel tel que Dieu m'a fait autrefois, lorsque Azriel était tout à la fois une âme, un esprit et un corps.

233

Le vieil homme me foudroyait du regard. *Je te l'ordonne. esprit, ne te montre pas.*

Oh oui, vieillard, tu me l'ordonnes, et je hais ton cœur glacé! Des liens nous attachent l'un à l'autre, mais nous sommes tellement emplis de haine, toi et moi, que jamais nous ne pourrons apprendre si Dieu y a mis la main, pour elle, pour le bien d'Esther!

Médusé, il me dévisageait sans pouvoir répondre.

Courbé sur son trophée, Gregory toucha le manuscrit avec une délicate convoitise.

— Rebbe, cela vaut une fortune, dit-il. Dis ton prix. Laisse-moi ouvrir le rouleau.

Il posa la main sur le bois et ouvrit les doigts, épris de cet objet.

— Non! dit le vieillard. Pas sous mon toit.

Je scrutai ses yeux pâles et vitreux. *Je te hais. Crois-tu que j'aie demandé à être cette chose que je suis? As-tu jamais été jeune? Tes cheveux ont-ils jamais été aussi noirs et ta bouche aussi colorée?*

Il ne répondit pas, mais il avait entendu.

— Assieds-toi là, dit-il à son petit-fils en lui désignant le siège le plus proche. Assieds-toi là et remplis les chèques que je vais te dicter. Ensuite, cette chose t'appartiendra... avec tout ce que j'en sais.

Je faillis éclater de rire. Voilà donc! Il savait que j'étais là, et il allait me vendre à ce petit-fils qu'il méprisait. Ce serait son horrible prix pour tout le mal que Gregory leur avait fait, à lui et à son Dieu. Il me remettrait entre les mains naïves de son petit-fils. Je me suis mis à rire, sans bruit, juste pour qu'il le voie — à un pétillement de mon regard, à un mouvement de ma lèvre, au hochement de ma tête en signe de révérence pour son habileté, sa froideur, la dureté de son cœur.

Gregory recula, trouva le siège et s'assit sur le vieux cuir pelé et mité. Il débordait d'excitation.

— Dis-moi ton prix.

Mon sourire devait être amer, perçant. Mais j'étais calme. Mon ancien dieu aurait été fier. *Bien fait, mon garçon, bats-toi! Qu'as-tu à perdre? Tu crois que ton dieu compatit? Écoute ce qu'ils te préparent!* Mais qui prononçait ces mots au fin fond des temps ? Qui les disait ? Qui était près de moi, plein d'amour, cherchant à me mettre en garde ? Je dévisageai Gregory. Je ne voulais pas me laisser distraire ou attirer dans ce filet de douleur ; j'allais commencer par pénétrer au fond de ce mystère et mon propre mystère pouvait attendre.

J'enfonçai légèrement les ongles de ma main droite dans la chair de ma paume. Oui, tu es bel et bien là, Azriel, que ce vieillard te méprise ou non, que ce jeune homme soit ou non un meurtrier et un imbécile, et que tu sois ou non vendu une nouvelle fois comme si tu n'avais pas d'âme. Tu es ici, et non pas dans les os rassemblés dans ce coffret !

Je fis comme si mon dieu était là. Nous étions ensemble. Ne l'avais-je pas déjà fait avec d'autres maîtres, sans jamais le leur dire, simplement en amenant mon dieu tout près de moi ? Mais était-il vraiment venu ?

Dans un nuage de fumée, je vis mon dieu se détourner, pleurant sur moi. C'était dans une chambre et la chaleur s'élevait d'un chaudron bouillant ! Mon dieu, aide-moi ! C'était une image sans cadre. C'était une chose indicible, que je ne devais jamais revivre ! Je devais voir les choses ici et maintenant.

Gregory tira de sa poche un portefeuille en cuir. Il l'ouvrit sur son genou et, de sa main droite, prit un stylo en or.

Le vieil homme énumérait les sommes en dollars américains. Des sommes considérables. Il énonçait les destinataires à qui devaient être libellés ces chèques : des hôpitaux, des institutions savantes, une société qui transmettrait l'argent à la yeshiva où les jeunes gens de la Congrégation étudiaient la Torah, ainsi qu'à la Congrégation établie en Israël, enfin, à la nouvelle communauté hassidique qui tentait de créer son propre village non loin de cette ville. Le rebbe donnait ses instructions avec le minimum d'explications.

Sans une question, Gregory entreprit de remplir les chèques avec sa plume en or, tournant les feuillets pour continuer, encore, et encore, signant son nom d'un geste puissant.

Enfin, il les posa sur la table devant le rebbe, qui les aligna et les examina soigneusement. Il paraissait surpris.

— Tu me donnerais autant d'argent pour une chose dont tu ne sais rien, et à laquelle tu ne comprends rien ?

— Ce nom est le dernier mot que ma fille ait prononcé.

— Non, tu veux cette chose ! Tu veux t'approprier son pouvoir.

— Pourquoi croirais-je en son pouvoir ? Oui, je le veux, pour le voir, pour tenter de comprendre comment elle en a connu l'existence. Et, oui, je fais don de ces sommes.

— Sors le manuscrit de ces chaînes et donne-le-moi.

Tel un enfant, Gregory obéit avec ferveur. Le manuscrit n'était pas aussi ancien que le coffret. Gregory le déposa dans la main du vieillard.

Te laveras-tu les mains, ensuite ?

Le rebbe m'ignora. Il déroula soigneusement le parchemin, déplaçant ses mains de gauche à droite, afin d'avoir tout le texte étalé devant lui. Puis il commença à parler, traduisant les paroles en anglais avec circonspection, pour que son petit-fils l'entende.

— « Restitue cette chose aux Hébreux car c'est leur magie. Eux seuls ont le pouvoir de la renvoyer en enfer, où est sa place. Le Serviteur des Ossements ne respecte plus son maître. Les vœux antiques ne le lient plus. Les charmes antiques ne le bannissent plus. Une fois appelé, il détruit tout ce qu'il voit. Seuls les Hébreux connaissent la signification de cette chose. Seuls les Hébreux peuvent maîtriser sa furie. Donne-la-leur sans compensation. »

Je souris à nouveau. Je crois que j'ai fermé les yeux de soulagement, puis je les ai rouverts, pour les fixer sur le vieillard qui contemplait le rouleau.

Suis-je réellement venu de mon propre chef ? Je n'osais pas le croire. Non. Il pouvait y avoir un piège, où la mort d'Esther jouerait le rôle d'appât.

Le vieillard contemplait en silence le manuscrit déroulé devant lui.

Gregory rompit le silence.

— Alors pourquoi ne l'as-tu pas détruit ? Il était dans un tel état d'excitation qu'il n'arrivait pas à rester en place. Qu'est-ce que cela dit d'autre ? En quelle langue est-ce écrit ?

Le vieil homme leva les yeux vers lui, puis vers moi, et se replongea dans l'examen du manuscrit.

— Écoute ce que je vais lire dit-il, car je ne te le traduirai qu'une seule fois :

« Malheur à celui qui détruira ces os, si cela peut être

accompli — ce qu'ignorent même les hommes les plus sages —, car alors sera lâché dans le monde un esprit d'une puissance incalculable, sans maître et ingouvernable. Il sera voué par la malédiction à rester dans l'air à jamais, incapable de gravir l'Échelle du Paradis, ou d'ouvrir les portes de la Perdition. Qui sait quelle sera la cruauté de cet esprit contre les enfants de Dieu ? N'y a-t-il pas suffisamment de démons en ce monde ? »

Théâtralement, il regarda son petit-fils, qui ne manifestait que sa fascination.

C'était tout juste si Gregory ne se frottait pas les mains avec convoitise.

Le vieillard reprit, d'une voix lente :

— Mon père l'a pris parce qu'il estimait devoir le faire. Maintenant tu me le réclames. Eh bien, il t'appartient presque.

Le jeune homme parut fou de joie, ou possédé par une joie divine.

— Oh, rebbe, c'est merveilleux, extraordinaire. Mais comment a-t-elle pu le savoir, ma pauvre Esther ?

— C'est à toi de le découvrir, rétorqua froidement le vieil homme. Jamais je n'ai appelé cet esprit, non plus que mon père. Et non plus que le musulman qui l'a remis entre les mains de mon père.

— Donne-moi ce manuscrit. Que je l'emporte.

— Non.

— Grand-père, je le veux ! Regarde, les chèques sont là !

— Demain, quand les sommes seront transférées, quand la transaction sera terminée.

— Grand-père, donne-le-moi maintenant !

— Demain, tu reviendras me voir, et tu l'emporteras. Tu deviendras le maître du Serviteur des Ossements.

— Espèce de vieil entêté ! Tu sais que ces chèques sont réguliers. Donne-le-moi !

— Oh, que tu es pressé !

Il me regarda. J'aurais juré qu'il était disposé à sourire avec moi si je l'y avais invité, mais je n'en fis rien. Il reporta ses yeux sur son petit-fils.

— Pourquoi l'as-tu tuée ? demanda le vieil homme.

— Quoi ?

— Pourquoi as-tu fait tuer ta fille ? Je veux le savoir. Pour prix, j'aurais dû exiger ta réponse !

— Oh, tu es idiot, vous l'êtes tous, vous, les ardents défenseurs de votre dieu, vous, les idiots superstitieux.

Le vieillard était hors de lui.

— Tes temples, Gregory, sont les maisons des dupes et des maudits. Mais cesse tes injures ! Nous nous connaissons l'un l'autre. Demain soir, quand mes banquiers me confirmeront que ton argent est entre nos mains, viens chercher cette chose et emporte-la. Et garde le secret. Tiens ton serment. Ne révèle à personne que tu es... que tu étais... mon petit-fils.

Gregory sourit, haussa les épaules, et ouvrit les mains dans un geste d'acceptation. Il se retourna pour partir, sans même jeter un regard dans ma direction.

Il s'arrêta à la porte et se tourna vers son grand-père.

— Dis de ma part à mon frère Nathan que je le remercie d'avoir appelé pour me dire ses condoléances.

— Il n'a pas fait ça ! cria le rebbe.

— Si, il l'a fait. Il m'a appelé pour me réconforter, et ma femme aussi.

— Il n'a rien à voir avec toi et ceux de ton espèce !

— Je ne te dis pas cela, rebbe, pour attirer sur lui les foudres de ta colère, mais pour que tu saches que mon frère Nathan m'aime suffisamment pour m'appeler et me dire qu'il était affligé d'apprendre la mort de ma fille.

Gregory ouvrit la porte. Le froid de la nuit était à l'affût.

— Laisse ton frère tranquille !

Le vieil homme se leva, les poings appuyés sur la table.

— Économise tes paroles, répliqua Gregory. Garde-les pour tes ouailles. C'est l'amour que prêche mon Église.

— Ton frère marche avec Dieu, rétorqua le rebbe, mais sa voix s'était brisée.

Il était épuisé. Il hasarda un regard vers moi. Je soutins son regard.

— N'essaie pas de tricher avec moi, rebbe, lança Gregory tandis que l'air froid s'engouffrait dans la pièce. Si je ne trouve pas cette chose demain soir comme promis, je me présenterai aux caméras sur le seuil de ta maison. Et je raconterai dans mon prochain livre les histoires de mon enfance parmi les hassidim.

— Raille-moi si tu veux, Gregory, dit le vieil homme en se redressant péniblement. Mais le marché est conclu, et le Serviteur des Ossements sera demain à ta disposition. Tu me débarrasseras de cette chose. Toi qui es le Mal. Toi qui fais le mal et qui marches au côté du Diable. Ton Église marche au côté du Diable. Les membres de ton Église appartiennent au Diable. Bienvenue à ce démon et à ses semblables. Sors de ma maison.

— Oui, mon maître. Mon Abraham. Il ouvrit la porte, la franchit, et se pencha encore vers la pièce, offrant à la lumière son visage souriant. Mon Patriarche, mon Moïse ! Transmets à mon frère toute mon affection. Dois-je exprimer tes condoléances à mon épouse éplorée ?

Il sortit et claqua la porte. Les objets en verre et en métal frémirent légèrement.

Nous nous dévisageâmes, le vieil homme et moi, à travers la petite pièce poussiéreuse ; je sortis à demi des rayonnages, et il resta immobile.

Il tremblait.

Rentre dans les ossements, esprit. Jamais je ne t'ai appelé. Je ne te parle pas, sinon pour te chasser loin de moi.

— Pourquoi ? implorai-je. Je parlai en hébreu ancien, sachant qu'il le connaîtrait. Pourquoi me méprises-tu, vieillard ? Qu'ai-je fait ? Je ne parle pas de l'esprit qui détruit les magiciens, je parle de moi, Azriel ! Qu'ai-je fait ?

Il était stupéfait et ébranlé. Je me tenais devant son bureau ; je portais des vêtements comme les siens et, baissant les yeux, je vis que mon pied avait failli toucher le coffret. L'odeur de l'eau bouillante envahit mes narines.

— Mardouk, mon dieu, m'écriai-je en chaldéen.

Il connaissait les paroles, ce zaddik ! Eh bien, qu'il me contemple avec horreur.

— Oh, mon dieu, ils ne veulent pas m'aider ! Je psalmodiai les paroles en chaldéen. Je suis encore ici, et il n'y a pas de juste voie !

Le vieil homme était fasciné et horrifié. Submergé par le choc et la haine. Il lança les mains en avant.

— Disparais, esprit, sors d'ici, et retourne dans les ossements d'où tu es issu !

Je sentis un élan parcourir mes membres. Je tins bon.

— Rebbe, tu as dit qu'il l'avait assassinée. Dis-moi s'il l'a vraiment fait. J'ai tué les hommes qui l'avaient frappée !

— Disparais, esprit.

Il se couvrit le visage de ses mains, et détourna la tête. Sa voix s'amplifia. Il s'écarta de son bureau et se mit à tourner autour de moi en criant des mots, de plus en plus fort, de plus en plus clairement, agitant ses mains devant moi. Je me sentis faiblir. Je sentis des larmes sur mon visage.

— Rebbe, pourquoi as-tu dit qu'il avait tué Esther ? Dis-le-moi, et je la vengerai ! J'ai tué les meurtriers ! Oh, Dieu éternel des Armées, quand Yahvé a parlé à Saül et à David, il a commandé : « Tue-les tous jusqu'au dernier, homme, femme, et enfant ! » Et Saül et David lui ont obéi. N'était-il pas juste de tuer les trois assassins d'une innocente jeune fille ?

— Disparais, esprit ! Disparais ! Je n'accepterai aucun échange avec toi. Retourne dans les ossements !

— Je te maudis, je te hais ! lui répondis-je, mais aucun son ne sortit de ma bouche.

Je me dissolvais. Tout ce que j'avais rassemblé sur moi se dispersait, comme si le vent s'était frayé un chemin sous la porte et m'avait saisi.

— Disparais, esprit, disparais d'ici, disparais de ma maison et de ma vue !

L'obscurité.

Pourtant, je ne pouvais cesser de penser.

Je ne pouvais cesser d'être.

Je te reverrai, vieillard.

Des rêves me vinrent comme si j'étais humain, et je dormis. Mon esprit avait ouvert ses portes à des maîtres vivants. Non, Azriel, non, meurs, mais ne rêve pas.

Pourtant, les traits de Samuel apparurent ; Strasbourg ; un autre sanctuaire de manuscrits et de livres en flammes. J'entendis ma voix : « Prends-moi par la main, maître, emporte-moi dans la mort. » Sois maudit, Samuel ! Sois maudit, vieillard.

Soyez tous maudits, maîtres !

Du sommet d'une colline, je contemplais la petite ville de Strasbourg. Oh, à ce moment-là, rien n'était aussi précis que ce que je vous ai décrit. Mais c'était là, je le voyais. Je savais que tous les Juifs souffraient. Je savais que j'étais l'un d'eux. Pourtant, c'était impossible ! Les cloches carillonnaient. Les arrogantes cloches des assassins sonnaient dans leurs églises. Le ciel était ce ciel lourd et muet des jours anciens — il y a six cents ans — peut-être quand l'air ne parlait pas et que j'entendais si clairement les cloches.

« Azriel ! » Bruissement. Vent. Les invisibles approchaient, ils venaient à moi dans une brume fumeuse, m'encerclaient, sentant la faiblesse, la peur, et la souffrance. « Azriel ! » Le grondement jaloux des morts avides et désespérés, contraints de rester sur terre, m'enveloppait.

Éloignez-vous de moi. Laissez-moi me rappeler.

Je voulais savoir. Je voulais les écarter pour passer comme j'avais fait sur le trottoir lorsque Esther m'avait regardé. Je voulais me rappeler, je voulais...

L'espace d'un instant, lumineux, je tins tête au rebbe, mais le rebbe était immense, et sa voix plus forte que le vent.

Esprit, disparais ! Je te l'ordonne ! De fureur, le vieil homme avait le visage rouge sang.

Disparais !

Ses paroles me frappèrent. Me blessèrent. Me fouettèrent. Donnez-moi le silence à présent. S'il ne peut y avoir de paix, il peut y avoir le silence et l'obscurité. Ce pourrait être pire, Azriel.

Il est dur d'être blessé, mais pas aussi dur que de tuer l'innocent et de sourire de haine.

17

J'aurais dû tenter plusieurs choses. J'aurais dû essayer de quitter la pièce, intact, et de suivre Gregory. J'avais un corps visible ! Je l'avais vêtu à la perfection. J'aurais dû me cramponner. J'aurais dû essayer d'errer librement dans les rues de

Brooklyn et d'en apprendre davantage sur le monde, simplement en posant des questions plus précises.

J'aurais dû me renseigner sur Gregory Belkin et sur le Temple de l'Esprit. Les gens de la rue m'auraient parlé de ces choses. J'avais l'air d'un homme. J'aurais pu regarder la télévision dans des tavernes. J'aurais pu passer une nuit d'information profitable et concentrée. Au lieu de laisser le vieux rebbe me chasser de moi-même et me reléguer une fois de plus dans le néant.

En tout cas, lorsque le rebbe voulait me détruire, je n'aurais pas dû perdre mon temps à appeler « mon dieu ».

C'était une chose impensable pour le Serviteur des Ossements — faire appel à mon dieu —, car mon dieu n'avait jamais été avec moi, pendant toutes mes années au service du mal spectral. Je ne pense pas que le Serviteur des Ossements qui avait maudit Samuel se soit même souvenu de mon dieu, car il ne se souvenait pas d'avoir été humain. Mon dieu avait bien été mien, lorsque j'étais un homme et que je vivais à Babylone, avant d'y mourir.

Bien que je déteste l'admettre, si je pense à Samuel, je ne me rappelle que ma fierté d'être son génie, un esprit aux pouvoirs remarquables. J'étais la puissante apogée de la magie antique et des hommes qui savaient s'en servir.

La vie humaine, je ne me la rappelais pas. Je ne me souvenais d'aucun maître avant Samuel, bien qu'il ait dû en exister : à Babylone, il devait y avoir toute une lignée de magiciens, que j'avais servis, et auxquels j'avais survécu. Il ne pouvait en être autrement. Le Serviteur des Ossements se transmettait de main en main.

À un moment donné, comme l'avait si gracieusement expliqué le rebbe à Gregory, le Serviteur des Ossements s'était révolté contre son sort officiel. Il avait fait volte-face au milieu de sa magie pour frapper celui qui l'avait appelé, et avait agi ainsi à plusieurs reprises.

Mais que s'était-il passé autrefois ? N'avais-je pas été humain ?

Que me voulait ma mémoire ? Que me voulait Esther ? Qu'y avait-il d'attrayant à posséder des yeux et des oreilles, à sentir la douleur, à haïr de nouveau et à vouloir tuer ? Oui, j'avais une grande envie de tuer.

Je voulais tuer le rebbe, mais je ne pouvais pas. Je présumais qu'il était un homme bon, peut-être sans défaut, hormis l'absence de bonté, et je ne pouvais pas le faire. Il y a une limite au mal. Je ne pouvais pas le tuer. J'étais heureux de ne pas l'avoir fait.

Vous pouvez imaginer le mystère que j'étais pour moi-même, pris entre le Ciel et l'Enfer, ignorant pourquoi je m'étais incarné.

Mais je n'appartenais pas à Dieu, non, et je n'avais pas de dieu. Lorsque le rebbe me chassa, lorsqu'il utilisa sa force considérable pour disperser ma forme et troubler mon esprit afin que je ne puisse pas m'opposer à lui, il le fit au nom de Dieu et je n'avais pas osé faire appel au même Dieu, celui de mon père, le Dieu éternel des Armées, qui domine tous les dieux.

Non, en cet instant de faiblesse, Azriel, homme et fantôme, avait fait appel à l'antique dieu païen de son époque humaine, au dieu qu'il avait aimé.

Lorsque le rebbe me maudit, je fis appel à Mardouk en chaldéen, exprès, pour faire entendre la langue païenne au rebbe. La colère me dévorait, comme autrefois. Je savais que mon dieu ne m'aiderait pas : nos chemins s'étaient séparés.

Dois-je me rappeler ? Dois-je connaître l'histoire depuis son commencement ?

Si j'essayais de la reconstruire, de la comprendre, de savoir qui j'avais été et comment j'avais été transformé en Serviteur des Ossements, il ne pouvait y avoir qu'une seule raison : j'allais mourir.

Pas uniquement disparaître dans l'obscurité et être rappelé dans un autre drame tragique, pas simplement être pris au piège, confiné sur terre, avec les âmes perdues qui murmuraient, bégayaient et hurlaient en s'agrippant à la mortalité. Mais mourir. Recevoir enfin ce qui m'avait été refusé il y a tant d'années, par quelque mauvais tour dont j'avais perdu le souvenir.

« Azriel, je te mets en garde. » Qui avait prononcé ces paroles, des milliers d'années plus tôt ? Un fantôme ? Qui était l'homme que j'apercevais faiblement, à la table richement ciselée, et qui sanglotait ? Qui était le roi ? Il y avait eu un grand roi...

Mais ma colère et ma rage m'avaient affaibli, de sorte que je me laissai heurter et disperser par le rebbe. Mon esprit fut démantelé aussi sûrement que ma forme. Ma capacité de raisonner fut détruite, et je m'élevai dans la nuit, informe, sans but, errant à nouveau parmi les voix électriques, basculant au-dessus de l'aimant qui nous tient tous — l'univers tournoyant.

Mais je n'ai pas lâché. Je n'ai jamais vraiment lâché prise.

Me ressaisissant, bandant une fois de plus ma force et fixant mon regard sur une destination, je songeai aux divers aspects de ma situation : je pouvais fort bien me trouver sans maître ; je ne faillirais pas à Esther ; j'étais plus fort que je ne l'avais jamais été et déterminé à me battre vigoureusement pour me libérer du rebbe et de son petit-fils. Si je ne pouvais pas mourir, je gagnerais quoi qu'il arrive une vie indépendante d'eux.

Qui peut savoir ce qui nourrit un esprit, incarné ou non ?

J'allais trouver un moyen de mourir, même si cela m'obligeait à me souvenir de tout, de chaque instant de souffrance que j'avais subi quand la mort aurait dû m'être accordée, quand l'Échelle aurait dû descendre du Ciel, ou les Portes de l'Enfer s'ouvrir en grand.

Rester en vie assez longtemps pour comprendre !

Sur le trottoir, le lendemain soir, à Brooklyn, je pris entièrement forme. Invisible au regard des mortels, mais sous la forme qui allait devenir solide.

Pouvais-je me lancer de mon propre chef dans cette aventure ? Je le souhaitais vraiment. Je n'avais pas encore confiance en moi, cependant, ce soir-là, dans ma quête de la vérité, j'allais prendre des initiatives.

Brooklyn encore, la maison du rebbe, la voiture de Gregory se rangeant le long du trottoir...

Invisible, je m'approchai de Gregory, l'enveloppant sans le toucher, l'escortant dans l'allée sombre, effleurant presque ses doigts tandis qu'il tournait la clé.

Quand la porte s'ouvrit, j'entrai gaiement et sans crainte avec lui, à son côté, humant l'odeur de sa peau, le scrutant comme jamais. À ce moment-là, je me régalais de mon invisibilité, que je déteste habituellement. J'observais son élégance, sa force, le rayonnement qui émanait de lui. Ses yeux noirs étincelaient dans son visage, sa bouche était très belle. Il portait des vêtements d'une simplicité distinguée : un long manteau de laine moelleuse, des étoffes délicates par-dessous, et autour du cou la même écharpe que la veille.

Je me dirigeai vers le fond de la pièce, un meilleur poste d'observation que le soir précédent, très éloigné des deux hommes, des lampes étriquées et du cercle restreint de l'intimité qu'ils partageaient à contrecœur.

Je voyais le profil du vieillard comme celui de Gregory, tous deux face à face, avec le coffret étincelant sur la table débarrassée des livres sacrés et qui serait sans doute purifiée ensuite par mille paroles, gestes et bougies. Mais quelle importance ?

Si je faisais bouger l'air, le vieillard devinerait ma présence en quelques secondes. Il me fallait rester immobile, résister à l'attrait de ma force croissante. Demeurer diaphane, rapide, prêt à franchir intact les murs, plutôt que péniblement dispersé comme la nuit précédente.

J'étais près du mur le plus proche de la rue, adossé à une porte en bois inutilisée, avec sa poignée en cuivre couverte de poussière. Je distinguais ma forme, mes bras croisés, mes chaussures. J'appelai les copies des vêtements de Gregory à se former souplement autour de moi.

Le rebbe était appuyé sur ses coudes, les yeux fixés sur le coffret.

Je n'éprouvais rien, à le voir si près des ossements, à entendre les deux hommes en parler, à les voir contempler le coffret qui les contenait.

Conduis-toi à présent comme si tu étais vivant, et comme s'il importait de continuer à vivre. Sois attentif comme un vivant. Prends ton temps.

Les conseils que je me prodiguais m'amusèrent.

Essaie seulement, vieillard ! J'étais prêt à l'affronter. J'étais prêt à tout affronter.

Gregory s'avança anxieusement dans la lumière, les yeux fixés sur le coffret. Le vieil homme se comportait comme si Gregory n'avait pas été là. Le vieil homme contemplait le placage d'or, les chaînes en fer.

Gregory tendit les mains et, sans demander la permission,

les posa sur le coffret. Je ressentis un frémissement et je devins plus fort.

Le vieillard fixait les mains de Gregory. Puis il s'adossa à son siège en soupirant, prit une liasse de papiers — un papier léger et de mauvaise qualité, très différent du parchemin — et la tendit à Gregory par-dessus le coffret.

— Qu'est-ce que c'est ?

— Tout ce qu'il te faut apprendre sur ce coffret, répondit le vieil homme en anglais. Ne vois-tu pas les lettres ? Sa voix exprimait le désespoir. Les paroles sont écrites en trois langues. Appelons la première sumérien, la deuxième araméen, et la dernière hébreu. Ce sont des langues anciennes.

— C'est gentil de ta part. Je n'en attendais pas tant.

J'étais de son avis. Qu'est-ce qui avait inspiré une telle générosité au vieil homme ?

Gregory commença à parler.

— Non ! coupa le rebbe. Pas ici. Il est à toi, désormais. Emporte-le. Tu prononceras les paroles où et quand tu le voudras, mais pas sous mon toit. J'exige de toi une dernière promesse, en échange des documents que j'ai préparés pour toi. Tu comprends, n'est-ce pas, qu'ils te permettront d'appeler l'esprit ?

Gregory eut un petit rire.

— Ta bonté me ravit ! Je connais ta répugnance à toucher des babioles qui ne seraient pas pures.

— Ce n'est pas une babiole, rétorqua le vieillard.

— Alors quand je dirai ces paroles, le Serviteur des Ossements surgira ?

— Si tu n'y crois pas, pourquoi le veux-tu ?

Le choc me parcourut. J'étais visible.

Je me collais au mur, sans oser regarder mes jambes ni mes bras. L'étoffe s'enroulait autour de moi sans un murmure. « Que les chaussures brillent encore plus, qu'il y ait de l'or à mon poignet, et que mon visage soit rasé de près, que je retrouve les cheveux de ma jeunesse », ordonnai-je en silence.

Je sentis mon propre poids, plus dense, peut-être, qu'il ne l'avait été la veille au soir.

— Tu ne penses pas sérieusement que j'y croie ? rétorqua poliment Gregory.

Il replia les papiers et les rangea soigneusement dans sa poche.

Le vieil homme ne répondit pas.

— Je veux savoir de quoi il s'agit, je veux savoir de quoi elle parlait. Je le convoite parce qu'il est unique et précieux, et qu'elle en a parlé au moment de mourir.

— Oui, cela augmente sa valeur, dit le rebbe, d'une voix dure et claire.

Je sentais mes cheveux sur mes épaules. Je sentais l'humidité du mur de béton me glacer le cou. Je fis épaissir l'écharpe autour de mon cou. L'ampoule électrique se balançait. Les objets grinçaient dans la pièce, mais ni l'un ni l'autre ne semblait le remarquer, tellement ils étaient tendus.

— Les chaînes sont bien rouillées, observa Gregory en brandissant l'index droit. Je peux les retirer ?

— Pas ici.

— Alors, je suppose que notre affaire est conclue. Tu veux autre chose, n'est-ce pas ? Une promesse finale. Parle. Que veux-tu ?

— Promets-moi que tu ne reviendras pas dans cette maison. Que tu ne chercheras jamais à me revoir. Que jamais tu ne chercheras à revoir ton frère. Jamais tu ne diras à personne que tu es né parmi nous. Tu garderas ton univers à l'écart comme tu l'as toujours fait. Si ton frère t'appelle, tu ne répondras pas. Si ton frère vient te voir, tu ne le recevras pas. Promets-le-moi.

— Tu me demandes la même chose à chaque fois que je te vois. Il rit. C'est toujours la dernière chose que tu me demandes, et je promets toujours. Il pencha la tête de côté et sourit affectueusement au vieillard, d'un air supérieur et impudent. Tu ne me reverras plus, grand-père. Plus jamais. À ta mort, je ne franchirai pas le pont pour venir sur ta tombe. C'est ce que tu veux entendre ? Je ne viendrai pas te pleurer avec Nathan. Je ne prendrai pas le risque d'attirer l'attention sur lui, ni sur aucun de vous. D'accord ?

Le vieillard opina.

— Mais j'ai une dernière exigence à t'exprimer, dit Gregory. Si je ne dois plus jamais revoir Nathan ni lui parler.

Le vieillard fit un petit geste d'attente.

— Dis à mon frère que je l'aime. J'exige que tu le lui dises.

— Je le lui dirai.

Ensuite, Gregory agit rapidement ; il souleva le coffret entre ses bras puis se redressa.

Je sentis à nouveau les vibrations, la poussée de force dans mes bras et mes jambes. Je sentis mes doigts remuer, avec un picotement, comme si des aiguilles me touchaient partout. Ces sensations provenant de son contact ne me plaisaient guère. Mais peut-être provenaient-elles de nous tous, de notre concentration, de notre détermination.

— Adieu, grand-père. Un jour, ils viendront pour écrire sur toi — mes biographes, ceux qui raconteront l'histoire du Temple de l'Esprit. Il resserra son étreinte sur le coffret. Les chaînes rouillées laissaient une poussière rouge sur ses revers. Ils écriront ton épitaphe parce que tu es mon grand-père. Et tu mériteras cette reconnaissance.

— Sors de ma maison.

— Bien entendu, tu n'as pas à t'inquiéter pour le moment. Aucune trace ne subsiste du garçon que tu as pleuré voici trente ans. Sur mon lit de mort, je le leur dirai.

Le vieil homme secoua la tête, mais résista à la tentation de répondre.

— Mais dis-moi, n'es-tu pas un peu curieux de ce qu'il y a dans ce coffret, de ce qui risque d'arriver quand je lirai les incantations ?

— Non.

Le sourire de Gregory s'effaça. Il dévisagea le rebbe, puis déclara :

— Très bien. Nous n'avons plus rien à nous dire, n'est-ce pas, grand-père ?

Le vieillard acquiesça.

Gregory avait les joues enflammées de colère, rouges et mouillées de sueur. Il fit volte-face, se dirigea rapidement vers la porte, l'ouvrit d'un coup de genou, et la laissa claquer derrière lui.

Le vieillard regardait la poussière sur sa table, les particules de rouille que les chaînes avaient laissées sur le bois ciré.

Je n'éprouvais rien. Je ne bougeais plus et je ne prenais

plus de forces, maintenant que Gregory s'était éloigné de moi avec le coffret des ossements. Non, il n'était pas le maître. Mais ce vieillard ? Il fallait que je sache.

Les pas de Gregory s'évanouirent dans l'allée.

Je m'avançai jusqu'à la table et m'arrêtai devant le rebbe. Il demeura saisi.

Il surmonta dans un silence rigide le moment de pousser un cri, les yeux figés, puis chuchota :

— Retourne dans les ossements, esprit.

Je m'arc-boutai contre lui de toutes mes forces. Sa haine m'était indifférente et je ne songeais pas à ma longue vie misérable pendant laquelle j'avais été dupé ou aimé. Je le regardais, et je restais ferme. Je l'entendis à peine.

— Pourquoi lui as-tu donné les ossements ? Quel est ton plan ? Si tu m'as appelé pour le détruire, dis-le-moi !

Il détourna sa face pour ne pas me voir.

— Disparais, esprit ! proféra-t-il en hébreu.

Je le regardai se lever et reculer son siège. Je vis ses mains s'envoler, et je sus qu'il parlait l'hébreu et le chaldéen ; oui, il parlait à une cadence parfaite, mais je n'entendais pas les mots. Les mots ne me touchaient pas.

— Pourquoi as-tu dit qu'il avait tué Esther ? Pourquoi, rebbe, dis-le-moi !

Silence. Il avait cessé de parler. Il ne priait même pas. Il était transfiguré, les lèvres serrées sous sa moustache blanche, les papillotes agitées d'un imperceptible tremblement.

Il avait fermé les yeux, et il commença à murmurer ses prières en hébreu, en se balançant rapidement, inlassablement.

Sa peur égalait sa rage ; sa haine les devançait l'une comme l'autre.

— Veux-tu la justice pour Esther ? lui criai-je.

Mais rien ne pouvait atteindre ses prières, ses yeux fermés et ses balancements. Je murmurai alors très doucement, en chaldéen :

— Allez-vous-en, infimes particules de terre, d'air, de montagne et de mer, des vivants et des morts, qui êtes venus me donner cette forme ! Allez-vous-en, mais pas si loin que je ne puisse vous rappeler à mon gré. Et laissez-moi ma forme mortelle, que cet homme puisse me voir et en éprouver de l'effroi.

La lumière du plafond frémit à nouveau. Je vis l'air agiter la barbe du vieillard et le faire ciller.

Je baissai les yeux et, à travers mes mains translucides, je vis le sol.

— Allez-vous-en ! répétai-je. Restez près de moi pour revenir à mon appel, que Dieu Lui-même ne puisse pas me distinguer d'un homme fait par Lui !

Je disparus.

Je projetai en l'air mes mains en train de disparaître, pour effrayer le vieillard. J'avais envie de lui faire mal, de le défier. Il priait sans relâche, les yeux clos.

Mais je n'avais pas le temps de m'amuser avec lui. Je ne savais pas s'il restait suffisamment d'énergie pour ce que je voulais faire.

Traversant les murs, je m'élevai au-dessus des toits, à travers les fils électriques bruissants, dans l'air frais de la nuit.

— Gregory, articulai-je, Gregory !

Là, dans le flot de circulation qui franchissait le pont, je vis la voiture. Longue et racée, elle maintenait parfaitement ses distances avec celles qui l'entouraient.

«En bas, à côté de lui, et de telle sorte qu'il ne me voie pas !»

Aucun maître n'aurait pu le dire avec plus de détermination, le doigt brandi vers la victime que j'allais devoir voler, tuer, ou mettre en fuite.

«Maintenant viens, Azriel, je te l'ordonne», dis-je.

Doucement, je descendis dans l'intérieur chaud et moelleux de la voiture, un univers de sombre velours synthétique et de verre teinté qui faisait mourir la nuit, comme si un brouillard avait tout recouvert.

Je pris place en face de lui, adossé à la paroi de cuir qui nous séparait du chauffeur et, croisant les bras, je l'observai, avec son coffret dans les bras. Il avait brisé les chaînes rouillées, qui gisaient sur le tapis.

J'aurais pu pleurer de bonheur. J'avais eu si peur ! J'avais été tellement sûr que je ne pourrais pas le faire ! Ma volonté tout entière s'était bandée dans l'effort et il me restait à peine assez de souffle pour me rendre compte que j'avais obéi à mes propres ordres.

Nous faisions route ensemble, le fantôme aux aguets et l'homme agrippé à son trésor, enivré par l'or comme l'avaient été les Anciens. Comme je l'avais moi-même été.

L'or.

Un souffle torride me submergea, mais c'était la mémoire.

Tiens bon. Commence. De la terre et de la mer, des vivants et des morts, de tout ce que Dieu a créé, venez à moi, toutes choses nécessaires à faire de moi une apparition, fine comme l'air, pour me rendre à peine visible, mais néanmoins solide.

Je baissai les yeux et vis mes jambes prendre forme. J'assemblai sur moi des vêtements semblables à ceux de Gregory. Je pouvais presque sentir le siège rembourré de la voiture, et je n'aspirais qu'à être enveloppé d'étoffes.

Je vis des boutons, et des ongles. J'élevai mon invisible main jusqu'à mon visage pour m'assurer que j'étais aussi bien rasé que lui. Donnez-moi mes cheveux, ma longue chevelure épaisse. J'enroulai mes doigts dans les boucles. J'avais très envie de terminer, mais il était trop tôt...

Il me fallait décider de l'apparition d'Azriel. J'étais le maître.

Soudain, Gregory posa le coffret. Il s'agenouilla sur le plancher de la voiture et posa le coffret devant lui. Secoué par le mouvement de la voiture, il se rattrapa au siège, sa main droite si proche de moi qu'elle me toucha presque, puis il arracha le couvercle du coffret.

Il l'arracha; le couvercle vola en éclats, desséché, presque réduit à une coquille d'or. Là, sur leur lit d'étoffe pourrie, gisaient les ossements.

Je ressentis un choc comme si l'on infusait du sang en moi. Mon cœur n'avait plus qu'à battre. *Non, pas encore.*

Je baissai les yeux sur les résidus de mon corps. Sur les os qui contenaient mon tzelem emprisonné, recouverts d'or, enchaînés ensemble.

Une ombre me menaçait, une dissolution. Quelle en était la raison ? La souffrance. Nous étions dans une grande salle. Je sentais la chaleur du chaudron bouillonnant. Non ! Ne laisse pas cela se reproduire. Ne laisse pas cela t'affaiblir.

Regarde l'homme à genoux devant toi, et les os qu'il vénère. Tes os.

« Ô corps, sois mien, murmurai-je. Sois assez fort et assez solide pour faire brûler d'envie les anges. Accorde-moi l'aspect de l'homme que je serais à mon plus beau moment de bonheur. »

Il s'immobilisa. Il avait perçu le murmure. Mais dans l'obscurité il ne voyait rien d'autre que le coffret. Qu'étaient pour lui des grincements, des sursauts et des chuchotis ? La voiture roulait à vive allure. La ville bruissait et vibrait.

Ses yeux étaient rivés sur les ossements.

— Seigneur Dieu, articula Gregory, et, prenant appui sur ses talons pour ne pas basculer, il tendit les mains vers le crâne.

Je les sentis sur ma tête. Un effleurement de l'épaisse chevelure noire que j'avais appelée à moi.

— Seigneur Dieu ! répéta-t-il. Serviteur des Ossements ? Tu as un nouveau maître. C'est Gregory Belkin et son troupeau, Gregory Belkin du Temple de l'Esprit de Dieu qui t'appelle. Viens à moi, esprit ! Viens à moi !

Je répondis :

— Vais-je répondre oui ou non à tes paroles. Je l'ignore... Je suis déjà là.

Il leva les yeux, me vit assis calmement, en face de lui. Il poussa un grand cri en basculant contre la portière, laissant tomber le coffret.

Rien ne changea en moi, sinon que je devins plus fort et plus visible.

Je me penchai et rabattis soigneusement le fragile couvercle sur le squelette recroquevillé. Puis je croisai les bras et soupirai.

Il était assis par terre, les genoux relevés, et il me contemplait, émerveillé, sans crainte, et fou de joie.

— Serviteur des Ossements ! dit-il en me souriant.

— Oui, Gregory, répondis-je avec la langue de ma bouche, et ma voix parlant son anglais. Je suis ici, tu le vois.

Je l'examinai attentivement. J'avais surpassé son habillement. Mon manteau était de soie douce et immaculée, mes boutons de jaspe, et mes cheveux me retombaient sur les épaules. J'étais maître de moi, tandis qu'il était éberlué.

— Oui, dit-il avec un grand sourire. Oui !

Je n'avais rien dit. Avait-il lu mes pensées ?

La voiture s'arrêta en douceur.

J'en fus rassuré. J'étais effrayé par son charme et par le fait de m'être attaché à lui, effrayé d'avoir gagné de la force en parlant avec lui. Il n'avait pas à le vouloir, ni même à le souhaiter, seulement à le voir. Je ne pouvais le tolérer. J'avais assisté à la mort d'Esther, et pas lui. Il n'avait pas été là pour me voir, pourtant j'avais eu la force de prendre la vie de chacun des assassins.

Il regardait par les vitres, à droite et à gauche. Une immense foule nous entourait, criant et chantant, secouant la voiture à tel point qu'elle vacilla sur ses roues comme un bateau sur l'eau.

Cela ne l'inquiétait pas. Il se retourna pour me regarder. Je sentis venir à nouveau ce vertige flou, car cette foule me rappelait celle venue assister à la procession, les pétales lancés, les vapeurs d'encens et les gens amassés sur les toits, les bras tendus.

Jonathan, vous connaissez ce dont je parle, mais à cette époque-là je ne m'en souvenais plus. Je nageais dans la confusion. Comme si quelque chose essayait de me forcer à voir mon existence dans sa continuité. Mais je ne m'y fiais pas. J'avais dû être très près des enseignements de Zurvan au moins mille fois au fil des ans sans jamais le savoir, sans jamais m'en souvenir. Sinon, pourquoi voulais-je venger cette fille ? Pourquoi méprisais-je le rebbe pour son manque de compassion à mon égard ? Pourquoi le mal chez cet homme me fascinait-il tellement que je ne l'avais pas encore tué ?

Il déclara de sa voix douce et charmeuse :

— Nous voici arrivés chez moi, Azriel. Il m'interrompait brusquement. Nous sommes à ma porte. Il fit un geste rêveur et las en direction des gens qui nous entouraient. Ne te laisse pas effrayer par eux. Je te prie de bien vouloir entrer.

Je vis des rangées de fenêtres éclairées.

Les portières de la voiture avaient été déverrouillées avec un déclic audible. L'espace d'une seconde, je vis un chemin s'ouvrir pour lui, sous une marquise. Des cordes tendues entre des colonnettes en bronze retenaient la multitude. Des caméras de télévision étaient braquées sur nous. Je vis des hommes en uniforme refouler ceux qui nous acclamaient.

— Peuvent-ils te voir ? demanda Gregory d'un ton confidentiel, en homme qui partage un secret.

C'était la rupture, chez lui, d'une chaîne de comportement presque parfaite. Par générosité, je fus tenté de ne pas relever l'idée ; mais non...

— Constate par toi-même s'ils peuvent me voir ou non, Gregory.

Je me baissai, ramassai le coffret et, le calant solidement sous mon bras gauche, je saisis la poignée et sortis avant lui sur le trottoir, sous le feu des éclairages électriques.

Je me retrouvai debout devant un grand immeuble, dont je pouvais à peine discerner le sommet.

Où que se porte mon regard, je ne distinguais que des visages hurlants, des yeux fixés sur moi. Je n'entendais qu'un brouhaha de gens qui interpellaient Gregory, qui appelaient à venger Esther dans le sang.

Des caméras et des micros descendirent sur nous ; une femme me posa des questions en rafale, beaucoup trop vite pour que je les comprenne. La foule allait briser les cordes, mais des renforts en uniforme accoururent pour restaurer l'ordre.

Les projecteurs de télévision dégageaient une chaleur intense qui me brûlait le visage. Je levai la main pour me protéger les yeux.

Un cri unanime et puissant s'éleva à l'apparition de Gregory qui, descendant de voiture avec l'aide de son chauffeur, épousseta son manteau maculé de poussière, et prit place à mon côté.

Il approcha ses lèvres de mon oreille.

— En effet, ils te voient, dit-il.

Le vertige flou me reprit : des cris en d'autres langues m'assourdissaient, et je secouai à nouveau la chape de tristesse pour fixer les lumières aveuglantes et les visages hurlants.

— Gregory ! Gregory ! Gregory ! scandaient les gens. Un Temple, un Dieu, un Esprit.

Au début la litanie nous parvenait par vagues, mais ensuite la foule harmonisa ses voix.

— Gregory, Gregory, Gregory. Un Temple, un Dieu, un Esprit.

Il leva la main et salua, se tournant à droite et à gauche, hochant la tête et souriant, agitant la main. Il embrassa sa propre main, celle que j'avais baisée, pour envoyer ce baiser et mille autres aux gens en extase qui hurlaient son nom.

— Du sang, du sang, du sang pour Esther ! cria quelqu'un.
— Oui, du sang pour elle ! Qui l'a tuée ?

La prière vint gronder par-dessus, mais d'autres avaient repris le refrain, « Du sang pour Esther », et frappaient du pied en cadence.

Les personnes armées de caméras et de micros franchirent les cordes et nous assaillirent.

— Gregory, qui l'a tuée ?
— Gregory, qui est-ce, là, avec vous ?
— Gregory, qui est votre ami ?
— Monsieur, êtes-vous un disciple du Temple ?

C'est à moi qu'ils parlaient !

— Monsieur, dites-nous qui vous êtes !
— Monsieur, qu'y a-t-il dans la boîte que vous portez ?
— Gregory, dites-nous ce que l'Église va faire ?

Il se retourna face aux caméras.

Un escadron bien entraîné d'hommes en costumes sombres se précipitèrent pour nous entourer et nous séparer des journalistes. Ils nous poussèrent doucement dans l'allée éclairée, au-delà de la populace.

Gregory parla d'une voix forte.

— Esther était l'agneau ! L'agneau a été égorgé par nos ennemis. Esther était l'agneau !

La foule se déchaîna.

Je fixais les caméras, les projecteurs braqués sur nous, les flashes de milliers de petits appareils photo.

Il prit une profonde inspiration pour parler, tenant la situation bien en main, comme tout dirigeant sur son trône. D'une voix forte, il commença.

— Le meurtre d'Esther n'était que leur mise en garde ; ils nous ont fait savoir qu'est venue l'heure de la destruction du juste.

La foule cria et applaudit, des serments jaillirent, des litanies furent reprises en chœur.

259

— Ne leur donnez aucun prétexte pour entrer dans nos églises et nos maisons, reprit Gregory.

La foule se pressait contre nous. Le bras de Gregory m'entoura, caressant.

Je levai les yeux. L'immeuble transperçait le ciel.

— Viens à l'intérieur, Azriel, me dit-il à l'oreille.

Il se fit alors un bruit de verre brisé. Une sonnerie d'alarme retentit. La foule avait fait voler en éclats l'une des fenêtres du rez-de-chaussée de la tour. Des employés se précipitèrent. Des coups de sifflet retentirent. Dans la rue, des policiers à cheval, attentifs, surveillaient les événements.

Nous étions emportés, franchissant des portes, foulant un marbre étincelant. J'étais follement excité. Stupéfait et revigoré. Quelque chose me soufflait que mes anciens maîtres avaient été des sages cachés, gardant leurs pouvoirs pour eux-mêmes.

Nous étions là dans la capitale du monde : Gregory rayonnait dans la solidité de sa puissance, et je marchais à son côté, ivre d'être vivant, ivre de tous ces yeux fixés sur nous.

Enfin, deux hautes portes en bronze sculptées d'anges se dressèrent devant nous et s'ouvrirent sur une salle tout en miroirs. Gregory fit signe à tous les autres de rester dehors.

Les portes se refermèrent. C'était un ascenseur. Je m'aperçus dans les miroirs, et fus choqué de voir ma longue chevelure et mon air féroce. Puis je le vis, plus froid et plus autoritaire que jamais, qui m'observait ; et s'observait. Je paraissais beaucoup plus jeune que lui, et tout aussi humain — nous aurions pu être frères, tous deux basanés, et brunis par le soleil.

Ses traits étaient plus délicats, ses sourcils plus fins, plus soignés ; je remarquai l'ossature proéminente de mon front et de ma mâchoire. Mais nous semblions appartenir à la même tribu.

Tandis que l'ascenseur poursuivait son ascension, je me rendis compte que nous étions complètement seuls, chacun dévisageant l'autre, dans une cabine flottante où les lumières se réverbéraient dans des miroirs.

À peine avais-je absorbé ce petit choc parmi tant d'autres, à peine m'étais-je adapté au léger roulis de l'ascenseur que les portes se rouvrirent sur un vaste sanctuaire, à la fois somptueux et intime : un vestibule de marbre en demi-lune, avec des portes sur la droite et la gauche, et devant nous un large corridor menant à une lointaine salle dont les fenêtres étaient grandes ouvertes sur la nuit scintillante.

Nous étions plus haut que le plus puissant des châteaux, des ziggourats, ou des forêts. Nous étions au royaume des esprits aériens.

— Mon humble demeure, murmura Gregory.

Puis il se força à arracher de moi son regard et se ressaisit.

Derrière les portes on entendait des voix, et des pas feutrés. Une femme sanglotait, éperdue de souffrance. Les portes étaient fermées.

— C'est sa mère qui pleure, n'est-ce pas ? La mère d'Esther ?

Le visage de Gregory se figea, puis exprima la tristesse. Non, quelque chose de plus douloureux que la tristesse, et qu'il n'avait jamais laissé paraître en présence du rebbe lorsqu'ils parlaient de sa fille. Il hésita, parut sur le point de dire quelque chose, puis se contenta de hocher la tête. La tristesse rongeait son visage, son corps, et même sa main, inerte le long de son corps.

Il hocha la tête.

— Nous devrions aller la voir, non ? proposai-je.

— Pourquoi ? s'enquit-il patiemment.

— Parce qu'elle pleure. Elle est triste. Écoute les voix. Quelqu'un la maltraite.

— Non, c'est juste pour lui administrer son médicament.

— Je veux lui dire qu'Esther n'a pas souffert, que j'étais là, et que l'esprit d'Esther s'est élevé, léger comme l'air, sur la Voie du Paradis. Je veux le lui dire.

Il songea un moment. Les voix s'apaisèrent. Je n'entendais plus pleurer la femme.

— Accepte mon conseil, dit-il. Parle-moi d'abord. De toute façon, tes paroles ne signifieront rien pour elle.

Cela ne me plut guère. Mais je savais que nous devions discuter, lui et moi.

— Tout de même, insistai-je. Plus tard, quand cela te conviendra, je veux la voir et la réconforter. Je veux…

Pas un mot. Plus aucune roublardise humaine, soudain,

plus rien que l'accablante évidence de ma solitude. Pourquoi au nom du Ciel m'avait-on laissé revenir avec toute la force d'un homme ? Ou même une force plus grande ?

Gregory m'observait.

Dans une antichambre faiblement éclairée, je vis deux femmes vêtues de blanc. Une voix d'homme s'éleva derrière une porte, rauque et fâchée.

— Le coffret, dit Gregory en désignant la boîte en or que je tenais dans mes bras. Ne lui laisse pas voir une chose pareille. Elle s'en alarmerait. Viens avec moi.

— C'est un objet bien étrange, en effet, admis-je en regardant le coffret dont l'or s'écaillait.

Vertige flou. Chagrin. La lumière varia d'une fraction à peine. Laissez-moi tous, doute, inquiétude, peur de l'échec, murmurai-je dans une langue qu'il ne pouvait pas comprendre.

Je perçus la familière puanteur d'un liquide bouillant, d'une vapeur d'or. Vous savez pourquoi, mais je l'ignorais. Je me détournai en fermant les yeux, puis je regardai à nouveau la fenêtre ouverte sur le ciel nocturne, au bout du couloir.

— Regarde, dis-je. Je n'avais qu'une vague notion en tête : le décor du paradis, les arches au-dessus de nous, les pilastres qui flanquaient chaque porte. Les étoiles, là-bas. Regarde, répétai-je. Les étoiles.

Le silence régnait dans la maison. Il m'observait, m'examinait, écoutait ma respiration.

— Oui, les étoiles, murmura-t-il rêveusement, d'un air de respect.

Ses yeux noirs et vifs s'écarquillèrent, puis son sourire reparut, tendre et aimant.

— Nous lui parlerons plus tard, je te le promets. Il me saisit par le bras et m'entraîna. Mais viens d'abord dans mon bureau, et parlons. Il en est bien temps, non ?

— Je voudrais tant savoir, murmurai-je. Elle pleure encore, n'est-ce pas ?

— Elle pleurera jusqu'à sa mort.

Il avait les épaules écrasées par le chagrin. Son âme entière souffrait. Je me laissai entraîner dans le corridor. Je voulais tout apprendre de lui. Je ne répondis rien.

18

Gregory me devançait dans le couloir, d'un pas hardi qui retentissait sur le marbre. Je le suivais, ébloui par les tentures de soie couleur pêche qui tapissaient les murs. Le sol était de cette même couleur exquise et nourrissante.

Nous passâmes devant de nombreuses portes. L'une d'elles était ouverte, sur la droite. Sa chambre. Elle s'y tenait.

Je m'arrêtai pour jeter un coup d'œil indiscret, mais ce que je vis me stupéfia.

C'était une fastueuse chambre à coucher, spectaculairement tendue d'écarlate, avec des festons de soie rouge qui pendaient au plafond pour draper les colonnes du lit. Le sol était également de marbre, d'une blancheur de neige. Le plus saisissant était la femme qui pleurait, assise sur un divan bas. Vêtue d'une robe vaporeuse, rouge et scintillante comme le décor de la chambre, elle avait des cheveux noir de jais comme ceux d'Esther et les miens, les mêmes yeux immenses au blanc étincelant. Sa chevelure striée d'argent se répandait sur son dos. Des infirmières l'entouraient. L'une d'elles se hâta de fermer la porte.

Mais elle leva les yeux et me vit. Elle avait les traits tirés, brouillés, mouillés de larmes. Cependant, elle n'était pas vieille. Elle avait eu Esther très jeune. Elle se redressa. Je l'entendis appeler : « Gregory ! »

Il se remit en marche et tendit sa main douce et tiède en arrière pour prendre la mienne et m'entraîner.

Nous entrâmes dans la salle principale, un vaste demi-cercle superbement décoré sous une haute coupole. Du côté de la rue, le mur était percé d'une rangée de portes-fenêtres, chacune composée de douze panneaux vitrés et, derrière nous, la cloison arrondie était ponctuée de portes semblables, à intervalles réguliers.

C'était somptueux.

Au centre du demi-cercle se trouvait une cheminée de marbre blanc, grande et glaciale comme un autel. Des lions y étaient sculptés. Au-dessus du linteau était accroché un énorme miroir, où se reflétaient les fenêtres. Tout autour de moi se réverbéraient des reflets. Sur les portes à douze panneaux du mur du fond, les vitres étaient remplacées par des miroirs. Quelle illusion cela créait !

Je me tournais et me retournais sans répit, absorbant tout, tirant de chaque élément des conclusions. J'étais surpris par chaque nouvel objet. Pourtant, je les connaissais tous : des statues de Chine, une urne grecque familière, d'admirables vases en verre...

La pièce était parsemée de sofas et de sièges en velours pêche et or, de tables à la surface brillante, de vases ornés de lys et de marguerites jaunes. Un immense tapis recouvrait le sol. Il représentait avec minutie l'arbre de vie.

Le monde changeait, devenait plus complexe, plus inventif, parfois plus laid, mais les formes de mon époque demeuraient inscrites dans les surfaces qui m'entouraient. Chaque objet, dans cette pièce, était lié d'une manière ou d'une autre aux plus anciens principes esthétiques de ma connaissance.

J'imaginai soudain que les tribus perdues d'Israël vivaient dans ce tapis, celles qui avaient été vendues lors de la victoire de Nabuchodonosor dans le royaume du Nord, avant la prise de Jérusalem. Des images de bataille, d'incendie.

Azriel, maîtrise-toi.

— Dis-moi, commençai-je, dissimulant mon ravissement, ma faiblesse, et ma soif de savoir. Qu'est-ce que ce Temple de l'Esprit, pour que son grand prêtre vive dans une telle splendeur ? Es-tu voleur et charlatan, comme l'a affirmé ton grand-père ?

Il ne répondit pas, mais il était ravi.

— Voici un journal, ouvert là où tu l'as laissé, repris-je. Et voici le visage d'Esther. Elle sourit pour les historiens. Pour le public. À côté du journal, qu'est-ce que cette cruche ? Du café amer. Le goût de ta bouche est resté sur la tasse. Je le sens. Nous sommes dans un endroit privé, où tu as des souvenirs. Esprit ou non, ton dieu est un dieu riche. Je pris le temps de sourire. Et toi, un prêtre riche.

— Je ne suis pas un prêtre, dit-il.

Deux hommes apparurent, jeunes et gauches, en chemise blanche empesée et pantalon noir. Ils entrèrent par l'une des portes du mur du fond, et Gregory leur fit aussitôt signe de s'en aller. Les portes couvertes de miroirs se refermèrent.

Nous étions seuls. Je sentais mon souffle et mes yeux remuer dans mon crâne ; j'éprouvais une telle envie de choses matérielles et sensorielles que j'en aurais pleuré — si j'avais été seul.

Je le considérai avec soupçon. Son excitation était palpable. Il pouvait à peine retenir sa langue. Il voulait m'inonder de questions, ingurgiter toutes les connaissances qu'il pourrait me soutirer. Je m'obstinais tel un humain à rester plongé dans mes pensées.

Finalement, il ne put tenir.

— Qui t'a appelé ? demanda-t-il. Il n'était pas antipathique. Il semblait se glisser dans une candeur d'enfant, mais avec une aisance trop naturelle. Qui t'a fait sortir des ossements ? Tu dois me le dire. Je suis le maître, désormais.

— Ne prends pas cette attitude idiote ! Je pourrais te tuer sans difficulté. Ce serait très simple.

Je ne ressentais aucun affaiblissement à lui résister. Si désormais mon maître était le monde ? Si chaque humain était mon maître ? Je vis soudain un embrasement qui n'était pas de ce monde mais des dieux.

Les ossements que je tenais toujours dans mes bras étaient lourds. Voulaient-ils que je les voie ? Je baissai les yeux sur le vieux coffret usagé qui avait sali mes vêtements. Peu m'importait.

— Puis-je poser les ossements ? demandai-je. Là, sur ta table, à côté de ton journal, de ton pot de café amer et du visage de ta fille morte ?

Il acquiesça, les lèvres entrouvertes, se forçant au silence, à la réflexion, mais trop exultant pour y parvenir.

En posant le coffret, je sentis une onde me parcourir, à cause de la proximité des ossements, à la pensée qu'ils m'appartenaient, que j'étais mort, que j'étais un esprit, et que je foulais à nouveau la terre.

Mon dieu, ne me laisse pas emporter avant que j'aie compris cela !

Il s'approcha mais, sans l'attendre, je soulevai le frêle couvercle, comme il l'avait fait dans la voiture ; puis je le posai sur la grande table, froissant un peu le journal. Et je contemplai les ossements.

Ils étaient aussi dorés et aussi brillants que le jour de ma mort. Mais quand était-ce ?

— Le jour où je suis mort ! murmurai-je. Vais-je tout découvrir maintenant ? Cela fait-il partie d'un plan ?

Je songeai de nouveau à la mère d'Esther, cette femme vêtue de soie rouge. Je sentais sa présence sous ce toit. Elle m'avait vu, sans aucun doute. J'essayai de m'imaginer comment elle m'avait perçu. J'aurais voulu qu'elle entre ici, ou trouver un moyen de la rejoindre.

— Que dis-tu ? me demanda-t-il ardemment. Le jour où tu es mort, quand était-ce ? Raconte-le-moi. Qui a fait de toi un fantôme ? De quel plan parles-tu ?

— Je ne connais pas les réponses. Je ne me donnerais pas la peine d'être ici avec toi, si je les connaissais. Le rebbe t'en a appris plus que je n'en savais, quand il t'a traduit ces inscriptions.

— Tu ne te donnerais pas la peine d'être avec moi ! dit-il. Ne vois-tu donc pas que s'il y a un plan, un plan encore plus vaste que celui que j'ai conçu, tu en fais partie ?

Je prenais plaisir à observer son excitation croissante. Elle était revigorante. Ses fins sourcils se haussèrent légèrement et je vis que le charme de ses yeux ne résidait pas seulement dans leur profondeur, mais aussi dans leur forme étirée.

— Quand es-tu arrivé ? Comment se fait-il qu'Esther ait pu te voir ?

— Si j'ai été envoyé pour la sauver, alors j'ai échoué. Mais pourquoi l'as-tu qualifiée d'agneau ? Quels sont les ennemis dont tu parles ?

— Tu l'apprendras bien assez tôt. Nous sommes tous environnés d'ennemis. Il suffit pour les réveiller de montrer un peu de puissance, de résister à leurs projets, des projets qui ne sont que la routine, le rituel, la tradition, la loi, le normal, le quotidien, le sain... Tu me comprends.

Je le comprenais.

— Eh bien, je les ai attaqués et ils m'attaqueraient volontiers, mais je suis trop puissant pour eux. J'ai des projets qui anéantissent leur malfaisance sordide.

— Oh, tu parles d'or, et tu promets beaucoup, en paroles. Pourquoi à moi ?

— À toi ? Parce que tu es un esprit, un dieu, un ange qui m'est envoyé. Tu as été le témoin de sa mort parce qu'elle était l'agneau. Tu comprends ? Tu es venu à sa mort, comme un dieu recevant un sacrifice !

— Sa mort m'a fait horreur. J'ai tué ses trois assassins.

Il parut effaré.

— Tu as fait ça ?

— Oui. Billy Joel, Hayden, et Doby Eval. Je les ai tués. Les journaux le savent. Les nouvelles parlent de son sang sur leurs armes et de leur sang désormais mêlé au sien. Je l'ai fait parce que je n'avais pas pu les empêcher d'accomplir leur projet. De quel sacrifice parles-tu ? Pourquoi l'appeler l'agneau ? Où était l'autel ? Si tu penses que je suis un dieu, tu es idiot ! Je déteste Dieu et tous les dieux. Je les hais.

Il était enchanté. Il s'approcha, recula, puis me tourna autour, trop excité pour rester immobile.

S'il était coupable du meurtre de sa fille, il n'en montrait rien.

Quelque chose me frappa soudain. La peau de son visage avait été déplacée ! Un chirurgien l'avait retendue par-dessus ses os. Cette ingéniosité me fit rire. Puis, avec une brusque terreur, je songeai : Et si j'ai été transporté dans cette époque pour une raison liée aux horreurs et aux merveilles qu'elle charrie ? Et si c'était là mon unique chance de rester entier et vivant ?

Je retins une grimace et, comme il recommençait à me questionner, je levai les mains pour le faire taire.

Je m'arrachai à mes pensées pour contempler les ossements étincelants. Je penchai et posai mes doigts, mes doigts matériels, sur mes propres os.

Aussitôt, j'eus l'impression d'être touché. Je sentis quelqu'un toucher mes jambes. En touchant le crâne, je sentis mes propres mains sur mon visage. D'un geste de défi, j'enfonçai mes doigts dans les orbites vides, là où avaient été mes yeux... un bouillonnement, quelque chose d'atroce — j'émis un son étouffé qui me fit honte.

La pièce frémit, s'illumina, puis se contracta comme pour disparaître. Non, reste ici. Dans cette pièce. Avec lui ! Mais je me faisais des idées, comme disent les humains. Mon corps n'avait pas faibli. Je me tenais haut et droit.

J'ouvris lentement les yeux et les refermai, puis j'observai les ossements dorés. Le fer les enchaînait à l'étoffe pourrie, au bois ancien du coffret, mais il s'agissait bien du même coffret, imbibé des huiles qui devaient le faire durer jusqu'à la fin des temps, de même que les os. Une image de Zurvan me transperça, et, avec elle, un flot de paroles : aimer, apprendre, savoir, aimer...

Une fois de plus me revint l'image des immenses murailles de briques bleues vernissées, des lions dorés et des cris ; quelqu'un me montrait du doigt en hurlant en ancien hébreu — le prophète ; les litanies chantées s'élevaient, puis retombaient.

Il s'était passé quelque chose ! J'avais commis un acte inavouable, pour être ainsi transformé en fantôme voué à servir des maîtres à l'infini.

Mais si je m'attardais à cette pensée, je risquais de disparaître.

Je ne bougeais pas. Mes souvenirs s'étaient taris. J'ôtai mes mains. Je contemplai les ossements.

Gregory posa ses mains sur moi. Son pouls battait. C'était délicieusement érotique, ces mains charnues qui touchaient mes bras nouvellement formés. Peut-être continuais-je à gagner des forces, mais je ne le sentais plus.

Je sentais le monde. J'y étais en sécurité ; pour l'instant.

Ses doigts serraient les manches du manteau qu'il examinait — la précision, l'éclat des boutons, la finesse des points de couture. J'avais assemblé tout cela en hâte, comme un rien, à l'aide des anciens commandements qui me venaient aux lèvres. J'aurais pu me transformer en femme, pour l'effrayer. Mais je ne souhaitais rien de tel. J'étais trop heureux d'être Azriel, et Azriel avait bien trop peur.

Quelle était la limite de ce pouvoir sans maître ? Je conçus une plaisanterie, bien méchante. Souriant, je murmurai toutes les paroles que je connaissais, modulant les incantations les plus doucereuses, et je me transformai en Esther.

L'image d'Esther. Je sentis son corps menu, je regardai par ses grands yeux, je souris, je sentis l'étroitesse des vêtements qu'elle portait le dernier jour, j'aperçus en un éclair son manteau peint d'animaux.

— Ça suffit ! gronda-t-il.

Il tomba à la renverse, s'écarta de moi en rampant tant bien que mal, puis se cala en arrière sur ses coudes.

Je repris ma forme antérieure. J'avais accompli cet acte sans qu'il puisse le contrôler ! C'était moi qui avais le contrôle. Je me sentis aussitôt très fier et malveillant.

— Pourquoi l'as-tu appelée l'agneau ? Pourquoi le rebbe t'a-t-il accusé de l'avoir tuée ?

— Azriel. Écoute. Il se releva sans plus d'effort qu'un danseur, et s'approcha de moi. Quoi qu'il arrive, rappelle-toi ceci : le monde est à nous. *Le monde*, Azriel.

J'étais stupéfait.

— Le monde, Gregory ? J'essayais de paraître dur et averti. Comment cela, le monde ?

— Le monde entier. De même que le monde d'Alexandre le Grand signifiait le monde entier lorsqu'il s'est lancé à sa conquête. Il faisait appel à moi, patiemment. Que sais-tu, esprit ami ? Connais-tu les noms de Bonaparte, de Pierre le Grand, ou d'Alexandre ? Connais-tu le nom d'Akhenaton ? De Constantin ? Quels sont les noms que tu connais ?

— Tous ceux-là et bien d'autres, Gregory. C'étaient des empereurs, des conquérants. Ajoute-leur Tamerlan, Scanderbeg, et Hitler, qui a massacré notre peuple par millions.

— Notre peuple, releva-t-il avec un sourire. Oui, nous appartenons au même peuple, n'est-ce pas ? Je le savais.

— Comment cela, tu le savais ? C'est le rebbe qui te l'a dit. Il a lu le manuscrit. Que sont ces conquérants, pour toi ? Qui règne, dans ce paradis électrique appelé New York ? Tu es un homme d'Église, d'après le rebbe. Tu es un marchand. Tu possèdes des milliards dans le monde entier. Crois-tu que Scanderbeg, dans son château des Balkans, ait jamais possédé autant de richesses que toi ? Crois-tu que Pierre le Grand ait jamais rapporté en Russie les splendeurs que tu possèdes ? Ils n'avaient pas ta puissance ! Ils ne pouvaient pas. Leur univers n'était pas un réseau électrique de voix et de lumières.

Il eut un rire ravi, l'œil étincelant, magnifique.

— Aujourd'hui, dit-il, dans ce monde empli de merveilles, personne n'a la puissance d'Alexandre apportant la philosophie aux Grecs d'Asie, personne n'ose tuer comme tuait Pierre le Grand.

— Ton époque n'est pas la pire. Vous avez des chefs ; vous avez la parole ; les riches veulent le bien des pauvres ; dans le monde entier des hommes craignent le mal et désirent le bien.

— Nous avons la folie, rétorqua-t-il.

— Ton Église a-t-elle pour mission de contrôler le monde entier ? Est-ce ce qui te motive ? Tu veux le pouvoir de trancher la tête des hommes ? C'est cela que tu veux ?

— Je veux tout changer. Regarde les exploits des conquérants de l'ancien temps. Utilise ton cerveau de fantôme...

— Continue.

— Alexandre le Grand a osé anéantir les empires qui lui bloquaient la route. Il a osé marier de force l'Asiatique au Grec. Il a osé trancher le nœud gordien.

Je réfléchissais. Je voyais les cités grecques le long de la côte orientale, longtemps après la mort d'Alexandre à Babylone ; je voyais le monde divisé en zones d'ombre et de lumière, comme si je m'étais tenu en retrait.

— Alexandre a changé ton univers, dis-je. Alexandre est la pierre angulaire de la montée de l'Occident. Mais l'Occident n'est pas le monde, Gregory.

— Si ! Parce que l'Occident construit par Alexandre a transformé l'Asie. Aucune région du globe n'a échappé aux changements apportés par l'Occident d'Alexandre. Aucun cerveau aujourd'hui n'est prêt à changer le monde comme il le ferait, et... comme je le ferai.

Il se rapprocha puis, d'un geste brusque, me poussa des deux mains. Je ne bougeai pas. Il en fut ravi, et soudain calmé. Il recula d'un pas.

Je le poussai d'une main. Il chancela puis tomba, et se releva lentement, refusant d'être ébranlé.

Il ne se fâcha pas. Je l'avais fait reculer d'un pas, mais il planta solidement ses deux pieds, et attendit.

— Pourquoi m'éprouves-tu ? demanda-t-il. Je n'ai pas prétendu être un dieu ou un ange. Mais tu m'as été envoyé, ne le vois-tu pas ? Tu m'as été envoyé à la veille de la transformation du monde ! Comme l'a été le roi Cyrus, autrefois, afin que le peuple juif retourne à Jérusalem !

Cyrus le Perse ! Tout mon corps en souffrit, et mon esprit aussi. Je luttai pour rester calme.

— Ne parle pas de cela ! sifflai-je, fou de rage. Parle d'Alexandre si tu veux, mais pas de Cyrus. Tu ne connais rien de ce temps-là !

— Et toi ?

— Je veux savoir pourquoi je suis ici maintenant, poursuivis-je, me ressaisissant. Je n'accepte pas tes ferventes prophéties et proclamations. As-tu tué Esther ? As-tu envoyé ces hommes pour la tuer ?

Gregory parut déchiré. Il réfléchissait. Je ne pouvais rien lire en lui.

— Je ne voulais pas qu'elle meure, avoua-t-il finalement. Je l'aimais. Le bien supérieur exigeait sa mort.

C'était un mensonge technique, fragile.

— Que ferais-tu si je te disais : Oui, j'ai tué Esther ? Je l'ai tuée pour le nouveau monde. Il surgira des cendres de ce monde moribond qui se suicide avec des hommes petits, des rêves petits, et des empires petits.

— J'ai juré de venger sa mort, répondis-je. Maintenant, je sais que tu es coupable. Je te tuerai. Quand je le voudrai.

Il rit.

— Toi, me tuer ? Tu t'en crois capable ?

— Bien sûr. Rappelle-toi ce que t'a dit le rebbe. J'ai tué ceux qui m'ont appelé.

— Mais je ne t'ai pas appelé, comprends donc, c'était le monde ! Le dessein ! Tu m'as été envoyé parce que j'ai besoin de toi. Et tu m'obéiras.

C'était le monde. C'étaient les paroles pleines d'espoir désillusionné que j'avais prononcées. Mais était-ce le monde de Gregory ?

— Tu dois m'aider, reprit-il. Je n'ai pas besoin d'être ton maître. J'ai besoin de toi ! Besoin que tu témoignes, que tu comprennes. C'est trop extraordinaire, que tu sois venu à la vie pour voir assassiner Esther et pour tuer ces trois hommes. Tu m'as bien dit que tu les avais tués ?

— Tu aimais Esther, non ?

— Oui, beaucoup. Mais Esther n'avait pas de vision. Rachel n'en a pas non plus. C'est pourquoi tu es venu. C'est pourquoi tu as été envoyé à notre peuple. Tu étais destiné à apparaître devant moi dans toute ta gloire. Tu es le témoin. Tu es « Celui qui comprendra tout ».

Ses paroles m'intriguaient. Projet, dessein, vision.

— De quoi dois-je être le témoin ? demandai-je. Tu as ton Église. Que vient y faire Esther ?

Il réfléchit longuement, puis déclara avec une innocente candeur :

— Évidemment. Tu m'étais destiné. Je ne m'étonne pas que tu aies tué les autres ! Il rit. Azriel, tu es digne de moi, ne le vois-tu pas ? C'est ce qu'il y a de suprêmement beau : tu es digne de moi, de mon temps, de mon éclat, de mes efforts. Nous sommes égaux. Tu es un prince des esprits.

Il tendit la main pour toucher mes cheveux.

— Je n'en suis pas si sûr.

— Un prince, j'en suis sûr. Et tu m'as été envoyé. Ces vieillards te gardaient, puis te passaient aux générations suivantes, pour moi.

Il paraissait ému aux larmes par ses propres sentiments. Il avait le visage tendre, radieux, confiant.

— Tu as la fierté et l'esprit de décision d'un roi, Gregory.

— Bien sûr. Que te dit le maître, d'habitude ? Que te rappelles-tu ?

— Rien, répliquai-je avec aplomb. Un mensonge de mon propre chef. Je ne serais pas avec toi, si je le pouvais. Je reste pour tenter de me souvenir et de savoir. Je devrais te tuer comme ton précieux Alexandre, lorsqu'il trancha le nœud gordien.

— Non, c'est impossible. Cela n'est pas prévu ainsi. Si Dieu voulait que je meure, n'importe qui pourrait s'en charger. Tu ne conçois pas l'ampleur de mes rêves. Alexandre aurait compris.

— Je ne t'appartiens pas, insistai-je. Cela, je le sais. Oui, je veux connaître l'ampleur de tes rêves. Car je ne veux pas te tuer sans avoir compris pourquoi tu as fait assassiner Esther. Mais je ne suis pas à toi. Je ne te suis pas destiné.

Quelque part dans la maison, la mère pleurait à nouveau. Je suis sûr de l'avoir entendue. Je tournai la tête.

— Fais ce que je te dis, dit-il en crispant sa main sur mon bras.

Je me dégageai, lui faisant un peu mal.

C'était une curieuse sensation, d'être aussi fort, et de ne pas savoir si les anciens tours marcheraient encore. Pourtant, je venais juste de me transformer en Esther. J'étais tenté...

Non, ce n'était pas le moment.

Je fixai les ossements, puis tendis la main et les recouvris du fragile couvercle. Les caractères sumériens étaient là, pour que je les lise.

— Pourquoi as-tu fait cela ? voulut-il savoir.
— Je n'aime pas la vue des os.
— Pourquoi ?
— Parce qu'ils sont à moi. Je le dévisageai. Quelqu'un m'a tué. Contre ma volonté. Je ne t'aime pas non plus. Pourquoi te croirais-je, quand tu dis que je suis digne de toi ? Quel est ton dessein ? Où est ton épée ?

Je transpirais. Mon cœur battait fort. (Je n'avais pas vraiment un cœur, cependant j'avais l'impression qu'il battait très fort.) Je me débarrassai de mon manteau, admirant au passage ma propre habileté.

— Qui a confectionné ces vêtements pour toi, Azriel ? demanda-t-il avec autorité. Ont-ils été fabriqués par des anges invisibles, sur des machines invisibles ?

Il rit, comme si l'idée était bouffonne.

— Tu ferais mieux de trouver des choses intelligentes à dire. Je ne te tuerai peut-être pas, mais je pourrais fort bien te quitter.

— Tu ne peux pas ! Tu sais que tu ne peux pas !

Je lui tournai le dos. Voyons un peu ce que je peux faire d'autre.

Je regardai les murs, le plafond, la soie pêche des tentures, et le grand arbre de vie qui resplendissait sur le tapis. Je m'approchai de la fenêtre, et l'air m'ébouriffa les cheveux. Je sentis la fraîcheur me caresser la peau.

Lentement, je fermai les yeux. Je m'habillai, concevant une robe de soie rouge, avec une large ceinture et des chaussures ornées de pierreries. Je pris *sa* nuance de rouge, m'y enveloppai, et fis venir l'or pour les manches, l'ourlet, et les chaussures. J'étais maintenant vêtu de son rouge violent. Peut-être qu'ici le rouge était la couleur du deuil maternel.

Je l'entendis soupirer. J'entendis le choc en lui. Je vis mon image dans les miroirs : un grand jeune homme de haute taille, brun, en longue tunique rouge chaldéenne. Pas de barbe, non, pas de poils sur le visage. J'aimais les visages glabres. Mais ce costume ne me convenait pas : trop antique ; j'avais besoin de liberté.

Je me retournai.

À nouveau, je fermai les yeux. J'imaginai un manteau de même coupe que le sien, de ce rouge éclatant mais en lainage très fin, avec des boutons en or, simples et parfaits. J'imaginai le pantalon ample et moelleux, et je dépouillai les chaussures de leurs broderies.

Sous le manteau, je rassemblai sur ma peau une chemise en soie beaucoup plus blanche que la sienne, avec des boutons également en or ; autour de mon cou, sur ma poitrine, sous les pans de ce manteau, je fis venir un double collier de pierres opaques choisies parmi celles que j'aimais le plus au monde : jaspe, lapis-lazuli, béryl, grenat, jade, ivoire. J'y ajoutai de l'ambre, jusqu'à sentir le poids du collier sur ma poitrine, puis je levai la main pour tâter les perles, et lorsque je détendis mes épaules, mon manteau se referma sur ce petit secret de vanité, sur ces perles anciennes. Mes chaussures, je les voulus identiques aux siennes, mais plus souples et doublées de soie.

Il fut ébranlé par ces simples gestes de magie. Je les avais trouvés plus faciles que jamais.

— Un homme de soie, articula-t-il en yiddish. *Zadener yinger mantchik.*

— Finirai-je en beauté ? demandai-je. En sortant d'ici ?

Il se ressaisit. Sa voix tremblait, pas d'humilité, mais de respect.

— Tu auras le temps de me montrer tous tes tours mais pour l'instant, écoute-moi.

— Tu t'intéresses plus à tes desseins qu'à me voir disparaître ?

— Alexandre s'intéresserait également davantage à ses propres desseins, non ? Tout est prêt, tout est en place, et voilà que tu arrives, telle la main droite de Dieu.

— Pas si vite. Quel Dieu ?

— Ah, tu méprises tes origines et tout le mal que tu as fait, n'est-ce pas ?

— Oui.

— Alors, tu devrais faire bon accueil au monde que je dépose entre tes mains. Oh, je comprends mieux, à présent. Tu es ici pour enseigner après les Jours derniers.

— Quels Jours derniers ? Quand diable les mortels vont-ils enfin se taire, avec leurs Jours derniers ! Sais-tu depuis combien de siècles les hommes radotent à ce sujet ?

— Je connais les dates précises des Jours derniers, répondit-il calmement. Je les ai choisis. Je ne vois aucune raison d'attendre davantage pour te révéler le dessein dans son entier. Tu t'écartes de moi, tu te moques, mais tu apprendras. Tu es un esprit qui apprend, non ?

Un esprit qui apprend.

— Oui.

Le concept me plaisait.

Je guettai un bruit de pas dans le couloir. J'entendis la voix de la mère, basse et insistante, et je fus contrarié de l'entendre encore pleurer.

Froidement, j'observai que la proximité de Gregory n'avait aucune incidence sur moi. J'étais toujours aussi fort et tout à fait indépendant de lui. Sous ses yeux, je couvris mes mains de bagues en or et de pierres précieuses : émeraudes, diamants, perles, rubis.

Les miroirs étaient emplis de nos reflets. J'aurais dû attacher mes cheveux avec un cordon de cuir, mais je m'en moquais, à ce moment-là. Je me tâtai le visage, pour m'assurer qu'il était aussi lisse que le sien, car en dépit de mon attachement à la longue barbe, je préférais cette peau nue.

Il parcourut un cercle complet autour de moi, en silence, comme s'il avait ainsi pu m'emprisonner.

J'interrogeai ma mémoire : avais-je déjà vu un maître plus excité que lui, plus orgueilleux, plus assoiffé de gloire ? Je vis des hordes de visages. J'entendis des chants. Je vis de l'extase. Mais il s'agissait là de foules immenses, et c'était un mensonge. Et mon dieu avait pleuré.

Je ne pouvais pas le tuer, pas encore : je désirais savoir ce qu'il avait à enseigner. Cependant, je devais m'assurer des limites de sa puissance. S'il allait me commander comme l'avait fait le rebbe ?

Je m'écartai de lui.

— Tu me crains, soudain ? demanda-t-il. Pourquoi ?

— Je ne te crains pas. Jamais je n'ai servi un roi, ni comme esprit ni sous aucune forme. Je les ai vus. J'ai vu Alexandre mourant...

— Tu l'as vu ?

— J'étais à Babylone, et je suis passé devant lui avec ses hommes, costumé comme l'un d'eux. Il levait inlassablement la main gauche. Ses yeux étaient résignés à la mort. Je ne pense pas qu'il ait encore eu de grands rêves, et c'est peut-être la raison de sa mort. Mais tu es plein de rêves. Tu resplendis comme Alexandre, mais je te combats tout de même... je pense que je *pourrais* t'aimer.

Je m'assis et restai immobile sur un coussin de velours, à réfléchir, les coudes sur les genoux. Il se planta devant moi, laissant un large espace entre nous, peut-être dix pas, puis il croisa les bras. Assume.

— Tu m'aimes déjà, dit-il. Presque tout le monde m'aime au premier regard. Même mon grand-père.

— Tu crois ? Figure-toi qu'il savait que j'étais là, quand il t'a vendu les ossements. Il me voyait.

Cette révélation le réduisit à un silence total. Il secoua la tête, s'apprêta à parler, et renonça.

— J'étais dans la pièce, bien visible, quand il m'a vu de ses méchants petits yeux bleus. C'est alors qu'il a bien voulu te révéler ce que tu voulais sur le Serviteur des Ossements, et me vendre à toi.

Le coup l'atteignit de plein fouet. Je crus qu'il allait pleurer. Il se détourna et fit quelques pas.

— Il t'a vu... murmura-t-il. Il savait que l'esprit pouvait être appelé de ses ossements, et il m'a donné les ossements.

— Il savait que l'esprit était là, dans cette pièce, et il t'a vendu les ossements dans l'espoir que je partirais avec eux. Oui, il t'a fait cela. Je sais, c'est une souffrance presque intolérable, de comprendre qu'il pouvait te jouer un tel tour. Qu'un mortel fasse du mal à un autre mortel, c'est une chose. Mais qu'un zaddik voie un démon capable de te détruire et te le transmette...

— Bon, tu as gagné, dit-il amèrement. Ainsi, il me méprise. À douze ans je l'assaillais de questions, à treize ans, ayant quitté la maison, j'étais mort et enterré pour lui. Il frissonna. Il t'a vu, et il m'a transmis les ossements.

— C'est exact.

Il se calma avec une rapidité étonnante. Son visage reprit une expression de confiance et il réfléchit, écartant sans difficulté la haine et la souffrance.

— Peux-tu m'indiquer quelques simples faits ? demanda-t-il d'une voix devenue grave. Il rayonnait de plaisir. Quand m'as-tu vu pour la première fois ? Moi, ou quelqu'un lié à moi ? Raconte.

— Je te l'ai dit. J'ai pris vie avec Billy Joel, Hayden et Doby Eval alors qu'ils étaient en route pour tuer Esther. Ils lui ont planté leurs pics à glace dans le dos avant que j'aie eu le temps de comprendre. Je les ai poursuivis. Je les ai tués. Elle m'a vu en mourant, et elle a prononcé mon nom. Son âme est montée aussitôt dans la lumière. Ensuite je t'ai vu chez le rebbe, non, je t'ai vu approcher, quand tu es descendu de voiture, avec tes gardes du corps. Je t'ai suivi dans la pièce. Le lendemain soir, j'ai fait pareil. Et voilà. Je t'ai expliqué le reste. Je suis devenu visible pour le vieux rebbe, fait de chair comme maintenant, et il a conclu son marché.

— Tu as parlé avec lui ? demanda-t-il en se détournant comme s'il ne pouvait combattre la souffrance.

— Il m'a maudit, et m'a affirmé qu'il n'accepterait aucun contact avec un démon. Il ne voulait pas m'aider, ni avoir pitié de moi, ni répondre à mes questions. Il ne voulait pas me reconnaître !

Je laissai de côté le fait que le vieil homme m'avait fait disparaître la première fois, et que la seconde fois j'étais parti de mon propre chef.

Son visage changea alors, en profondeur. Son expression se dépouilla de quelque chose. Pas de l'humour, ni de la jubilation, ni de la force, ni du courage. Quelque chose d'impitoyable était à l'œuvre en lui, qui me fit penser à mes propres doigts lorsqu'ils s'étaient resserrés sur le manche en bois de ce pic, une fois que je l'avais plongé dans le ventre de Billy Joel.

Il se détourna de moi et fit quelques pas. Je guettais ; je sentais mon sang couler dans mes veines. Je sentis la chair de mon visage se contracter tandis que je souriais en secret, pour aider mes pensées.

Tout cela n'est qu'illusion, Jonathan, mais les détails témoignaient d'une très bonne illusion ! Aussi réussie que celle qui me permet d'être là, assis devant vous. Il faut beaucoup de force pour y parvenir, comme vous savez. Je m'étais habitué à la contrôler quand je suis venu vous voir, Jonathan ; mais pas à cette époque dont je vous parle.

Oui, je suis indépendant de lui, songeai-je. Mais que faire des ossements ? Qu'est-ce que tout cela signifie ? Était-il possible que je lui sois destiné ? Très vite, Gregory allait comprendre que même si le zaddik m'avait vu et m'avait transmis à lui, cela ne contredisait pas sa propre théorie, selon laquelle je lui étais destiné.

— Bien, dit-il, répondant à mes pensées. Il n'était qu'un instrument. Il ne savait pas que c'était pour moi qu'il gardait les ossements. Mais les paroles d'Esther ont créé le lien. Esther m'a offert ce lien en mourant ; elle m'a envoyé chercher les ossements et te reprendre à ce vieillard. Tu m'es destiné, et tu es digne de moi.

Il allait et venait en se caressant le menton.

— La mort d'Esther était inévitable, nécessaire. Je ne m'en rendais pas compte moi-même. Elle était l'agneau. Elle t'a amené à moi. Il me revient de te révéler ta vraie destinée.

— Peut-être as-tu raison, quand tu affirmes que je suis digne de toi. Peut-être es-tu digne de *moi* ? Tu es si surprenant. Je m'interroge. (Je me tus un instant, avant de poursuivre :) Ces maîtres, peut-être n'étaient-ils pas dignes de moi.

— Ils ne pouvaient pas l'être, approuva-t-il. Je le suis. Je suis le maître, mais seulement dans la mesure où je suis ta destination, ta...

— Responsabilité ? suggérai-je.

— Oui, peut-être est-ce le mot exact.

— C'est pourquoi je ne te tue pas maintenant, même si tu sanctifies le meurtre de cette pauvre fille avec des discours fumeux.

— Ce sont des faits. Elle t'a conduit à moi, par l'intermédiaire de mon grand-père. Elle t'a conduit à moi, et moi à toi ! Cela signifie que le dessein se réalisera. Elle aura été martyre, sacrifice et oracle.

— C'est Dieu qui dirige tout cela ? demandai-je d'un ton sarcastique.

— Je dirigerai suivant la volonté de Dieu. Qui peut faire mieux ?

— Tu voudrais bien me séduire pour que je t'aime, n'est-ce pas ? Tu es tellement habitué à l'amour ! L'amour des gens qui t'ouvrent la porte, qui te versent à boire, qui conduisent ta voiture...

— J'en ai besoin, murmura-t-il. J'ai besoin de l'amour et de la reconnaissance de millions de gens. J'aime quand la caméra me fait resplendir. J'aime voir croître mon dessein grandiose.

— Peut-être n'en profiteras-tu pas longtemps, en ce qui me concerne. Avant d'avoir vu mourir Esther, j'étais déjà très fatigué d'être un fantôme et de servir des maîtres. Je ne vois aucune raison d'obéir aux instructions écrites sur le coffret !

Encore la colère. La chaleur.

Je contemplai le coffret. Je repassai mes derniers mots dans ma tête. Avais-je vraiment dit une chose aussi hardie ? Oui, et c'était la vérité ; sans malédiction ni supplication pour personne.

Silence. S'il prononça des paroles, elles m'échappèrent. J'entendis quelque chose, un cri de souffrance. Ou pire. Qu'y a-t-il de pire que la souffrance ? La panique ? J'entendis un cri entre l'ultime agonie et la folie. Un hurlement ténu, entre lumière et obscurité.

— Tu as assisté à ton propre meurtre ? me demanda-t-il. Azriel, peut-être vas-tu en percevoir la raison.

J'entendais le feu sous le chaudron. Je sentais les potions versées dans l'or bouillant !

Je ne pouvais pas répondre. Je savais que je l'avais vu, mais le traduire, le penser, c'était trop comprendre et trop me rappeler. Je ne pouvais pas. Je me rappelais avoir tenté de me remémorer mon passé d'innombrables fois, en vain.

— Écoute, misérable créature ! m'écriai-je, furieux. Je suis ici depuis toujours. Je dors. Je rêve. Je me réveille. Mais je ne me rappelle pas. Peut-être ai-je été assassiné. Peut-être ne suis-je jamais né. Je suis éternel et fatigué, fatigué à mourir de cette demi-mort ! Je suis malade de tout ce qui n'est pas absolu !

J'avais le visage enflammé et les yeux mouillés.

— Oh, Esther, qui étais-tu, ma chérie ? demandai-je à voix haute. Que voulais-tu de moi ?

Il se taisait, fasciné.

— Tu n'interroges pas la bonne personne, dit-il. Et tu le sais. Elle ne souhaite pas être vengée. Comment puis-je te convaincre que tu m'étais destiné ?

— Dis-moi ce que tu me veux. Dois-je assister à quelque chose ? Quoi ? Un autre meurtre ?

— Oui, commençons. Il faut que tu m'accompagnes dans mon bureau secret. Que tu voies toi-même les plans. Tout.

— Et j'oublierai sa mort, j'oublierai mon projet de vengeance ?

— Non, tu comprendras pourquoi elle est morte. Pour les grands empires, quelqu'un doit mourir.

Je ressentis une douleur aiguë dans la poitrine. Je me pliai en avant.

— Qu'y a-t-il ? demanda-t-il. Quel bien cela pourrait-il te procurer, de venger la mort d'une fille ? Si tu es un ange vengeur, pourquoi ne vas-tu pas dans les rues ? Des gens meurent en ce moment même. Tu peux les venger. Sors des pages d'une bande dessinée ! Tue les méchants. Vas-y. Jusqu'à ce que tu t'en lasses.

— Tu es un homme intrépide.

— Toi, un esprit tenace.

Nous nous défiions du regard.

Il fut le premier à rompre le silence.

— Oui, tu es fort, mais tu es également stupide.

— Répète...

— Stupide. Tu sais et tu ne sais pas. Et tu sais que j'ai raison. Tu recueilles tes connaissances dans l'air. Elles s'offrent trop vite à toi. Tu confonds tout. Tu aspires à la clarté, mais tu redoutes d'avoir besoin de moi. Gregory t'est nécessaire. Tu ne voudrais pas me tuer ou me désobéir.

Il se rapprocha, les yeux dilatés.

— Sache d'abord une chose, avant d'en apprendre davantage, poursuivit-il. J'ai tout ce qu'un homme peut désirer. Je suis riche à ne plus savoir compter. J'ai inventé le Temple de l'Esprit de Dieu, intégralement et pour le monde entier. J'ai des millions de disciples. Ce que je veux, je le veux vraiment ! Ce n'est pas un désir, un besoin, une envie ! C'est ma volonté, moi qui possède tout.

Il me mesura du regard.

— Es-tu digne de *moi* ? Fais-tu partie de ce que je veux et que j'aurai ? Ou devrai-je te détruire ? Tu ne crois pas que j'en aie le pouvoir ? Attends que j'essaie. D'autres se sont débarrassés de toi. Je pourrais en faire autant. Qu'es-tu pour moi, quand je veux le monde entier ? Rien !

— Je ne te servirai pas. Je ne resterai même pas avec toi.

Je commençais à l'aimer ; pourtant, il y avait en lui quelque chose de profondément horrible, de farouchement destructeur, que je n'avais jamais rencontré chez un humain.

Je lui tournai le dos. Je n'avais pas à comprendre la haine que j'éprouvais, ni la rage. Il me faisait horreur, et cela suffisait. Je ne raisonnais plus, je ne ressentais que de la souffrance, et de la colère.

Je m'approchai du coffret, soulevai le couvercle, et contemplai le crâne en or qui avait été moi et qui me contenait encore, en quelque sorte, comme le flacon renferme son liquide. Je pris le coffret dans mes bras.

Il se précipita vers moi, mais, avant qu'il ait pu m'arrêter, j'étais arrivé devant la cheminée de marbre. Je lâchai le coffret et son couvercle mal ajusté sur le bûcher. Je regardai le bois entassé glisser et basculer sous le poids. Le couvercle tomba sur le côté.

Il se tenait près de moi, m'observant. Puis il regarda la cheminée.

— Tu n'oseras pas le brûler, déclara-t-il.

— Je le ferais si j'avais une flamme. Mais je risquerais de blesser cette femme, qui ne le mérite pas...

— Peu importe, cher maladroit.

Mon cœur battait. Des bougies. Il n'y avait pas de bougies allumées dans cette pièce.

J'entendis un craquement. Je vis la lumière. Il tenait un minuscule bâtonnet enflammé, une allumette.

— Tiens, si tu es tellement sûr.

Je pris le bâtonnet. Je nichai la flamme entre mes doigts.

— C'est si joli, dis-je. Et si chaud. Je le sens...

— Elle va s'éteindre, si tu ne te presses pas. Allume le feu. Embrase le papier froissé. Le feu est préparé. Ce sont les domestiques qui le font. Il est prêt à rugir dans la cheminée. Vas-y. Brûle les os.

— Tu vois, Gregory. Je ne peux pas m'empêcher de le faire.

Je me penchai, approchai la flamme mourante et aussitôt le papier bordé de flammes se mit à danser, projetant des petits morceaux enflammés. Le petit bois s'embrasa dans un grand craquement, et la violence de la chaleur m'atteignit. Les flammes enveloppèrent le coffret. Elles noircirent l'or. Dieu ! quel spectacle ! L'étoffe à l'intérieur s'enflamma. Le couvercle commença à se recroqueviller.

Je ne pouvais pas voir mes propres os dans les flammes.

— Non ! hurla-t-il. Non !

Il se précipita, le souffle court, et tira le coffret et le couvercle sur le sol. Il avait les doigts brûlés.

Il se tenait à cheval sur le coffret, debout, et se léchait les doigts. Le squelette s'était répandu par terre. Les os fumaient, luisaient, mais n'avaient pas brûlé. Le couvercle était calciné.

Il se laissa tomber à genoux et, tirant un mouchoir blanc de sa poche, il écarta les braises les plus infimes. Il grondait à mi-voix, dans sa rage et sa contrariété. Le couvercle était noirci, mais on pouvait encore lire l'inscription sumérienne.

Mes os gisaient parmi les cendres.

— Maudit esprit ! dit-il.

Il était dans une très violente colère. Une rage intérieure, pire que celle du rebbe. Il me foudroya du regard, puis jeta un coup d'œil au coffret pour s'assurer qu'il ne brûlait pas.

— C'est une odeur de goudron, observai-je.

— Je sais ce que c'est, rétorqua-t-il. Je sais d'où ça vient, et je sais comment on l'utilisait. Sa voix tremblait. Alors, tu t'es prouvé à toi-même que ça t'est bien égal que les os soient brûlés.

Il se releva et épousseta son pantalon. Le sol était souillé de cendres. Le feu dans la cheminée continuait à brûler, se consumant sans but, gâché.

— Laisse-moi les jeter dans le feu, dis-je.

Je me penchai vers le crâne.

— Assez, Azriel ! Tu me fais du tort ! N'agis pas si vite ! Non !

Je m'arrêtai. Il n'en fallait pas plus : j'avais peur, ou bien le moment était passé. Cinq minutes après la bataille, peut-on encore tailler un homme en deux avec une épée ? Le vent souffle. Tu es là, debout. Il gît parmi les morts, mais il est vivant et il ouvre les yeux pour murmurer quelque chose, te croyant son ami. Peux-tu le tuer ?

— Oh, mais si nous le réduisons en cendres, nous saurons, dis-je. Et je voudrais savoir. J'ai peur, mais je veux savoir. Tu sais ce que je soupçonne ?

— Oui. Que, cette fois, les os n'ont pas d'importance !

Je ne répondis rien.

— Même, continua-t-il, si on les réduisait en poudre.

Je ne répondis toujours rien.

— Les ossements ont terminé leur voyage, mon ami, dit-il. Les ossements me sont parvenus ! L'heure est venue, pour moi et pour toi. Voilà ce qui est écrit. Si nous brûlions les os, et que tu sois encore là, solide, beau et fort — impertinent et sarcastique, mais toujours ici, capable de respirer, de voir, de te draper dans le velours — cela te livrerait-il à moi ? Reconnaîtrais-tu ta destinée ?

Je ne voulais pas en prendre le risque. Je ne voulais pas penser au tourbillon des morts errants. Les mots gravés sur le coffret me revinrent, et je frémis de terreur à l'idée d'être informe, impuissant, errant, de me heurter aux esprits répandus partout. Je ne fis rien.

Il se mit à genoux, ramassa le coffret et le couvercle, puis se releva. Il alla poser délicatement le coffret sur la table, puis le recouvrit du couvercle tordu. Il s'assit ensuite par terre, adossé à la table, jambes étendues, mais l'air solennel dans ses vêtements cousus et boutonnés.

Il leva les yeux, et je vis ses dents luire. Je crois qu'il se mordait les lèvres jusqu'au sang.

Il se leva et se jeta sur moi, rapide comme un danseur. Il trébucha, mais me saisit néanmoins au cou, de ses deux mains. Je sentis la force de ses pouces sur ma chair. Furieux, je me dégageai brutalement. Il me gifla à plusieurs reprises, et m'enfonça son genou dans l'abdomen. Il savait se battre. Il connaissait la façon orientale de se battre en dansant.

Je reculai pour esquiver les coups, stupéfié par sa grâce, et la manière dont il prit son élan pour me lancer un coup de pied dans la figure, m'envoyant tituber de plusieurs pas en arrière.

Ensuite vint le pire de ses coups, coude levé et main rigide, pour frapper par-derrière, d'un mouvement tournant.

Je lui saisis le bras et le tordis, l'obligeant à mettre un genou à terre, le visage déformé par la rage. Je le poussai à la renverse sur le tapis, et l'y maintins sous mon pied.

— Tu n'es pas de taille à m'affronter, déclarai-je.

Puis j'ôtai mon pied et lui tendis la main.

Il se releva sans me quitter des yeux. Pas un seul instant il ne s'était oublié lui-même. Même dans ces tentatives ratées, il gardait sa dignité et son ardent désir de se battre et de gagner.

— Très bien, dit-il. Tu as fait tes preuves. Tu n'es pas un homme, mais tu es mieux qu'un homme, plus fort. Ton âme est aussi complexe que la mienne. Tu veux faire le bien, quoique ton idée du bien soit absurde.

— Chacun a son absurde idée du bien, répondis-je doucement.

J'étais maté. Je doutais de tout en cet instant, sinon que j'y prenais grand plaisir, et que ce plaisir semblait un péché. Que je puisse respirer semblait un péché. Mais pourquoi ? Qu'avais-je fait ? Je décidai de ne plus fouiller ma mémoire. Je repoussai les images, celles que je vous ai décrites, le visage de Samuel, le chaudron bouillant... tout. Je décidai simplement : En voilà assez, Azriel !

Là, debout dans cette pièce, je fis vœu de résoudre ce mystère sur-le-champ, sans regarder en arrière.

— Tu es flatté de m'avoir entendu dire que tu avais une âme, n'est-ce pas ? dit-il. Ou bien es-tu simplement soulagé que je le reconnaisse ? Que je ne te considère pas comme un démon, contrairement à mon grand-père. Car il t'a banni de sa vue, comme si tu n'avais pas d'âme, n'est-ce pas ?

J'étais suffoqué par la surprise, et par l'ardent désir d'avoir une âme, d'être bon, de gravir l'Échelle du Paradis. *La finalité de la vie est d'aimer et de mieux connaître la beauté et la complexité de toute chose.*

Il s'assit sur le coussin en velours, essoufflé. Je ne l'étais pas du tout.

J'avais de nouveau trop chaud et j'étais légèrement humide, mais je n'étais pas trempé de sueur. Bien sûr, ce que je lui avais dit était en partie mensonger : je ne voulais pas sombrer dans l'obscurité du néant. Une âme ! Penser que je pouvais avoir une âme, qui pourrait être sauvée...

Mais il n'était pas question que je le serve ! Il me fallait absolument connaître son dessein. Comment envisageait-il de gagner le monde, quand les armées se battaient partout ? Parlait-il du monde spirituel ?

Des voix retentissaient dans le corridor. Je distinguais celle de la mère, mais il les ignora. Il se contenta de me regarder avec émerveillement, et de réfléchir à mes propos.

Il rayonnait de curiosité.

— Tu vois, cela me séduit, dis-je. Le marbre, le tapis, la brise qui entre par les fenêtres. Être vivant : le grand appât.

— Oui, et il y a aussi moi, à connaître et à aimer. Je te séduis.

— Oui. Quelque chose me dit que la vie m'a séduit dans le passé, me poussant à servir des hommes mauvais et d'autres dont je n'ai plus souvenir. Je suis chaque fois séduit par la vie et par la chair. Pourtant, quand vient le moment où s'ouvre la Porte du Paradis, je ne peux pas y entrer. Mes maîtres peuvent y entrer. Leurs filles aussi. Esther peut y entrer. Mais pas moi.

Il prit une profonde inspiration.

— Tu as vu la Porte du Paradis ?

— Aussi sûrement que tu as vu un fantôme apparaître devant toi.

— Moi aussi, j'ai vu la Porte du Paradis. J'ai vu le Paradis ici même, sur la terre. Reste avec moi, et je te jure que lorsque la porte s'ouvrira, je te ferai entrer avec moi. Tu l'auras mérité.

Les voix prenaient de l'ampleur dans le corridor. Mais je le regardais, m'efforçant de répondre à ce qu'il avait dit. Il paraissait aussi résolu, aussi éloigné de tout conflit, aussi courageux qu'avant notre lutte.

Les voix devenaient trop fortes pour être ignorées. La femme était en colère. Les autres lui parlaient comme à une enfant retardée.

Je baissai les yeux vers le coffret. J'aurais pu pleurer. Il me tenait. Le monde me tenait. Tout au moins aussi longtemps que je le permettrais.

Il se rapprocha de moi. Je me retournai, le laissant venir. Entre nous s'établissait une tendresse. Un silence soudain. Je le regardai dans les yeux ; j'y vis des cercles noirs. Ne voyait-il aussi que noirceur dans les miens ?

— Le corps que tu as, tu le veux, déclara-t-il. Avec sa puissance. Tu étais destiné à le posséder et à m'appartenir. À partir de maintenant et à jamais, je te respecterai. Tu n'es pas mon serviteur. Tu es Azriel.

Il me saisit le bras, puis leva la main et la posa sur mon visage. Je sentis son baiser, chaud et doux sur ma peau. Je me tournai et posai un instant ma bouche sur la sienne, puis je m'écartai. Son visage flamboyait d'amour pour moi. Éprouvais-je la même chaleur envers lui ?

Il se fit un grand bruit derrière les portes.

Il ébaucha un geste dans ma direction, comme pour dire : patience. Je suppose qu'il serait allé ouvrir la porte, mais elle s'ouvrit, et la femme apparut, la mère aux cheveux noir et argent que j'avais vue, vêtue de soie rouge.

Elle était malade, mais elle s'était apprêtée et habillée avec soin ; elle s'avança d'un air imposant. Humide et pâle, tremblante, elle portait un paquet, un sac trop lourd pour elle.

— Aidez-moi ! s'écria-t-elle.

Elle s'adressait à moi ! Me regardait ! Et elle s'approcha de moi, lui tournant le dos. Elle était vêtue de lainage gris, et la seule soie qu'elle portait était nouée autour de son cou ; ses chaussures étaient élégantes, avec des talons hauts et de délicates lanières en travers de ses pieds cambrés, si fins. Il émanait d'elle un riche parfum de produits chimiques inconnus de moi, de décomposition et de mort qui cherchait à lui étouffer le cœur et le cerveau avec ses filaments, et à l'endormir à jamais.

— Aidez-moi à sortir d'ici !

Elle me saisit la main, tiède et moite, aussi séduisante que lui.

— Rachel, dit Gregory, se mordant la langue. C'est le médicament qui te fait parler ainsi. Sa voix se durcit. Retourne te coucher.

Des infirmières l'avaient suivie dans la pièce, ainsi que des jeunes gens embarrassés, en petites vestes raides, serviles. Ils restaient tous là, effrayés, et suivant chaque geste de Gregory.

Elle m'entoura de son bras, m'implora.

— Aidez-moi, s'il vous plaît ! Juste pour sortir d'ici.

Accompagnez-moi jusqu'à l'ascenseur, jusqu'à la rue. Elle s'efforçait de choisir ses mots pour me convaincre; ils me paraissaient doux, ivres, accablés de malheur. Aidez-moi et je vous paierai, d'accord ? Je veux partir de chez moi ! Je ne suis pas prisonnière. Je ne veux pas mourir ici ! N'ai-je pas le droit de mourir à l'endroit de mon choix ?

— Ramenez-la, ordonna Gregory, furieux. Allez, sortez-la d'ici sans lui faire de mal.

— Mrs. Belkin, appela l'une des femmes. Les jeunes gens embarrassés se resserrèrent autour d'elle comme un troupeau obligé d'avancer ensemble ou de se disperser.

— Non ! cria-t-elle. Sa voix reprenait de la vigueur.

Comme ils se rapprochaient tous les quatre, elle me supplia.

— Il faut que vous m'aidiez. Peu m'importe qui vous êtes. Il me tue. Il m'empoisonne. Il hâte ma mort ! Empêchez-le ! Aidez-moi !

Les voix murmurantes et menteuses des femmes s'élevèrent pour couvrir la sienne.

— Elle est malade, dit l'une, éperdue de sincère détresse. Les autres firent un écho fatigué à chacune de ses paroles. Elle est tellement droguée qu'elle ne sait plus ce qu'elle fait.

Il y eut un brouhaha lorsque Gregory parla en même temps que les jeunes gens. Rachel Belkin hurla par-dessus toutes les voix, et l'infirmière tenta de s'exprimer encore plus fort.

Je me précipitai et repoussai l'une des femmes, qui tomba. Les autres restèrent paralysés, sauf Rachel, qui s'élança et me saisit la tête de sa main droite, comme pour m'obliger à la regarder.

Elle était malade et brûlante de fièvre. Elle n'était pas plus âgée que Gregory — cinquante-cinq ans au plus. Une femme élégante et vigoureuse.

Gregory jura.

— Bon Dieu, Rachel ! Azriel, recule. Il fit signe aux autres. Ramenez Mrs. Belkin dans son lit.

— Non, déclarai-je. J'en repoussai deux autres, qui reculèrent en chancelant. Non, dis-je. Je vais vous aider.

— Azriel ! dit-elle. Azriel !

Elle reconnaissait le nom.

— Au revoir, Gregory, annonçai-je. Nous verrons si je

dois revenir auprès de toi et de tes ossements. Elle veut mourir sous un autre toit. C'est son droit. Je suis de son avis. Pour Esther, je dois le faire, comprends-tu. Adieu, jusqu'à ce que je revienne vers toi.

Gregory était consterné.

Les domestiques restaient impuissants.

Rachel Belkin lança son bras autour de moi, et je la maintins fermement dans l'étreinte de mon bras droit.

Elle semblait sur le point de s'effondrer, et elle se tordit une cheville sur le parquet ciré, poussant un cri de douleur. Je la soutins. Ses cheveux flottaient autour d'elle, brossés, brillants, l'argent aussi beau que le noir. Elle était fine et délicate, elle avait la beauté têtue d'un saule, ou de feuillages luisants et déchirés que les vagues auraient déposés sur la grève, ruinés et pourtant resplendissants.

Nous nous dirigeâmes rapidement vers la porte.

— Tu ne peux pas me faire ça.

Gregory grondait de rage. Je me retournai pour le voir balbutier en me foudroyant du regard, les poings serrés, ayant perdu toute grâce.

— Arrêtez-le, ordonna-t-il aux autres.

— Ne m'oblige pas à te faire du mal, Gregory. Ce serait un trop grand plaisir.

Il s'élança sur moi. Je manœuvrai de manière à pouvoir la soutenir tout en le frappant de la main gauche, un coup superbe qui l'étendit sur le dos, sa tête heurtant l'âtre.

L'espace d'une seconde, je le crus mort, mais non, il était juste étourdi, mais si violemment que tous les petits lâches se précipitèrent à son secours.

C'était le moment ou jamais. La femme le sentit aussi bien que moi, et nous sortîmes ensemble.

Courant presque dans le corridor, j'aperçus au loin les portes de bronze, mais sans ange, avec l'arbre de vie seulement, chargé de toutes ses branches, et qui se déchira au milieu lorsqu'elles s'ouvrirent.

Je ne sentais rien d'autre que la force qui m'habitait. J'aurais pu la porter d'un seul bras, mais elle marchait vite et droit, comme sous l'effet d'une obligation impérieuse, serrant contre elle ce sac en cuir, ce paquet.

Nous entrâmes dans l'ascenseur. Les portes se refermèrent,

et elle s'effondra contre moi. Je lui pris le paquet et la soutins. Nous étions seuls dans l'habitacle qui descendait encore et encore, traversant le palais de part en part.

— Il est en train de me tuer, dit-elle. Elle était tout contre moi. Ses yeux vacillaient somptueusement. Sa chair était lisse et jeune. Il m'empoisonne. Je vous promets que vous serez content d'avoir fait cela pour moi.

Je la regardai, et je vis les yeux de sa fille, tellement grands, tellement extraordinaires, même encadrés par cette chair plus pâle, plus frêle. Comment pouvait-elle être aussi forte ? Visiblement, elle avait combattu son âge et sa maladie.

— Qui êtes-vous, Azriel ? demanda-t-elle. J'ai entendu ce nom. Je le connais. Je discernais de la confiance dans sa façon de prononcer mon nom. Dites-moi qui vous êtes ! Vite, je vous en prie.

Je la soutenais. Sans moi, elle serait tombée.

— Quand votre fille est morte, elle a dit quelque chose, vous l'a-t-on signalé ?

— Ah, Seigneur Dieu ! Azriel, le Serviteur des Ossements, murmura-t-elle avec amertume, les yeux pleins de larmes. C'est ce qu'elle a dit.

— Oui. Je suis Azriel, celui qu'elle a vu au moment de mourir. J'ai pleuré comme vous pleurez maintenant. Je l'ai vue et j'ai pleuré sur elle. Je n'ai rien pu pour elle. Mais je puis vous aider.

19

Ce fut la fin de son accès de chagrin, mais je n'aurais pas su dire ce qu'elle comprenait de cette révélation. Toute malade qu'elle fût, elle incarnait la fleur des semences de la beauté d'Esther.

Les portes se rouvrirent sur une véritable armée — des hommes en uniforme presque tous âgés, l'air inquiets, et fort bruyants. Je n'eus aucun mal à refouler ce groupe malintentionné — à les disperser loin de nous. Mais la peur les rendit hystériques, et la voix de Rachel les alarma davantage.

— Amenez-moi ma voiture, commanda-t-elle. Vous entendez ? Et écartez-vous de notre chemin ! Ils n'osaient pas se regrouper. Elle lança des ordres. Henry, je vous ordonne de sortir d'ici. George, montez. Mon mari a besoin de vous. Vous, là, que faites-vous ?

Tandis qu'ils discutaient entre eux, elle se dirigea avec autorité vers les portes ouvertes, me devançant. Sur notre droite, un homme décrocha un téléphone doré sur une table en marbre. Elle se tourna vers lui, lui décocha un regard mauvais et il lâcha le téléphone. Je ris. J'adorais sa force. Mais elle ne la remarquait pas.

Par la porte vitrée qui donnait sur la rue, je vis l'homme grisonnant, de haute taille, qui conduisait la voiture ce jour-là, et qui avait pleuré Esther. Mais il ne pouvait pas nous voir. La voiture était là.

Les hommes se précipitèrent vers nous avec des paroles de sollicitude pour une nouvelle attaque — « Allons, Mrs. Belkin, vous êtes malade », « Rachel, cela ne va pas vous aider ».

Je désignai un homme à l'expression affligée.

— Le voilà, celui qui était avec Esther et qui a pleuré. Il nous obéira.

— Ritchie ! appela-t-elle d'une voix mélodieuse en se haussant sur la pointe des pieds. Ritchie, je veux m'en aller.

C'était bien le même homme au visage sillonné de rides, et je ne m'étais pas trompé dans mon jugement. Il ouvrit aussitôt la porte, tandis que nous nous dirigions vers lui.

Dehors, la foule se pressait contre les cordes, avec ses bougies et ses chants ; les lumières clignotaient ; des caméras géantes apparurent, comme autant d'insectes, se resserrant sur nous. Elles ne causaient pas plus d'embarras à Rachel qu'à Gregory.

Des groupes de gens se prosternaient devant elle ; d'autres psalmodiaient des lamentations.

— Venez, Rachel, venez, dit le chauffeur, s'adressant à elle comme s'il était de sa famille. Laissez-la passer, dit-il aux troupes désarçonnées. Il cria un ordre à un homme âgé qui se tenait sur le trottoir. Ouvrez la portière pour Mrs. Belkin !

Des deux côtés, la foule commença à s'agiter. Quelques personnes interpellèrent Rachel, mais avec respect.

Elle s'engouffra dans la voiture et je m'installai à côté d'elle sur la banquette en velours noire. Nous nous prîmes par la main. La portière claqua. Je serrai sa main bien fort.

C'était la même longue Mercedes-Benz qui avait conduit Esther au palais de la mort, et dans laquelle j'étais apparu à Gregory. Pas de surprise. Le moteur tournait. La foule ne pouvait pas arrêter un tel véhicule, même dans sa dévotion. Des bougies clignotaient autour des fenêtres.

Le vieux chauffeur était au volant, et la petite cloison vitrée qui séparait notre habitacle du sien avait disparu.

— Conduisez-moi à mon avion, Ritchie, dit-elle. Sa voix avait pris de la profondeur et du courage. J'ai déjà appelé ! N'écoutez personne d'autre. L'avion attend, et je pars.

Avion. Je connaissais ce mot.

— Oui, madame, répondit-il avec plaisir.

La voiture démarra lentement, forçant la foule à reculer, puis bondit vers le milieu de la rue et prit de la vitesse, nous projetant l'un contre l'autre.

La paroi vitrée remonta, nous séparant du chauffeur. L'intimité me fit rougir.

Je sentais sa main, et je voyais sa peau distendue, blanche. Les mains révèlent l'âge. Ses jointures étaient enflées, mais ses ongles étaient magnifiquement peints en rouge, et parfaitement effilés. Je ne l'avais pas encore remarqué, et je fus parcouru d'un agréable frisson. Son visage était cinq fois plus jeune que ses mains. Il avait été retendu et rajeuni comme celui de Gregory ; il avait bénéficié de ces améliorations car l'ossature était d'une parfaite symétrie, et les yeux d'une noblesse intemporelle.

Je tendais l'oreille à tout appel de Gregory, attentif à un éventuel changement dans mon être physique résultant de ce qu'il dirait, hurlerait, ou infligerait aux ossements.

Rien. J'étais complètement indépendant de lui, comme je l'avais supposé. Rien ne me bridait.

Je passai mon bras droit autour d'elle pour la serrer contre moi. J'éprouvai de l'amour pour elle, avec un irrépressible besoin de l'aider.

Elle se laissait aller avec un abandon enfantin, le corps beaucoup plus frêle que je ne l'avais pensé.

— Je suis là, dis-je, comme si j'avais été rappelé à l'ordre par mon dieu, ou par mon maître.

Elle avait, dans sa maladie, une beauté ivoirine. C'était une maladie grave. Je la sentais — une odeur qui n'avait rien de répugnant, mais celle d'un corps en train de mourir. Seule sa massive chevelure noir et argent semblait y échapper ; même le blanc étincelant de ses yeux s'atténuait.

— Il m'empoisonne, répéta-t-elle, comme si elle avait lu mes pensées. Il contrôle ce que je mange, ce que je bois ! Je meurs, et ce n'est pas sa faute, bien sûr. Mais il me veut morte, maintenant. Et je ne veux pas être avec lui et avec ses mignons quand je mourrai. Ses « disciples ».

— Vous n'y serez pas. J'y veillerai. Je resterai auprès de vous aussi longtemps que vous le souhaiterez.

Je me rendis compte, soudain, que c'était la première fois dans cette incarnation que je touchais une femme. Je trouvais sa douceur attirante. Je pouvais ressentir dans mon corps des changements semblables à ceux que pouvait connaître un homme normal, pressé contre une frêle créature à la poitrine majestueuse. Je me sentais empli de désir pour elle.

Pareille chose pouvait-elle se produire ? Je m'interrogeais sur mes limitations, et non sur sa vertu. Je ne possédais qu'un ensemble de souvenirs confus ; j'avais en effet possédé des femmes sous ma forme d'esprit charnel, mais mes maîtres s'y étaient farouchement opposés à cause de l'affaiblissement que cela causait. Là encore, les souvenirs n'avaient ni cadres ni visages.

Je ne relâchai pas mon étreinte, mais mes sens s'abreuvaient de la vue de ses cuisses blanches, de sa gorge, et de ses seins.

Elle s'irritait contre les drogues qui la handicapaient.

— Pourquoi ma fille a-t-elle prononcé votre nom ? Elle vous a vu ? Vous l'avez vue mourir ?

— Son âme est montée directement dans la lumière. N'ayez pas de peine pour elle. Elle m'a parlé avant de mourir, mais je ne sais pas pourquoi. Venger sa mort n'est manifestement qu'une partie de ce que je suis venu faire ici.

Cela la décontenança, mais un autre point la préoccupait également.

— Elle ne portait pas de collier de diamants, n'est-ce pas ?

— Non. Qu'est-ce que c'est que cette histoire de diamants ? Elle n'avait pas de collier. Ces trois hommes l'ont tuée sans la faire souffrir. Et il n'y a pas eu de vol. Elle a perdu tellement de sang que son esprit divaguait. Je crois qu'elle est morte sans comprendre que quelqu'un lui avait fait du mal.

Elle me dévisagea farouchement, comme si elle ne me croyait pas entièrement, et qu'elle n'appréciait pas l'intimité que je lui offrais.

— J'ai tué les trois hommes, dis-je. Vous l'avez sûrement lu dans les journaux. Avec les pics à glace qu'ils ont utilisés pour la tuer. Il n'y avait pas de diamants. Je l'ai vue entrer dans le magasin. Je l'ai vue avant de savoir qu'ils allaient agir si vite.

— Qui êtes-vous ? Pourquoi étiez-vous là ? Que faisiez-vous avec Gregory ?

— Je suis un esprit. Un esprit très fort, doté d'une volonté et d'une certaine forme de conscience. Ce corps n'est pas humain, expliquai-je. C'est un assemblage d'éléments, réunis par la force. Quoi que je dise, ne craignez rien. Je suis avec vous, et non contre vous. Je suis sorti d'un long sommeil au moment où les trois assassins s'approchaient d'Esther. Je n'ai pas compris assez vite comment ils comptaient accomplir leur forfait.

Elle ne manifesta aucune peur, ni aucune ironie.

— Comment ma fille vous connaissait-elle ?

— Je ne sais pas. De nombreux mystères entourent ma présence ici. Je suis apparemment venu de mon propre chef, mais avec un but.

— Alors vous n'appartenez pas à Gregory ?

— Non. Vous m'avez vu le défier. Pourquoi me posez-vous cette question ?

— Et ce corps, là, reprit-elle avec un léger sourire, vous me dites qu'il n'est pas réel ?

Elle me scrutait avidement, comme si elle avait pu apprendre la vérité grâce à ses yeux. Je sentais s'échauffer l'atmosphère entre nous.

Puis elle fit une chose si intime que j'en fus saisi. Elle se rapprocha et m'embrassa sur la bouche, comme j'avais embrassé Gregory quelque temps plus tôt. Ses lèvres étaient chaudes et humides, délicates.

Ma bouche était inerte et ne répondit guère, mais je glissai ma main derrière sa nuque, séduit par l'ample masse soyeuse de ses cheveux, et je l'embrassai, pressant ma bouche sur la sienne avec toute la douceur dont j'étais capable. Puis je me détachai d'elle.

J'éprouvais un profond désir pour elle. Le corps semblait en parfait état. Une fois de plus, quelques échos de mise en garde et de conseils me revinrent : « Sous peine de disparaître dans ses bras... » Mais j'en avais fini avec les efforts de remémoration, comme je vous l'ai expliqué.

Quel plaisir éprouvait-elle ?

Mourante ou non, elle avait encore la passion d'une jeune femme, ou d'une femme dans la fleur de l'âge. Ses lèvres étaient pleines et offertes, comme si elle m'embrassait encore ou s'apprêtait à le faire. Elle ne craignait ni les hommes ni la passion. Telle une reine qui aurait eu de nombreux amants.

— Pourquoi ce baiser ? demandai-je.

Cela avait accru ma force, et ravivé certaines parties de moi. J'appelle cela la force.

— Vous êtes humain, déclara-t-elle d'une voix grave et un peu dure, comme pour me congédier.

— Vous me flattez, mais je suis un esprit. Je veux venger Esther, mais quelque chose de plus est en jeu.

— Comment vous êtes-vous retrouvé au dernier étage avec Gregory ? Vous connaissez son pouvoir, son influence. La Main droite du Seigneur, le Fondateur du Temple de l'Esprit de Dieu, dit-elle d'une voix méprisante. Le Sauveur du Monde, l'Oint de l'Éternel. Le menteur, le tricheur, le propriétaire de la plus grande flotte de plaisance des Caraïbes et de la Méditerranée, le Messie de l'industrie des souvenirs et de la fine cuisine. Vous prétendez vraiment que vous n'êtes pas l'un de ses hommes ?

— Une flotte ? dis-je. Pourquoi une Église aurait-elle une flotte ?

— Ce sont des navires de plaisance, mais ils transportent aussi des marchandises. Je ne comprends pas ce qu'il fabrique, et je mourrai avant d'avoir compris. Mais que faisiez-vous avec lui ? Ses bateaux mouillent dans tous les grands ports du monde. N'êtes-vous pas au courant ? Je ne vous crois pas, quand vous prétendez que vous n'êtes pas un adepte. Oui, je vous ai vu le défier, et vous m'avez sortie de là. Mais tout le monde dans cet immeuble est un adepte. Dans ma vie, tout le monde appartient à son Église, poursuivit-elle, désespérée et balbutiante. Les infirmières, les concierges, les messagers, le personnel de l'immeuble au grand complet. Ceux qui chantent des hymnes, vous les avez entendus, appartiennent aussi à son Église. Son Église couvre le monde entier. Ses avions lâchent des prospectus au-dessus des jungles et des îles qui n'ont pas de nom. Elle soupira, puis reprit : Si vous n'êtes pas l'un des leurs, et si vous ne m'avez pas entraînée vers un autre endroit pour m'y enfermer, comment avez-vous fait pour vous introduire au dernier étage ?

La voiture s'éloignait des rues bondées. Je sentais l'odeur du fleuve.

Elle ne me croyait pas. Mais ses paroles m'intriguaient ; j'y percevais quelque chose qu'elle ne voyait pas.

Elle me distrayait de mes pensées. Elle voyait en moi un homme séduisant. Je le sentais, et je sentais en elle ce désespoir qui accompagne la conscience de la mort. Il y avait en elle une passion désinvolte, une sorte de rêve de me posséder.

Cela m'excitait.

— Et votre accent ? reprit-elle. D'où vient-il ? Vous êtes israélien ?

— C'est sans importance. Je parle anglais du mieux que je peux. Je vous l'ai dit, je suis un esprit. Je veux venger votre fille. Voulez-vous que je le fasse ? Pourquoi parle-t-il d'un collier ? Et pourquoi m'avez-vous interrogé là-dessus ?

— Sans doute l'une de ses cruelles plaisanteries. Ce collier a été cause d'une grande dispute entre Esther et lui, il y a longtemps. Esther avait un faible pour les diamants ; elle allait souvent fouiner dans le quartier des diamantaires, qui lui plaisaient plus que les grands joailliers. Le jour de sa mort, elle avait dû emporter le collier avec elle. C'est ce qu'a dit la femme de chambre, et il s'est accroché à ce détail, pour lequel il a pratiquement sacrifié toutes ses grandes théories

295

sur l'assassinat terroriste d'Esther. Mais ces trois hommes, quand on les a retrouvés, n'avaient pas les diamants. C'est vraiment vous qui les avez tués ?

— Ils ne lui ont rien volé. Je me suis précipité derrière eux et je les ai tués. Les journaux disent qu'ils ont été tués en rapide succession avec une de leurs propres armes. Écoutez, ne me croyez pas si vous ne le voulez pas, mais continuez à m'expliquer, pour Esther et Gregory. Est-ce lui qui l'a fait tuer ? Le croyez-vous ?

— Je le sais. Son attitude avait changé. Son visage s'était assombri. Je crois qu'il s'est trompé, pour le collier. J'ai dans l'idée qu'elle a dû le porter quelque part avant d'aller dans le magasin. Dans ce cas, le collier est entre les mains d'une personne qui sait que cette partie de l'histoire est fausse. Mais comment retrouver cette personne ?

J'étais immensément intrigué. Je mourais d'envie de la questionner.

Elle était à nouveau distraite par le désir physique. Elle examinait mes cheveux, ma peau. Le deuil de sa fille l'accablait intérieurement, et il était en contradiction avec un simple besoin de légèreté.

J'adorais sa façon de me regarder.

Elle était attirée par mes traits ; me revinrent alors des bribes de souvenirs : des personnes discutaient d'un événement de la plus grande importance et disaient : « Si vraiment on veut le faire, où trouverait-on un homme plus beau, ressemblant davantage à un dieu ? »

La voiture roulait de plus en plus vite dans les rues désertes. Nous accélérâmes encore. Nous étions arrivés sur une large route, et je sentais plus fortement la puanteur du fleuve. La douce odeur de l'eau était à peine perceptible, mais elle me donnait terriblement soif. J'avais traversé ce fleuve avec Gregory, mais alors je ne connaissais pas encore la soif. Maintenant, je la connaissais. La soif signifiait que mon corps était vraiment fort.

— Qui que vous soyez, dit-elle, je vais vous dire ceci : si nous arrivons jusqu'à l'avion, et je crois que nous y arriverons, vous ne manquerez plus jamais de rien dans toute votre vie.

— Expliquez-moi cette histoire de collier, répétai-je.

— Le passé de Gregory est inconnu de tous. Esther l'a découvert en achetant le collier à un hassid qui ressemblait comme un frère à Gregory. L'homme lui a appris qu'il était le jumeau de Gregory.

— Oui, Nathan, évidemment. Un hassid, un diamantaire.

— Nathan ! Vous connaissez cet homme ?

— Non, je ne le connais pas, mais je connais le grand-père, le rebbe, parce que Gregory est allé lui demander le sens des dernières paroles d'Esther.

— Quel rebbe ?

— Le grand-père de Gregory. Le rebbe s'appelle Avram, mais ils lui attribuent un titre particulier. Voyons, vous dites qu'Esther a découvert toute la famille de Gregory à Brooklyn ?

— C'est une grande famille ?

— Oui, très grande — une congrégation, un clan, une tribu.

— Ah. Elle s'adossa commodément. J'avais compris, à leurs querelles, qu'il s'agissait d'une famille. Mais je n'en savais pas plus. Mon Dieu, se peut-il qu'il l'ait tuée parce qu'elle avait découvert son frère ? Sa famille ?

— Ça ne colle pas, objectai-je.

— Pourquoi ?

— Quand j'étais chez le grand-père de Gregory, c'est le rebbe qui suppliait qu'on garde le secret, pas le petit-fils.

Elle était effarée.

— Pourquoi étiez-vous avec Gregory chez ce rebbe ?

— Gregory est allé le trouver pour s'enquérir du sens des paroles qu'avait prononcées Esther. Le rebbe le savait. Il avait les ossements. Et maintenant c'est Gregory qui les a. On m'appelle le Serviteur des Ossements. Le rebbe les a vendus à Gregory, à condition qu'il ne parle plus jamais à son frère Nathan, qu'il n'apparaisse jamais dans les parages de la congrégation, et que jamais il ne révèle ses liens avec eux.

— Mon Dieu ! s'exclama-t-elle.

— Jamais le rebbe ne m'a appelé. Il ne voulait rien savoir de moi. Mais son père lui avait confié la garde des ossements, depuis l'époque où ils vivaient en Pologne, à la fin du siècle dernier. C'est ce que j'ai compris en les écoutant. J'avais été endormi dans les ossements !

Elle était sans voix.

— Vous croyez visiblement à ce que vous dites, finit-elle par articuler.

— Parlez-moi d'Esther et de Nathan...

— Quand Esther est rentrée à la maison, elle s'est disputée avec Gregory à propos de cette famille de l'autre côté du pont. Elle lui criait de les reconnaître, elle expliquait que l'amour de son frère était réel. Je l'ai entendue, mais je n'y ai pas prêté attention. Puis elle est venue m'en parler. Je lui ai dit que s'ils étaient hassidim ils avaient dû réciter kaddish pour lui depuis bien longtemps. J'étais très malade, bourrée de drogues et de médicaments. Gregory était furieux contre elle, mais il leur arrivait de se disputer, vous comprenez. Pourtant, il... il a quelque chose à voir dans sa mort. Je le sais ! Ce collier. Jamais elle ne l'aurait porté en plein jour.

— Pourquoi ?

— Esther a été élevée dans les meilleures écoles, elle a été « débutante ». Dans son monde, on ne porte pas de diamants avant six heures du soir. Cela ne se fait pas. Mais pourquoi l'a-t-on tuée ? À cause de sa famille ? Non, je ne comprends pas. Et pourquoi y mêler le collier de diamants ?

— Continuez. Je vois la trame. Des navires, des avions, un passé secret autant pour Gregory que pour les hassidim. Je vois quelque chose... mais ce n'est pas clair.

Elle me dévisageait.

— Parlez, insistai-je. Faites-moi confiance. Vous savez que je suis votre gardien, et que je veux votre bien. Je vous aime et j'aime votre fille parce que vous êtes des personnes bonnes, justes, et que les gens ont agi cruellement à votre endroit. Cela m'irrite et me donne envie de faire du mal...

Elle était abasourdie, mais elle me croyait. Elle essaya de parler, mais n'y parvint pas. Son esprit était bloqué. Elle se mit à trembler. Je lui touchai le visage de mes deux mains, espérant qu'elle y trouverait douceur et consolation.

— Laissez-moi, supplia-t-elle gentiment.

Mais elle posa sa main sur mon bras, me caressant, me réconfortant, et elle laissa son corps reposer contre mon épaule. Son poing droit se crispa.

Elle se recroquevilla contre moi et croisa les jambes, me laissant entrevoir son genou nu, ferme et pâle sous l'ourlet de sa jupe. Elle poussa un gémissement sourd, puis un terrible cri de souffrance.

La voiture ralentit. Nous étions arrivés sur un immense champ étrange, plein de mauvaises vapeurs et d'avions. Oui, les avions s'expliquaient à moi, maintenant, dans toute leur gloire.

— Venez, dit-elle. Elle serra ma main bien fort. Quoi que vous soyez, vous et moi sommes ensemble dans cette affaire. Je vous crois.

— J'espère, murmurai-je, hébété.

En descendant de voiture, je ne connaissais que mes pensées. Je la suivis, j'entendais des voix sans y prêter attention et je regardais les étoiles. L'air était si chargé de fumée qu'on se serait cru à la fin d'une bataille.

Dans le vacarme assourdissant, nous nous approchâmes de l'avion. Elle donna des ordres, mais je n'entendis pas ses paroles ; le vent les emportait. L'escalier descendit d'une seule pièce comme l'Échelle du Paradis.

Soudain, alors que nous commencions à monter, elle ferma les yeux et s'arrêta. Elle tâtonna à l'aveuglette, me prit le cou à deux mains et me tint bien serré, comme pour sentir mes artères. Elle était malade et elle souffrait.

— Je ne vous quitte pas, murmurai-je.

Ritchie, le chauffeur, attendait derrière moi, prêt à aider.

Elle prit une profonde inspiration, s'élança, et gravit toutes les marches d'une traite.

Je dus me hâter pour la rattraper.

Nous franchîmes ensemble le seuil du sanctuaire insupportablement bruyant. Une jeune femme au regard froid et hardi déclara :

— Mrs. Belkin, votre mari veut que vous rentriez à la maison.

— Non, nous allons chez moi, répondit-elle.

Deux hommes en uniforme surgirent de l'avant de l'appareil. J'aperçus dans le nez de l'avion un minuscule habitacle empli de boutons et de lumières.

La femme aux yeux froids m'attira vers l'arrière de l'avion, mais je pris mon temps afin d'écouter et d'être là en cas de besoin.

299

— Faites ce que je vous dis, ordonnait Rachel. J'entendis la rapide capitulation des hommes. Décollez dès que possible.

La femme pâle m'avait laissé sous le toit pour vite retourner arrêter Rachel, que protégeait Ritchie, le fidèle chauffeur.

— Laissez les revues et les journaux là ! ordonna Rachel. Croyez-vous qu'elle va revenir à la vie si je lis des articles sur elle ? Décollez aussi vite que possible !

Il y eut un petit concert de rébellion faiblissante — hommes, femmes, et même le vieux Ritchie aux cheveux gris.

— Vous venez avec moi, c'est tout ! dit-elle. Une fois de plus le silence se fit autour d'elle comme autour d'une reine.

Elle me prit par la main et me conduisit dans une petite cabine tendue de cuir brillant. Le cuir était tendre, et tout n'était que raffinement : d'épais gobelets de verre sur une petite table, des coussins pour poser les pieds, des fauteuils profonds qui devaient être aussi moelleux que des sofas.

Les voix s'éteignirent, ou se réduisirent à des chuchotements derrière des rideaux.

Les petites fenêtres, épaisses, sales et rayées étaient la seule touche de laideur. Le bruit faisait partie de la nuit. Les étoiles étaient invisibles.

Elle me dit de m'asseoir.

J'obtempérai, et m'enfonçai dans un fauteuil en cuir si profond qu'il semblait vouloir vous emprisonner. Puis, assis en face d'elle, je m'habituai à cette apparente indignité. Je percevais que, malgré la sévérité des matières, c'était une forme d'opulence.

— Vous n'aviez jamais vu d'avion avant, n'est-ce pas ? demanda-t-elle.

— Non, dis-je. Mais je n'en ai pas besoin. Tout est trop luxueux. Je ne pourrais même pas m'asseoir droit si je le voulais.

La femme aux yeux froids et pâles entra et se pencha au-dessus de moi pour prendre un harnais. J'étais fasciné par sa peau et ses mains. Tous ces gens étaient parfaits. Comment faisaient-ils ?

— Ceinture de sécurité, expliqua Rachel.

Elle boucla la sienne, puis elle fit une chose qui me ravit : elle ôta ses chaussures, ses belles chaussures raffinées à talons hauts. Elle les repoussa, et je vis sur ses pieds fins la marque des lanières. L'envie me prit de les toucher. De les embrasser.

La femme glaciale me regarda d'un air gêné, se détourna, puis s'en alla à contrecœur.

Rachel l'ignora.

Je ne pouvais pas la quitter du regard, sombre et intense dans la faible lumière de cet avion ; je la désirais. J'avais envie de toucher l'intérieur de ses cuisses, et de voir si la fleur laineuse qui s'y cachait était aussi bien préservée que le reste.

C'était déconcertant et honteux. Je compris encore ceci : les choses malades peuvent être très belles. Peut-être la flamme est-elle une chose malade, quand elle danse sur sa mèche, rongeant la cire par-dessous, de même que la maladie rongeait le corps autour de son âme. Elle produisait une chaleur étonnante, dans sa fièvre et dans l'ardeur de son esprit.

— Ainsi, on vole là-dedans, dis-je. On s'élève, et on voyage plus vite qu'on ne peut le faire sur terre.

— Oui. Ma tête s'éclaircit, à présent. Je sens la douleur. Je sens le poison s'estomper. Je veux savoir. Je veux témoigner de ce qui m'est arrivé.

J'étais tenté de lui dire qu'à mon avis la mort était différente pour chaque être humain, mais je ne voulais pas lui causer un surcroît de souffrance.

Elle fit signe à la femme, qui avait dû rester quelque part derrière moi. L'avion avait commencé à rouler sur ses minuscules roulettes.

— Quelque chose à boire, dit-elle. Que voulez-vous ? Soudain elle sourit. Elle voulut plaisanter. Qu'est-ce que les fantômes aiment boire ?

— De l'eau. Je suis soulagé que vous m'ayez posé la question. Je suis desséché par la soif. Ce corps est dense, et délicatement assemblé. Je crois que les pièces sont en train de devenir vraies !

Elle rit de bon cœur.

— Je me demande quelles peuvent bien être ces pièces !

L'eau arriva. Beaucoup d'eau. Merveilleuse. La bouteille transparente était nichée dans un grand seau de glace, et la glace était magnifique. M'arrachant à la contemplation de l'eau, je regardai fixement la glace. De tout ce que j'avais vu

301

en cette ère moderne, rien ne pouvait se comparer à cette simple beauté, qui étincelait et scintillait autour du flacon étrangement terne de l'eau.

La jeune femme qui venait d'apporter ce seau de glace en tira la bouteille d'eau, faisant retomber la glace dans un éclatement de lumière. Je vis que la bouteille était en plastique. On pouvait l'aplatir quand elle était vide.

La femme versa de l'eau dans deux gobelets en verre. Ritchie apparut. Il se pencha et murmura quelques mots à l'oreille de Rachel. C'était à propos de Gregory et de sa fureur.

— Nous sommes à l'heure, dit-il. Il désigna les magazines. Il y a quelque chose...

— Laissez cela tranquille, je m'en moque, j'ai tout lu, quelle importance cela a-t-il ? Cela me réconforte de voir sa photo sur les couvertures.

Il tenta de protester, mais elle lui enjoignit fermement de sortir. L'avion prenait de la vitesse. Quelqu'un l'appela ; il devait s'attacher aussi.

Je bus l'eau avidement. Cela l'amusa. L'avion décollait.

— Buvez tout, dit-elle. Il y en a plein.

Je la pris au mot, et vidai la bouteille. Mon corps absorba tout et resta assoiffé, ce qui est la plus forte indication d'un accroissement de force.

Que faisait Gregory ? Enrageait-il devant les ossements ? Cela n'avait aucune importance ! Ou bien si, peut-être.

Il m'apparut soudain que la quasi-totalité des manœuvres délicates entreprises dans ma vie s'étaient déroulées sous la direction d'un magicien. Même posséder une femme, je l'avais fait avec leur accord. Je pouvais surgir, tuer, puis me désincarner, cela n'avait rien de délicat. Mais l'élan de passion que j'éprouvais pour cette femme, l'accroissement de force que me procurait cette eau, voilà qui était nouveau.

Je compris qu'il me fallait découvrir quelle force je maîtrisais vraiment de mon propre chef. Je me sentais aussi fort face à la séduction de cette femme que devant le charme de Gregory.

En posant la bouteille, je m'aperçus que j'avais fait tomber des gouttes d'eau sur les journaux et les revues. Je les regardai. Je vis alors ce qui avait tellement inquiété les autres : on y voyait Esther mourante. Oui, là, sur la couverture d'un magazine, on voyait Esther sur son brancard, et la foule autour d'elle.

Quelqu'un annonça que nous étions en route vers Miami, et que nous avions l'autorisation d'atterrir dès notre arrivée.

« Miami. » Cela me fit rire. Miami. Comme une plaisanterie pour enfants.

L'avion volait en cahotant. La fille aux yeux pâles revint avec une nouvelle bouteille d'eau. Elle était froide, et n'avait pas besoin de glace. Je la pris, et la bus sans hâte.

Je me renversai en arrière, pour me remplir d'eau. C'était un moment divin, presque autant que d'embrasser Rachel. Sentir l'eau descendre dans ma gorge et le long des replis créés à l'intérieur de mon corps par la volonté et la magie ! Je respirai profondément.

J'ouvris les yeux, et vis Rachel qui m'observait. La fille était partie. Les verres avaient disparu. La seule eau qui restait était celle de la bouteille que je serrais dans ma main.

Une forte pression m'écrasait, me caressait, me poussait contre le cuir et me taquinait avec une force mystérieuse et douce.

L'avion s'élevait dans le ciel, très vite. La pression s'accentua et j'eus très mal à la tête, mais je chassai cela loin de moi. Je la regardai. Elle était immobile comme pour prier et elle ne bougea ni ne parla jusqu'à ce que l'avion ait trouvé sa hauteur de croisière.

Tu es vivant, Azriel, tu es vivant ! Je dus rire. Ou pleurer. J'avais encore besoin d'eau. Non. J'aurais aimé boire encore de l'eau. Mais je n'avais besoin de rien. Je voulais savoir, absolument.

Je passai ma langue sur mes lèvres, que l'eau avait rafraîchies. Je me rendais compte que mon attirance pour cette femme avait porté ma colère et ma confusion à l'extrême limite. Il fallait que je cesse de m'interroger, et que je me déclare maître. Voilà tout. Je la désirais. Tout était lié d'une manière humaine — le désir charnel, le désir de combattre Gregory et de le défier, de me prouver qu'il ne me contrôlait pas bien qu'il possède les ossements.

— Vous avez peur, dit Rachel. Il ne faut pas. Prendre l'avion, c'est une routine. Elle ajouta avec un sourire espiègle : Évidemment, il pourrait exploser d'une minute à l'autre, mais ce n'est jamais arrivé.

Elle rit d'un air amer.

— Vous connaissez l'expression « faire d'une pierre deux coups », n'est-ce pas ? Eh bien, c'est ce que je vais faire. Je vais vous quitter et revenir, afin de vous prouver que je suis un esprit. Vous cesserez alors de vous inquiéter à l'idée que vous vous trouvez associée par désespoir à un dément. Je verrai également ce que manigance Gregory. Car il détient ces ossements, et c'est un homme étrange.

— Vous allez disparaître à l'intérieur de cet avion ?

— Oui. Maintenant, dites-moi quelle est notre destination — qu'est-ce que Miami ? Je vous retrouverai là-bas, sur le seuil de votre maison.

— N'essayez pas de le faire.

— Il le faut. Nous ne pouvons pas vivre avec vos soupçons. Je comprends à présent qu'Esther est comme un diamant au milieu d'un énorme collier compliqué. Où allons-nous ? Où trouverai-je Miami ?

— À l'extrême sud de la côte Est des États-Unis. Je demeure dans une tour, à l'extrémité d'une ville baptisée Miami Beach. C'est un gratte-ciel. J'habite au dernier étage. Il y a un phare rose sur la tour, juste au-dessus de mon appartement. Plus au sud se trouvent les îles qu'on appelle les Florida Keys, puis les Caraïbes.

— C'est bon. Je vous retrouverai là-bas.

Je baissai les yeux vers les gouttes d'eau éparpillées, vers l'effrayante photo d'Esther sur la civière. J'éprouvai un choc terrible en voyant que j'étais sur la photo ! J'avais été surpris par la caméra au moment où je levais les mains vers mon visage en hurlant de chagrin pour Esther. C'était avant qu'on n'ait mis la civière dans l'ambulance.

— Regardez, dis-je. C'est moi.

Elle prit le magazine, scruta la photo, puis me dévisagea.

— Maintenant, je vais vous prouver que je suis de votre côté. Je veux aussi flanquer une bonne peur à cet horrible Gregory. Vous voulez quelque chose de chez vous ? Je vous le rapporterai.

Elle n'arrivait pas à parler.

Je me rendis compte que je l'avais effrayée et réduite au

silence. Elle se contentait de m'observer. Je me représentai son corps dépouillé de ses vêtements. La forme de ses membres était plaisante et ferme. Ses jambes fines et élancées révélaient une musculature pleine de grâce. J'avais envie de toucher le dos de ses jambes, ses mollets, et de les serrer.

C'était beaucoup de force pour moi, et il me fallait résoudre la question de ma liberté dès maintenant.

— Vous changez, dit-elle d'une voix soupçonneuse. Mais vous ne disparaissez pas.

— Ah? Que voyez-vous? demandai-je, tenté d'ajouter fièrement que je n'avais pas encore cherché à disparaître.

— Votre peau : la transpiration sèche. Oh, ce n'était pas grand-chose, mais vous en aviez sur les mains et sur la figure... Puis... vous paraissez différent. Je pourrais jurer que vous avez plus de poils noirs sur les mains.

Je levai la main pour regarder les poils noirs sur mes doigts, et je glissai la main sous ma chemise pour tâter l'épaisse toison frisée. Je tirai dessus. C'était ma poitrine, je pouvais toucher les poils rugueux quand ils étaient aplatis, et soyeux quand je tirai dessus.

— Je suis vivant, murmurai-je. Écoutez-moi.

— J'écoute. Vous avez absolument toute mon attention. Que voyez-vous pour la mort d'Esther et ce collier? Vous disiez quelque chose...

— Votre fille tenait un foulard, avant de mourir. Le voulez-vous? Il était très beau. Elle a tendu le bras pour le prendre juste au moment où les tueurs l'encerclaient. Elle le voulait, et elle l'avait dans les mains en mourant.

— Comment savez-vous cela?

— Je l'ai vu!

— J'ai ce foulard, dit-elle, pâlissant sous le choc. La vendeuse me l'a apporté. Elle m'a dit qu'Esther l'avait pris en main. Comment pouvez-vous savoir cela?

— Je ne connaissais pas ce détail. J'ai juste vu Esther tendre le bras pour prendre le foulard. J'allais vous proposer de vous le rapporter, pour les mêmes raisons que cette vendeuse.

— Oui, dit-elle. Je le veux! Il est dans ma chambre, là où vous m'avez vue pour la première fois. Il... non. Il est dans la chambre d'Esther. Étalé sur son lit. Oui, c'est là que je l'ai laissé.

— D'accord. Quand je vous reverrai à Miami, je l'aurai.

L'expression de son visage était terrible à voir. Elle murmura :

— Elle est allée là-bas pour acheter ce foulard ! Sa voix se fit toute petite. Elle m'a dit qu'elle l'avait vu, et qu'elle ne pouvait pas l'oublier. Elle m'avait dit qu'elle voulait ce foulard.

— Dans un geste d'amour, je vous l'apporterai.

— Oui, je veux mourir en le serrant contre moi.

— Vous ne croyez pas que je puisse disparaître, n'est-ce pas ?

— Non.

— Dominez-vous. Je vais disparaître. La question est de savoir si je pourrai revenir. Je murmurai quelque chose. J'essaierai pourtant de toutes mes forces. Le moment est venu de voir ce qu'il en est.

Je me penchai vers elle et pris la liberté qu'elle avait prise avec moi. Je l'embrassai. Sa passion me transperça, brûlant en moi.

Ensuite, je prononçai intérieurement les paroles requises : *Éloignez-vous de moi, particules de ce corps terrestre, mais ne retournez pas d'où vous venez, attendez mon ordre de vous réassembler instantanément lorsque j'aurai besoin de vous.*

Je disparus.

Le corps se désintégra, dispersant une fine brume vers les parois de l'avion, laissant une buée étincelante sur le cuir, les vitres, le plafond.

Je flottais au-dessus, libre, pleinement formé et fort, et je regardai le siège vide. Je vis le haut de la tête de Rachel, et je l'entendis hurler.

Je m'élevai, traversant l'avion. Ce n'était pas difficile. Je sentis le passage, je sentis l'énergie frémissante et la chaleur de l'appareil. L'avion fonça alors à une telle vitesse que je tombai vers la terre comme sous l'effet d'un poids. Je tombai ainsi dans la nuit, jusqu'au moment où je me retrouvai à flotter librement, bras étendus, en direction de Gregory. *Trouve les Ossements. Serviteur. Trouve tes Ossements.*

Dans le vent, j'aperçus d'autres âmes. Je les voyais se

débattre pour se rendre visibles. Je savais qu'elles sentaient ma vigueur, mon orientation, et l'espace d'un instant elles scintillèrent, puis elles disparurent. J'étais passé à travers elles et leur univers, leur horrible couche de fumée qui entourait la terre comme la saleté flottant au-dessus des feux de bouse : je me hâtais, comme en chantant, vers les ossements. Vers Gregory.

« Les ossements, criai-je dans le vent. Les ossements. »

20

C'était une grande pièce, qui ne se trouvait pas dans les appartements de Gregory et de Rachel, mais plus haut dans l'immeuble. Je compris pour la première fois que le bâtiment lui-même *était* le Temple de l'Esprit de Dieu, et que tous ses étages vibraient de monde.

La pièce étincelait de verre et d'acier. S'y trouvaient des tables faites en pierre travaillée, dure comme une matière arrachée du fond de la terre, des machines alignées le long des murs, des caméras qui suivaient les mouvements des occupants.

Ils étaient nombreux.

J'entrai, invisible, franchissant aisément toutes les barrières. Je circulai parmi les tables, regardant les écrans vidéo alignés sur les murs, les ordinateurs encastrés dans des niches, et d'autres appareils que je ne comprenais pas.

Silencieusement, des programmes de la planète entière apparaissaient sur les écrans. Certains montraient les informations accessibles à tous, d'autres, captaient des images particulières et secrètes. Les engins qui espionnaient étaient ternes, verdâtres et sinistres.

Les ossements trônaient au milieu de la pièce, sur une table chirurgicale. Le coffret, vide, gisait à l'écart. Des médecins et des savants entouraient Gregory.

Celui-ci décrivait les ossements comme une relique, qu'il fallait analyser sans lui porter atteinte. Pour ce faire ils utiliseraient les rayons X, le carbone 14, effectueraient d'infimes prélèvements pour déterminer le contenu, tenteraient une légère aspiration au cas où ils contiendraient un liquide à l'intérieur.

Gregory était perturbé et hirsute ; ce n'était plus le même homme.

— Vous ne m'écoutez pas ! s'écria-t-il farouchement, à l'adresse de ses loyaux médecins. Traitez ces os comme un trésor inestimable. Je ne veux aucun accident de parcours. Aucune fuite dans la presse ni dans cet immeuble. Faites vous-mêmes le travail. Tenez vos techniciens indiscrets à l'écart.

Ces hommes l'écoutaient trahir leurs pensées. Ils ne s'abaissaient pas comme des laquais. Ils prenaient des notes sur leurs blocs en échangeant d'occasionnels coups d'œil et acquiesçaient dignement aux paroles de celui qui payait les factures.

Je connaissais ce genre d'homme. Des scientifiques très modernes, juste assez savants pour être convaincus que rien de spirituel n'existe, que le monde est exclusivement matériel, autocréé ou résultant d'un « big bang », et que fantômes, malédictions, Dieu et Diable sont des concepts inutiles.

Ils étaient par nature dénués de bonté. Ils avaient même en commun une certaine dureté — plus qu'un caractère sinistre, une difformité morale. Tous ces hommes avaient commis un crime ou un autre, dans le cadre de la médecine, et leur situation dépendait entièrement de la protection de Gregory Belkin.

Autrement dit, c'était une bande de médecins révoqués soigneusement sélectionnés par Gregory pour accomplir certaines tâches.

Je m'enchantai de la merveilleuse chance qui l'avait poussé à confier les ossements à cette meute d'imbéciles plutôt qu'à des magiciens. Mais où aurait-il trouvé un magicien ?

Quelle différence, pour moi, s'il avait fait appel aux hassidim — des zaddiks, qui ne le haïssent pas et ne le redoutent pas —, à des bouddhistes ou à des zoroastriens ! Même un médecin hindou de l'Occident aurait pu représenter un danger.

Je me redressai, toujours invisible, puis me rapprochai, jusqu'à toucher l'épaule de Gregory. Je sentis sa peau parfumée, son beau visage soyeux. Il parlait d'une voix sèche et mécontente, dissimulant son anxiété.

Les ossements. Je n'éprouvai rien en les voyant. Accomplis quelque belle blague ici, prends le foulard, et retourne auprès de Rachel. Visiblement, le déplacement des ossements n'avait aucun effet sur moi ; non plus que les regards fouineurs de ces médecins.

En ai-je fini avec vous désormais ? Je parlais aux ossements, mais les ossements ne répondirent pas.

Ils n'étaient pas en état. Ce n'était plus qu'un squelette mal assemblé dont l'or resplendissait sous les lumières. Des cendres s'y étaient attachées, mais ils paraissaient aussi solides qu'avant. *Pour l'éternité.*

Mon âme était-elle emprisonnée à l'intérieur, mon *tzelem* ? *Ai-je besoin de toi ? Peux-tu me blesser, maître ?*

Gregory savait que j'étais là ! Il se tourna, en vain. Les autres — ils étaient six — remarquèrent son agitation, et le questionnèrent.

Un homme toucha le coffret.

— N'y touchez pas ! dit Gregory.

Il était terrorisé. Je me régalais ! J'éprouvais toujours quelque fierté à tourmenter les solides et les vivants, mais c'était trop facile, je devais me retenir...

M'éprouver moi-même, telle était ma mission, et je ne devais pas me laisser entraîner à des petits jeux.

— Nous les manierons avec un soin extrême, Gregory, promit un jeune médecin. Mais nous allons devoir faire des prélèvements substantiels. Pour pouvoir obtenir une datation au carbone et l'ADN, nous risquons de devoir...

— Vous voulez l'ADN complet, non ? renchérit un autre, soucieux de s'attirer les bonnes grâces du maître. Vous voulez savoir tout ce que nous pourrons apprendre sur ce squelette : sexe, âge, cause du décès, tout ce qui peut être contenu à l'intérieur...

— Vous serez sidéré de voir tout ce qu'on peut découvrir.

— Le projet de la momie, à Manchester, vous avez vu tout ça ?

Gregory acquiesçait en silence, par des hochements de tête rigides, parce qu'il savait que j'étais là. J'étais invisible, mais entièrement formé et revêtu des vêtements que j'avais choisis, assez fluide pour le traverser à mon gré, ce qui lui aurait donné la nausée, lui aurait fait du mal, et l'aurait fait tomber.

Je touchai la joue de Gregory. Il le sentit, et fut pétrifié. Je passai mes doigts dans ses cheveux. Il retint son souffle.

Le bavardage scientifique se poursuivait, intarissable :

— Dimension du crâne, mâle, et le pelvis, probablement, vous vous rendez compte...

— Faites attention ! explosa soudain Gregory. Les savants se turent. Traitez ces ossements en reliques, vous m'entendez ?

— Oui, monsieur, nous comprenons.

— Les scientifiques qui effectuent cette étude sur la momie égyptienne...

— Ne m'en racontez pas davantage. Expliquez-moi seulement ce que c'est ! Et gardez le secret. Il ne nous reste plus beaucoup de jours, messieurs.

Qu'est-ce que cela signifiait ?

— Je n'aime pas l'idée d'arrêter le travail, alors commencez tout de suite.

— Tout s'annonce magnifiquement, déclara un savant plus âgé. Ne vous inquiétez pas pour le temps.

— Sans doute avez-vous raison, répondit Gregory, déconfit. Mais ça peut très mal tourner.

Ils acquiescèrent, uniquement parce qu'ils craignaient de perdre sa protection. Ils s'interrogeaient : parler, ne pas parler, hocher la tête, saluer, que faire ?

Je pris une profonde inspiration et décidai de devenir visible. L'air s'agita, la pièce reçut une vague commotion tandis que les particules s'assemblaient avec une force prodigieuse ; pourtant je ne réalisais que la première étape, la forme éthérée.

Les savants regardaient autour d'eux, en pleine confusion ; le premier à me voir me montra du doigt. J'étais transparent, mais vivement coloré, et d'une parfaite précision.

Puis les autres me virent.

Gregory fit volte-face, et me regarda.

Je lui décochai mon sourire doux et malfaisant. Je flottais. Sous ma forme éthérée, je n'avais pas à me tenir debout, à m'ancrer. J'étais à mille degrés de la densité qui obéit à la gravité. Je me posai sur le sol, sans en avoir besoin. C'était un choix, comme la position d'une fleur dans un tableau.

— C'est un hologramme, Gregory, déclara l'un des docteurs.

— Projeté par un appareil, dit un autre.

Les hommes commencèrent à chercher autour d'eux dans la salle.

— Mouais, c'est une des caméras, là, en haut.

— ... il y a un truc.

— Enfin, qui oserait faire une blague pareille dans votre...

— Silence ! dit Gregory.

Il leva la main pour demander l'obéissance absolue, et l'obtint. Son visage était assombri par la peur et le désespoir.

— Souviens-toi, dis-je. Je t'ai à l'œil.

Les autres m'entendirent, et commencèrent à chuchoter.

— Passez la main dedans, suggéra celui qui était le plus près de moi.

Comme Gregory n'en faisait rien, le jeune homme s'approcha. Je me contentai de le regarder, me demandant ce qu'il éprouvait — un frisson, un choc électrique ? Sa main me traversa facilement, ne provoquant aucune rupture de vision.

Il la retira.

— Quelqu'un a bidouillé la sécurité, se hâta-t-il de dire, en me regardant droit dans les yeux.

Ils s'étaient remis à discuter, expliquant que l'image était manipulée, que quelqu'un avait trouvé un moyen de le faire, et que c'était probablement...

Gregory ne pouvait se résoudre à répondre. Il se débattait désespérément pour reprendre le contrôle, pour trouver contre moi quelque puissante arme verbale qui ne le ridiculiserait pas aux yeux des autres. Puis il parla enfin, d'une voix glaciale.

— Quand vous me remettrez vos rapports, dites-moi exactement comment on peut détruire ces ossements.

— Gregory, cette chose est un hologramme. Je vais appeler le service de sécurité...

— Non. Je sais qui est responsable de cette petite facétie. Quelqu'un s'en occupe. J'ai juste été pris au dépourvu. Mettez-vous au travail.

Son assurance et son air de commandement serein étaient royaux.

Je ris doucement, et l'embrassai sur la joue. C'était rude, et il s'écarta. Les hommes étaient stupéfiés par ce geste.

Ils se contentèrent de se rapprocher, m'encerclant, absolument convaincus, dans leur incroyable ignorance et leurs certitudes, que j'étais une apparition manœuvrée électriquement. Pendant un moment, je scrutai leurs visages. J'y lus de la méchanceté inconnue de moi. Elle était liée au pouvoir. Ces hommes adoraient leur pouvoir. Que faisaient-ils quand ils n'analysaient pas de reliques ?

Je les laissai m'examiner, regardant un visage après l'autre. Je distinguai le maître cerveau, le grand docteur émacié, qui se teignait les cheveux en noir, et que sa maigreur vieillissait. Il était le plus intelligent, plus critique et plus soupçonneux que les autres, et il suivait les réactions de Gregory d'un œil calculateur.

— C'est astucieux, cet hologramme, dit-il. Nous pouvons procéder à l'analyse dès ce soir et vous donner une image semblable de l'homme qu'a été ce squelette autrefois.

— Pouvez-vous vraiment le faire ? demandai-je.

— Oui, bien sûr.

Il s'interrompit en découvrant qu'il s'adressait à moi. Puis il commença à gesticuler autour de moi ; les autres l'imitèrent, essayant d'intercepter le rayon censé me projeter.

— Simple exercice, lança un autre, ignorant hardiment l'étrangeté persistante de tout cela.

— Nous allons tout de suite nous occuper de cette affaire de sécurité.

Les autres continuaient à scruter le plafond et les murs.

Un homme s'approcha d'un téléphone.

— Non ! dit Gregory.

Il fixait les ossements.

— ... imbibé de quelque chose, un produit chimique, manifestement ; eh bien, nous pouvons faire analyser le tout, et nous serons en mesure de vous dire...

Gregory se retourna pour me regarder. Je le compris plus profondément : c'était un homme qui utilisait tout ce qui venait à lui ; il n'était pas passif. La frustration qu'il éprouvait allait alimenter sa rage et son inventivité ; elle allait lui faire accomplir de nouveaux exploits. Mais, pour le moment, il se retenait, prenait son temps. Ce qu'il apprenait allait renforcer sa ruse et sa capacité à surprendre.

Je me tournai vers les médecins.

— Faites-moi connaître les résultats de vos analyses, voulez-vous ? lançai-je, délibérément diabolique.

Cela créa un émoi.

Et je me volatilisai.

La chaleur me quitta, et les particules grouillèrent, trop minuscules pour que les hommes les voient. Cependant, ils sentirent le changement de température et le mouvement de l'air. Désemparés, ils cherchaient autour d'eux une nouvelle projection d'image, peut-être, une bifurcation du rayon de lumière.

Je compris quelque chose de plus : ils croyaient leur science omnipotente. La science était l'alpha et l'oméga de tout et de n'importe quoi. Autrement dit, c'étaient des matérialistes qui tenaient leur science pour magique.

L'ironie de tout cela m'amusait beaucoup. Je m'élevai au travers des strates animées de l'immeuble, jusqu'à ce que je ne voie plus les ossements.

J'errais dans la douce fraîcheur nocturne du ciel. Retrouve Rachel, m'enjoignis-je. Ton épreuve est accomplie. Tu sais que tu es libre.

Il ne peut pas t'arrêter. Va où tu veux.

Cependant, l'expérience ne serait terminée que si je parvenais à me rendre solide une nouvelle fois.

Le foulard. J'avais oublié le foulard.

Je me rapprochais de l'immeuble, dont je découvrais toute la hauteur et la grandeur. Entièrement recouvert de granit, il s'élevait en une courbe majestueuse, évoquant un lieu de culte antique. Il devait y avoir une cinquantaine d'étages. Nous étions au vingt-cinquième étage, juste avant.

Je descendis en jetant des coups d'œil par les fenêtres, à la recherche de pièces d'habitation personnelles. Des bureaux, j'en vis des centaines. Je me déplaçais facilement de droite à gauche, effaré par ces salles remplies d'ordinateurs. Je vis les laboratoires équipés où des gens sérieux étudiaient des plaques sous microscope et mesuraient des potions pour les verser dans des flacons, soigneusement scellés par la suite.

Qu'était-ce donc ? Cela faisait-il partie des rackets religieux de Gregory ? Des drogues pour ses adeptes ? Des médecines spirituelles, comme le soma des adorateurs du soleil en Perse ?

Que de laboratoires ! Je voyais des hommes et des femmes en tenue stérile blanche, masqués, les cheveux entièrement dissimulés sous des bonnets blancs. Des réfrigérateurs géants avec des panneaux d'avertissement contre la « contamination ». Des animaux dans des cages — des petits singes gris aux grands yeux effrayés, que des médecins nourrissaient.

Dans un secteur, je vis des humains qui se mouvaient très gauchement, dans des costumes en plastique de couleurs vives, avec des casques vitrés dignes de guerriers modernes. Leurs mains étaient prises dans des gants géants difficiles à manier.

À leur merci, les singes piaillaient désespérément dans leurs prisons. Certains d'entre eux restaient prostrés, malades ou terrifiés.

Très curieux, songeai-je. Quel étrange Temple de l'Esprit !

Je descendis jusque vers le douzième étage, peut-être, et là, enfin, je reconnus le grand demi-cercle du salon où je m'étais querellé avec Gregory. Je franchis la fenêtre, puis les couloirs, ouvrant et refermant doucement les portes, comme sous l'effet d'une brise.

Je vis le lit d'Esther et une photo d'elle, souriant au milieu d'autres jeunes filles, dans un cadre en argent. Je vis sur la courtepointe blanc de neige le foulard noir cousu de perles, soigneusement plié. Je fus transporté de joie. En entrant physiquement dans la chambre, je sentis le parfum d'Esther. Elle avait dormi ici, rêvé.

Sur sa coiffeuse étaient disposés des bagues, des boucles d'oreilles ornées de diamants, des bracelets ; tout un étalage de bijoux délicats et charmants, en or et en argent. Aux murs étaient accrochées des photos — Gregory, Rachel et Esther, ensemble, au fil des années. Une photo avait été prise en bateau, une autre sur une plage, une autre encore lors d'une cérémonie ou d'une fête — les femmes portaient des robes du soir.

« Esther, qui est-ce ? Pourquoi ? T'aurait-il tuée simplement parce que tu avais appris l'existence de son frère Nathan ? En quoi cela peut-il avoir une telle importance pour lui, Esther ? »

Mais aucune réponse ne me parvint des surfaces de cette pièce. L'âme était montée droit dans la lumière, emportant avec elle la moindre particule de souffrance et de joie. Elle n'avait rien laissé. Ah, être assassiné et monter directement vers la lumière !

Je me dirigeai vers le foulard. Ma main se fit plus dense et plus visible lorsque l'étoffe y bascula ; elle était magnifiquement tissée, en dentelle au centre, et entièrement bordée de délicates petites perles noires, exactement comme dans mon souvenir. C'était un grand foulard étrange, plutôt un châle, très original. Peut-être l'avait-elle trouvé exotique.

L'obscurité s'anima autour de moi. *Fais-toi de chair solide.* J'obtempérai. Quelque chose m'effleura et brilla devant moi, faible et incertain. Ce n'était qu'une âme perdue, l'âme d'un homme sans sépulture, peut-être, me prenant pour un ange dans la brume, puis s'éloignant. Rien à voir avec la chambre.

Maudissant les âmes perdues, je pris position dans le monde matériel.

Je serrai le foulard dans mes mains, encore ébloui d'avoir repris ma forme et de n'avoir à répondre à personne. Une nouvelle fois, gardant le foulard bien serré, je laissai les particules se détacher de moi, et j'enroulai mon esprit tout autour du foulard, afin de pouvoir le transporter.

Je m'élevai dans le bruit et la fumée qui planaient au-dessus de la ville. Un instant je vis ses lumières délicieusement éparpillées parmi les nuages, en bas. Le foulard me freinait, telle une grosse et lourde pierre au cœur de mon être, me faisant monter et descendre avec le vent d'une manière étrangement agréable.

Comme les oiseaux, peut-être, rêvais-je.

Rachel, Rachel, Rachel. Je me la représentais comme je l'avais laissée, non pas au-dessous de moi, hurlant de me voir disparaître, mais telle qu'elle avait été, assise en face de moi, avec ses grands yeux durs et les fils d'argent qui brillaient dans sa chevelure.

Je me sentis proche d'elle. Je pouvais presque la voir. Elle traversait la nuit avec autant d'agilité que moi, et je la contournai, m'élevant au-dessus d'elle, puis me rapprochant. Je ne voyais pas clairement. Son image était brouillée par le mouvement et la lumière.

C'était l'avion.

Je ne pouvais pas entrer dans l'avion. Je n'étais pas sûr de le pouvoir. Il allait trop vite. J'ignorais les limites de ma force. Pouvais-je assembler la matière nécessaire à la formation d'un corps dans l'habitacle d'une machine si rapide ?

J'imaginai une abominable catastrophe où je serais renvoyé dans l'oubli et le néant, sans pouvoir revenir à la vie. Alors, le foulard retomberait sur terre comme une miette noire de forêt brûlée, portée ici et là par le vent jusqu'à ce qu'il atterrisse. Le foulard d'Esther, divorcé de tout ce qui la concernait et de ceux qui l'aimaient. Le foulard d'Esther dans quelque ville inconnue.

J'attendis, et je suivis ; l'avion me guidait comme une minuscule luciole dans la nuit.

Nous volions au-dessus des mers du Sud. L'avion virait en descendant. Je contemplai alors l'immense étendue de Miami, glorieuse dans l'air tiède et imprégné de mer, un air exquis comme dans une ville antique où, esprit, j'avais été très heureux auprès d'un vieux sage. Je pouvais presque…

Mais je devais me concentrer. Je vis la longue file de lumières colorées qui formait Ocean Drive, à Miami Beach. Je reconnus l'immeuble surmonté du phare rose, le dernier, tout au bout du doigt osseux de la péninsule.

Lentement, je descendis à quelques rues de l'immeuble, m'engageant rapidement dans la foule dense qui flânait dans la rue, entre la plage et les cafés. La douce tiédeur de l'air était un enchantement. J'avais les larmes aux yeux devant la mer immense et les nuages magnifiques qui caracolaient dans le ciel. Si j'avais dû mourir, j'aurais aimé mourir là, moi aussi.

Un remarquable mélange humain m'entourait, totalement différent de la foule affairée de New York. Ces gens étaient là pour leur plaisir, tous de bonne humeur. Ils se regardaient les uns les autres avec tolérance, des plus jeunes, ostensiblement apprêtés pour séduire, aux gens très ordinaires ou très âgés.

Mes vêtements ne convenaient guère. Je fis une brève étude de l'habillement masculin — les hommes arboraient des vêtements lâches, des shorts, des sandales. Non. Il y avait un homme en magnifique costume blanc, comme celui de Gregory, avec une chemise à col ouvert.

J'optai pour ce style. Lorsque mes pieds touchèrent le trottoir, j'étais habillé comme cet homme, avec le foulard d'Esther à la main, et je longeais Ocean Drive vers l'immeuble de Rachel.

Les têtes se tournaient, les gens souriaient, s'observant les uns les autres, recherchant la beauté. Il régnait une atmosphère de fête. Soudain, une fille me saisit le bras. Surpris, je fis volte-face et m'inclinai.

— Oui, qu'y a-t-il? demandai-je.

Elle était à peine plus âgée qu'une enfant, avec des seins sculpturaux, presque nue sous sa tunique de cotonnade rose. Ses cheveux blonds mousseux étaient retenus sur sa nuque par un gros nœud rose.

— Vos cheveux, dit-elle d'un air rêveur. Qu'ils sont beaux.

— Avec ce vent, c'est plutôt encombrant, répondis-je en riant.

— C'est ce que je me disais. Quand je vous ai vu approcher, vous aviez l'air heureux, sauf que vous aviez toujours vos cheveux dans la figure. Tenez, laissez-moi vous donner ceci.

Elle riait avec une gaieté toute simple, tandis qu'elle ôtait une longue chaîne en or de son cou.

— Mais je n'ai rien à vous donner en échange, protestai-je.

— Vous m'avez donné votre sourire. Elle se glissa vivement derrière moi, rassembla mes cheveux sur ma nuque, et les retint avec la chaîne. Ah, maintenant, vous paraissez plus frais et plus à l'aise, dit-elle en sautant devant moi.

Sa petite tunique couvrait à peine ses sous-vêtements, et elle dansait jambes nues, avec des sandales retenues par une simple boucle.

— Merci, merci infiniment, dis-je en m'inclinant profondément. Oh, je regrette de ne rien avoir, je ne sais pas où je...

317

Comment aurais-je pu me procurer le moindre objet de valeur sans le voler ? J'éprouvai de la honte en regardant le foulard. Ah, je vous donnerais bien ceci...

— Je ne veux rien de vous ! dit-elle en posant une petite main sur la mienne et sur le foulard. Souriez encore !

Et comme j'obtempérais, elle éclata de rire.

— Je vous souhaite du bonheur pour toute la vie, dis-je. J'aimerais pouvoir vous embrasser.

Elle se dressa sur la pointe des pieds, jeta ses bras à mon cou, et me planta sur la bouche un baiser voluptueux qui éveilla toutes les molécules de mon corps. Je tremblais, incapable de l'écarter de moi, mais devenant au contraire son esclave absolu. Tout cela dans la rue vivement éclairée, caressé par le vent de la mer, avec des centaines de gens qui circulaient de part et d'autre.

Quelque chose vint me distraire. Un appel. Rachel m'appelait. Elle était tout près, et elle pleurait.

— Je dois partir, maintenant, jolie et charmante demoiselle.

Je l'embrassai encore avant de reprendre ma route, en essayant de me rappeler qu'il fallait marcher d'un pas humain.

Le baiser de la fille avait eu sur moi l'effet d'un verre de vin sur un mortel. Je riais tout seul. J'étais si heureux d'être vivant que j'éprouvai même un élan de compassion pour tous ceux qui avaient pu mal agir envers moi. Mais il passa vite, la haine était trop bien ancrée dans mon caractère.

Toutefois, ces gens doux et amicaux allaient peut-être l'atténuer.

En approchant des terrasses-jardins de l'immeuble, je levai les yeux vers ses glorieuses hauteurs. Puis j'escaladai rapidement la clôture et courus dans l'allée, me rendant à peine compte que j'avais franchi une grille de sécurité pour atteindre les portes de chez Rachel.

Rachel descendait tout juste d'une imposante limousine blanche. Ritchie, le fidèle chauffeur, la tenait par le bras. Il était nerveux, mais silencieux. Ni reporters ni personne alentour. Seulement le personnel de l'immeuble en uniforme blanc, et le vent qui ébouriffait les lys d'Afrique violets.

Je me retournai pour regarder la mer ; elle s'étendait à l'infini sous les nuages blancs. Pour moi, c'était comme le paradis. Dans l'autre direction, je vis une baie découpée dans les terres. Une eau de rêve, plus scintillante, et au-delà, des tours de lumière.

Que j'aimais ce monde !

En m'approchant d'elle, je babillais de joie.

— Regardez, Rachel, nous sommes tout entourés d'eau, dis-je. Et on voit bien le ciel, si haut ! Regardez les nuages qui roulent et qui se lovent. On peut voir leurs formes et leur blancheur comme s'il faisait jour.

Elle était rigide. Le regard figé.

Je lui donnai le foulard et lui en entourai les mains.

— Voici le foulard. Il était sur le lit d'Esther.

Elle secoua la tête. Elle voulait parler. Elle et le sombre Ritchie me dévisageaient, en état de choc.

— Je ne me suis jamais évanouie de ma vie, dit-elle. Mais je crois que c'est pour maintenant.

— Non, ce n'est que moi. Je suis revenu. J'ai vu Gregory, je sais ce qu'il manigance, et voici le foulard. Ne vous évanouissez pas.

Les portes de verre s'ouvrirent en grand. Des employés la précédèrent avec son sac de cuir et une autre valise que je n'avais pas encore vue. Ritchie me dévisageait en hochant la tête. Son visage ridé exprimait la colère.

Puis elle s'approcha.

— Vous voyez, murmurai-je. Tout ce que je vous ai raconté était vrai.

— Vraiment ? soupira-t-elle, blême.

— Venez, entrons, dit Ritchie.

Il la souleva et la porta devant moi jusqu'à l'ascenseur. Tout vieux qu'il était, il la portait facilement dans ses bras.

— Laissez-moi entrer, dis-je alors que les portes se refermaient.

Mais Ritchie fixa sur moi un regard courroucé, appuya violemment sur le bouton, et m'empêcha d'entrer.

— Très bien, comme vous voudrez.

Je les retrouvai en haut. Il ne s'agissait que d'une bonne cavalcade dans l'escalier pour faire la course, comme quand j'étais gamin.

Éberlué et furieux, portant toujours Rachel qui me dévisageait fixement, Ritchie se précipita vers la porte et mit la clé dans la serrure. Les employés entrèrent avec les bagages.

— Posez-moi à terre, Ritchie, dit-elle. Tout va bien. Attendez en bas, et emmenez les autres avec vous.

— Rachel ! dit-il.

Il était dévoué, il souffrait. Ses vieux doigts déformés se crispaient comme pour se battre.

— Pourquoi avez-vous tellement peur de moi ? demandai-je. Vous croyez que je lui veux du mal ?

— Je ne sais que penser, répondit-il d'une voix rauque, âgée. Mais je ne crois pas.

Elle me fit entrer.

— Allez-vous-en tous, ordonna-t-elle.

J'aperçus une suite de pièces superbes, dont certaines donnaient sur la mer et d'autres sur un jardin, semblable à celui de ma jeunesse ou à celui de cette ville grecque du bord de mer où j'avais été très malheureux, puis très heureux. J'étais ébloui.

L'enchantement de ce lieu, la chaleur, les fenêtres où s'encadrait le paradis sont presque impossibles à décrire. J'étais inondé d'amour, et je crois que le souvenir de Zurvan m'effleura, non pas avec des mots, mais avec des révélations. Purifié par l'amour, je me sentais détendu. Je comprenais qu'il pouvait exister un monde où la seule vertu était l'amour. Un sentiment de bien-être m'envahit. Mais je ne tentai pas de rappeler le moindre souvenir.

Partout des voilages blancs voletaient au vent. Le jardin explosait de grandes fleurs rouges africaines, d'exquises vignes vierges violettes, et d'arbres aux feuillages en dentelle qui dansaient mollement dans la brise captive. L'air était saturé du parfum des fleurs.

Rachel claqua la porte sur ceux qui sortaient, y compris son angélique chauffeur, ferma le verrou, ajusta une petite chaîne, puis me regarda.

— Vous me croyez, à présent ? demandai-je.

Elle se pencha vers moi.

— Laissez-moi vous tenir.

Elle bascula doucement contre moi.

— Portez-moi sur mon lit, dit-elle. Là, par le jardin, puis là-bas, à gauche.

Elle mit ses bras autour de mon cou. Elle était légère, parfumée, tendre.

C'était la plus merveilleuse chambre, donnant sur la mer de trois côtés. Un souvenir de chaleur m'envahit brusquement. Où avais-je vu de tels nuages et, jetées parmi eux dans la lumière rayonnante, les étoiles, douces et amicales ?

Je la déposai sur un immense lit couvert de soie ; une couleur d'or pâle semblait nichée dans toutes les étoffes, les tentures ou les objets ; la pièce était meublée de sièges profonds. Un luxe oriental.

Je humai le sel, la douceur parfumée de Rachel. Je baissai mon regard sur son visage lisse et pur. Aussi tendrement que je pus, je lui baisai le front.

— N'ayez pas peur, ma chérie. Tout ce que je vous ai dit était vrai. Il faut me croire, et me dire tout ce que vous savez sur Esther et Nathan.

Elle fondit en larmes et se détourna, faible et tremblante, pour enfouir son visage dans les oreillers. Je m'assis et étalai sur elle une courtepointe en soie, ornée de fleurs françaises.

— Non, dit-elle. De l'air. Embrassez-moi encore. Serrez-moi. Restez avec moi.

— Je vous tiens dans mes bras. Mes lèvres touchent votre front, votre joue, votre menton, votre épaule, votre main...

Je ne lui résistais qu'à grand-peine. J'avais envie de défaire ses jolis vêtements, de la soumettre à mon pouvoir.

Je pressai doucement son fragile poignet. Elle se mourait.

— N'ayez pas peur de moi, ma bien-aimée. Sauf si cela apaise la douleur... cela arrive parfois.

En réponse, elle se retourna et m'embrassa, attirant ma tête contre la sienne pour pouvoir enfoncer sa langue dans ma bouche. C'était un baiser voluptueux, empli de passion et d'abandon. Je l'embrassai ardemment. Je sentais ses hanches contre moi. Je sentais mon corps se bander.

Il fallait que je la possède, que je la rende heureuse. Le monde me ferait connaître mon pouvoir en cela comme il l'avait fait pour tout le reste. Si je perdais tout pouvoir entre ses bras, qu'il en soit ainsi.

Il y avait là trop de chaleur humaine pour autre chose que

l'amour charnel. Le ciel, les étoiles enchanteresses, les nuages blancs — tout cela l'imposait.

21

Elle tirait faiblement sur les boutons de son chemisier.
— Déshabille-moi, s'il te plaît. Aide-moi.

Je lui ôtai tous ses vêtements en hâte, comme elle le souhaitait. Elle me guidait et me secondait. Noyée au milieu de ses oreillers, elle était pâle, mais dotée d'un corps ferme de jeune femme.

J'embrassai ses jambes, ses cuisses. Le jardin bruissait derrière moi, et je distinguai la musique d'une fontaine, dont le jet retombait délicatement sur des feuillages. Mon corps était une machine de désir. Ce qui l'entraînait était la poitrine nue de Rachel, aux pointes roses comme des seins de jeune fille, et l'odeur de la mort qui émanait d'elle, douce comme celle d'un lys qu'on écrase. La mort ne m'attirait pas; mais l'imminence de sa perte la rendait d'autant plus précieuse.

Elle gisait, renversée, et soupirait profondément. Les angles de son visage se dessinaient dans la pénombre, précis et délicats.

— Laisse-moi te voir sans tes vêtements, dit-elle.

Elle tendit les mains pour défaire des boutons, mais je fis signe que ce n'était pas la peine. Je me levai et m'écartai d'elle.

Aucune lampe ne brillait dans la pièce. L'obscurité était magique.

Je tendis les bras et contemplai le ciel, conscient de la fatigue qui résultait de tous les efforts de la nuit, puis j'ordonnai à mes vêtements de s'assembler à proximité et d'attendre mon prochain commandement. J'allais être nu.

Cela advint encore plus vite et plus complètement que la dernière fois.

Pour la première fois je baissai mon regard sur mon torse, sur ma toison, sur mon sexe en érection. J'étais trop heureux pour me montrer humble. J'étais parmi les vivants, et certaines de ces choses devaient être bonnes.

Elle s'assit sur le lit, les seins fermes, et leurs pointes roses se dressèrent. La masse de sa chevelure noir et argent ruisselait sur son dos, révélant un long cou.

— Magnifique, murmura-t-elle.

Une pluie de doutes s'abattit sur moi.

Mais je devais le faire. À quoi bon l'avertir que je risquais, ce faisant, de me désintégrer ?

Je m'assis auprès d'elle et l'enlaçai. Je sentais la moiteur soyeuse de sa peau, malsaine chez une femme trop mince, mais délicieuse. Même l'ossature de son poignet était ravissante.

Elle m'attira en me prenant par les cheveux et m'embrassa le visage, les yeux clos. Je m'aperçus avec un choc que j'avais ma barbe et ma moustache.

Elle se recula un peu pour me regarder. J'ordonnai à ces pilosités de disparaître.

— Oh non, dit-elle. Remets-les ! Cela rend ta bouche plus douce et plus humide.

Je sentis les poils revenir comme si je le souhaitais ! Je ne comprenais pas très bien pourquoi ces poils de barbe et de moustache étaient apparus de leur propre chef, mais c'était précisément toute l'histoire : mon corps venait à son gré, et sous sa forme propre. Un errement de ma volonté, un instant de vanité pour mon être physique, et les poils étaient revenus.

Bah, elle les aimait. Je pris une longue inspiration, ressentant le contrecoup de tous ces changements et de cette magie, mais pour elle j'étais rigide comme une statue. J'avais envie de me jeter sur elle. Je la laissai enfouir son visage dans la toison de ma poitrine et embrasser mes seins, et le plaisir m'embrasa les reins.

Je pris ses seins dans mes mains, enchanté par leur exquise minutie, si roses, d'une fraîcheur de jeune fille.

— C'est artificiel, mon amour, dit-elle, comme si elle avait senti mon étonnement. Elle embrassa ma barbe, sur l'angle de ma mâchoire. Ce sont les hormones et la science moderne ; j'ai en moi le système chimique d'une femme, c'est tout. Ils peuvent me faire paraître jeune, mais ils ne peuvent pas me sauver la vie.

Je l'embrassai et la pressai contre moi, les mains libres et ardentes sur ses cuisses, se glissant dans le creux secret, pour y sentir la fermeté du corps intime d'une jeune femme. Chimie, n'est-ce pas ? Science moderne ?

— Ces choses conservent, dis-je. Mais c'est toi qui donnes la beauté.

— Dieu du Ciel, murmura-t-elle en me couvrant de baisers.

J'avais glissé mes mains sous ses fesses menues et je les soutenais.

— Oui, dis-je. Dieu, dans Son infini caprice, vous a couvertes de Ses bénédictions, ta fille Esther et toi.

— Tu es le dernier don, me souffla-t-elle à l'oreille, les mains doucement agrippées à mon dos. Tu es la dernière chose qu'elle ait vue. Cela lui a fait tellement de bien.

Une force sauvage s'éleva en moi, à la pensée que je l'avais totalement à ma merci, cette précieuse créature. Aucune parole ne pourrait m'ordonner de m'en écarter. Elle seule pourrait me faire reculer, et uniquement parce que je m'inclinerais devant son choix.

C'était comme un fruit entre ses jambes, juteux à point. J'approchai mes doigts de mes narines.

— Je ne peux plus me retenir, mon amour, dis-je.

Elle ouvrit les jambes et cambra les reins. Ce fut soudain le paradis, d'être en elle, au plus profond de ce fruit avide et palpitant, et d'avoir sa bouche en même temps, d'avoir ses deux bouches, de la couvrir de ma toison et de ma vigueur. Je commençai le rythme viril. Vivant, vivant, vivant. J'étais aveuglé. Le plaisir inondait tous mes sens.

— Oui, maintenant, viens, soupira-t-elle.

Elle souleva ses reins contre moi. Je m'arquai sur mes bras pour ne pas l'écraser sous mon poids et, la contemplant, je sentis la semence exploser en elle. Mes coups de reins la faisaient souffrir, mais je vis sur ses traits la rougeur que je désirais, je sentis la pulsation de sa gorge, et je compris qu'elle était aussi heureuse que moi. Le petit cœur serré du fruit recueillit jusqu'à ma dernière goutte, et je retombai sur le dos, les yeux fixés sur le plafond, ou dans la nuit éthérée.

Quelle qu'ait été ma vie, homme ou esprit, je ne pouvais me rappeler de plaisir aussi exquis que celui-ci, aussi absolu. Il faisait de moi à la fois l'esclave et le maître. Je ne me demandais pas ce qu'éprouvaient les hommes.

Sa tête s'agitait de droite et de gauche ; elle était rouge sang.

— Viens encore, là, viens, gémit-elle.

Éperdu de bonheur, je la pénétrai à nouveau. Je n'avais pas besoin de repos. Le fruit secret était plus sensuel, plus étroitement serré qu'avant, et pulsait plus pleinement. Le sang lui monta au visage, et elle me laboura le dos des deux mains, me frappa de ses poings. Lorsque je m'arc-boutai pour l'ultime élan, elle m'accompagna de son ardeur et se tendit, prête à l'extase.

— Plus fort, dit-elle. Plus fort. Fais-nous un champ de bataille, fais de moi un garçon, une fille, peu m'importe.

C'était tentant. Je la martelai, sans relâche, de toute ma vigueur, sentant la semence se répandre encore ; la vue de son visage rougi m'emplissait d'un sentiment humain de puissance. Oui, la posséder, la faire jouir, encore et encore.

Je la comblais, si puissamment encastré en elle que je soulevais ses reins en cadence avec mon corps. Puis son sexe mouillé me laissa glisser dans un va-et-vient brutal, je la clouai dans les coussins de soie, et je vis de mes yeux mi-clos son sourire.

— M'abandonner, voilà ce que je veux, murmurai-je.

Elle ne pouvait pas retenir le plaisir qui l'envahissait. Elle était rouge et animée de pulsions rythmiques ; je ne la lâchais pas, battant sans relâche ses douces lèvres fruitées. Puis elle leva les bras pour se couvrir le visage comme pour se cacher de moi.

Ce geste tendre et sublime de jeune vierge me fit perdre l'ultime contrôle de mon corps, et dans un râle je projetai ma semence pour la troisième fois.

J'étais épuisé. Elle retrouvait sa pâleur au clair de lune tandis que nous demeurions étendus côte à côte. Mon sexe était ruisselant.

Elle se tourna vers moi et tendrement, telle une enfant, elle m'embrassa l'épaule, puis passa ses doigts dans la toison de ma poitrine.

— Mon amour, dis-je.

Je lui parlai dans les anciennes langues qui m'étaient naturelles, le chaldéen et l'araméen, lui offrant des mots d'amour, des serments de fidélité et de dévotion, et elle se lovait de ravissement contre moi.

Des oreillers avaient basculé. L'air tourbillonnait autour d'elle, riche des parfums du jardin. Soudain nous parvint le chant inlassable de la mer. S'y mêlait le chant trompeur de l'eau gargouillant dans le bassin.

— Si je pouvais mourir maintenant, dit-elle, je le ferais. Mais il y a des choses qu'il faut que tu saches.

J'errais, je rêvais. Je sentais ma fatigue. Je m'ébrouai pour m'éveiller. Avais-je encore mon corps ? Je redoutais le sommeil. Pourtant j'en ressentais le besoin, le corps assemblé en avait besoin comme d'eau. Je m'assis.

— Ne parle pas de mourir, implorai-je. Cela viendra bien assez tôt.

Je la contemplai. Elle paraissait maîtresse d'elle-même. Je balbutiai :

— Je n'ai pas le pouvoir de guérir, pas une maladie aussi avancée.

— Te l'ai-je demandé ?

— Tu dois avoir envie de le savoir.

— Je savais que si tu en avais le pouvoir, tu m'aurais aidée dès le premier instant.

— Tu as raison.

Elle ferma les yeux et ses paupières se crispèrent de douleur.

— Que puis-je faire ?

— Rien. Je veux que l'effet de ces drogues disparaisse. Je veux mourir seule.

— Je suis prêt à t'apporter tout ce que je pourrai, dis-je.

J'étais ému jusqu'à la moelle à la vue de sa souffrance, mais elle sembla s'apaiser, et son visage retrouva sa perfection.

— Tu parlais d'Esther, tu voulais savoir...

— Oui, pourquoi penses-tu que ton mari l'ait tuée ?

— Je ne sais pas ! Ils se sont querellés, mais je ne peux pas croire que ce soit à cause de la famille. Esther et Gregory se disputaient sans cesse... Je ne sais pas.

— Dis-moi tout ce que tu te rappelles d'Esther, de Gregory et du collier de diamants. Tu m'as dit qu'elle avait découvert l'existence de son frère Nathan en l'achetant.

— Elle a rencontré Nathan dans le quartier des diamantaires. Elle a remarqué sa ressemblance avec Gregory et, quand elle l'a mentionnée, il a admis qu'il était le vrai jumeau de Gregory.

— Ah, des vrais jumeaux !

— Mais qu'est-ce que cela peut bien signifier ? Il lui a dit qu'il était le frère jumeau de Gregory, et l'a chargée de transmettre son affection à Gregory. Elle était stupéfaite. Elle l'a trouvé sympathique. Elle a rencontré les autres hassidim qui travaillent avec lui dans le magasin. Nathan lui a beaucoup plu. Elle voyait en lui l'homme que Gregory aurait pu être, empli de douceur et de bonté.

Le jour de sa mort, je suis sûre qu'elle avait rapporté le collier à Nathan. Je me souviens qu'elle avait parlé de le déposer en passant, parce qu'il y avait un petit problème de fermoir et que Nathan allait l'arranger. Elle a ajouté : « Ne dis pas au Messie que je vais voir son frère », et elle a ri. Gregory savait qu'elle allait ce jour-là faire des courses chez Henry Bendel. Mais, à mon avis, il ignorait tout du collier. C'est seulement hier que cette affaire de collier a surgi ; je ne savais même pas qu'il avait disparu. Personne ne le savait. Puis Gregory a affirmé que les terroristes avait volé le collier et tué Esther. Bien entendu, le collier avait disparu, mais je n'ai pas pu joindre Nathan pour savoir s'il l'avait en sa possession. D'ailleurs, il aurait appelé. Je connais la voix de Nathan grâce à une conversation téléphonique.

— Revenons au début. Esther s'est disputée avec Gregory au sujet de son frère, son vrai jumeau.

— Elle voulait qu'ils se rencontrent. Gregory lui a interdit de parler des hassidim. C'était une question de vie ou de mort. Il essayait de l'effrayer. Je connais Gregory. Je le connais quand il est faible et qu'il ne pense pas clairement, quand il est pris au dépourvu, qu'il est acculé et furieux.

— Je l'ai vu aussi, dis-je. Brièvement.

— Eh bien, voilà comment il était avec elle. « Non, non, tu n'as pas rencontré de frère, je n'ai pas de frère ! » Puis il s'est précipité sur moi et m'a suppliée en yiddish d'expliquer à Esther que les hassidim n'avaient rien à voir avec lui. Il était absolument fou de rage. Esther ne parlait pas le yiddish. Elle est entrée dans la chambre, et je me souviens qu'il s'est retourné pour lui dire : « Si tu parles de Nathan à qui que ce soit, jamais je ne te pardonnerai ! »

Elle était perdue. J'ai essayé de lui expliquer que les Juifs religieux n'aimaient pas les Juifs comme nous, qui ne prions pas chaque jour, et qui n'observons pas les lois du Talmud. Elle écoutait, mais je voyais bien qu'elle ne comprenait pas. Elle insistait : « Nathan m'a dit qu'il aimait Gregory, qu'il souhaitait le revoir, et qu'il essayait parfois de l'appeler, en vain. »

Gregory hurlait : « Je ne veux plus en entendre parler ! Si tu lui as donné mon numéro personnel, dis-le-moi tout de suite. Ces gens me font du mal. Je les ai quittés quand j'étais adolescent. Ils me font du mal ! J'ai construit mon Église, ma tribu, mon culte. Je suis mon propre Messie ! »

Esther a voulu savoir pourquoi Gregory avait été si bon envers Nathan, en le conduisant à l'hôpital. Nathan lui avait raconté comment Gregory l'avait inscrit sous son propre nom et avait payé tous les frais. Il l'avait fait installer dans une suite particulière, et s'était occupé de tout afin de ne pas inquiéter le rebbe ou sa femme. Elle a ajouté : « Nathan m'a dit que tu avais été très généreux. »

J'ai vraiment cru que Gregory allait devenir fou. J'ai compris qu'il y avait plus en jeu que la simple divulgation de son passé. Car je savais que le lien avec les hassidim aurait plutôt été une sorte de... caution occulte... pour Gregory et son Église. Alors j'ai commencé à poser des questions. « Pourquoi Nathan était-il entré à l'hôpital ? » Esther m'a expliqué que c'était une idée de Gregory. Il avait dit à Nathan qu'ils risquaient tous deux d'avoir hérité d'une anomalie génétique et, sachant que jamais le rebbe n'y consentirait, il avait fait subir à Nathan des examens sous le nom de Gregory. Pour Nathan, c'était un rêve : une suite somptueuse, la nourriture cachère, tous les usages respectés, et les gens qui le prenaient pour Gregory. Cela l'avait amusé. Bien entendu, il n'avait hérité d'aucune maladie. Mon Dieu, qu'est-ce que...

— Je vois, dis-je.
— Qu'est-ce que cela signifie ?

— Continue à tout me dire sur Nathan et Esther. Que sais-tu d'autre ?

— Ce soir-là, la querelle a duré des heures. Finalement, elle a promis de ne rien révéler et de ne pas essayer de réunir les familles, mais elle a maintenu qu'elle verrait Nathan de temps en temps et lui transmettrait l'affectueux souvenir de Gregory. Il a pleuré de soulagement. Il peut pleurer à volonté, y compris devant les caméras. Il s'est mis à geindre que son peuple l'avait rejeté. Le Temple était tout pour lui, le sens de sa vie, sa vie même.

Chaque fois qu'il commençait ce discours, Esther et moi levions les yeux au ciel. Nous savions qu'il avait compilé les enseignements du Temple de l'Esprit sur la base d'un programme informatique. Il y avait intégré tous les renseignements possibles sur les autres cultes et les commandements qui avaient procuré le plus de réconfort à leurs adeptes. Ensuite, il avait sélectionné une liste des commandements les plus acceptables et les plus appréciés. D'autres aspects du Temple avaient été déterminés de la même manière, par des enquêtes secrètes et des compilations sur ordinateur des caractères les plus séduisants des autres religions. Pour Esther et moi, c'était un sujet de plaisanterie. Mais cette nuit-là, il pleura longuement. C'était toute sa vie. Dieu les avait guidés — lui et son ordinateur.

J'ai fini par m'endormir. Pendant deux jours, Esther et Gregory ne se sont plus adressé la parole. Cela n'avait toutefois rien d'inhabituel. Ils pouvaient tout aussi bien se disputer en hurlant pour n'importe quelle question politique idiote. C'était leur façon d'être ensemble.

— Quoi d'autre ?

— Deux jours plus tard, Gregory m'a réveillée à quatre heures du matin. Il était en rage. Il m'a dit : « Prends le téléphone, et parle-lui. Écoute-le toi-même. » Je ne comprenais pas.

La voix que j'ai entendue au téléphone ressemblait à celle de Gregory ! Exactement. Je pouvais à peine croire que ce soit quelqu'un d'autre ; mais il s'est présenté comme étant Nathan, le frère de Gregory. Il m'a gentiment priée d'expliquer à Esther que les familles ne pouvaient pas être réunies. « Cela me brise le cœur, de devoir le dire à la femme de mon frère, mais notre grand-père n'a plus longtemps à vivre et la congrégation repose entièrement sur lui. Il est le rebbe. Dites à Esther que cela est impossible, et témoignez-lui mon affection. Avec le temps, je la reverrai. »

Je lui ai expliqué à quel point c'était agréable d'entendre une voix yiddish, et de parler avec lui. Il a ri, et m'a répondu : « Gregory croit qu'il a tout, et Dieu merci il a une bonne épouse, mais on ne peut jamais savoir quand le frère aura besoin du frère. Gregory n'a jamais été malade un seul jour de sa vie, il n'a jamais mis les pieds dans un hôpital, sauf pour me rendre visite, mais je viendrai s'il m'appelle. »

Je me souviens d'avoir pensé à ce séjour à l'hôpital, à ces examens. Gregory les avait-il lui-même subis ? Quelle était cette maladie héréditaire ? Nathan disait la vérité : Gregory n'était jamais allé à l'hôpital. Il avait un médecin particulier, qui n'était pas ce que j'appellerais un praticien reconnu par les autorités, et il n'avait jamais, à ma connaissance, pénétré dans un hôpital. J'ai dit à Nathan que j'étais touchée, et je lui ai demandé où le joindre. À cet instant Gregory m'a arraché l'appareil des mains et l'a emporté hors de la pièce. Je l'entendais parler en yiddish, d'une voix naturelle, simple, intime, comme jamais Gregory ne parlait à personne. Je l'entendais pour la première fois parler à son frère. Il m'avait toujours raconté que toute sa famille était morte. Sans exception.

— Combien de temps y a-t-il de cela ?

— Environ un mois. Mais je n'y avais plus pensé jusqu'à aujourd'hui. Je savais dans mon cœur qu'il était responsable de la mort d'Esther, j'ai su qu'il avait menti quand je l'ai entendu faire son discours sur le terrorisme et les ennemis. Il était trop *préparé* à la mort d'Esther ! Cependant, crois-tu qu'il irait jusqu'à tuer sa fille pour cette raison ?

— Oui, je le crois, mais je perçois là un dessein très vaste. Et le rebbe, tu ne lui as jamais parlé ? Tu ne l'as jamais rencontré ?

— Non. Je n'irais pas là-bas pour être rejetée. J'ai un grand respect pour ces gens, mes parents étaient des hassidim de Pologne. Mais je connais ce genre de vieillard.

— Laisse-moi te dire une chose : ce vieillard a accusé Gregory d'avoir tué Esther. Et il voulait savoir la même chose que toi.

— Est-ce que tu comprends ce que cela signifie ? dit-elle. S'il a tué Esther pour protéger le secret de la famille, il pourrait aussi tuer Nathan !

— Nathan n'a pas appelé, à propos du collier ? demandai-je.

— Non. Mais je suis tenue à l'écart, entourée d'adeptes. Gregory lui-même n'a évoqué cette histoire de collier que le lendemain du meurtre. Dans son premier discours, il n'avait parlé que d'ennemis. Puis le lendemain, il... mon Dieu, c'est peut-être à ce moment-là que Nathan l'a appelé ! Pourquoi diable a-t-il raconté cette histoire de collier ?

J'absorbais toutes ses paroles.

— Je pense le deviner. J'ai déjoué son dessein. Un dessein colossal. Je l'ai fait échouer en tuant les assassins. Cela a réduit à néant sa tentative de mise en cause de terroristes. On n'a trouvé aucun lien entre ces hommes et la mouvance terroriste, n'est-ce pas ?

— Non. La moitié du monde pleure avec lui, et les autres se moquent de lui. Ces hommes étaient des moins que rien venus d'une petite ville du Texas. Or Gregory prétend que ses ennemis sont prêts à tout pour lui faire du mal, y compris ces voyous assassins, et que le vol devait leur procurer les fonds nécessaires pour combattre son Église.

— Laissons de côté le collier. Il jouait encore la carte du terrorisme, et pour une étrange raison, il y incluait le collier. Maintenant, écoute, j'ai une question à te poser. Pourquoi y a-t-il des laboratoires dans le Temple de l'Esprit ?

— Des laboratoires ? Je n'en ai pas la moindre idée. J'ignorais même qu'il y en avait. Je connais l'existence du médecin de Gregory, qui lui injecte de l'hormone humaine de croissance et lui confectionne des boissons spéciales aux protéines afin de lui conserver sa jeunesse, de la chambre d'hôpital qui lui est réservée lorsqu'il a un degré de température au-dessus de la normale, mais, autant que je sache, il n'y a pas de laboratoires.

— Si, je parle de grands laboratoires, où les gens travaillent sur des produits chimiques et des ordinateurs. D'immenses laboratoires avec des chambres froides stériles et des gens en combinaison de protection. J'ai vu tout ça ce soir, dans le Temple de l'Esprit. J'ai vu des gens en tenue orange qui recouvrait tout leur corps. Je n'y ai pas réfléchi sur le moment. Je cherchais juste Gregory...

— Des costumes orange ? Tu parles de ces tenues qui protègent les gens des virus ? Mon Dieu, y a-t-il une maladie au cœur de tout cela ? Gregory a une maladie ? Que diable a-t-il fait à Nathan dans cet hôpital ?

— Je crois le savoir. Il n'a pas fait de mal à son frère. Gregory n'a aucune maladie, je peux te l'affirmer, et le rebbe non plus. Je l'aurais su en les voyant. Je sens ces choses-là.

Elle se crispa, la seule pensée de sa maladie lui brouillant l'esprit.

— Que peut bien fabriquer le Temple qui nécessite une équipe de médecins, une grande équipe d'hommes de talent, en permanence aux ordres de Gregory ? Des chercheurs de génie avec des microscopes et toutes sortes de matériel ?

— Je ne sais pas, répéta-t-elle. À une époque ils envisageaient de créer toute une ligne de produits, des saletés comme le shampooing « nettoyant spirituel », et le savon qui « vous débarrasse des vibrations impures »...

Je ris, incapable de me retenir. Elle sourit.

— Mais nous l'en avons dissuadé. Il a conclu un marché lucratif avec un concepteur new-yorkais pour tout l'équipement de ses centres de loisirs, de ses bateaux, de ses jungles...

— Nous y voilà encore, bateaux, avions, jungles, médecins, un collier, un frère jumeau.

— Que veux-tu dire ?

— Un jumeau identique n'est pas juste un frère, c'est un double de l'homme, et nous avons ici un jumeau inconnu du monde, et qu'on ne reconnaît pas tous les jours de la semaine, parce qu'il porte la barbe et les papillotes des hassidim. On peut en faire, des choses, avec un jumeau identique !

Elle me dévisagea, muette. Puis son visage se crispa de douleur.

— J'ai besoin d'eau, déclarai-je. Je vais t'en apporter aussi.

— Cela me ferait du bien. De l'eau fraîche. J'ai mal à la gorge, je ne peux...

Elle retomba.

Je me hâtai de traverser le merveilleux jardin, et pénétrai

dans ce qui semblait être une vaste réserve d'aliments frais ; en effet, il y avait quantité de bouteilles d'eau dans le réfrigérateur. J'en rapportai deux, avec un ravissant verre en cristal que je pris sur une étagère.

Je m'assis auprès d'elle et la servis en premier. Elle s'était couverte. Elle but, moi aussi.

J'étais exténué. Ce n'était pas le moment de l'être, ni de courir le risque de m'endormir et de laisser disparaître ce corps. Je bus encore de l'eau, et m'interrogeai sur la semence qui était passée de mon corps dans le sien : était-elle vraie ou seulement apparente ?

Un souvenir me revint concernant Samuel : il se moquait des nonnes chrétiennes prétendant être enceintes du fait d'un esprit. Il m'en est revenu un autre, charmant et sensoriel, à propos de Zurvan ; il disait : « Tu peux le faire, oui, mais cela pompera ton énergie, et jamais tu ne dois rechercher de femme sans ma permission. »

Je ne me rappelais plus celui qui parlait, mais seulement l'amour, le jardin, les paroles, et la ressemblance avec cet endroit. *Cela pompera ton énergie*. Il me fallait rester éveillé.

— Et si nous nous trompions ? dit-elle. S'il n'avait rien à voir avec la mort d'Esther ? C'est un homme qui manipule tout. Il a exploité sa mort, mais cela ne signifie pas...

— Le rebbe a affirmé qu'il l'avait tuée, et je le crois. Mais autre chose est en jeu. Ce fameux temple, est-ce qu'il y prêche quelque chose d'unique, ou de grande valeur ?

— Pas vraiment. Comme je te le disais, il a inventé cette religion à l'aide d'un programme informatique. C'est la foi la plus dépourvue de foi qu'on puisse imaginer.

Elle poussa un soupir, puis me demanda de lui apporter un peignoir pendu dans le placard. Elle avait un peu froid. Elle ajouta qu'il y avait des tuniques, si je voulais. J'en pris une, non à cause du froid, mais plutôt d'une antipathie perse ou babylonienne pour la nudité.

Je m'enveloppai d'une épaisse tunique bleue nouée à la taille, avec la vague impression d'être pris au piège. Mais j'avais besoin de toute ma force.

Je lui apportai son déshabillé, d'une soie dorée, cousue de perles. Je l'aidai à l'enfiler, je boutonnai pour elle les boutons en perles de nacre, puis je nouai la ceinture. Je boutonnai également les perles des poignets.

Elle me contemplait fixement.

— Il y a autre chose que je veux que tu saches, dit-elle.

— Dis-le-moi.

Je m'assis auprès d'elle et lui pris la main.

— Gregory m'a appelée, ce soir, juste avant que l'avion n'atterrisse à Miami. Il m'a dit que c'était *toi* qui avais tué Esther. Il m'a dit qu'on t'avait aperçu sur le lieu du crime. J'avais vu ta photo dans le magazine, mais je savais qu'il mentait. Je m'apprêtais à lui raccrocher au nez. Il est inutile de lui demander d'être raisonnable, vois-tu, mais là, il a dépassé les bornes. Il a prétendu que tu étais un fantôme, et que tu avais besoin de prendre la place d'Esther dans le monde.

— Quelle ordure ! murmurai-je. C'est un homme à la langue bien affilée.

— C'est ce que j'ai pensé. Je ne le croyais pas. Puis quelque chose m'est alors apparu avec certitude : tu es ici à cause de la mort d'Esther. Oui, et pour tuer Gregory. Je voudrais que tu me promettes, quoi qu'il arrive, de le tuer. Je sais que c'est une chose horrible à dire.

— Pas à moi. J'aimerais le tuer, mais pas avant que ce mystère ne soit élucidé.

— Pourrais-tu aller voir Nathan ? T'assurer qu'il est sain et sauf ?

— Je le peux. Mais j'ai de graves soupçons en ce qui le concerne... Peu importe. Sois rassurée : quoi qu'il arrive, j'irai jusqu'au bout, et Gregory le paiera de sa vie.

— Des laboratoires..., reprit-elle. Tu sais qu'il est fou. Il croit qu'il a pour mission de sauver le monde. Il va à l'étranger, il se fait recevoir par des dictateurs, et il établit des temples dans des pays qui... et puis toutes ces histoires de terrorisme. Tu sais, dit-elle en se recouchant sur ses oreillers. Tu ne peux pas te tromper, en le tuant. Ce Temple est un véritable racket. C'est une ordure, qui saigne les gens, prend leurs économies, leur fortune...

Elle ferma les yeux et s'immobilisa soudain, puis ses yeux roulèrent dans leurs orbites, ne laissant plus paraître que le blanc.

— Rachel ! Rachel !

Je lui secouai l'épaule.

— Je suis en vie, Azriel, murmura-t-elle doucement, du bout des lèvres. Ses sourcils sombres remuèrent imperceptiblement. Elle n'ouvrit pas les yeux. Je suis là, souffla-t-elle. Veux-tu me couvrir, Azriel ? J'ai froid. Mais il fait chaud, n'est-ce pas ?

— La brise est d'une merveilleuse tiédeur, répondis-je.

— Alors, ouvre toutes les fenêtres. Mais couvre-moi. Que se passe-t-il ? Qu'est-ce qui t'arrive ?

Toutes les fenêtres *étaient* ouvertes, même les grandes portes vitrées, à ma gauche, qui donnaient sur une terrasse surplombant l'océan. Mais je ne voulais pas la troubler en le lui disant.

Soudain, pour la première fois, je remarquai ses bras, sous la soie.

— Tes bras, je les ai couverts de bleus ! Regarde ce que je t'ai fait !

— Cela n'a pas d'importance. Ce n'est rien. C'est seulement l'un des produits fluidifiant le sang, qui me fait des bleus sans que je le sente. J'ai tant aimé être dans tes bras. Viens là. Tu voudras bien rester près de moi ? Je sais que je vais mourir. J'ai abandonné les médicaments qui me maintenaient en vie.

Je ne répondis rien, mais je savais qu'elle avait raison : son cœur battait trop lentement, ses doigts commençaient à bleuir.

Je m'étendis auprès d'elle, et la couvris des tapisseries qui jonchaient le lit — des jetés, ou des plaids.

Elle avait chaud et elle se sentait bien, allongée contre moi.

— J'ai tellement ri, quand il m'a dit que tu étais un fantôme et que tu avais tué Esther pour venir au monde ! Pourtant, je savais que tu n'étais pas un être humain, tu avais disparu de l'avion. Je trouvais tout de même Gregory incroyablement drôle, quand il me parlait de magie noire, prétendant qu'Esther avait dû être sacrifiée comme un agneau pour que tu puisses venir au monde, et que des êtres malfaisants avaient accompli la besogne. Il m'a prédit que tu me tuerais. A menacé de prévenir la police si je ne revenais pas.

Je ne veux pas qu'il vienne me déranger. Je ne veux pas de lui ici.

— Je ne le laisserai pas approcher, promis-je. Repose-toi, maintenant. Je veux réfléchir. Je veux me rappeler les laboratoires et les hommes en costume orange. Je veux comprendre le grand dessein.

Les marques violacées de ses bras étaient horribles à voir, et j'éprouvai de la honte à ne pas avoir été plus délicat.

J'embrassai ces meurtrissures. Je remarquai où les seringues avaient percé sa peau, où les pansements avaient été arrachés, là où le duvet avait disparu.

— Rachel, tu souffres, et je n'ai fait qu'aggraver les choses. Laisse-moi aller chercher ce dont tu as besoin. Envoie-moi. Dis-moi. Je peux aller chercher n'importe quoi au monde pour toi, Rachel. C'est ma nature. As-tu des médecins de grand talent ? Dis-moi seulement qui ils sont. Je me perdrai dans les vents, si je pars chercher des docteurs et des magiciens à l'aveuglette. Guide-moi. Envoie-moi chercher ce qui...

— Non.

J'examinai son visage silencieux ; son sourire n'avait pas changé. Elle paraissait assoupie ; je m'aperçus qu'elle fredonnait, les lèvres fermées. Ses mains étaient froides.

C'était l'agonie qui accompagne l'amour, aussi douloureuse et aussi cruelle que si j'avais été vivant et jeune.

— Ne t'inquiète pas, chuchota-t-elle. Les meilleurs médecins du monde ont fait de leur mieux pour soigner la femme de Gregory Belkin. Puis... je veux...

— ... être avec Esther.

— Oui. Tu crois que je la retrouverai ?

— Oui. Je l'ai vue monter dans une pure lumière.

J'aurais voulu ajouter : D'une manière ou d'une autre, tu seras avec elle. Mais je n'en fis rien. J'ignorais si elle croyait que nous étions tous de minuscules flammes qui rentrions en Dieu, ou qu'il existait un Paradis où nous nous embrassions et nous serrions les uns contre les autres. Pour ma part, je croyais au Paradis ; et j'avais un lointain souvenir de m'être élevé très haut, une fois, et d'avoir été éconduit par de gentils esprits.

Je m'étendis à nouveau. J'avais été tellement sûr de vouloir mourir. Maintenant, la flamme de vie qui brûlait en elle, la faisant fondre comme une bougie, me semblait infiniment précieuse.

Je voulais la guérir. Je la regardais en m'efforçant de voir tous les mécanismes à l'œuvre en elle, chaque élément relié à un autre, et tous reliés entre eux par des veines semblables à un fil d'or.

Je posai la main sur elle, et je priai. Je laissai mes cheveux reposer sur son visage. Je priai dans mon cœur, vers tous les dieux.

Elle remua.

— Que dis-tu, Azriel?

Elle articula quelques mots, que je ne compris pas tout de suite. Puis je me rendis compte qu'elle parlait en yiddish.

— Parlais-tu hébreu? me demanda-t-elle.

— Je priais seulement, ma chérie. N'y pense pas.

Elle prit une profonde inspiration et posa les doigts sur ma poitrine, comme si le seul fait de lever la main l'épuisait. Je mis ma main sur la sienne. Froides, ses petites mains. Je fis de la chaleur pour nous deux.

— Tu restes avec moi, n'est-ce pas?

— En quoi cela te surprend-il?

— Les gens essaient de s'éloigner, quand ils savent qu'on va mourir. Je me rappelle ces nuits affreuses où les médecins ne venaient pas et où les infirmières restaient hors de vue. Même Gregory se tenait à distance. Puis la crise passait, et ils revenaient tous. Toi, tu restes avec moi. L'air embaume, n'est-ce pas? La lumière. Juste la lumière du ciel nocturne.

— C'est beau. Un avant-goût du Paradis.

Elle eut un petit rire.

— Je suis prête à n'être plus rien, dit-elle.

Que pouvais-je répondre?

Une sonnette retentit, vibrante. Je me redressai. Cela ne me disait rien de bon. J'avais les yeux fixés sur le jardin, les grosses fleurs rouges, comme des trompettes, et pour la première fois je m'aperçus que de légers éclairages les illuminaient. Tout était parfait. La sonnette retentit à nouveau.

— Ne réponds pas, dit-elle. Elle était trempée. Arrête-le, arrête l'Église, poursuivit-elle. Il est ce qu'on appelle un chef charismatique. Il est malfaisant. Des laboratoires. Je n'aime pas ça. Ces sectes ont tué des gens, tué leurs propres adeptes.

— Je sais. C'est toujours la même chose. Toujours.

— Mais Nathan, reprit-elle. Il est innocent. Je me rappelle encore sa voix, si belle. J'ai alors pensé à ce qu'avait dit Esther, que c'était comme de voir ce qu'aurait pu être Gregory. Voilà à quoi ressemblait la voix...

— Je le trouverai, et je m'assurerai de sa sécurité, promis-je. Je découvrirai ce qu'il sait, ce qu'il a vu.

— Le vieillard, est-il si terrible ?

— Très pieux et très vieux, dis-je en haussant les épaules.

Elle éclata d'un rire enfantin et ravi merveilleux à entendre. Je me penchai et l'embrassai sur les lèvres. Elles étaient sèches. Je lui donnai de l'eau, en soutenant sa tête pour l'aider à boire.

Elle gisait là, les yeux fixés sur moi, et je me rendis compte peu à peu que son expression ne signifiait rien. Elle n'était qu'un masque, pour cacher la douleur qui ravageait ses poumons, son cœur, ses os. La douleur l'habitait entièrement. Les calmants qu'elle avait pris à New York avaient cessé d'agir. Son cœur battait à peine.

Je berçais ses mains dans les miennes.

La sonnerie reprit, l'alarme ; cette fois il y en avait plusieurs. J'entendis un bruit de moteur, provenant de la cage d'ascenseur.

— Ignore-le, dit-elle. Ils ne peuvent pas entrer.

Elle repoussa les couvertures à deux mains.

— Qu'y a-t-il ?

— Aide-moi à me lever. Donne-moi ma robe de chambre, s'il te plaît...

Je pris le lourd vêtement soyeux qu'elle me désignait, et elle l'enfila. Elle tremblait, immobile, sous le poids de l'élégante robe de chambre.

J'entendis un brouhaha devant la porte d'entrée.

— Es-tu sûre qu'ils ne peuvent pas entrer ?

— Tu n'as rien à craindre, n'est-ce pas ? s'enquit-elle.

— Non, rien du tout, mais je ne veux pas qu'ils...

— Je sais... qu'ils me gâchent ma mort.

— Oui.

Elle était livide.

— Tu vas tomber.

— Je sais, dit-elle. Mais je tomberai là où je veux. Aide-moi à sortir, je veux regarder l'océan.

Je la soulevai, et la transportai sur la terrasse. Les portes faisaient face à la pleine mer, la même mer qui baignait les côtes d'Europe, les rivages des cités grecques détruites et les plages d'Alexandrie.

Des coups sourds retentissaient derrière nous. Je me retournai. Ils venaient de l'ascenseur. Il y avait des gens à l'intérieur, mais les portes étaient fermées à clé.

La brise caressait l'ample terrasse. Sous mes pieds, les dalles étaient fraîches. La tête posée contre mon épaule, elle paraissait heureuse de contempler la haute mer sombre. Un grand navire illuminé passa en glissant vers l'horizon et, au-dessus, les nuages nous offraient un magnifique spectacle.

Je la tenais dans mes bras, et je voulus la soulever.

— Non, laisse-moi debout.

Elle se dégagea doucement de moi, et posa ses deux mains sur la balustrade en pierre. Elle regarda, en bas, le jardin immaculé, empli d'arbres et de lumières. Une profusion de lys d'Afrique et de grandes plantes en éventail s'agitaient doucement sous la brise.

— C'est vide, en bas, non ? demanda-t-elle.

— Quoi ?

— Le jardin. C'est intime. Juste les fleurs au-dessous de nous et, au-delà, la mer.

— Oui.

On forçait la porte de l'ascenseur.

— Rappelle-toi ce que je t'ai dit. Tu ne peux pas faire d'erreur en le tuant. Je parle sérieusement. Il tentera de te séduire, de te détruire, ou de te manipuler. Tu peux être sûr qu'il réfléchit déjà à la meilleure façon de t'utiliser...

— Je sais, répondis-je. Ne t'inquiète pas. Je ferai ce qu'il faut. Peut-être lui apprendrai-je à distinguer le bien du mal, si je le comprends moi-même. Peut-être sauverai-je son âme. Je ris. Ce serait charmant.

— Oui. Mais tu adores la vie. Ce qui signifie que tu peux te laisser séduire par lui, si exubérant, comme tu t'es laissé attirer par la vie en moi.

— Jamais, je te le promets. Je remettrai de l'ordre.

— Tout, remets tout en ordre.

Plusieurs hommes enfonçaient la porte d'entrée ; j'entendis craquer le bois.

Elle soupira.

— C'est peut-être Esther qui t'a appelé. Peut-être, mon ange.

Je l'embrassai.

Les hommes firent irruption dans la chambre derrière nous. Je n'avais pas besoin de regarder pour les savoir là. Ils s'arrêtèrent net ; il y eut un murmure confus de voix impérieuses. Puis celle de Gregory nous parvint.

— Rachel, Dieu merci, tu es saine et sauve.

Je me retournai. Il avait l'air froidement déterminé, dur.

— Lâche ma femme, ordonna-t-il.

Le menteur.

Il étincelait de rage, et la rage le rendait mauvais ; elle lui ôtait son charme. Je suppose qu'il en avait été de même pour moi autrefois. Et je me rendis compte peu à peu, debout, là, que j'aimais à nouveau et ne haïssais plus. J'aimais Esther et j'aimais Rachel. Je ne le haïssais plus.

— Va à la porte, me pria Rachel, et mets-toi entre nous. Fais-le pour moi, s'il te plaît. Elle m'embrassa sur la joue. Fais-le, mon ange.

J'obéis. Je posai la main sur le cadre d'acier de la porte-fenêtre.

— Vous ne pouvez pas passer, dis-je.

Gregory rugit, un terrible rugissement issu de l'âme, et le groupe d'hommes s'élança vers moi. je me retournai tandis qu'ils me frappaient pour passer. Je savais ce qui les avait fait crier.

Elle avait sauté.

Les repoussant, je m'approchai de la balustrade et je plongeai mon regard dans le jardin. J'aperçus la minuscule coquille vide de son corps. La lumière flottait autour d'elle.

— Oh, Dieu, reçois-la, je t'en supplie, priai-je dans mon ancienne langue.

La lumière étincela, jaillit tout droit, et un éclair sembla transpercer le ciel pour exploser derrière les nuages. C'était elle ; elle était montée et, un instant, j'avais entrevu la Porte du Paradis.

Le jardin ne contenait plus que la plate-bande de fleurs égyptiennes et sa chair vide, son visage intact, fixant aveuglément le ciel.

Monte, Rachel, je t'en prie, Esther, fais-lui gravir l'Échelle.
Je me représentai délibérément l'Échelle, les Marches.

Gregory pleurait. Des hommes m'empoignèrent. Gregory hurlait, sanglotait, et il n'y avait là aucun artifice. Il la contemplait du haut de la terrasse et rugissait de douleur en martelant la balustrade de ses poings.

— Rachel, Rachel, Rachel !

Je me dégageai des mains de ses hommes. Ils tombèrent en arrière, stupéfaits de ma force et ne sachant que faire, gênés par la présence de Gregory qui hurlait de chagrin.

Soudain, il se fit autour de moi un remue-ménage. Des renforts étaient arrivés, avec le pauvre Ritchie. Gregory sanglotait toujours, penché au-dessus de la balustrade. Il priait en se balançant d'avant en arrière, à la manière des Hébreux, et se lamentait en yiddish.

Je repoussai à nouveau les hommes, en projetant quelques-uns au bout de la terrasse, jusqu'à ce qu'ils reculent d'eux-mêmes.

Je dis à Gregory :

— Tu l'aimais, n'est-ce pas ?

Il se retourna et me regarda. Il essaya de parler, mais le chagrin l'étranglait.

— Elle était... ma reine de Saba, balbutia-t-il. Elle était ma reine...

Et il se remit à gémir en récitant les mêmes prières.

— Je te quitte à présent, lançai-je. Avec tous tes hommes armés.

Une foule escaladait la pente du jardin en contrebas. Des hommes éclairaient son visage mort avec des torches électriques.

Je m'élevai dans le ciel.

Où aller ? Que faire ?

L'heure était venue de marcher à mon pas.

Je jetai un dernier regard aux hommes, en bas sur la terrasse, médusés par ma disparition. Gregory s'était effondré et se berçait doucement, assis, la tête dans ses mains.

Je montai très haut, si haut que je trouvai les esprits joyeux, et il me sembla en volant vers le nord qu'ils me contemplaient avec beaucoup d'intérêt.

Mais je savais ce que je devais faire avant toute chose. Trouver Nathan.

22

À mon arrivée à New York, le besoin de dormir m'accablait. J'allais devoir y céder avant d'avancer dans mes explorations.

Je m'inquiétais pour Nathan. Avant de prendre un corps, j'allai fouiner invisiblement dans tout le Temple de l'Esprit.

Comme je m'y attendais, on y faisait quantité de recherches en chimie. Il y avait d'immenses secteurs à l'accès restreint, où des gens travaillaient jour et nuit, vêtus de ces étranges costumes en plastique orange. Ils manipulaient, de toute évidence, des produits chimiques dangereux, puis les chargeaient dans des sortes de cartouches ultralégères en plastique.

J'examinai tout ce qui se passait.

Dans un laboratoire aseptisé, mes os gisaient sur une table, offerts à l'examen du médecin malfaisant, le cerveau maigre aux cheveux teints. Il ne soupçonnait pas ma présence invisible, tandis que je tournais autour de lui. Je n'arrivais pas à déchiffrer ses notes. Je n'éprouvais rien pour les ossements, si ce n'est le désir de les détruire, afin que plus jamais on ne puisse m'y emprisonner. Mais je risquais d'en mourir, et il était trop tôt pour que j'en prenne le risque.

D'autres parties de l'immeuble étaient visiblement des centres de communication : on y surveillait des écrans, on y parlait au téléphone et l'on y étudiait des cartes. De grandes cartes du monde, couvertes de points lumineux.

Il régnait parmi ces travailleurs de nuit une atmosphère d'urgence. Ils parlaient tous avec méfiance, comme s'ils pensaient être écoutés par des ennemis, et leurs affirmations étaient d'un flou exaspérant. « Il faut faire vite. » « Ça va être fantastique. » « Il faut que ce soit chargé avant quatre heures. » « Tout est parfaitement en ligne au point 17. »

Je ne pouvais rien déduire de pertinent ni d'intelligent de leurs propos. Je réussis toutefois à découvrir, grâce à une gaffe, que le projet auquel ils travaillaient tous s'intitulait « Jours derniers ».

Tout ce que je voyais m'alarmait et me répugnait. Je soupçonnais les produits chimiques contenus dans les cartouches d'être des filovirus, ou d'autres agents mortels récemment découverts grâce à la technologie. Le Temple tout entier puait le meurtre.

Je traversai de nombreux étages déserts, de nombreux dortoirs remplis de jeunes adeptes, et une immense chapelle où les disciples priaient en silence comme des moines contemplatifs, à genoux, les mains sur le front. Au-dessus de l'autel était représenté un énorme cerveau. L'Esprit de Dieu, je présume. Ce n'était qu'un contour en or, peu inspirant. Il paraissait strictement anatomique, bizarre.

Je traversai des pièces où des hommes dormaient seuls, dans la pénombre. Dans une chambre, je vis un homme entièrement couvert de bandages, avec une infirmière à son chevet. Dans d'autres salles, il y avait six autres malades, également enveloppés de pansements, et attachés à des tubes étincelants reliés à de petits ordinateurs. De nombreuses chambres individuelles contenaient des fidèles de l'Église, endormis ; certaines étaient si luxueuses qu'elles rivalisaient avec l'habitation de Gregory. Les sols étaient en marbre et les meubles dorés, les salles de bains étaient somptueuses avec de grandes baignoires carrées.

Tant de mes questions restaient sans réponse que j'aurais pu passer beaucoup plus de temps dans l'immeuble. Mais il fallait que j'aille à Brooklyn. Nathan était sûrement en danger.

Il était deux heures du matin. Invisible, je m'introduisis dans la maison du rebbe et le trouvai profondément endormi dans son lit, mais il s'éveilla dès l'instant où j'entrai. Il savait que j'étais là. Aussitôt inquiet, il sortit de son lit ; je me contentai de m'éloigner de la maison.

J'étais de plus en plus fatigué. Je ne pouvais pas prendre le risque de me retirer dans les ossements ; en fait, je n'avais nulle intention d'y retourner, certainement pas avec ce que j'éprouvais en ce moment. Je redoutais ma faiblesse dans le sommeil ; je craignais d'être appelé ou désintégré par Gregory, ou par le rebbe.

Je retournai à Manhattan, trouvai un lac au milieu de Central Park, pas très loin du gigantesque Temple de l'Esprit, dont je pouvais distinguer les fenêtres éclairées. Je pris forme humaine, me vêtis de mes plus beaux atours — costume de velours rouge, chemise de toile fine et ornements exotiques en or — puis je m'agenouillai au bord du lac et bus de grandes quantités d'eau dans mes mains. Empli d'eau, je me sentais très fort. Je m'allongeai sous un arbre pour me reposer sur l'herbe, en plein air. Je recommandai à mon corps de tenir bon et de me réveiller en cas d'agression naturelle ou surnaturelle. Je lui enjoignis de ne répondre à aucun appel sauf au mien.

Lorsque je m'éveillai, il était huit heures du matin d'après les horloges de la ville, et j'étais entier, avec mes vêtements. Je me sentais reposé. Comme je l'avais supposé, j'avais paru trop étrange aux maraudeurs pour qu'ils m'attaquent, et beaucoup trop surprenant pour que les mendiants me dérangent. J'étais fort et intact dans mon costume de velours et mes chaussures noires brillantes.

J'avais survécu aux heures de sommeil sous ma forme matérielle, en dehors des ossements ; c'était un nouveau triomphe.

Je dansai de joie sur l'herbe pendant quelques instants, puis j'époussetai mes vêtements, me désintégrai avec les paroles magiques requises, et me reformai, vêtu de velours, barbu, débarrassé des particules d'herbe et de terre, dans le salon du rebbe. Je ne voulais pas de barbe, mais la barbe et la moustache sont revenues telles qu'elles étaient. Peut-être étaient-elles même déjà présentes à mon réveil. J'en suis même sûr. Elles y étaient depuis le début.

C'était une maison moderne, étriquée, et constituée de nombreuses pièces assez petites. Je fus surpris de voir à quel point tout était conventionnel. Un mobilier quelconque, rien de laid ni de beau. Confortable et bien éclairé. Tout de suite, les personnes qui attendaient au salon me dévisagèrent en chuchotant. Un homme s'approcha ; je lui déclarai en yiddish que je devais immédiatement voir Nathan.

Je me rendis compte que je ne connaissais pas son nom de famille. J'ignorais même si on l'appelait Nathan ici. Il ne devait pas porter le nom de Belkin, que Gregory avait choisi pour lui seul. Je précisai en yiddish que c'était une question de vie ou de mort.

Le rebbe ouvrit brutalement les portes de son bureau. Il était furieux. Deux vieilles femmes se tenaient auprès de lui, ainsi que deux jeunes gens, tous hassidim. Les femmes portaient des perruques pour dissimuler leurs cheveux naturels, et les jeunes gens étaient vêtus d'habits de soie noire, avec des papillotes. Il n'y avait là personne qui ne fût hassid.

Le visage du rebbe tremblait de rage. Il commença par tenter de m'exorciser pour m'expulser de chez lui, mais je tins bon et levai la main.

— Je dois parler à Nathan, déclarai-je en yiddish. Il est peut-être en danger. Gregory est un homme dangereux. Il faut que je parle à Nathan. Je ne partirai pas d'ici sans l'avoir trouvé. Peut-être aura-t-il assez de compassion et de courage pour m'écouter. En tout cas, je lui parlerai avec amour. Peut-être Nathan marche-t-il avec Dieu, et peut-être pourrai-je faire de même si je le sauve.

Le silence se fit. Puis les hommes prièrent les femmes de partir, ce qu'elles firent aussitôt. Ils appelèrent plusieurs vieillards vénérables qui étaient dans le salon, et me firent signe d'entrer dans l'étude du rebbe.

Je me trouvais à présent au milieu d'un groupe d'anciens.

L'un d'eux prit un morceau de craie blanche, traça un cercle sur le tapis, et me dit de m'y tenir.

Je déclarai :

— Non. Je suis ici pour aimer, pour empêcher le mal. Je suis ici parce que j'ai aimé deux personnes, qui sont mortes à présent. Elles m'ont appris à aimer. Je ne veux plus être le Serviteur des Ossements. Je ne veux plus exercer le mal. Je ne me laisserai plus conduire par la colère, la haine, ou le dépit. Je ne me laisserai pas confiner par vous et votre magie à l'intérieur de ce cercle. Je suis trop fort pour ce cercle. Il ne signifie rien pour moi. C'est l'amour de Nathan qui m'appelle.

Le rebbe s'effondra sur son siège, derrière son bureau qui me paraissait grand et solennel, comparé à celui du sous-sol, où je l'avais vu pour la première fois. Il semblait désespéré.

— Rachel Belkin est morte, lui dis-je en yiddish. Elle s'est tuée.

— La presse dit que c'est toi qui l'as tuée! répliqua-t-il.

Les autres murmurèrent leur acquiescement. Un homme d'un très grand âge, maigre et chauve, le crâne couvert d'une calotte de soie noire, s'avança et me regarda dans les yeux.

— Nous ne regardons pas la télévision. Mais la nouvelle s'est vite répandue vous l'avez tuée, ainsi que sa fille.

— C'est un mensonge, rétorquai-je. Esther Belkin a rencontré Nathan, le frère de Gregory, dans le quartier des diamantaires. Elle lui a acheté un collier. Je crois que Gregory l'a fait assassiner parce qu'elle avait découvert l'existence de sa famille, et en particulier de son frère jumeau. Nathan est en danger.

Ils restaient tous immobiles. Je ne pouvais pas prédire ce qui allait se passer. Je savais que je présentais un curieux spectacle, en velours rouge sombre, orné de tant d'or aux poignets, avec ma chevelure et ma longue barbe noires. Eux aussi présentaient un curieux spectacle, barbus, coiffés de chapeaux noirs, et en longs habits de soie noire.

Ils formèrent lentement un cercle autour de moi, puis commencèrent à m'accabler de questions. Tout d'abord, je ne compris pas de quoi il s'agissait. Enfin il devint clair qu'il s'agissait d'un examen. Ils employaient des lettres et des noms que je comprenais parfaitement. Je répondis à toutes leurs questions, lançant des citations d'abord en hébreu, puis en grec, et parfois, pour vraiment les surprendre, en araméen plus ancien.

— Nommez les prophètes, me dirent-ils.

J'obtempérai, en incluant Énoch, qui avait été prophète en mon temps à Babylone, et qu'ils ne connaissaient pas. Ils furent choqués.

— Babylone?

— Je ne peux pas me souvenir! Je dois empêcher Gregory de faire du mal à son frère Nathan. Je suis convaincu qu'il a tué Esther parce qu'elle avait rencontré Nathan. Quantité d'autres choses sont suspectes.

Ils m'interrogèrent sur le Talmud : quelles étaient les Mitzvot ? Je répondis qu'il en existait 613, et que c'étaient les lois ou règles relatives au comportement, à ce qu'on doit faire, à l'attitude, et à ce qu'on doit dire.

Les questions se poursuivaient, interminables. Elles concernaient le rituel, la pureté, les interdits, les rabbins hérétiques, la kabbale. Je répondais rapidement à tout, retombant sans cesse dans l'araméen, puis revenant au yiddish. Pour citer la Septante, j'utilisai le grec.

Je me référais tantôt au Talmud babylonien, tantôt à l'ancien Talmud de Jérusalem. Je répondis à toutes les questions sur les nombres sacrés, et les points de discussion devenaient de plus en plus pointus. J'avais l'impression que chacun s'efforçait de surpasser les autres par la finesse de sa question.

Je finis par m'impatienter.

— Vous rendez-vous compte que pendant ces assauts de science, dignes d'une yeshiva, Nathan est sans doute en danger ? Quel est le nom de Nathan parmi vous ? Aidez-moi à le sauver, au nom de l'Éternel !

— Nathan est parti, répondit le rebbe. Il est très loin, là où Gregory ne pourra pas le trouver. Il est en sécurité dans la cité de l'Éternel.

— Comment savez-vous qu'il est en sécurité ?

— Le lendemain de la mort d'Esther, il est parti pour Israël. Là-bas, Gregory ne pourra jamais le retrouver.

— Le lendemain... vous voulez dire la veille du jour où vous m'avez vu pour la première fois ?

— Oui, si tu n'es pas un *dybbuk*, qui es-tu ?

— Je ne sais pas. Je veux être ange. Dieu jugera si j'ai accompli Sa volonté. Qu'est-ce qui a poussé Nathan à partir pour Israël ?

Les vieillards se tournèrent vers le rebbe, embarrassés. Le rebbe répondit qu'il n'avait pas bien compris pourquoi Nathan avait souhaité partir en voyage à ce moment-là, mais il semblait que, chagriné par la mort d'Esther, il le désirait. Il avait parlé d'avancer la date de son travail annuel en Israël. Ce travail concernait les copies de la Torah qu'il devait rapporter. Une chose coutumière.

— Pouvez-vous le joindre ? demandai-je.

— Pourquoi devrions-nous vous en apprendre davantage ? riposta le rebbe. Il est à l'abri de Gregory.

— Je ne le pense pas. Maintenant que vous êtes tous là, je veux que vous me répondiez. L'un d'entre vous a-t-il appelé le Serviteur des Ossements ? Ou serait-ce Nathan ?

Ils secouèrent tous la tête et regardèrent le rebbe.

— Jamais Nathan ne commettrait une chose aussi impure.

— Suis-je impur ? Je levai les mains. Venez, je vous y invite. Essayez de m'exorciser, au nom du Dieu éternel des Armées. Je me tiendrai là, ferme dans mon amour pour Nathan, pour Esther et pour Rachel Belkin. Je veux empêcher le mal. Je résisterai. Allez-y, faites appel à la magie de la kabbale !

Ils se mirent aussitôt à chuchoter entre eux avec animation, puis le rebbe, furieux, psalmodia un exorcisme à voix haute ; tous les hommes joignirent leurs voix à la sienne. Je les regardais en silence. Je ne laissais pas la colère m'envahir, et n'éprouvais au contraire que de l'amour pour eux. Je songeai tendrement à mon maître Samuel et à la haine qu'il m'avait inspirée pour quelque chose qui n'était sans doute qu'humain. Je ne m'en souvenais plus. Je me rappelai Babylone, le prophète Énoch, mais chaque fois que la haine ou l'amertume me revenaient, je les chassais pour ne penser qu'à l'amour, l'amour profane, l'amour sacré, l'amour du bien...

Je n'arrivais pas encore à me souvenir distinctement de Zurvan, seulement des sentiments ; je le citai à voix haute, le plus fidèlement que je pus. J'avais chaque fois l'impression d'utiliser des mots nouveaux, or c'était la même citation : « Le but de la vie est d'aimer et d'accroître notre connaissance des complexités de la création. La bonté est le signe de Dieu. »

Ils poursuivirent l'exorcisme, et je fermai les yeux pour en appeler au monde, afin qu'il me procure les paroles justes qui les apaiseraient, de même qu'il me procurait les vêtements que je portais, ou la peau qui me faisait paraître humain.

Je vis les paroles. Je vis la pièce. Je ne savais pas où, sur le moment. Maintenant, je comprends qu'il s'agissait du scriptorium, dans la maison de mon père. Je savais que le lieu était familier, et je commençai à chanter les paroles, comme je les avais chantées si longtemps auparavant, avec la harpe sur mon genou. Comme je les avais écrites tant de fois.

Je les chantais à présent dans l'antique langue, telles que je les avais apprises, d'une voix forte et cadencée, en me balançant légèrement.

Éternel, qui es ma force, je t'aimerai d'une affection cordiale.
L'Éternel est mon rocher, ma forteresse et mon libérateur; mon Dieu fort est mon rocher, je me retirerai vers lui; il est mon bouclier, la force qui me délivre, et ma haute retraite.
Les cordeaux de la mort m'avaient environné, et les torrents des méchants m'avaient épouvanté.
Les cordeaux du sépulcre m'avaient environné, les pièges de la mort m'avaient surpris.
Quand j'étais dans l'adversité, j'ai crié à l'Éternel; j'ai crié à mon Dieu; Il a entendu ma voix...

Mon chant les réduisit au silence. Ils me dévisageaient avec émerveillement, sans plus de peur ni de haine. Même l'âme du rebbe en fut émue et perdit sa haine.

Je poursuivis en araméen.

— Je pardonne à ceux qui ont fait de moi un démon, quels qu'ils aient été, et dans quelque but qu'ils aient agi. Esther et Rachel m'ont appris à aimer, et c'est avec amour que je viens, pour aimer Nathan et pour aimer Dieu. Aimer est connaître l'amour, et c'est aimer Dieu. Amen.

Le vieillard parut soupçonneux, mais cela ne me concernait plus. Il regarda le téléphone sur son bureau. Puis me lança un coup d'œil.

Le très vieil homme déclara en hébreu :

— Ainsi, il était démon et veut devenir ange ? Pareille chose est-elle possible ?

Le rebbe ne répondit pas.

Soudain, il décrocha le téléphone et composa une longue série de chiffres, trop longue pour que je puisse la retenir, puis il parla en yiddish.

Il demanda si Nathan était là. Était-il bien arrivé ? Il supposait que quelqu'un aurait appelé si Nathan n'était pas arrivé, mais il voulait parler à son petit-fils.

Le choc apparut sur ses traits. Le silence était total. Tous les hommes le regardaient, et semblaient lire ses pensées.

Le rebbe parla de nouveau au téléphone, toujours en yiddish.

— Il ne vous a pas dit qu'il venait ? Vous n'avez pas eu de ses nouvelles, pas un mot ?

Les vieillards étaient accablés. Moi aussi.

— Il n'est pas là-bas, murmurai-je.

Le vieil homme donna tous les détails à son interlocuteur. Ils ignoraient tout de la venue de Nathan en Israël. Aux dernières nouvelles, ils avaient compris que Nathan se présenterait à la date habituelle, et les préparatifs étaient en cours pour sa visite annuelle. Nathan n'avait jamais évoqué un voyage anticipé.

Le rebbe raccrocha.

— Ne le dites pas à Sarah ! recommanda-t-il en levant la main. Tous les autres acquiescèrent. Il pria alors le plus jeune d'aller chercher Sarah. Je vais lui parler.

Sarah entra dans la pièce, humble et discrète, très belle, ses cheveux naturels cachés sous une affreuse perruque marron. Elle avait des yeux en amande, une jolie bouche tendre, et elle respirait la bonté. Elle me lança un bref coup d'œil intimidé, où ne perçait aucun jugement.

Elle regarda le rebbe.

— Votre mari vous a-t-il appelée depuis son départ ?
— Non.
— L'avez-vous accompagné à l'aéroport avec Jacob et Joseph ?
— Non.
Silence.
Elle me regarda puis baissa les yeux.
— Veuillez me pardonner, dis-je. Mais Nathan vous a-t-il dit qu'il allait en Israël ?

Elle répondit oui, qu'une voiture était venue le prendre, envoyée par un riche ami en ville. Il avait dit qu'il reviendrait bientôt.

— Vous a-t-il dit qui était cet ami ? demandai-je. Dites-le-moi, Sarah, je vous en prie.

Elle parut rassurée, et quelque chose en elle se dénoua soudain. Je lus dans ses yeux la même douceur que dans ceux de cette fille, à Miami, dans ceux d'Esther et de Rachel. La pure douceur des femmes, si différente de celle des hommes.

Peut-être est-ce ce qui arrive quand on aime vraiment, songeai-je. Les gens vous aiment en retour ! Je me sentis libéré de la haine et de la colère ; un frisson me parcourut, et je l'implorai du regard de parler.

Elle parut ébranlée, puis elle courba la tête et rougit, au bord des larmes.

— Il avait avec lui le collier de diamants, dit-elle. Le collier de la fille de son frère, Esther Belkin. Il le rapportait à son frère.

Elle se mit à pleurer.

— Quand il a entendu parler du collier volé, reprit-elle, il savait que ce n'était pas vrai. Il avait le collier. Esther Belkin le lui avait donné à réparer. Elle ravala ses larmes et poursuivit. Rebbe, il ne voulait fâcher personne. Il a appelé son frère pour le lui dire. Il m'a confié que son frère pleurait. La voiture est venue le chercher pour le conduire auprès de son frère, pour qu'il puisse lui rendre le collier qui avait appartenu à Esther. Puis son frère lui a demandé de l'accompagner en Israël, afin qu'ils prient ensemble au Mur des lamentations. Nathan m'a promis de revenir dès qu'il aurait réconforté son frère. Il a ajouté qu'il pourrait peut-être même le ramener à la maison.

— Ah, bien sûr, m'exclamai-je.

— Silence ! ordonna le rebbe. Sarah, n'ayez ni tristesse ni regret. Ne vous inquiétez pas. Je n'ai pas de colère contre lui pour être parti avec son frère. Il a agi par amour, et de bonne foi.

— Oh oui, rebbe, dit-elle.

— Remettez-vous-en à nous.

— Je suis navrée, rebbe. Mais il aimait son frère, et il avait beaucoup de chagrin pour sa fille. Il disait qu'un jour elle serait venue, pour devenir l'une de nous. Il en était sûr. Il l'avait lu dans ses yeux.

— Je comprends, Sarah. Ne vous inquiétez pas. Laissez-nous, maintenant.

Elle détourna la tête, pleurant toujours, et me lança un rapide regard avant de quitter la pièce.

J'étais triste pour elle ! Elle comprenait que quelque chose n'allait pas, mais elle ne savait pas quoi, ni à quel point. Elle était aimante par nature, et Nathan devait l'être aussi, comme l'avaient affirmé Rachel et Esther.

— C'est bien ce que je pensais, dis-je.

Le vieil homme attendait la suite en silence.

— Gregory s'est servi du collier pour appâter Nathan. Gregory a raconté cette stupide histoire de collier volé pour que Nathan l'appelle, et qu'il puisse le convaincre de venir le rejoindre et de rester avec lui. Nathan vous a préparés à son absence prolongée, et c'est Gregory qui le lui avait inspiré. Je ferai tout ce qui est en mon pouvoir pour que Nathan vous soit rendu sain et sauf. Je ne peux pas rester avec vous. Me donnerez-vous votre bénédiction, vous tous qui êtes ici ? Je ne m'attarderai pas à vous implorer, mais si vous voulez me la donner, je la recevrai avec amour au nom de l'Éternel. Je m'appelle Azriel.

Ils poussèrent des cris en levant les mains au ciel et en reculant. Ils étaient habités par la peur de connaître le nom d'un esprit, mais je ne m'étais pas attendu à une telle alarme. Je pris ma tête dans mes mains, et me concentrai.

— Accordez-moi les mots ! Je sais que mon nom n'est pas malfaisant. Puis je déclarai : J'ai été nommé Azriel par mon père, lorsque j'ai été circoncis dans notre maison de prières à Babylone. Nous étions la dernière tribu emmenée de Jérusalem en otage par Nabuchodonosor. Ce nom était assez bon pour Dieu, pour la tribu et pour mon père ! Nabonide était roi, et nous pratiquions notre foi en paix sous sa loi. Nous chantions chaque jour l'Hymne à l'Éternel dans cette terre étrangère.

Un grand courant d'énergie me traversa, mais là encore le souvenir manquait de substance, de couleur. Je savais seulement que je disais la vérité. Si je pouvais résoudre ce terrible mystère, cette abomination, peut-être pourrais-je me remémorer d'autres événements, et tout mon passé me reviendrait. Non dans la haine mais dans l'amour. J'étais maintenant fasciné par l'amour.

Ils se remirent à murmurer : « C'est son nom hébreu, c'est

un nom humain, c'est son propre nom béni par Dieu. » Les uns affirmaient que connaître mon nom leur donnait un pouvoir sur moi, et les autres chuchotaient que j'étais un ange.

Sur un signe du rebbe, ils m'accordèrent tous leur bénédiction. Je ne sentis rien, mais je ne les détestais plus ; je les aimais et les voyais pour ce qu'ils étaient, et je craignais d'autant plus pour Nathan.

— Mais que fait Gregory ? murmura le rebbe, plus pour lui-même que pour moi.

— Je l'ignore, admis-je. Mais Nathan est son jumeau identique, n'est-ce pas ? Votre petit-fils Gregory voudrait être le Messie, non ? Il voudrait changer le monde entier.

Le vieil homme était horrifié et perplexe.

Je lui demandai :

— Si j'ai besoin de vous pour le bien de Nathan, pour l'amour de toutes les créatures de Dieu, viendrez-vous ?

— Oui, dit le rebbe.

J'allais sortir de la pièce. Mais je décidai, pour des raisons évidentes, que mieux valait disparaître. Je disparus donc lentement, pour les stupéfier, devenant transparent, m'élevant, bras tendus. Je ne pense pas qu'ils aient vu les particules d'humidité répandues dans l'air. Sans doute ne sentirent-ils que la fraîcheur, suivie de chaleur lorsqu'un esprit se désintègre.

Je les quittai, fixant solennellement l'endroit où je m'étais tenu. Je souhaitais réconforter Sarah, qui pleurait à la table de la cuisine, mais n'en avais pas le temps.

Je m'élevais de plus en plus haut.

— Gregory ! articulai-je, et je fixai mon lieu de destination, là où j'avais des chances de trouver le Maître des Ossements — dans son temple. Chercher Nathan, pour un esprit, était impossible. Je ne l'avais jamais vu, n'avais jamais humé son odeur, ni touché ses vêtements. Il pouvait fort bien être endormi dans l'une des chambres du temple que j'avais parcourues la nuit précédente. Mais je ne m'étais pas attardé sur les visages — il y en avait des centaines.

Trouver Gregory. C'était près de son frère que Nathan était en danger ; c'était là que je devais me trouver. Une pensée me réconfortait : ce qui menaçait Nathan n'était sans doute pas encore déclenché.

D'autre part, les gens du Temple travaillaient à un projet intitulé Jours derniers.

23

Une immense foule encerclait le Temple de l'Esprit. J'y descendis, invisible, au milieu des caméras et des journalistes. Je compris que Gregory Belkin devait apparaître pour faire une déclaration spectaculaire à six heures du soir environ, et qu'il connaissait l'identité des ennemis du Temple. Il avait l'intention de révéler les noms des terroristes et de tout mettre en œuvre pour faire échouer leur nouveau plan de destruction.

La foule se répandait, bloquant la Cinquième Avenue ; de nombreux fidèles, chassés par la presse, s'étaient regroupés dans le parc et priaient.

Je m'élevai dans l'immeuble et trouvai Gregory assis dans une grande salle avec cinq hommes, au milieu des grandes cartes électriques et de nombreux écrans ; il était très occupé à donner ses dernières instructions. La pièce était insonorisée et, avant de me rendre visible, j'observai qu'il n'y avait aucune caméra de surveillance. Tous les écrans montraient l'extérieur, et les murs n'avaient pas d'oreilles.

À l'instant où je descendis, Gregory affirmait :

— Rien ne se produira dans les deux heures suivant l'annonce officielle de ma mort.

Ces mots me galvanisèrent.

J'apparus dans mon costume babylonien, en tunique de velours bleu et or, avec ma longue chevelure et ma barbe. Je le soulevai de son siège. Ses hommes se jetèrent sur moi, je les repoussai violemment. Par une autre porte entra un petit détachement de soldats armés. Quelqu'un tira un coup de feu. Gregory cria : « Non ! » La troupe de brutes me cerna, armée de ces puissants fusils modernes qui braquent sur vous un rayon de lumière avant de tirer. Ils avaient tous l'air de tueurs.

Ceux qui se trouvaient autour de la table étaient d'un type plus modéré, mais aussi sérieux, et incluaient le docteur

« Cerveau ». Ils puaient la rancœur, la suspicion et la désolation d'avoir été interrompus.

— Non, restez calmes, ordonna Gregory. Ceci est inévitable, et ne doit pas nous arrêter. C'est un ange que nous envoie Dieu pour nous aider.

— Ah oui ? dis-je. Qu'as-tu fait de ton frère ? Si tu ne me dis pas la vérité, je t'arracherai les membres un à un, et ces hommes mourront tous avec toi. C'est le seul choix que tu me laisses. Quelle est cette histoire de mort officielle ? Parle ou je détruirai tout.

Gregory soupira, et pria les autres de sortir.

— Tout se déroulera comme prévu, mais cet ange doit apprendre l'étendue de son pouvoir. Allez, retournez à vos lieux de travail dans l'immeuble, et assurez-vous que mon frère va bien et qu'il n'a pas peur. Tout sera glorieux. Nous arrivons à l'heure des miracles. Cette créature que vous voyez ici est un miracle de Dieu. N'en dites rien à personne.

Ses collaborateurs se précipitèrent dehors à une vitesse effarante, mais il lui fallut un peu plus de persuasion pour faire comprendre à sa milice qu'il savait ce qu'il faisait.

Je le rejetai sur son siège.

— Monstre ! Menteur ! Comment as-tu pu dire à la face du monde que j'avais tué ta femme et ta fille ? Dis-moi où est Nathan, dis-moi quel est ton dessein.

Je passai en revue les écrans alignés en haut des murs. Ils montraient des vestibules, le hall, des ascenseurs à l'arrêt. Je ne voyais que des espaces vides. Et des gardes qui passaient.

Les cartes étaient impressionnantes, couvertes de lumières colorées : les pays écarlates et jaunes, les fleuves tracés comme des éclairs zébrants.

— Ne l'as-tu pas deviné, intelligent esprit ? Il me sourit. Que je suis heureux de te voir ! Pourquoi as-tu mis si longtemps ? J'ai besoin de toi, et nous n'avons plus guère de temps.

— Je sais que tu vas tuer ton frère à ta place, afin de ressusciter d'entre les morts ! Jusque-là, c'était facile à deviner. Tu as choisi d'agir à six heures. Six heures ou avant. Je veux ton frère sain et sauf ici, dans mes bras, pour le ramener à son peuple.

— Non, Azriel, dit-il d'une voix raisonnable, son assurance s'embrasant en lui comme un feu. Assieds-toi, et laisse-moi t'expliquer ce qui va se passer. Tu ne peux pas en imaginer la beauté. Quant à Nathan, il ne souffrira pas. Il est bourré de sédatifs et n'a aucune idée de ce qui l'attend.

— J'en suis bien convaincu! répliquai-je avec un mépris absolu.

Le souvenir me revint de gens qui me donnaient quelque chose à boire, en disant: «Tu ne souffriras pas.» Ils peignaient d'or tout mon corps.

— Si tu me tues, poursuivit Gregory, tu ne changeras rien. Le plan devient opérationnel après ma mort. Si tu veux que je meure avant six heures, tu ne feras qu'avancer l'instant des Jours derniers. Tout est en route. Moi seul puis l'arrêter. Tu serais fou de me tuer. Il me fit signe de m'asseoir. Cette pièce est insonorisée, elle n'est pas sous surveillance vidéo, dit-il. Ce que nous disons est totalement confidentiel. Je veux ton attention et ta compréhension.

— Tes soldats?

— J'ai pressé un bouton, là, sous la table. Ils ne reviendront plus. Mais ce que je te révèle doit rester secret pour le monde entier. Tu devras être des nôtres quand tu quitteras cette pièce. Nous devrons la quitter ensemble.

— Tu rêves.

— Non. Tu manques de vision, esprit. Tu en as toujours manqué. Tu as été esclave pendant trop de siècles, et ce n'est qu'à mon époque que tu as découvert toute ta force. Avoue-le. Les médecins ont trouvé de la semence vivante dans le corps de ma femme. Tu as perdu ton air désemparé et ton regard figé, esprit. Ma femme t'a-t-elle appris à être un homme?

Je pressentais que je ne pourrais pas résoudre cette histoire en la tranchant comme le nœud gordien.

Il saisit une télécommande couverte de boutons. Je posai la main dessus.

— C'est pour contrôler les écrans, rien de plus. La plupart sont de la vidéo-surveillance. Il n'y en a que deux importants. Regarde là, au-dessus de la carte centrale.

Aussitôt, sur les deux écrans, apparurent des plans fixes de gens affamés, de morts, de champs de bataille, de bâtiments bombardés, de tas d'ordures. Ces photos présentaient un panorama du monde entier. Je pouvais voir des temples mayas derrière des villageois rassemblés ; sur une autre, des ruines cambodgiennes.

Il regardait ces images avec une sorte de sérénité, comme s'il avait oublié ma présence ou la trouvait naturelle.

— Promets-moi qu'il n'arrivera rien à Nathan pendant notre conversation, dis-je.

— Je te le promets. Rien n'arrivera avant six heures ; tout repose sur mon signal. Mais il faut que tu saches, cher ange, que tu n'as aucun pouvoir de négociation.

— Ah ?

Il se tourna pour me décocher un gracieux sourire, rayonnant, fou de bonheur.

— J'ai attendu ce jour si longtemps ! s'exclama-t-il. Et penser que tu es arrivé au beau milieu ! Je crois que Dieu t'a envoyé à moi, en réponse au sacrifice d'Esther. Je n'en ai moi-même vu la symétrie, ou le génie, que par la suite. J'ai sacrifié Esther, que j'aimais, et tu es descendu du Ciel.

Il paraissait sincère.

— Je n'étais pas au Ciel, répliquai-je. Où est Nathan ?

— Réfléchissons intelligemment. Si tu perdais ton caractère angélique et que tu me tuais, tu ne ferais que déclencher automatiquement la mise en œuvre du plan. En détruisant cet immeuble, tu la déclencherais automatiquement aussi. Si tu veux avoir la moindre chance de comprendre, d'accepter, ou de modifier quelque chose, tu as besoin de moi. Écoute-moi jusqu'au bout.

— Tu as bien l'intention de tuer Nathan à six heures du soir, n'est-ce pas ? Tu l'as fait entrer à l'hôpital sous ton nom, pour disposer de preuves dentaires et d'ADN permettant d'identifier Nathan comme étant Gregory, afin que ta mort soit confirmée...

Mes propos parurent le fâcher.

— C'est une version bien brutale de tout ce que j'ai accompli. Le monde est en jeu, comprends-tu, Azriel ? Dieu du Ciel, tu dois être mon Divin Témoin.

— Pas de romantisme, Gregory. Tu conserves quelque part des documents concernant ton ADN, qui viendront astucieusement remplacer ceux de Nathan. Ces documents confirmeront que tu es ressuscité. Tu as beaucoup de gens impliqués dans la manipulation de ces données.

— Je commence à aimer ton intelligence, dit-il. Maintenant, fais-la vraiment travailler. C'est pour le monde que nous agissons. Tu ne peux pas l'empêcher. Souviens-toi que lorsque viendront les Jours derniers, ce soir entre six heures et minuit, tu auras besoin de moi, désespérément ; de même que toute personne vivante et destinée à vivre. Sinon, les catastrophes succéderont aux catastrophes.

— Que sont donc ces Jours derniers ? Que va-t-il se passer ? Tu vas le faire assassiner. Et ensuite ? Tu vas faire semblant de ressusciter ?

— Dans trois jours. N'est-ce pas ce qu'a accompli l'autre Messie ?

Trois jours. D'horribles images floues, grouillant de lions, d'un immonde essaim d'abeilles, de danses. Je les chassai en frissonnant. Je vis la croix du Christ. Je vis la résurrection du Christ sur des tableaux anciens et récents. J'entendis des paroles chrétiennes en grec et en latin.

— Je désire te le faire comprendre, reprit-il. J'ai songé à plusieurs reprises que tu étais le seul à pouvoir l'apprécier.

— Pourquoi ?

— Azriel, aucun autre être vivant n'a mon courage. Aucun. Il faut du courage pour tuer. Tu le sais. Tu connais le temps et le monde, tu as assisté à la guerre, à la famine, à l'injustice. Mais d'abord, que je t'avertisse. Si tu ne m'écoutes pas jusqu'au bout, si tu décides que ma mort est nécessaire et que peu t'importe ce qu'il adviendra du monde, il reste la question des ossements.

— Oui ?

— Ils sont dans un four, dans ce bâtiment même, et un mot de moi les fera fondre. Oh, je devrais peut-être te dire les résultats de nos examens, non ?

— Si tu as du temps à perdre. Mais j'aimerais mieux que tu me parles des Jours derniers.

— Tu ne veux pas savoir ce qu'il y a à l'intérieur de tes os ?

— Je le sais. Mes os.

Il secoua la tête en souriant.

— Plus maintenant. Les ossements humains ont été entièrement rongés par les métaux dans lesquels ils ont été emprisonnés. Il reste très peu de chose, pour ne pas dire rien. À mon avis, dès que le métal sera chauffé, il calcinera et détruira sans difficulté toute trace de restes humains.

— C'est ce que cela signifie pour toi ? Je souris à mon tour. Comme c'est amusant ! Pour moi, les résultats de tes examens ont un sens différent. Restait-il de quoi procéder à ta magie d'ADN ?

Il secoua la tête.

— Il ne reste presque rien.

— Excellente nouvelle. Continue.

Il m'examina plus intensément. Il se pencha pour me prendre la main, et je me laissai faire. Tout son charme était à l'œuvre et ses yeux avaient la profondeur et la sincérité de la grandeur. Très attirant. Rachel m'avait mis en garde.

Je le détestais. Ne fût-ce que pour Esther et Nathan seuls, comme si le reste du monde ne comptait pas, ou que porter leur deuil fût de toute justice.

— Azriel, mon rêve est d'une grandeur sans pareille. Il comporte la dureté et la mort, mais ceux d'Alexandre aussi. Et ceux de Constantin. L'empire d'Égypte a connu deux mille ans de paix grâce à sa dureté et à sa volonté de tuer.

— Explique-moi ton plan.

Il désigna la grande carte du monde fixée au mur, couverte de points lumineux pour la plupart rouges et bleus.

— Voici mes quartiers généraux à travers le monde. Voici mes temples, mes prétendues stations de villégiature, mes prétendus bureaux. Des aéroports. Des îles.

— Mon Dieu, pourquoi l'ambition vient-elle à un homme pareil ? Pense au bien que tu pourrais faire, espèce de monstrueux imbécile immoral !

Il rit de bon cœur, comme un enfant.

— Mais c'est précisément cela, mon cher gaffeur impulsif. Je suis un génie *moral*. Il désigna les cartes : Ils sont prêts, dans les deux heures suivant la confirmation de ma mort, à détruire les deux tiers de la population mondiale. Avant que tu ne protestes, laisse-moi t'expliquer que ce sera fait par un filovirus mis au point ici même et déjà en place dans tous ces temples. Ne m'interromps pas. Il leva la main, et poursuivit. Ce virus tue en cinq minutes maximum. Sa première action immédiate consiste à embrumer le cerveau et à emplir la victime d'un sentiment de paix et d'extase.

Il sourit doucement ; son regard se figea comme s'il entendait une musique grandiose.

— Personne ne souffrira, Azriel. Ah, quelle perfection, comparée à la hideuse et grossière stupidité de Hitler ! Quel monstre cruel et primaire ! Un fossoyeur, un chiffonnier, un démon qui tripatouillait l'or des dents de ses millions de victimes. (Il haussa les épaules.) Peut-être n'était-ce pas le moment, tout simplement. Nous n'avions pas la technologie.

Il reprit :

— Le virus sera lâché en même temps qu'un gaz mortel qui se dissipe en quatre heures. Ensemble, ils tueront tout ce qui vit dans la région. Mes avions et mes hélicoptères sont prêts à agir dans le monde entier. Ils survoleront les territoires concernés sans relâche, jusqu'à ce qu'il n'y ait plus âme qui vive. Des bataillons ont été mis sur pied dans certaines villes densément peuplées comme Bagdad, Le Caire et Calcutta. Ils introduiront le gaz et le virus dans les grands immeubles par les conduits de ventilation. Parmi ces exécutants, certains sont désireux de mourir. Les autres porteront des vêtements de protection.

— Mon Dieu, mais combien de villes, de pays, de gens comptes-tu anéantir ?

— La majeure partie du monde, Azriel. Je te l'ai dit. Deux tiers de la population mondiale. Imagine, si tu préfères, qu'il s'agit d'un fléau inévitable, survenu sous une forme angélique, pour débarrasser la planète de ses déchets. Sais-tu ce qu'a accompli la peste noire en Europe ?

— Comment pourrais-je l'ignorer ?

Je songeai à Samuel et aux maisons incendiées de Strasbourg.

— Ce que tu ne sais pas, c'est que l'Europe serait aujourd'hui un désert, s'il n'y avait pas eu la peste. Tu ne sais pas combien de gens ont succombé à la grippe au début de ce siècle. Tu ne sais pas que le sida était voulu. Tu ne sais pas ce qu'il faut de courage pour retenir les leçons de la nature et s'élever au-dessus d'elle plutôt que chercher à la contrecarrer, et y mettre le chaos à mesure que tu la détruis.

— Quels pays du monde ? Tu parles de l'Asie ?

— Oh oui. L'Asie, l'Orient... Leurs peuples seront éliminés de la face de la terre. Tout le nord de la Russie. Ne sera sauvée qu'une petite partie de la Russie orientale, et encore... je ne suis pas tout à fait décidé. Le Japon sera rayé de la carte.

Il continua d'une traite, très excité. J'aurais pu jurer qu'une lumière émanait de lui.

— Tu n'es pas resté assez longtemps sur cette terre pour comprendre la logique de mon projet. D'abord, toutes les zones peuplées du continent africain seront éliminées. Imagine : vider l'Afrique ! Toutes les régions habitées ont été ciblées. Les seuls animaux à survivre seront ceux éloignés des secteurs peuplés. C'est grandiose ! Vois-tu, le virus n'affectera pas la plupart des animaux ; le gaz se dissipera assez rapidement pour que les animaux survivent dans leur immense majorité. Oh, c'est très complexe. Tout a été fait pour éviter la panique, la souffrance ou la compréhension parmi ceux qui meurent. Ils ne souffriront pas, ils ne subiront pas la monstrueuse agonie de nos parents dans les camps allemands.

Je n'osais pas l'interrompre. Mais imaginez mes sentiments, Jonathan, à ce moment-là ! La panique m'envahit ; cependant, quelque chose de plus dur me domina : la détermination d'empêcher à tout prix cette folie. Je m'armai donc d'un masque.

— Ta vision est magnifique, Gregory.

— Il ne restera plus un seul être vivant en Inde ni au Pakistan, poursuivit-il avec une ferveur extatique. Au Népal non plus, même dans les montagnes les plus reculées. Bien entendu, Israël sera anéanti puisqu'il faut détruire la Palestine, l'Irak et l'Iran. Toute cette partie du monde disparaîtra — les Arméniens, les Turcs... les Grecs, les peuples des Balkans, l'Arabie Saoudite, le Yémen...

— Le tiers monde, comme vous l'appelez. Le monde pauvre. C'est bien de cela que tu parles ?

— Je parle du monde mortellement malade, sans cesse en guerre, courtisant la famine, et nous entraînant tous vers le fond. Le vaste monde impossible à sauver — le monde qu'Alexandre n'a pas pu sauver, ni Rome, ni Constantin, ni le président de ce pays, ni les Nations unies, ni les faibles pacifistes au grand cœur, tous les libéraux indécis qui ne servent qu'à présider aux massacres !

Il soupira.

— Oui, continua-t-il, les incurables, les incontrôlables et les irrécupérables. Ils mourront tous. Dès minuit. Les temples sont prêts pour une nouvelle attaque au gaz, demain. Nos camions, nos avions, nos hélicoptères — tous sont camouflés en véhicules médicaux. Nos gens sont vêtus en personnels médicaux. Quiconque les verra croira qu'ils sont là pour aider. Les gens se dirigeront vers eux pour demander assistance, et notre personnel les tuera en douceur. Cela marchera magnifiquement ! Nous avons procédé à des estimations. Tout Le Caire sera mort en deux heures. Calcutta nécessitera plus de temps.

Il prit un air attristé.

— Le troisième jour sera le pire, car nous devrons pourchasser les survivants. Ils connaîtront la peur. Mais brièvement. Il faudra peut-être tirer des coups de feu, peut-être même faire exploser des bombes, mais nous ne le souhaitons pas. Nous prévoyons un monde magnifique et silencieux dès la fin du troisième jour.

Sa main retomba, chaude et ferme, sur la mienne ; ses yeux brillèrent.

— Imagine, Azriel, le continent africain calme et silencieux, les pyramides égyptiennes dressées dans le silence, les vapeurs et la crasse du Caire retombées comme du sable ! Imagine le Zaïre sans épidémies ni virus ! Imagine les affamés endormis en silence ! Imagine les forêts tropicales autorisées à croître de nouveau, la jungle fleurissant sans intrusions, les animaux sauvages autorisés à se multiplier comme Dieu l'avait prévu.

Ah, Azriel, mon rêve est grand comme celui de Yahvé quand il a dit à Noé de construire son arche. J'ai même protégé certaines espèces critiques. Des génies et des savants de grand talent ont été attirés ici pour une conférence internationale, afin qu'ils soient sauvés quand leur peuple mourra. Ma patrie est mon arche. Mais le reste doit mourir. Il n'y a aucune autre issue charitable ou élégante à la situation actuelle.

— Israël doit mourir, tu ferais cela à ton propre peuple ?

— Il le faut. D'ailleurs... Nous devons rendre la sérénité aux Lieux saints. Mais tu vois bien que de nombreux Juifs, ici, survivront. Les États-Unis et le Canada seront épargnés. Dans cet hémisphère, les attaques ne liquideront que les terres du Sud : le Mexique, l'Amérique centrale et les Caraïbes. Toutes ces îles redeviendront sereines, les poinsettias rouges y refleuriront, et les palmiers danseront dans la brise.

Mais tout survivra dans notre pays et au Canada. Ce virus meurt très vite. Nous l'avons mis au point d'après les trois souches Ebola, et quelques autres découverts par nous-mêmes. Tu n'imagines pas le mal que nous nous sommes donné pour perfectionner notre formule, de manière à préserver les chevaux et le bétail. Tu n'imagines pas combien nous avons travaillé, pour que tout ait lieu en douceur.

Il soupira en hochant légèrement la tête, puis reprit :

— Il y aura des exterminations ponctuelles de villages dans la jungle amazonienne — eh oui, il le faudra — mais la végétation ne sera pas atteinte par ces poisons intelligents. Azriel, peux-tu imaginer quels génies j'ai fait travailler pour moi ? Des hommes ont passé des années à travailler sur les programmes de guerre bactériologique du gouvernement...

— Et l'Europe ? Tu vas anéantir l'Asie Mineure. Tu vas anéantir les pays balkaniques. Que vas-tu faire de l'Europe ?

— C'est notre plus grand problème, d'un point de vue stratégique. Parce qu'il faut anéantir les Allemands, à cause de ce qu'ils ont fait aux Juifs, avec Hitler. Les Allemands doivent disparaître. Tous. Absolument. Mais nous voulons épargner les autres pays européens. Sauf l'Espagne. Je n'aime pas l'Espagne ; elle a subi trop d'influences islamiques. L'extermination sera très feutrée en Allemagne, elle impliquera plus d'opérations à pied qu'aucun autre pays ; malheureusement, on risque quelques bavures inévitables parmi les Français et les Anglais qui voyageront en Allemagne à ce moment-là.

Il se leva et s'approcha de la carte.

— Tout est prêt. Tout est en place. Les dernières expéditions de produits chimiques sont faites. Ce qui reste ici, dans cet immeuble, peut servir à attaquer quiconque y entrerait. Nous pouvons isoler totalement certaines zones pour y gazer la police et les autorités. Tu te rends bien compte, ajouta-t-il, que, de la plupart de ces secteurs condamnés, nous serons les seuls à émettre en direction des États-Unis. Ce qui nous donnera l'avantage pour décrire ce doux fléau. Nous avons écrit notre poésie, digne de rester dans les mémoires, comme l'histoire des batailles de Darius, gravée dans la roche.

Il me montra les divers écrans dont les caméras restaient fixées sur des corridors, des pièces vides ou des ascenseurs.

— Tous des pièges mortels. Nous sommes dans une forteresse. Le troisième jour, poursuivit-il, tandis que les États-Unis sangloteront sur le reste du monde, et que tout bas ils soupireront d'aise d'en être débarrassés, je ressusciterai d'entre les morts. Je proclamerai que ce fléau était inévitable, qu'il était la volonté de Dieu. Tous les disciples de mon Temple sont prêts à prendre des postes de commandement.

— Savent-ils que c'est une supercherie ? voulus-je savoir. Tes disciples imbéciles ? Savent-ils que c'est Nathan, un jumeau identique, qui va être tué ?

Il me sourit, bras croisés, dos à la carte.

— Combien sont-ils à connaître ta fraude ? Combien sont-ils, impliqués dans la substitution des dossiers au moment clé afin de certifier ta résurrection ?

— Suffisamment de gens clés sont au courant. Bien entendu, la grande masse de mes fidèles ignore tout. Ils savent qui je suis, et quand j'apparaîtrai ils sauront que c'est Gregory. J'en prends la responsabilité sur mes propres épaules. J'assume la responsabilité du meurtre du monde, avec le fardeau du nouveau mythe de mon voyage en enfer et de mon retour. Je suis le nouveau Messie. Je suis l'oint de l'Éternel. Mes secrets sont miens comme ceux de Yahvé étaient Siens.

Il prit le temps de se calmer. Il avait les yeux humides d'émotion.

— Tu es beau, Azriel. J'ai besoin de toi. Tu m'as été envoyé pour me seconder.

— Raconte la suite de ton plan. Qui sait quoi ? demandai-je.

— Très peu de gens, ici même, savent que la mort et la résurrection sont une supercherie. Mais n'est-ce pas ainsi qu'ont dû se passer les choses, la première fois ?

— La première fois, murmurai-je. Qu'est-ce que c'était, la première fois ? Le Calvaire ? C'est ce que tu penses ?

— Même les gens qui répandront le gaz à travers l'Inde en ignorent les conséquences. Seuls les responsables le savent. Je dirige un univers de zélotes désireux de mourir pour moi et pour un monde nouveau, figure-toi. Maintenant, écoute bien. Écoute ! Imagine le soulagement des gens quand ils comprendront ce qui s'est passé. Sérieusement. Pense au soulagement des Américains et des Européens intelligents.

Il se rassit, et se pencha vers moi.

— Azriel, les gens seront fous de joie quand la Grande Mort sera passée. Il ne restera plus que l'Occident avec toutes ses ressources. La misère, la maladie, la guerre tribale... disparues de la terre. Un nouveau commencement.

Nous, Temple de l'Esprit, nous prendrons le pouvoir. Nous sommes plus nombreux que ceux qui risqueraient de nous résister à Washington. Et ailleurs, nous n'avons pas de problèmes. Nous savons ce qui s'est passé. Nous annoncerons sur les ondes que la volonté de Dieu a été accomplie, que la terre est en paix, libérée des millions d'êtres qui la dévoraient tels des termites et des parasites. Les adeptes de notre Temple à Washington sont prêts. Il y en a trois mille à proximité immédiate de la Maison-Blanche et du Pentagone. Le cas échéant, l'entière population de Washington peut être gazée. Cependant, je crois profondément que nous ne devrions pas faire cela à notre peuple.

— Quelle compassion !

— Sagesse, plutôt. Nous voulons montrer au gouvernement qu'il a été épargné par le prophète Gregory, suivant la volonté de Dieu, afin d'aider à reconstruire un ordre mondial nouveau et bon. Je veux donner au président et aux députés le temps de visualiser ces continents vides où les lys des champs pourront refleurir dans toute leur gloire.

Il m'implorait du regard, sincèrement ému. Lorsqu'il tremblait, ce n'était pas sous l'effet de la peur mais d'une grande impatience.

— Ne vois-tu donc pas, mon ami ? reprit-il. C'est ce que tout le monde souhaite. Lorsqu'un homme allume la télévision, le soir, et qu'il voit la guerre dans les Balkans, cela l'emplit de désespoir. Eh bien, il n'y aura plus de guerre ! Bosniaques et Serbes seront pareillement morts.

Imagine, ne plus jamais avoir à s'inquiéter pour les millions de gens nus, la faim, les inondations, les catastrophes en Inde. Disparus ! Les villes et les temples seront vierges et prêts à être réveillés. Personne ne veut plus entendre parler de génocide en Irak, d'émeutes à Tel-Aviv, ou de massacres au Cambodge. Nous sommes tous écœurés d'assister au combat du tiers monde, impuissants, castrés par notre supériorité et le raffinement de nos valeurs.

Personne n'a les moyens, l'aplomb, la sagesse ou le courage de le faire. Sauf moi ! Moi seul le ferai ! Je frapperai comme a frappé Pharaon.

Je ne répondis rien. J'entendais une horloge dans mon cerveau. Six heures au plus tard. Quelle heure était-il ?

— Tous ces gens l'ont bien cherché ! J'étais né pour accomplir cette œuvre, tu en es la preuve, poursuivit-il. Nathan doit mourir à ma place à six heures, et si je meurs avant, s'il m'arrive quoi que ce soit, si je donne un signal, le processus d'extermination du monde se déclenchera automatiquement. J'ai mille manières possibles de donner le signal.

— Nommes-en une, par exemple ?

— Pardon ?

— Par exemple si je te tue tout simplement, maintenant même, puis que je sauve Nathan et que je révèle la conjuration ?

— Impossible. Tu ne te rends pas compte qu'il y a des soldats à toutes les portes ? Et les ossements, souviens-toi ! Je les ai prévenus : si tu commences à nous combattre, ils doivent carboniser les ossements, ce qui mettra un terme à ton existence.

— Et si ça ne marche pas ?

— Que peux-tu faire ? Tu ne peux être qu'à un seul endroit à la fois, esprit ou non, et tes capacités sont limitées. Quand Rachel s'est suicidée derrière ton dos, tu ne le savais pas.

— Crois-tu que je vais tout bonnement te laisser faire ? T'imagines-tu que je serai complice de ces horreurs ? Cyrus est arrivé au pouvoir par la tolérance envers les religions dans son empire de Perse. Alexandre a apporté l'hellénisme en Asie, et allié l'Asiatique au Grec. La *pax romana* a été une période de tolérance. Ne vois-tu pas, salaud, que tu prends place parmi les destructeurs !

Je ne pouvais plus me retenir. Il parut profondément blessé, mais surtout déçu et triste.

— Tu prends place avec Attila le Hun, repris-je. Tu prends place avec Tamerlan, qui construisait des murailles avec les cadavres de ceux qu'il conquérait. Tu prends place avec la peste noire, avec Ebola, avec le sida. Tu n'es que destruction !

Il porta ses mains tremblantes à son visage.

— Azriel, essaie de comprendre la beauté de mon dessein. Son ampleur. Dois-je te rappeler ce que Yahvé ordonna à Josué, à Saül, à David ? D'anéantir leurs ennemis jusqu'au dernier homme, à la dernière femme, au dernier enfant. Ne vois-tu pas, Azriel, qu'il y faut du génie, et un courage incroyable ? Ce courage, je l'ai, ainsi que les moyens d'aller jusqu'au bout. Je peux supporter les condamnations et les cris de protestation. J'ai la vision !

Il se releva, et retourna se planter devant la carte, l'air rêveur.

Il y avait une petite étoile au centre de la carte. Je la vis trop tard. Blanche, l'étoile de David, ou des magiciens. Elle avait toujours eu une grande signification. Il la contemplait tendrement.

Trop tard, je me rendis compte qu'il avait appuyé dessus ! C'était un bouton. Il avait déclenché quelque chose !

— Qu'as-tu fait ? demandai-je.

— Simplement envoyé Nathan à la mort. Il sera assassiné devant l'immeuble dans cinq minutes. Son meurtre déclenchera le compte à rebours de deux heures dans le monde entier. C'est le temps qui te reste pour t'instruire auprès de moi, prier, et devenir mon collaborateur.

J'étais cloué sur place, médusé.

— Mon Dieu ! m'écriai-je.

Et c'était une prière en même temps qu'un cri d'horreur.

— Eh bien, que vas-tu faire ? Rester ici ? Me tuer ? Tenter de sauver Nathan ? Nathan descend en ascenseur, en ce moment. Regarde cet écran. Tu le vois ?

Je le vis. Tout en haut dans un angle éloigné, je vis l'image floue d'un homme, Nathan, véritable clone de Gregory, maintenant que sa barbe et ses papillotes avaient été rasées. Il portait les vêtements de Gregory. Je pouvais même apercevoir la bosse du revolver personnel de Gregory dans la poche de sa veste. Je m'aperçus avec horreur que les portes de l'ascenseur s'ouvraient ; les silhouettes s'avançaient vers les portes du temple, vers la foule.

— Tu ne peux rien faire, Azriel. Tu es revenu à la vie pour être mon messager. Si tu me tues maintenant, c'est l'homme qui aurait pu se laisser convaincre un peu plus tard d'arrêter tout ça que tu auras tué. Je ne vais évidemment pas me laisser convaincre, mais en me tuant tu renonces à cette éventualité. Tu as besoin de moi, et tu le sais.

En désespoir de cause, je poussai un cri pour que me vienne le fer dont j'avais besoin. J'eus soudain deux clous dans les mains. D'un coup de pied je repoussai Gregory contre la carte, puis je l'aplatis contre le mur, de crainte que la carte ne soit pleine de mécanismes et de boutons.

Je lui enfonçai les clous dans les mains. Il se crispa, mais ne cria pas.

— Imbécile ! dit-il.

Il ferma les yeux, l'air de savourer la douleur. Puis il devint fou de rage.

— Eh bien, dis-je. Tu voulais être le Messie, non ?

Il jura et gronda en se débattant, les mains clouées au mur.

Sur l'écran je vis la silhouette de « Gregory », Nathan, s'avancer dans la foule.

Je me désintégrai pour me transporter sur place de toute ma puissance, invisible.

J'entendis les coups de feu. J'entendis siffler les balles qui s'abattaient sur l'innocent Nathan. J'entendis les hurlements s'élever dans la rue.

24

Nathan gisait dans une mare de sang, clignant des yeux vers le lumineux ciel d'été, tandis que la foule cédait à la panique autour de lui. Les assassins avaient été attrapés par la populace. Des sirènes hurlaient. Les adeptes se lamentaient.

Je contemplai le corps de Nathan. Je lus la confusion dans ses yeux noirs brillants. La mémoire m'engloutit, menaçant de m'arracher à l'instant.

Puis je me rendis compte qu'autour de moi tout avait changé. L'immeuble avait disparu. La foule aussi.

Devant moi se dressait la resplendissante Échelle menant au Paradis.

De mes propres yeux, je vis une lumière dont on a dit et redit qu'elle était au-delà de toute description, tellement pleine de chaleur et d'amour et de compassion qu'elle m'inonda, dans mon invisibilité, et m'atteignit au cœur. Et je vis Nathan qui gravissait lentement l'Échelle.

Au sommet, Rachel et Esther apparurent, ainsi que d'autres personnes que je ne connaissais pas. Dans cette lumière aveuglante et divine, elles demandèrent à Nathan de retourner en arrière, de ne pas mourir ainsi. Il lui fallait retourner sur terre.

Nathan fit docilement marche arrière, en pleurant, longuement, les mains sur ses yeux. Il avait de nouveau la barbe et les papillotes qu'on lui avait rasées, ainsi que son chapeau noir, tel un hassid. Mais c'était un esprit, revenant dans le corps détruit qui gisait par terre, où le cœur venait juste de cesser de battre.

Soudain, Rachel m'appela. Je m'élançai instinctivement sur les échelons. Rien ne m'arrêtait. Je montais, Jonathan, sur l'Échelle divine ! Et ils étaient là-haut, je les ai tous vus : Rachel et Esther, mon propre père, et Zurvan, mon premier maître, et Samuel, et d'autres ! Je les vis ; en un instant ma mémoire entière me fut restituée.

J'ai vu se dérouler ma vie, j'ai revu tout ce que j'avais fait, en bien comme en mal.

J'étais presque au sommet, et Nathan me contemplait avec stupéfaction. Rachel s'avança.

— Azriel, dit-elle. C'est toi qui vas retourner dans le corps de Nathan. Il n'est pas assez fort pour combattre Gregory, mais tu l'es. Tu peux faire vivre le corps ! Azriel, je t'en supplie.

Nathan ressemblait à Gregory, et pourtant il était pur, aimant. Il scrutait tous ceux qui étaient rassemblés au sommet des marches, à quelques pas, où commençait le jardin et où la lumière resplendissait avec un éclat infini.

— Vous voulez dire que je pourrais rester avec vous ? demanda-t-il aux autres.

Il regardait Rachel et Esther, et d'autres hassidim inconnus de moi, des Anciens, et mes ancêtres aussi !

Je n'aspirais qu'à me jeter dans les bras de mon père.

— Ne pouvons-nous pas venir maintenant tous les deux ? m'écriai-je. Père, je t'en prie !

Soudain, Zurvan parla :

— Azriel, il faut que tu retournes dans ce corps et que tu le fasses se relever de terre. Même si tu devais ne jamais plus en sortir. Tu dois le faire !

— Azriel, implora ma belle Esther. Je t'en prie. Tu sais à quel point Gregory est malfaisant. Seul un ange de Dieu peut l'arrêter.

Mon père pleurait, comme il avait pleuré voilà des milliers d'années.

— Mon fils, je t'aime, mais ils ont tant besoin de toi, Azriel ! La conjuration ne pourra être vaincue que si ce corps assassiné se relève !

Je saisis aussitôt la logique de leurs propos. Mettre sur-le-champ en échec la tentative d'assassinat et m'emparer des caméras étaient le seul moyen d'alerter le monde.

J'acquiesçai et fis volte-face.

— Va auprès de Dieu, Nathan ! criai-je.

J'entendis leurs voix mélodieuses, derrière moi, me remercier et prier pour moi.

Soudain, surgissant de toutes parts, les esprits mécontents s'élancèrent sur moi, le visage tordu de haine — mes anciens maîtres que j'avais oubliés, par douzaines, des hommes qui avaient fait le mal.

— Pourquoi agir ainsi ?

— Pour quoi faire ?

— Laisse le dément détruire le monde.

— Tu t'en moques ! s'écria le mage de Paris.

— Ils te manipulent encore ! déclara mon maître mamelouk, que j'avais tué dès que je l'avais vu.

— Tu ne vois donc pas que tu perdras ta force en tant qu'esprit !

— Dans ce corps, tu seras mortel, piégé ; tu mourras des blessures qu'il a subies.

— Pourquoi subir ainsi la mortalité quand tu seras libre ?

Derrière ces visages et ces voix grouillaient des légions d'esprits envieux et haineux.

Je jetai un coup d'œil au sommet de l'Échelle. Je les vis tous rassemblés, qui étreignaient Nathan. Rachel leva la main et m'envoya un baiser, de manière enfantine, Esther agita le bras. Elles s'estompaient dans une lumière intense. Mon père était devenu pure lumière.

Je la contemplai et me laissai combler. L'espace d'une fraction de seconde, j'éprouvai une plénitude, en paix avec tout ce qui m'avait été infligé, tout ce que j'avais infligé, et tout ce qui était arrivé. Le monde prit alors son sens : les pauvres, les affamés, les révoltés, les guerriers n'étaient pas des parasites, comme l'affirmait Gregory, mais des âmes !

— Non, déclarai-je alors aux esprits furieux. Je dois le faire.

— Entre dans son corps, dit Zurvan. Ressuscite-le, fût-ce au risque de tout perdre !

— Azriel, mon amour t'accompagne ! s'écria Nathan.

Il commençait déjà à resplendir comme les autres.

Le noir. Je me sentis aspiré par une force immense. Soudain je fus inondé de douleur, dans les poumons et le cœur, dans tous les membres. Mes yeux clignaient vers le ciel quand on m'étendit sur une civière, comme on avait fait pour Esther.

Je vacillai, je roulai sur le côté, sous leurs regards effarés. Je ne voyais plus l'Échelle ni la lumière, seulement le temple, et la foule qui hurlait.

Je me redressai sur la civière et me levai. Les médecins et les brancardiers reculèrent avec effroi, et je savais pourquoi : les blessures étaient toutes mortelles.

Voyant les caméras, je fis signe aux reporters d'approcher.

— Cernez cet immeuble, et fouillez-le immédiatement. Un imposteur a pris ma place. Il a tenté de me tuer. Cet immeuble recèle des virus mortels ; dans le monde entier des temples de l'Esprit sont prêts à les lâcher. Arrêtez-les. Montez au trente-neuvième étage, trouvez la salle des cartes : l'imposteur s'y trouve, cloué au mur. Faites vite ! Je vous autorise à investir le Temple de l'Esprit. Emportez vos armes avec vous.

Partout où se portait mon regard, les gens criaient dans leurs téléphones. La police se précipita dans l'immeuble. Des sirènes hurlaient.

— C'est un imposteur, déclarai-je. C'est mon jumeau. Il prépare une destruction inimaginable.

Les caméras de télévision se rapprochèrent de moi.

— Dans tous les pays, il faut envahir les temples de l'Esprit. Chaque bâtiment contient des gaz et des virus mortels. Méfiez-vous de leurs mensonges. Je survis pour vous le dire.

Je me sentais faiblir. Mon cœur saignait à flots. J'étais perdu. Je m'emparai d'un micro, et j'entendis s'élever ma propre voix, puissante, avec l'inflexion de Nathan.

— Disciples, votre chef a été l'objet d'un attentat. Il a été trahi. Disciples, vous avez été infiltrés. Entrez dans le Temple, anéantissez ceux qui vous ont trahis.

J'allais m'écrouler. Je m'accrochai à une jeune femme reporter, qui se tenait auprès de moi avec son cameraman, guettant mon souffle.

— L'armée, les experts en maladies mortelles. Dans le monde entier. Alertez-les. Chaque temple du monde contient suffisamment de bactéries mortelles pour détruire une ville entière.

Dans un brouillard, je les vis tous se mettre à courir.

J'entendis soudain des hurlements. Je me retournai, titubant, soutenu par les médecins qui m'entouraient. Là, devant les portes de verre, maintenu par des adeptes indécis et effrayés, se tenait Gregory, saignant des blessures qu'il avait aux mains, et hurlant :

— Je suis Gregory Belkin ! Cet homme est un imposteur ! regardez, j'ai les stigmates, comme le Christ ! Arrêtez le Diable. Arrêtez le Menteur.

Je défaillis, près de tomber. Je regardai autour de moi, et me souvins alors qu'il y avait un revolver dans la poche gauche de ma veste. Il avait équipé le malheureux Nathan à la perfection, sans même omettre son revolver personnel, celui que j'avais remarqué le premier soir où je l'avais vu, et qu'il portait toujours sur lui.

Je sortis le revolver et titubai en direction de Gregory. Avant que les gardes du corps aient pu réagir, je tirai sur lui. Stupéfait, il me dévisageait tandis que la première balle le touchait à la poitrine ; à la seconde il se dressa en l'air comme pour appeler au secours ; la troisième l'atteignit à la tête. J'en tirai encore une. Il tomba mort sur le trottoir.

Un grand brouhaha se fit autour de moi. Quelqu'un me prit l'arme, très délicatement. J'entendais un bruit incessant de conversations téléphoniques. Je voyais des hommes courir vers les portes du Temple et le cadavre. D'autres jetaient leurs armes et levaient les bras. Des coups de feu résonnèrent. Je tombai entre les bras d'un jeune médecin horrifié, qui me contemplait avec effroi.

Je tentai d'atteindre son âme.

— Agissez vite, lui dis-je. Vite ! Le Temple va anéantir les peuples de pays entiers. Tout est prêt à commencer ! Cet homme que j'ai tué est un dément. Tout ce plan était son œuvre. Faites vite.

Puis je me sentis sombrer, non pas dans la nuit morne et indistincte du sommeil des esprits mais dans une mortelle agonie, dans une souffrance qui m'empêchait même de parler. Je sentais dans ma bouche le goût du sang mortel.

— Appelez le rebbe Avram. Faites venir la femme de Nathan.

Je suppliais les mots de venir, les noms de la congrégation de Brooklyn. Quelqu'un avança un nom pour le rebbe Avram ; c'était bien celui-là.

— Oui. Appelez-le pour témoigner que j'ai tué l'imposteur.

J'étais allongé sur la civière, le regard perdu vers le ciel. Est-ce assez ? Cela va-t-il s'arrêter ? Je fermai les yeux. Je sentis l'ambulance rouler, je sentis l'oxygène pénétrer dans mes poumons. Je vis au-dessus de moi un visage innocent.

Je repoussai le masque en plastique.

— Passez-moi tout de suite les gens qui peuvent arrêter le Temple.

On me tendit un téléphone. Je ne connaissais pas la personne à qui j'adressai mon ultime appel.

— C'est le virus Ebola, expliquai-je. Un mélange de souches anciennes et récentes, prévues pour tuer en cinq minutes. Il est dans des flacons. Vite. Le gaz et les virus se trouvent dans les temples des villes d'Asie, du Moyen-Orient, d'Afrique. Sur les bateaux. Les avions sont prêts à décoller.

Les hélicoptères. Ordonnez à tous les bons adeptes de collaborer avec vous. Quatre-vingt-dix pour cent des fidèles de la secte sont innocents ! Dites-leur de se retourner contre leurs dirigeants locaux ! Partout. Il faut les cerner et les atteindre avant que tout ne commence. Ces gens sont des tueurs.

Je perdis conscience. Je continuai à parler, lutter, sentir la douleur, mais j'étais inconscient. Le corps humain était brisé, et moi au seuil de la mort. J'étais heureux. Mais avais-je fait tout ce qu'il fallait ?

Je me réveillai dans la salle des urgences. Le rebbe était penché au-dessus de moi. Je vis sa barbe blanche, les larmes dans ses yeux, et je vis Sarah, l'épouse de Nathan. Je m'adressai à lui en yiddish.

— Dites-leur que je dis la vérité, que je suis votre petit-fils Gregory. Déclarez que le cadavre est celui d'un imposteur. Il le faut. Il a prévu que ce corps-ci, celui de Nathan, serait identifié comme le sien. Dites seulement que je suis votre bon petit-fils, si vous préférez. Il fait nuit. C'est embrouillé. Je crois que je vais mourir.

Le visage de Sarah vacilla devant moi.

— Nathan ? murmura-t-elle.

Je me retournai et lui fis signe d'approcher tout près.

— Nathan est auprès de Dieu, déclarai-je. Nathan n'est plus. Je l'ai vu étreindre ceux qu'il aimait. Ne craignez rien. Je garderai son corps en vie aussi longtemps que je le pourrai. Aidez-moi.

En sanglotant à fendre l'âme, elle me caressait le front.

J'entendis une voix : « Il nous lâche ! Vite ! Sortez ! »

Le monde devint flou. Je ne ressentais plus que la paix que j'avais éprouvée dans la lumière, et dont le souvenir était frais comme un arôme. L'obscurité s'épaissit puis s'atténua. Je savais qu'on me déplaçait.

Nous montions en ascenseur. Tout devint vague. Une ombre apparut près de moi. Était-elle bonne ou mauvaise ? Je reconnus sa voix, et qu'elle parlait en grec.

— Le but est d'aimer et de comprendre, d'apprécier... chuchota-t-il.

Tout était sombre. Il me semble que je pensai : L'Échelle va-t-elle enfin venir ? Fera-t-elle cela pour moi ? Puis plus rien.

Je me suis réveillé dans une salle qu'on appelle la réanimation, relié à des machines. Des infirmières m'entouraient. Des grands hommes attendaient de pouvoir me parler, des chefs militaires et des chefs d'État.

Je souffrais moins, ma langue était épaisse... J'étais absolument, irrémédiablement mortel ! Il me fallait demeurer dans ce corps : c'était le seul corps dans lequel on continuerait à m'écouter.

Le rebbe apparut. Je vis les vêtements noirs, la blancheur des cheveux et de la barbe avant de reconnaître le visage. Puis je sentis la proximité de ses lèvres. Cette fois, il parla en ancien araméen, pour moi seul.

— On les a arrêtés. Le dossier d'ADN de l'hôpital confirme que vous êtes Gregory. J'ai déclaré que le mort était un démon qui s'était substitué à mon petit-fils. Ce qui, d'une certaine manière, est la stricte vérité. Les temples sont démantelés. Les savants et les cerveaux directeurs se rendent. Des arrestations sont en cours. Dans tous les pays le mal est arrêté. Il poussa un grand soupir. Vous avez réussi.

Je tentai de lui serrer la main, mais je ne sentais plus mes propres mains. Je me rendis compte qu'elles étaient attachées aux bords du lit. Je soupirai et fermai les yeux.

— Je voudrais mourir ici, si c'est possible, confiai-je au rebbe en araméen. Je veux mourir ainsi, dans le corps de votre petit-fils. Si Dieu veut de moi. Vous voudrez bien m'enterrer ?

Il inclina la tête en signe d'agrément. Puis je dormis — d'un sommeil troublé, vivant, mortel.

La nuit était très avancée lorsque je me suis réveillé. Toutes les infirmières étaient derrière la vitre. Seuls les écrans et les machines me soutenaient et m'encourageaient. Dans un fauteuil près de moi le rebbe dormait.

J'eus un choc terrible en découvrant que j'étais dans mon propre corps. J'étais Azriel. Au prix de toute ma volonté, je redevins Nathan. Mais la chair de Nathan était morte. Ce n'était qu'une illusion. Je pouvais envelopper la chair et l'animer, mais la possession même avait pris fin.

Je détournai la tête et pleurai. « Où est l'Échelle, mon Dieu ? N'ai-je pas encore assez souffert ? »

Je redevins donc Azriel, aussi facilement que je respirais.

Je n'étais plus relié aux aiguilles et aux appareils médicaux. Je me levai, fort solide, guéri dans mon propre corps, vêtu de ma tunique babylonienne préférée, bleue, ornée d'or.

Je regardai le rebbe endormi. Je vis la silhouette de Sarah assoupie, la main sur un oreiller, sur le dallage froid.

Je sortis de la chambre. Deux infirmières me prévinrent gentiment de ne pas entrer dans cette chambre où gisait un grand malade.

Je me retournai. Là était étendu le corps de Nathan. Mort, comme il l'avait été depuis que les balles l'avaient tué. Soudain, les alarmes se déclenchèrent.

Le rebbe se réveilla. Sarah se releva. Ils regardèrent le corps décédé de Nathan.

— Il est mort en paix, déclarai-je, et j'embrassai l'infirmière sur le front. Vous avez fait tout ce que vous pouviez.

Je quittai l'hôpital.

25

Je parcourus à pied la ville de New York. En arrivant au Temple, je le trouvai cerné par des policiers et des soldats ; manifestement, le bâtiment avait été libéré de tous les hommes dangereux.

Personne ne me remarqua — un dingue de plus en tunique de velours. Partout, des adeptes pleuraient.

J'allai dans le parc, où des adeptes se lamentaient sous les arbres, chantaient des hymnes et criaient qu'ils refusaient de croire à un complet mensonge. Le message du Temple n'était qu'amour, bonté, compassion.

Je m'attardai un moment, puis au prix de toute ma puissance je pris la forme de Gregory.

Ce fut étonnamment difficile à faire, et difficile à maintenir.

Je m'approchai d'eux et, comme ils se levaient, je leur recommandai de rester calmes.

De la voix de Gregory, je leur annonçai que j'étais un messager envoyé pour leur dire que leur chef était devenu fou, mais que l'ancien message d'amour restait vrai.

Je fus bientôt entouré d'une grande foule. Je répondis à leurs questions simples concernant les platitudes d'amour, de partage, la santé de la planète, et ainsi de suite. Finalement, je prononçai les paroles de Zurvan :

— Aimer, apprendre, et être bon.

J'étais épuisé.

Je disparus.

Invisible, je passai devant les fenêtres du Temple de l'Esprit.

— Les ossements, murmurai-je. Renvoyez-moi dans les ossements.

Je me retrouvai dans une salle équipée d'un four. Il était éteint. J'ouvris la porte et je vis les ossements, intacts.

Je tirai le vieux squelette de là. Je fis appel à toute ma force pour avoir les mains comme de l'acier, puis je réduisis le crâne en miettes, frottant les morceaux ensemble jusqu'à ce qu'ils tombent en poussière d'or, ruisselant de mes mains.

Je fis de même pour chaque os, l'écrasant entre mes mains jusqu'à ce qu'il n'en reste qu'une infime pincée de poussière d'or scintillante. J'ouvris la fenêtre et la poussière s'envola dans un grand courant d'air frais.

Je restai là à regarder jusqu'à ce que je ne puisse plus distinguer que de minuscules points d'or ici et là. Je fis appel au vent pour purifier la pièce, pour tout emporter aux quatre coins du monde. Bientôt, il ne resta plus la moindre particule d'or.

Je réfléchissais.

Puis je découvris que j'étais visible, entier, habillé.

Je sortis de la pièce. Mais il y avait un grand nombre de policiers et quantité d'employés des Centres de contrôle des maladies et de l'armée ; inutile de parader au milieu de ces gens en proie à la panique.

Puis j'avais une tâche à accomplir, même si je ne m'en sentais guère le goût : trop de poison était stocké à trop d'endroits vulnérables ; trop de déments avaient pris de l'avance sur les autorités et sur les soldats qui les poursuivaient.

Je me débarrassai du corps — une fois de plus, l'effort me surprit — et je m'envolai pour survoler le monde.

Je descendis dans le temple de l'Esprit de Tel-Aviv, cerné par des soldats. J'entrai invisiblement, et massacrai jusqu'au dernier les disciples de Gregory qui résistaient. Je tuai les médecins qui gardaient les armes toxiques. Je progressais vite, assenant des coups rapides et sûrs. Je ne faisais aucun bruit, semant la mort dans mon sillage. C'était triste et affligeant, mais j'accomplissais ma tâche avec efficacité et détermination.

Je me rendis aussitôt à Jérusalem, où je découvris que tous les adeptes s'étaient rendus. La ville était sauve.

Il en allait tout autrement à Téhéran. Là encore, je massacrai les résistants, et je dois confesser que j'en éprouvai une mauvaise complaisance. Je pris une forme somptueuse et spectaculaire pour tuer, afin que les adeptes persans les plus superstitieux — issus des religions du désert et convertis à celle de Gregory — soient particulièrement terrifiés. Ah, vanité! Cette mise en scène me dégoûtait. Le sang avait perdu l'éclat du rubis. Dans les yeux de mes victimes, la peur n'était pas bien jolie.

Je suppose que mes jeux étaient instructifs pour moi-même et que j'en tirais profit. J'ai tué dans le temple de Téhéran quiconque ne s'inclinait pas pour demander grâce, quiconque ne jetait pas les armes pour se rendre en rampant.

Bien d'autres temples réclamaient mon intervention, mais je ne vais pas vous infliger une litanie de massacres. Simplement, j'évaluais chaque temple afin de déterminer s'il avait été «neutralisé» ou non, comme diraient les militaires des temps modernes, et j'apportais mon assistance là où je l'estimais impérative. J'étais de plus en plus las.

Je découvrais, durant cet insensé carnage, que je n'aimais plus tuer. Il ne restait plus rien en moi du malak.

Ce qui me fascinait, ce qui m'obsédait, c'était l'amour.

La dernière de mes tâches meurtrières — l'élimination de quelques dangereux adeptes à Berlin et en Espagne — m'a été extrêmement pénible; elle a lourdement pesé sur mes capacités d'endurance et ma force morale.

Les batailles du Temple se poursuivaient.

Mais j'avais terminé.

J'éprouvai une grande détente. Je repris facilement ma

forme charnelle; en revanche, l'invisibilité devenait un exploit.

Pendant huit jours, j'ai parcouru la Terre.

Inlassablement.

Je suis allé dans les sables désertiques de l'Irak. Dans les ruines des cités grecques. Dans les musées qui contenaient le meilleur des arts de mon temps, et je contemplais tranquillement ces choses.

Il me fallait beaucoup d'énergie, pour aller d'un endroit à l'autre sous forme d'esprit; cependant, esprit ou humain, j'étais doté d'une grande force. Simplement, prendre une autre forme que la mienne devenait difficile.

Comme vous le savez — et comme vous avez pu le constater vous-même —, quand j'ai appelé à moi le corps de Nathan, il n'y a pas eu d'union entre ses cellules et les miennes. Sa chair était putride et issue de la tombe, et je l'y avais renvoyée, humble et honteux de l'avoir troublée.

J'ai étudié pendant tout le temps de mes voyages. J'entrais dans les librairies et les bibliothèques. Je lisais des nuits entières, sans dormir. Je regardais interminablement la télévision, tandis que les temples étaient neutralisés et détruits dans divers pays. J'ai entendu parler des suicides en masse.

Le monde continuait à tourner. Je connaissais vos livres. Je les ai lus la nuit. Je suis allé chez vous à New York.

Je suis venu jusqu'ici à votre recherche. Vous vous souvenez. Vous aviez une forte fièvre.

Quant au reste, vous le savez. Je peux encore changer de forme et me rendre invisible pour voyager. Mais j'ai de plus en plus de mal à me changer en quelqu'un d'autre.

Vous comprenez? Je ne suis pas humain. Je suis l'esprit intégral et libre que je rêvais d'être — dans ces terribles moments où la révolte et la haine semblaient être ma seule source de vitalité.

Je ne sais pas ce qui va se passer maintenant. Vous avez l'histoire. Je pourrais vous en raconter davantage, sur les mauvais maîtres, sur les petites choses que j'ai vues, mais tout sera révélé en temps voulu par Dieu.

Voici donc la fin de mon aventure. Je ne suis pas mort. Je suis fort et apparemment sans défaut. Peut-être même immortel. Qu'en pensez-vous ? Qu'est-ce que Dieu attend encore de moi ?

Rachel, Esther et Nathan m'oublieront-ils ? Est-ce dans la nature du bonheur situé par-delà la lumière, qu'on oublie et qu'on ne vienne que lorsqu'on vous appelle ?

J'ai appelé. Appelé. Appelé. Mais ils ne répondent pas. Je sais qu'ils sont sains et saufs. Je sais qu'un jour sûrement je verrai cette lumière. À part cela, le but de la vie est d'aimer et d'apprendre.

Est-ce le sang de Gregory qui me condamne à errer ? Je l'ignore. Je sais seulement que je suis entier, et que cette fois je me suis servi moi-même du mieux que j'ai pu.

J'ai tué, oui, mais ni pour une cause ni pour un maître ; pour arrêter quelqu'un. Pas pour une idée mais pour quantité d'idées. Pas pour une solution, mais pour dévoiler le lent mystère qui nous enveloppait. Pour la mort, cette mort que je souhaitais par-dessus tout, ce repos, cette grandeur de l'ultime choix de mourir, non, pour la vie — afin que d'autres puissent lutter pour elle. En tuant l'homme qui nourrissait ce grand dessein, j'ai tourné le dos à la lumière.

Ne l'oubliez jamais, Jonathan, lorsque vous écrirez l'histoire. J'ai abattu Gregory Belkin. Je l'ai tué.

Dieu a-t-Il créé une place spéciale pour moi ? M'a-t-Il facilité les choses ? M'a-t-Il donné des visions et des signes ? Mon dieu Mardouk était-il un esprit gardien ? Ou bien n'était-il, comme tous les esprits que j'ai vus, qu'un rêve du cœur humain solitaire qui recrée sans cesse le paradis ?

Peut-être cette histoire n'est-elle que chaos. Peut-être n'est-elle qu'un nouveau chapitre de l'interminable saga des accomplissements avortés et pourtant extraordinaires de la volonté humaine pervertie, des ambitions avortées et pourtant extraordinaires des petites âmes. La mienne, celle de Gregory...

Peut-être sommes-nous tous de petites âmes. Mais souvenez-vous, je vous ai dit que j'avais vu ces choses. Et lorsque j'ai tourné le dos à la Lumière des Cieux, j'ai commis encore un autre meurtre. La mort était mêlée à mon histoire depuis les premiers jours.

Et je n'en sais finalement pas plus sur la mort que n'importe quel mortel vivant. Peut-être même moins que vous.

QUATRIÈME PARTIE

Lamentation

Ne pleure pas, mon bébé.
Pleure.
Je sais qu'une grenouille a mangé une mite blanche.
La grenouille n'a pas pleuré.
C'est pourquoi elle est grenouille.
La mite n'a pas pleuré.
Maintenant la mite n'est plus.
Mon bébé, ne pleure pas. Pleure. Il y a tant à faire.
Je pleurerai aussi.
Je pleurerai pour toi.

Stan Rice, *L'Agneau*, 1975

26

C'était le matin. Froid, transparent, immobile. Il déclara qu'il avait encore besoin de dormir, mais pas avant d'avoir préparé mon petit déjeuner. Je mangeai la bouillie chaude, confectionnée par ses soins, puis nous nous étendîmes ensemble pour dormir.

À son réveil, il me sourit.

— Jonathan, je ne peux pas vous laisser ici. Vous êtes trop malade, vous devez rentrer chez vous.

— Je sais, Azriel. J'aimerais pouvoir m'en préoccuper, mais je ne pense qu'à votre histoire. Elle est là tout entière, n'est-ce pas, sur les cassettes ?

— Oui, en double. Il rit. Vous l'écrirez pour moi lorsque vous serez prêt, Jonathan. Et si vous ne le faites pas, vous la transmettrez à quelqu'un, n'est-ce pas ? Maintenant, je pense que nous devrions nous préparer, pour que je vous reconduise chez vous.

En une heure nous avions terminé nos bagages et nous étions dans la Jeep. Il avait éteint le feu et toutes les bougies dans le bungalow. J'avais encore de la fièvre, mais il m'avait bien emmitouflé à l'arrière pour que je puisse dormir, et je serrais les cassettes entre mes bras.

Il conduisit sans doute à tombeau ouvert, mais je ne peux pas imaginer qu'il ait mis quiconque en danger.

De temps en temps j'ouvrais les yeux, et je roulais un peu sur le côté pour le voir, assis à la place du conducteur, avec sa longue chevelure épaisse ; alors il se retournait à demi pour me sourire.

— Dormez, Jonathan.

Quand nous sommes arrivés devant chez moi, ma femme est accourue pour nous accueillir. Elle m'a aidé à descendre de voiture, et mes deux plus jeunes enfants qui vivent encore à la maison m'ont soutenu jusqu'à ma chambre.

Je craignais qu'Azriel ne parte maintenant pour toujours. Mais il est entré avec nous, traversant la maison d'une façon toute naturelle.

Il a embrassé ma femme sur le front, et chacun de mes enfants.

— Votre mari ne pouvait pas rester là-haut. Terrible orage. Il avait de la fièvre.

— Comment l'avez-vous trouvé ? voulut savoir ma femme.

— J'ai vu la lumière sortir de sa cheminée. Lui et moi avons eu des conversations très sympathiques.

— Où allez-vous ? lui demandai-je, adossé à des oreillers.

— Je ne sais pas.

Il s'approcha du lit. J'étais enfoui sous deux couvertures, et notre petite maison, dont la température était réglée d'après le goût de ma femme, me semblait étouffante, mais j'étais infiniment soulagé d'être chez moi.

— Ne partez pas, Azriel.

— Jonathan, je le dois. Je veux voyager et m'instruire. Je veux voir les choses. Maintenant que je me rappelle tout, je suis en position de vraiment étudier, de vraiment comprendre. Sans mémoire, il ne peut y avoir aucune perspective. Sans amour, il ne peut y avoir aucune appréciation.

Ne vous inquiétez pas pour moi. Je retourne dans les sables d'Irak, je retourne aux ruines de Babylone. J'ai l'étrange impression que Mardouk y est, perdu, sans fidèles, ni sanctuaire, ni temple, et que je pourrais le retrouver. Je ne sais pas. Peut-être est-ce un rêve déraisonnable. Mais tous ceux que j'ai aimés — sauf vous — sont morts.

— Et les hassidim ?

— Je finirai peut-être par les rejoindre. Je vais d'abord voir si cela engendre du bien ou de la peur. Je ne veux plus faire que du bien.

— Je vous dois la vie, et pour moi plus jamais rien ne sera pareil. J'écrirai votre histoire. Et j'ajoutai : À présent, vous savez ce que vous êtes.

— Un fils de Dieu ? dit-il. Il rit. Je l'ignore. Pourtant Zurvan avait raison : il existe un Créateur. Quelque part au-delà de la lumière, j'ai vu la vérité : seuls comptent l'amour et la bonté. Je ne veux plus jamais me laisser submerger par la rage ou la haine. Si je peux vivre en tenant parole. Rappelez-vous : *Altashhteth*. Ne détruis pas.

Il se pencha et m'embrassa.

— Quand vous écrirez mon histoire, ne craignez pas de m'appeler le Serviteur des Ossements, car je le suis encore. Mais non plus le serviteur des ossements maudit à Babylone par un magicien malfaisant, un grand prêtre ambitieux, ou un roi rêvant de gloire.

Je suis le Serviteur des Ossements qui gisent dans la campagne qu'a décrite Ézéchiel, les ossements de tous nos frères et sœurs humains.

Il prononça en hébreu les paroles d'Ézéchiel.

*La main de l'Éternel fut sur moi, et l'Éternel me fit sortir
en esprit, et il me posa au milieu d'une campagne
qui était pleine d'os :
... et voici, ils étaient en fort grand nombre
sur le dessus de cette campagne et ils étaient fort secs.*

— Qui sait ? reprit-il. Peut-être l'esprit revivra-t-il un jour en eux ? Ou peut-être le vieux prophète voulait-il seulement dire qu'un jour tous les mystères seraient expliqués, que tous les os seraient vénérés, que tous ceux qui ont vécu connaîtraient la raison pour laquelle nous souffrons en ce monde. Il me regarda et sourit. Peut-être qu'un jour les os de l'homme révéleront l'ADN de Dieu.

Je ne trouvai rien à répondre. Mais je souriais aussi. Et je le laissai poursuivre.

— Je dois avouer, en vous quittant, que je rêve d'un jour où la division entre la vie et la mort n'existera plus, et où nous atteindrons à l'éternité que nous imaginons. Adieu, Jonathan, mon ami. Je vous aime.

C'était il y a un an.

C'est la dernière fois que je lui ai parlé.

Depuis lors je l'ai vu trois fois, dont deux fois aux informations télévisées.

La première fois, il était parmi le personnel médical qui soignait une épidémie de choléra en Amérique du Sud. En simple blouse blanche, il nourrissait des enfants malades. Ses cheveux, ses yeux — impossible de s'y tromper.

La fois suivante, c'était dans un reportage en direct de Jérusalem. Yitzhak Rabin, le Premier ministre d'Israël, avait été assassiné la veille. Azriel, dans la foule, faisait face à la caméra de CNN. Il semblait me regarder dans les yeux.

Le commentateur parlait d'une ville et de tout un pays qui pleuraient leur chef assassiné. Le monde entier pleurait l'homme qui avait voulu la paix avec les Arabes, et qui maintenant était mort.

Azriel fixait la caméra, et la caméra s'attardait sur lui. Muet et songeur, Azriel me regardait droit dans les yeux. Il était sobrement vêtu de noir.

Puis la caméra et le journal télévisé ont repris le cours de l'actualité.

La troisième fois, ce ne fut qu'une fugitive vision. Mais je sus aussitôt que c'était Azriel. Je roulais à vive allure en taxi, dans le centre de New York, naviguant hardiment dans la circulation du début de l'après-midi, et par la vitre j'ai vu Azriel qui marchait dans la rue.

Vêtu avec élégance, il avait l'air d'un prince, avec sa riche chevelure. Il s'est brusquement retourné, comme s'il avait senti mes yeux sur lui, et il a jeté à la ronde un regard intrigué. Mais mon taxi poursuivait sa course. Des camions me bouchaient la vue.

Et, bien sûr, je savais qu'il pouvait me joindre s'il le souhaitait.

Il m'a fallu un an pour préparer ce livre et le publier sous le manteau de l'anonymat, afin de n'être pas chassé de l'université par les quolibets de mes collègues.

La voici donc, l'histoire du Serviteur des Ossements. Le récit de ce qui s'est réellement passé avec la secte du Temple de l'Esprit. L'histoire d'une âme et de ses agonies, de son refus de renoncer, et de sa victoire finale.

Azriel, si vous lisez ce livre et qu'il vous plaise, faites-le-moi savoir. Un coup de téléphone ; un petit mot ; votre présence. Ce que vous voudrez.

J'ai confiance, là où vous êtes, et où que vous soyez, vous êtes à la fois heureux et bon. Et c'est pour vous ce qui compte le plus, j'en suis sûr.

Altashhteth.

OUVRAGES DE LA COLLECTION « TERREUR »

RODERICK ANSCOMBE
La vie secrète de Laszlo, comte Dracula

IAIN BANKS
Le seigneur des guêpes

CLIVE BARKER
Secret Show
Le royaume des devins
Imajica 1
Imajica 2
Everville

WILLIAM P. BLATTY
L'Exorciste : la suite

ROBERT BLOCH
L'écharpe
Lori
Psychose
Contes de terreur

J. R. BONANSINGA
Black Mariah
Pire que le mal

RANDALL BOYLL
Froid devant
Monssstre
Territoires du crépuscule

MARION ZIMMER BRADLEY
Adagio pour une ombre

RAMSAY CAMPBELL
Envoûtement
La secte sans nom
Soleil de minuit

JONATHAN CARROLL
La morsure de l'ange

CATHY CASH SPELLMAN
Dans les griffes du diable

JEAN-CHRISTOPHE CHAUMETTE
L'arpenteur de mondes

MATTHEW J. COSTELLO
Cauchemars d'une nuit d'été
La chose des profondeurs
Né de l'ombre

MARTIN CRUZ-SMITH
Le vol noir

THOMAS DISCH
Le caducée maléfique

KATHERINE DUNN
Un amour de monstres

JEANNE FAIVRE D'ARCIER
Rouge flamenco
La déesse écarlate

JOHN FARRIS
L'ange des ténèbres
Le fils de la nuit éternelle
Sacrifice

RAYMOND FEIST
Faërie

BERNARD FLORENTZ
Noces d'enfer

CHRISTOPHER FOWLER
Le diable aux trousses
L'illusionniste

RAY GARTON
Crucifax
Extase sanglante

CHRISTOPHER GOLDEN
Des saints et des ombres
L'illusionniste

LINDA C. GRAY
Médium

WILLIAM HALLAHAN
Les renaissances de Joseph Tully

BARBARA HAMBLY
Le sang d'immortalité
Voyage avec les morts

THOMAS HARRIS
Dragon rouge
Le silence des agneaux

JAMES HERBERT
Dis-moi qui tu hantes
Fluke
Fog
La lance
La trilogie des rats
1. Les rats
2. Le repaire des rats
3. L'empire des rats

Le survivant
Sanctuaire
Sépulcre
Présages

SHIRLEY JACKSON
Maison hantée
La loterie
Le cadran solaire
Nous avons toujours habité le château

GRAHAM JOYCE
L'enfer du rêve
Requiem
Sorcière ma sœur
L'intercepteur de cauchemars

KALOGRIDIS JEANNE
Pacte avec le vampire
Les enfants du vampire

STEPHEN KING
La part des ténèbres
Salem
Dolores Claiborne
Les yeux du dragon

ANDREW KLAVAN
Il y aura toujours quelqu'un derrière vous
L'heure des fauves

DEAN KOONTZ
Le masque de l'oubli
Miroirs de sang
La mort à la traîne
La nuit des cafards
La nuit du forain
La peste grise
Une porte sur l'hiver
La voix des ténèbres
Les yeux des ténèbres
La maison interdite
Fièvre de glace
Lune froide
La cache du diable
M' Murder
Démons intimes
Tic Tac
Etranges détours
Les larmes du dragon
Le rideau des ténèbres
Le visage de la peur
L'heure des chauves-souris
Spectres
L'antre du tonnerre
La semence du démon
La porte rouge

STEVEN LAWS
Train fantôme
Gideon
Macabre

TANITH LEE
La danse des ombres
Le festin des ténèbres
Caïn l'obscur

CHARLES DE LINT
Mulengro
Symphonie macabre
Les murmures de la nuit

BENTLEY LITTLE
Le postier
Révélation

BRIAN LUMLEY
Nécroscope

CHARLES McLEAN
Le guetteur

ROBERT MARASCO
Notre vénérée chérie

GRAHAM MASTERTON
Apparition
Démences
Hel
Le démon des morts
Le djinn
Le jour « J » du jugement
La maison de chair
Le maître des mensonges
Le miroir de Satan
La nuit des salamandres
Le portrait du mal
Les puits de l'enfer
Rituel de chair
Transe de mort
La trilogie du Manitou
1. Manitou
2. L'ombre du Manitou
3. La vengeance de Manitou
Le trône de Satan
Les visages du cauchemar
La trilogie des Guerriers de la nuit
1. Les guerriers de la nuit
2. Les rivages de la nuit
3. Le fléau de la nuit
Sang impur
Tengu
Magie indienne
Magie maya
Magie vaudou
Walhalla

ROBERT McCAMMON
L'heure du loup
La malédiction de Bethany
Scorpion
Le mystère du lac
Soif de sang

MICHAEL MCDOWELL
Les brumes de Babylone
Cauchemars de sable

ANDREW NEIDERMAN
L'avocat du diable
Confessions androgynes

PIERRE PELOT
La nuit sur terre

D. PRESTON/L. CHILD
Relic
Le grenier des enfers

JOHN PRITCHARD
Les anges du désespoir
Les cavaliers du crépuscule
Les sœurs de la nuit

GARFIELD REEVES-STEVENS
Contrat sur un vampire
La danse du scalpel

ANNE RICE
Chronique des vampires
1. Entretien avec un vampire
2. Lestat le vampire
3. La reine des damnés
4. Le voleur de corps
5. Memnoch le démon
La momie
La saga des sorcières
1. Le lien maléfique
2. L'heure des sorcières
3. Taltos
Le violon

FRED SABERHAGEN
Le dossier Holmes-Dracula
Les chroniques de Dracula
Les confessions de Dracula
Un amour de Dracula
Un vieil ami de la famille

JOHN SAUL
Cassie
Créature
Hantises

PETER STRAUB
Ghost Story
Julia
Koko
Mystery
Sans portes, ni fenêtres
La gorge
Le club de l'enfer

MICHAEL TALBOT
La tourbière du diable

BERNARD TAYLOR
Le jeu du jugement

SHERI S. TEPPER
Ossements

THOMAS TESSIER
L'antre du cauchemar

THOMAS TRYON
L'autre
La fête du maïs
Noire magie

JACK VANCE
Méchant garçon

LAWRENCE WATT-EVANS
La horde du cauchemar

CHET WILLIAMSON
La forêt maudite

PAUL F. WILSON
La forteresse noire
Liens de sang
Mort clinique

BARI WOOD
Amy girl
Double vue

BARI WOOD/JACK GEASLAND
Faux-semblants

T. M. WRIGHT
L'antichambre
Manhattan Ghost Story
L'autre pays

XXX
MICHÈLE SLUNG présente :
22 histoires de sexe et d'horreur
Nouvelles histoires de sexe
  et d'horreur

JEFF GELP présente :
Shock Rock

DOUGLAS E. WINTER présente :
13 histoires diaboliques

Dernières nouvelles de Dracula
L'année de la terreur
Nouvelles histoires de sexe
  et d'horreur

ÉGALEMENT CHEZ POCKET
LITTÉRATURE GÉNÉRALE

ABGRALL JEAN-MARIE
La mécanique des sectes

ALBERONI FRANCESCO
Le choc amoureux
L'érotisme
L'amitié
Le vol nuptial
Les envieux
La morale
Je t'aime

ANTILOGUS PIERRE
FESTJENS JEAN-LOUIS
Guide de self-control à l'usage des conducteurs
Guide de survie au bureau
Guide de survie des parents
Le guide du jeune couple
L'homme expliqué aux femmes
L'école expliquée aux parents

ARNAUD GEORGES
Le salaire de la peur

BARJAVEL RENÉ
Les chemins de Katmandou
Les dames à la licorne
Le grand secret
La nuit des temps
Une rose au paradis

BERBEROVA NINA
Histoire de la baronne Boudberg
Tchaïkovski

BERNANOS GEORGES
Journal d'un curé de campagne
Nouvelle histoire de Mouchette
Un crime

BESSON PATRICK
Le dîner de filles

BLANC HENRI-FRÉDÉRIC
Combats de fauves au crépuscule
Jeu de massacre

BOISSARD JANINE
Marie-Tempête
Une femme en blanc

BORGELLA CATHERINE
Marion du Faouët, brigande et rebelle

BOTTON ALAIN DE
Petite philosophie de l'amour
Comment Proust peut changer votre vie
Le plaisir de souffrir

BOUDARD ALPHONSE
Mourir d'enfance
L'étrange Monsieur Joseph

BOULGAKOV MIKHAÏL
Le maître et Marguerite
La garde blanche

BOULLE PIERRE
La baleine des Malouines
L'épreuve des hommes blancs
La planète des singes
Le pont de la rivière Kwaï
William Conrad

BOYLE T. C.
Water Music

BRAGANCE ANNE
Anibal
Le voyageur de noces
Le chagrin des Resslingen
Rose de pierre

BRONTË CHARLOTTE
Jane Eyre

BURGESS ANTHONY
L'orange mécanique
Le testament de l'orange
L'homme de Nazareth

BURON NICOLE DE
Chéri, tu m'écoutes ?

BUZZATI DINO
Le désert des Tartares
Le K
Nouvelles (Bilingue)
Un amour

CARR CALEB
L'aliéniste
L'ange des ténèbres

CARRIÈRE JEAN
L'épervier de Maheux
Achigan

CARRIÈRE JEAN-CLAUDE
La controverse de Valladolid
Le Mahabharata
La paix des braves
Simon le mage
Le cercle des menteurs

CESBRON GILBERT
Il est minuit, docteur Schweitzer

CHANDERNAGOR FRANÇOISE
L'allée du roi

CHANG JUNG
Les cygnes sauvages

CHATEAUREYNAUD G.-O.
Le congrès de fantomologie
Le château de verre
La faculté des songes

CHIMO
J'ai peur
Lila dit ça

CHOLODENKO MARC
Le roi des fées

CLAVEL BERNARD
Le carcajou
Les colonnes du ciel
  1. La saison des loups
  2. La lumière du lac
  3. La femme de guerre
  4. Marie Bon Pain
  5. Compagnons du Nouveau Monde
La grande patience
  1. La maison des autres
  2. Celui qui voulait voir la mer
  3. Le cœur des vivants
  4. Les fruits de l'hiver
Jésus, le fils du charpentier
Malataverne
Lettre à un képi blanc
Le soleil des morts

COLLET ANNE
Danse avec les baleines

**COMTE-SPONVILLE ANDRÉ,
FERRY LUC**
La sagesse des Modernes

COURRIÈRE YVES
Joseph Kessel

COUSTEAU JACQUES-YVES
L'homme, la pieuvre et l'orchidée

DAUTUN JEANNE
Un ami d'autrefois

DAVID-NÉEL ALEXANDRA
Au pays des brigands gentilshommes
Le bouddhisme du Bouddha
Immortalité et réincarnation
L'Inde où j'ai vécu
Journal (2 tomes)
Le Lama aux cinq sagesses
Magie d'amour et magie noire
Mystiques et magiciens du Tibet
La puissance du néant
Le sortilège du mystère
Sous une nuée d'orages
Voyage d'une Parisienne à Lhassa
La lampe de sagesse
La vie surhumaine de Guésar de Ling

DECAUX ALAIN
L'abdication
C'était le XVᵉ siècle
  tome 1
  tome 2
  tome 3
Histoires extraordinaires
Nouvelles histoires extraordinaires
Tapis rouge

DENIAU JEAN-FRANÇOIS
La Désirade
L'empire nocturne
Le secret du roi des serpents
Un héros très discret
Mémoires de 7 vies
  1. Les temps nouveaux
  2. Croire et oser

ESPITALLIER JEAN-MICHEL
Pièces détachées

FAULKS SEBASTIAN
Les chemins de feu

FERNANDEZ DOMINIQUE
Le promeneur amoureux

FITZGERALD SCOTT
Un diamant gros comme le Ritz

FORESTER CECIL SCOTT
Aspirant de marine
Lieutenant de marine
Seul maître à bord
Trésor de guerre
Retour à bon port
Le vaisseau de ligne
Pavillon haut
Le seigneur de la mer
Lord Hornblower
Mission aux Antilles

FRANCE ANATOLE
Crainquebille
L'île des pingouins

FRANCK DAN/VAUTRIN JEAN
La dame de Berlin
Le temps des cerises
Les noces de Guernica
Mademoiselle Chat

GALLO MAX
Napoléon
  1. Le chant du départ
  2. Le soleil d'Austerlitz
  3. L'empereur des rois
  4. L'immortel de Sainte-Hélène
La Baie des anges
  1. La Baie des anges
  2. Le palais des fêtes
  3. La Promenade des Anglais
De Gaulle
  1. L'appel du destin
  2. La solitude du combattant

GENEVOIX MAURICE
Beau François
Bestiaire enchanté
Bestiaire sans oubli
La forêt perdue
Le jardin dans l'île
La Loire, Agnès et les garçons
Le roman de Renard
Tendre bestiaire

GIROUD FRANÇOISE
Alma Mahler
Jenny Marx
Cœur de tigre
Cosima la sublime

GRÈCE MICHEL DE
Le dernier sultan
L'envers du soleil – Louis XIV
La femme sacrée
Le palais des larmes
La Bouboulina
L'impératrice des adieux

GUITTON JEAN
Mon testament philosophique

HERMARY-VIEILLE CATHERINE
Un amour fou
Lola
L'initié
L'ange noir

HYVERNAUD GEORGES
La peau et les os

INOUÉ YASUSHI
Le geste des Sanada

JACQ CHRISTIAN
L'affaire Toutankhamon
Champollion l'Egyptien
Maître Hiram et le roi Salomon
Pour l'amour de Philae
Le Juge d'Egypte
  1. La pyramide assassinée
  2. La loi du désert
  3. La justice du Vizir
La reine soleil
Barrage sur le Nil
Le moine et le vénérable
Sagesse égyptienne
Ramsès
  1. Le fils de la lumière
  2. Le temple des millions d'années
  3. La bataille de Kadesh
  4. La dame d'Abou Simbel
  5. Sous l'acacia d'Occident
Les Égyptiennes
Le pharaon noir
Le petit Champollion illustré

JANICOT STÉPHANIE
Les Matriochkas

JOYCE JAMES
Les gens de Dublin

KAFKA FRANZ
Le château
Le procès

KAUFMANN JEAN-CLAUDE
Le cœur à l'ouvrage

KAZANTZAKI NIKOS
Alexis Zorba
Le Christ recrucifié
La dernière tentation du Christ
Lettre au Greco
Le pauvre d'Assise

KENNEDY DOUGLAS
L'homme qui voulait vivre sa vie

KESSEL JOSEPH
Les amants du Tage
L'armée des ombres
Le coup de grâce
Fortune carrée
Pour l'honneur

LAINÉ PASCAL
Elena

LAPIERRE ALEXANDRA
L'absent
La lionne du boulevard
Fanny Stevenson
Artemisia

LAPIERRE DOMINIQUE
La cité de la joie
Plus grand que l'amour
Mille soleils

LAPIERRE DOMINIQUE
et COLLINS LARRY
Cette nuit la liberté
Le cinquième cavalier
O Jérusalem
... ou tu porteras mon deuil
Paris brûle-t-il?

LAWRENCE D.H.
L'amant de Lady Chatterley

LÉAUTAUD PAUL
Le petit ouvrage inachevé

LÊ LINDA
Les trois Parques

LEVI PRIMO
Si c'est un homme

LEWIS ROY
Le dernier roi socialiste
Pourquoi j'ai mangé mon père

LOTI PIERRE
Pêcheur d'Islande

LUCAS BARBARA
Infirmière aux portes de la mort

MALLET-JORIS FRANÇOISE
La maison dont le chien est fou
Le rempart des Béguines

MAURIAC FRANÇOIS
Le romancier et ses personnages
Le sagouin

MAWSON ROBERT
L'enfant Lazare

MESSINA ANNA
La maison dans l'impasse

MICHENER JAMES A.
Alaska
  1. La citadelle de glace
  2. La ceinture de feu
Caraïbes (2 tomes)
Hawaii (2 tomes)
Mexique
Docteur Zorn

MILOVANOFF JEAN-PIERRE
La splendeur d'Antonia
Le maître des paons

MIMOUNI RACHID
De la barbarie en général et de l'intégrisme en particulier
Le fleuve détourné
Une peine à vivre
Tombéza
La malédiction
Le printemps n'en sera que plus beau
Chroniques de Tanger

MIQUEL PIERRE
Le chemin des Dames

MITTERAND FRÉDÉRIC
Les aigles foudroyés

MONTEILHET HUBERT
Néropolis

MONTUPET JANINE
La dentellière d'Alençon
La jeune amante
Un goût de miel et de bonheur sauvage
Dans un grand vent de fleurs

MORGIÈVRE RICHARD
Fausto
Andrée
Cueille le jour

NAKAGAMI KENJI
La mer aux arbres morts
Mille ans de plaisir

NASR EDDIN HODJA
Sublimes paroles et idioties
NIN ANAÏS
Henry et June (Carnets secrets)

O'BRIAN PATRICK
Maître à bord
Capitaine de vaisseau
La « Surprise »

PEARS IAIN
Le cercle de la croix

PEREC GEORGES
Les choses

PEYRAMAURE MICHEL
Henri IV
  1. L'enfant roi de Navarre
  2. Ralliez-vous à mon panache blanc !
  3. Les amours, les passions et la gloire

PURVES LIBBY
Comment ne pas élever des enfants parfaits
Comment ne pas être une mère parfaite
Comment ne pas être une famille parfaite

QUEFFELEC YANN
La femme sous l'horizon
Le maître des chimères
Prends garde au loup
La menace

RADIGUET RAYMOND
Le diable au corps

RAMUZ C.F.
La pensée remonte les fleuves

REVEL JEAN-FRANÇOIS
Mémoires

**REVEL JEAN-FRANÇOIS,
RICARD MATTHIEU**
Le moine et le philosophe

REY FRANÇOISE
La femme de papier
La rencontre
Nuits d'encre
Marcel facteur

RICE ANNE
Les infortunes de la belle au bois dormant
    1. L'initiation
    2. La punition
    3. La libération

RIFKIN JEREMY
Le siècle biotech

ROUANET MARIE
Nous les filles
La marche lente des glaciers

SAGAN FRANÇOISE
Aimez-vous Brahms...
... et toute ma sympathie
Bonjour tristesse
La chamade
Le chien couchant
Dans un mois, dans un an
Les faux-fuyants
Le garde du cœur
La laisse
Les merveilleux nuages
Musiques de scènes
Répliques
Sarah Bernhardt
Un certain sourire
Un orage immobile
Un piano dans l'herbe
Un profil perdu
Un chagrin de passage
Les violons parfois
Le lit défait
Un peu de soleil dans l'eau froide
Des bleus à l'âme
Le miroir égaré
Derrière l'épaule...

SALINGER JEROME-DAVID
L'attrape-cœur
Nouvelles

SARRAUTE CLAUDE
Des hommes en général et des femmes en particulier

SAUMONT ANNIE
Après
Les voilà quel bonheur
Embrassons-nous

SPARKS NICHOLAS
Une bouteille à la mer

STOCKER BRAM
Dracula

TARTT DONNA
Le maître des illusions

TROYAT HENRI
Faux jour
La fosse commune
Grandeur nature
Le mort saisit le vif
Les semailles et les moissons
    1. Les semailles et les moissons
    2. Amélie
    3. La Grive
    4. Tendre et violente Elisabeth
    5. La rencontre
La tête sur les épaules

VALDÈS ZOÉ
Le néant quotidien
Sang bleu *suivi de*
    La sous-développée

*Achevé d'imprimer en mars 2000
sur les presses de l'Imprimerie Bussière
à Saint-Amand (Cher)*

POCKET - 12, avenue d'Italie - 75627 Paris Cedex 13
Tél. : 01-44-16-05-00

— N° d'imp. 241. —
Dépôt légal : avril 2000.

Imprimé en France